李洱
中短篇
精选

导师死了

李洱 ○ 著

人民文学出版社

图书在版编目（CIP）数据

导师死了／李洱著．—北京：人民文学出版社，2022
（李洱中短篇精选）
ISBN 978-7-02-015344-2

Ⅰ.①导… Ⅱ.①李… Ⅲ.①中篇小说—小说集—中国—当代②短篇小说—小说集—中国—当代 Ⅳ.①I247.7

中国版本图书馆 CIP 数据核字（2022）第 035323 号

责任编辑	刘　稚　向心愿
装帧设计	刘　远
责任印制	王重艺

出版发行	人民文学出版社
社　　址	北京市朝内大街 166 号
邮政编码	100705
印　　刷	三河市鑫金马印装有限公司
经　　销	全国新华书店等
字　　数	242 千字
开　　本	850 毫米×1168 毫米　1/32
印　　张	13.25　插页 3
印　　数	1—5000
版　　次	2022 年 6 月北京第 1 版
印　　次	2022 年 6 月第 1 次印刷
书　　号	978-7-02-015344-2
定　　价	65.00 元

如有印装质量问题，请与本社图书销售中心调换。电话：010-65233595

目 录

导师死了 1

遗忘 74

夜游图书馆 171

缝隙 187

光与影 227

悬浮 312

葬礼 358

导师死了

一

许多年来，我经常想起导师吴之刚教授。他是一位民俗学家。有几年时间，他是全国最年轻有为的学者之一。他还差点当上了博士生导师。他死了，这把贵重的交椅就让别的教授给坐了。

要是他得了什么很关键的病，脑溢血、癌症、一触即发的心脏病，问题都好交代。事实上，他跟这些要命的病没有瓜葛。童年时代，他曾患过一种常见的哮喘病，对花粉、露珠、新鲜的冷空气过敏，然而哮喘病并没有在他的生理上留下后遗症。在他以前的病历卡上，唯一重要的病例是他曾经扭伤过腿，离伤筋动骨还差得很远，两贴膏药就对付过去了。

当然，他曾被误诊为肝癌。他就诊的枋口温泉疗养院为此事向他道过歉。他死后,医生们又一次化验了他的肝,确诊他只是一位症状较明显的乙肝病毒携带者。像他这样的病人,全国有一亿二千万人,实在算不上特殊,这样的病也太常见了。然而,我却经常回想起那个具体的情景:他站在教堂的鎏金圆顶上凌空欲飞,在雪景的映照下,他赤裸的身子活像一只大鸟。我看见他走到那个窄小的平台边缘,不停地打着寒战,而我却捧着他日后的桐木骨灰盒站在地面上仰望着他。后来,他就落下来了,下落的时候在空中划了一道浓黑的暗影,暗影蔓延过雪迹、花径、水沟,来到我跟前,将我笼罩。我在那浓密的暗影中喘不过气来……有时候,我还会看到缪芊和常娥也在这暗影里,当暗影退尽的时候,只留下我和常娥还站在那里……

这样的情景多次潜入我的睡眠,将我从梦中惊醒。我曾在吴之刚教授门下读了三年硕士,但这层师生关系似乎并不能构成我惊梦的缘由。他死时,我不在他的身边,我没有能看到他死时的情景。他在疗养院住了半年多,师母缪芊有事提前回校之后,他是由常娥陪着度过了最后那段光阴。

可以说,导师的晚年(如果只活了四十一岁的人也有晚年的话),是他一生中最不清晰的一段日子。一只潮湿的骨灰盒足以容得下他的生平,但我总被那些更详尽的事缠绕着,他晚年的故事在我眼前挥抹不去。

二

一九八九年三月的一天早上,我接到疗养院的院长王明川医师的电话,他告诉我,导师出事了。我骑车去找师母缪芊,在家属院的门口偶然遇见了常娥,她站在快食店旁边,像是在等待什么人。她提着一只朱红色的皮箱,仿佛准备出远门。我正要上前跟她打招呼,她却匆匆走开了,淹没在人流中。显然,她没有看到我。

中午的时候,我才等到缪芊。她到学校看孩子去了。她问我:"王院长究竟是怎么说的?只说出事了,出什么事了?"我说,王院长只告诉我出了点事,得派人去一趟疗养院。

"你那么相信院长?"缪芊说,"院长可能跟你的导师翻脸吵起来了。"缪芊说着,就忍不住地笑了。我不知道这有什么好笑的。

当天下午,我们就赶到了疗养院。疗养院离市区有一百多公里的路程,建在一片山间平地里,它原是殖民地时期的教堂。在雪影之中,它就像是一座古老剧院里画工精良的布景,很远就可以看到它的主教堂的灰色的圆顶。有五六个病人排着一字纵队从我们的汽车边走过。他们一边走,一边唱着院歌《春天降临》。我们沿着凋敝的花径往门口走去时,师母突然问我:

"你最近见到常娥了吗?"

她仿佛只是随便问问,并不要求我作回答。因为她又转过脸与司机开起了玩笑,问司机这样跑一趟,除了上缴一部分之外,自己还能落下多少钱。司机笑而不答。师母说:"你应该请客,请我们两人吃顿饭。"

师母说着,又附和着那几个病人唱起了《春天降临》。一直唱到第二段结尾,我们才走到门口的阶前。师母突然站住了脚,自言自语地说:"王院长怎么没有到门口迎接我们?"她话一出口,就又显得犹豫不定。过了一会儿,她才说:

"他一周前还回过家,现在能出什么事?"

我们已经走进大院。师母随意地朝各处张望着,仿佛沉浸在故地重游的喜悦里。

最早发现导师尸体的人,是一位患有皮肤病的讲师。那天中午,他到教堂浴池里泡澡。他走出教堂的时候,已是午后两点钟左右。他站在教堂的台阶上,让阳光照耀着他那锈迹斑斑的皮肤。这位研究莎士比亚的学者现在怀疑温泉浴池对他的皮肤病是否能起到疗效。在他的身边,从教堂圆顶上流下来的雪水汇成水流,流向道路两侧的阴沟和花径。导师就是这时候从教堂顶上掉下来的。这位讲师突然看到一个被雪水洗得非常洁净的东西趴在台阶上。他被这个情景吓呆了。过了一会儿,他才惊叫着跑下台阶,没跑几步,就自己绊倒在道路上被雪水泡得松软的细沙上面。

我和缪芊由护士陪同找到这个人时,他正在诊所里接受治疗,他已经知道那个从空中掉下来的人是吴之刚教授。

"是我最先看到死去的吴教授,"他有点儿自豪,后来,他紧紧盯着缪芊说,"我很想抽空跟你聊聊,要不是我发现了,你现在还不知道他死了,你得给我一次聊天的机会。"

缪师母倚着门框说:"现在就可以聊。你的病又加重了吧?"

"相反,它减轻了。"讲师说。

讲师把袖子放下,又把裤子褪下,让护士打针。护士说:"早上不是刚打过针?"

讲师一边提裤子,一边说:"你现在是一个人睡还是两个人睡?"

"两个人睡。我和儿子。"缪芊说。

"吴教授死前已经跟常娥搞上了,你不知道吧?"

"知道。"

"知道了就好。"

我跟着他们一起走出诊所。陪我们来这里的护士苏菲小姐一直忍不住地笑着。讲师边走边畅谈着他对导师之死的看法。他给人的印象总像是在卖弄学问。他有意地向缪芊靠近,缪芊却机警地跟他拉开了距离。

"吴先生在模仿莎翁笔下的奥菲莉娅,"他说,"假设他早就看中的教堂圆顶并不是什么好景致,再假设这一带也没有可以摔死的地方,而是一片海滩地,吴之刚就不会找死了。"他字斟句酌地说。

缪芊听完了他的想法,突然加快了脚步。我紧跟了上去,讲师却一把拉住了我,低声问道:"她对我的印象还不错吧?看在我最早发现吴先生的分儿上,实话告诉我。"

"她就要嫁人了。"我说。

"又没有赶上趟。"他摇着头,停下不走了。

我和缪芊并排走的时候,看到她已经非常疲倦。她提出要到墓园看看。疗养院有自己的一片墓园,那里是整个院区最引人入胜的地方,环境幽雅,四周是经年的槭树和雪松。雪松虽然矮小,但它的锥形树冠仍在墓园的砖石和碑顶上留下了浓阴。一圈铁蒺藜的栅栏把墓园围了起来,只留下一道供人进出的小门。栅栏外侧的花圃里植有金光菊、女贞子和锦葵。已有不少名人安葬在那里,犹如果实召唤着秋天来临,那些长眠于此的名人也在九泉呼喊着后人团聚。导师生前经常散步的那条通往墓园的小道上撒着一层细沙,赋予了它幽闲的小径风情。疗养院的名声在很大程度上是由这片墓园带来的。

缪芊脸上闪过一丝笑意,她的脚步也变得轻快起来。她说:"把他埋在这里是最合适不过了。"

"什么时候?"

"先看看他再说，还没有机会去看他呢。不知道是否已整过容了。"

她脸上的笑意骤然间消失了。她问：

"你找到院长了吗？"

"没有。医生们说他有事出去了，要明天才能回来。"

"等他回来，跟他商量一下，把你的导师就地埋掉算了，多好的墓园啊。"

"院长会同意吗？"

"他求之不得。不要忘了，你的导师也是个名人。"她说，"王院长又能跟你的导师谈到一块儿，他们总是无话不谈。再说，王院长有搜集名人尸体的爱好。"

我们一直等待王院长回来商谈此事。他在两天之后才从外地赶回疗养院。这期间，我和缪芊曾到停尸房里看望导师。他卧在塑料花丛中，整容之后，反而比活着时还要好看。他那有些凸出的嘴部、下巴由于枕头垫得较高而不太明显了。他的嘴巴仍然裂开一条粉笔般粗的缝隙，他平时就保持这种嘴形。师母站在他的脚边，默默地端详着他，那是她最宁静的时刻，我从未见过她如此安静。她无论什么时候都给人一种躁动不安的印象。她手指拈着覆盖着导师的白单子的一角。护士苏菲说："掀开看看吧。"师母制止了她。

苏菲说："吴先生只是变短了一些，其余的都一样。"

我也觉得他变短了。

王院长回来之后,缪师母问他该怎么处理。院长说:"你看呢?"

"也埋在墓园吧。"

院长看着已经准备好的那口舢板一样的棺材,陷入了沉思。后来他说:

"恐怕不行,因为墓园已挤满了。我看还是火化了好,火化之后,骨灰先存放在这里,等我们新建了墓园,再把他挪进去。这是折中方案。"

"墓园里不是还有空地吗?一个人也挤不进去?"缪芊说。

"墓园里应该保持疏朗的感觉,塞得太满会不好看。"他说。

"要是吴之刚还没死,这话你会对他说吗?"缪芊抬高了声音,像是要跟他吵架。

院长朝塑料花丛中的导师望了一眼。他的舌头在嘴里顶着腮帮,两个腮帮交替地鼓起来,又凹陷进去。这位精神分析医师等缪芊说完之后,才沉静地说:

"他已经死了,所以不存在你所说的假设。我们也不是图省事,实际上先火化再埋葬更加费事。值得高兴或者说值得我欣慰的是,他将是新墓园的第一位住户,你知道,我跟他向来很能谈到一起。"

但是他的话对缪芊难以奏效。缪芊还是跟他吵了起来。

她说她宁愿把导师拉回城里火葬,也不愿在这里跟院长磨嘴。院长说:

"这难以办到。死在这里的人得由我们处理,这是疗养院的规矩。"

"你的规矩太多了吧?"师母说。

"那是文明的标志。"院长说。他一句话钹得缪芊说不出话来。他仍然不放过她,继续说道:"你确实是我遇到的第一位不愿合作的家属。对不起,我说错了,你们已经离婚了。"

最后还是按照院长的意愿把导师火化了。那一天道路非常难走。在丘陵和山冈的背阴处,在所有阳光照耀不到的地方,积雪尚未消融。那个舢板一样的灵柩关闭着,上面撒满了花末纸屑。抬灵柩的是从附近的一个村子雇来的农人,他们像进城办事那样打扮了一下,打着领带,戴着皮革手套,使人看起来觉得不舒服。他们为农闲时节揽上这件差事而高兴。

折腾了一天,我们在黄昏时分捧着骨灰盒回来了。缪芊没有再回到疗养院,她拦上一辆过路车回了城。等车时她对我说:"不关我的事了,或许本来就没我的事,我只是跟着瞎忙。这一下好了,我犯不着再和王明川打交道了,但是我想到他还是来气。"我捧着骨灰盒,目送那辆装满手纸的货车消失在道路的尽头。我看着手里的盒子,它是用桐木做的，在野外清冽的空气里，它仿佛散发着桐花的香气。

三

缪芊走后，我又在疗养院住了两天。我想仔细看看导师最后生活过的地方。导师住院期间，我曾来过两次，每次都有事脱不开身，难以到各处走动。现在，我突然有了这样的机会。这里的病人大多博览群书，不少人能把自己的病升华到学术高度来谈论，解释肌体生病的合理性。有一次我在菜园里遇到一位正在锄草的病人，他看上去凡事都心不在焉。他的下牙床上残留着部分牙齿，微笑时，露出了黑洞洞的口腔。他冷漠地回答了我的问题，接着，又冷漠地介绍起了自己："从人的身体大小来看，人一生射出的精液比别的动物都要多，所以人是爱好性交的动物。"他舔着自己的牙床，看着我，揣摩我的反应。过了一会儿，他说："我染上了性病，这是最合理的病。"

他又弯腰锄草了，他锄草的动作有点笨拙。他说："那位皮肤病讲师真够下流的，做梦还要梦见前天跟你一起来疗养院的那个女人。她跟你是什么关系？"

"她是我的师母，吴之刚教授的妻子。"我说。

"我看着很面熟，差点忘了她，没办法，这里的护士太多了，让人忙不过来。"他很抱歉。

这里的病人，凡是见过缪芊的，几乎都要向我打听她的事。她在陪导师住院的短暂的时间内，一定给他们留下了较深的印象。

缪师母容貌美丽，可是体弱多病。她曾是位京剧演员，扮演过《杜鹃山》里的柯湘。样板戏停演之后，她的忠实戏迷常同升教授把她介绍给了大学里年轻的讲师吴之刚。常同升教授那时已成了民俗学界的权威，我的导师吴之刚也在学术界成为新一代学者的代表。后来，导师就娶了缪芊，凭导师那副模样能娶到这样的美人，实在是一种福气。从那以后，谁都把吴之刚当做是常同升的弟子，虽然他们之间并没有真正的师生关系。让人纳闷的是，吴之刚夫妇婚后的感情生活并不融洽。那时，缪芊已经调到高校里讲授党史。据说导师曾对缪芊的学术功底持有异议，说她难以胜任这项工作。常同升教授用一句话就把我的导师顶回去了："缪芊在戏里学到的党史知识足够使用了。"他们一直没有生育，后来又听从了常同升先生的建议，领养了一个孩子，取名叫吴童。跟过去不同的是，以前这对夫妻是关起门来自己争吵，现在他们是当着儿子的面争吵。

在我研究生毕业前夕，我曾和导师去北京参加了一个学术讨论会。议题是导师负责编选的一套民俗学丛书。跟以前一样，主编仍由常同升挂名。会上，兄弟院校的几个年轻人发言尖刻，称这套书没有什么学术价值，只是一些残存于民间的陈风陋习的罗列。其中有一本导师本人编译的书，他们说书中收集了许多迷信现象，带着伪科学的成分。下午休会之后，导师一直躁动不安，他捂着肚子在房间里走来走去，有时候失神地望着窗外的一堵脏墙，仿佛心事重重。

"本来就是为常老干的，"我说，"你不用在乎别人怎么说。"

他不搭理我，闷着头睡觉去了。半夜，我被他的声音惊醒，看着他光着身子站在窗前打电话。他那静脉曲张的腿肚在不停地抖动着。他显然不想惊动我，所以抑制着自己的嗓音，我觉得他既像是在对着电话喘气又像是在说梦话。

"……书稿得到了同仁们的好评，这一下我又给常老争光了。这里有些女孩子一天到晚缠住我，使我难以抽出时间给你写信……到图书馆给我借本书好吗？这本书很难借，你托关系给我借出来，你的门路不是很广吗？我的情绪好极了……吻你。"

他打完电话，长长地出了一口气，终于显得心平气静。他走进浴室冲澡，一边还哼起了民间小调，那是他在青海采风时跟当地的村民学会的《花儿》：天上的云彩挡住了月，地上的草尖尖没有花开……

我很少看到他这种开心的样子。刚才那个电话显然是他眼下快乐的源泉。那个电话肯定是打给缪芊的。他电话中提到的图书馆，其实是另有所指。那段时间，人们正口头流传着师母和一位图书馆副馆长的绯闻。不过，即使是热衷于传播这条小道消息的人，也以为这是在捕风捉影。夜静了，窗外的噪声渐次衰微，可以听到楼下花房姑娘唱流行歌曲的声音。这声音和导师那种哑嗓子的歌声在我耳边交替进行。我把几天来的会议上的情景回想了一遍，似乎并没有女孩子缠他。除了宾馆的服务员，与会的女人差不多都是半老徐娘。那些心肠软的女子倒有点同情他的境遇，不忍心看他在会上受年轻人数落。他的名声很大，她们想不到他会是这副熊样：年轻人引经据典批评他时，他低着头一声不吭，有些人显然强词夺理，批评得毫无根据，但他也照旧不置一词，只是喘气有些不均匀。

给缪芊打过电话洗过澡，导师就像是用水蛭放过了血，可以平静地打鼾了。我却无法入睡。我耳边又响起刚才电话里缪芊的声音。在寂静的夜里，缪芊的声音我能够轻微地听到，但我听得不真切，我只是觉得她在电话的另一头朝着话筒喊叫……后来，她放下了电话，话筒被线吊在桌前，一直到天明，我都仿佛看到话筒在我眼前摇摆个不停……

第二天，导师又打了个电话。不过这次他是打给常同升教授的。我听出是常同升的女儿常娥接的电话。导师要常娥转告常老，这套丛书在会上获得如云好评。

两天之后,我们返回学校,导师说:"你去给缪芊打声招呼,告诉她我明天才能从北京回来。"

"我们不是已经回来了?"我感到纳闷,忍不住问。

他许久不吭声,脸色非常忧郁。他被我这句话搞得手足无措,一会儿捋头发一会儿又挖耳朵。后来,他又沉默不语地望着校门外博物馆的尖顶,那里有几只鸽子绕着尖顶飞旋。鸽子飞走了,只剩下那个尖顶刺向灰白色的天幕。我正要走开时,他突然朝我发火了:

"有什么好问的?让你去你就去。"

导师很少朝我发火。他一发火我就感觉到事态严重,这件事我得照他的意思去办。我没走几步,他又撵上我,对我说:"我近来脾气不好。不该冲你发火。我现在到学校去看儿子。你走吧。"

那天下午我到他家去时,在楼下的草坪上遇见了正要去上学的吴童。他问我:"爸爸回来了吗?"我摇摇头。他背着书包怏怏不乐地往后退着,退向家属院的门口。我走到三楼,门虚掩着,显然是吴童走时没有关上。我没敲门就走进了。通往导师书房的门敞开着,在那张宽大的书桌上,一个男人有点谢顶的头颅正对着门口,缪芊被他压在身下。她突然警觉地喊着:

"吴之刚,吴之刚……"

放在桌边扶手椅上的电话被缪芊踢到下面,话筒在地上翻滚了几下就停住不动了……

我赶快逃亡似的离开了。我走到家属院外的冷饮店门前时，仍然不相信自己的眼睛，觉得刚才看到的情景乃是传闻中的虚幻之物，但我的心脏却跳个不停。

我回到学校时，导师正在门口与门卫聊天。他解释说他刚从学校看吴童回来。吴童就读的那所小学离这里有很远一段路程，坐出租车也需要在路上走一个小时，所以他无疑是在说谎。我想他是在等我。果然，很快他就问道：

"家里有什么人吗？"

"门锁死了，像是没什么人。"我看着他紧握在一起的手，随口说道，"吴童好吧？"

"家里没人可不行，我得回家看看。"他说。我本来想拦他，让他晚点再回去，但我不知道话该怎么说。他已经走远了，他骑着一辆旧自行车，淹没在门外的人流里。

那一天他在家里遇到了什么样的情景，我不得而知，因为事后他再也没有向我提起过。但是那天下午五点钟左右，有人看见他从三楼凉台上落了下来。和他一起落下来的，还有一只装满卡片的小纸箱。由于楼层不高，他落下来后在地上坐了一会儿，把卡片重新收拾好。他站了起来，捧着纸箱，笑嘻嘻地对站在旁边修剪草坪的一位老人说："真该把凉台封死，一不小心就掉下来了。"

我第二天见到的导师已经半瘫。我坚持要他到校医院检查一下身体。医生问他是怎么搞的，竟摔成这个样了，膝盖周围都已经发黑。他先说是猫咬的，然后改口说是自己走路时掉到阴沟里摔的。我们走出校医院的门口时,看到远处站着的缪芊。

缪芊那天刻意修饰了一下,穿着一袭黑裙,头发高绾起来。她的目光躲躲闪闪的,像是无处着落。她突然像是下了某项决心,向导师迎过来,搀扶着他。导师对我说:

"摊上你师母这样的好女人,我真是有福了。"

师母把他搀到办公楼前,就把他转交给我。她说她要到校医院拿点药,她身体有些不太舒服……

四

导师最初是陪缪芊到这里疗养的。缪芊的身体时好时坏,情绪也极不稳定,高兴了,说到校工会俱乐部参加京剧清唱会,在那里她可以重现当年的风采,逗引得一些自愧弗如的戏迷找上门跟她切磋技艺。我曾多次遇到这样的场面:缪芊穿上珍藏多年的演出服站在客厅的中央引吭高歌,她周围那些老头子老太太跟着她鹦鹉学舌般地唱着,用惊羡的目光瞧着她,家里就像个小型的俱乐部。缪芊对这些老顽童们格外亲切,供应他们喝茶吸烟,房间里常常烟雾缭绕,这对闻着烟叶就要咳嗽胸闷的吴之刚来说,并不是最难受的时光。这些戏迷们走后才够他受的。缪芊又将茶饭不思,冲他发火了。发火的理由总是现成的:他刚才钻在书房里不露面,冷淡了那些终身热爱艺术的戏迷,她已经警告过他,然而他仍然毫无悔改的苗头;又忘了把吴童从学校接回来,不是亲生的儿子就另眼看待,那种让孩子自己多锻炼的辩解已经让人听厌了,说到底是暗示她不会生孩子;又没有放洗澡水,两人都无法洗澡,因此他今天最好在书房睡觉……说完之后,她可能又要出门了,生了点气,到室外去散散心总是应该的。房间门窗上的所有缝隙都被导师封死了,这是他的生活习惯,他到哪里第一件事就是要寻找一个最封闭的房间住下。现在,他把凉台也封死了,污浊的空气出不去,新鲜的又进不来,缪芊有足够的理由到外边过夜,她说她要到党史教研室睡觉。那段时间,缪芊挂在嘴上的一句话是:"我已经活够了。"

导师再次到疗养院看望在那里养病的常同升教授时,常老热心地打听他们夫妻之间的事,导师就活学活用缪芊的话,他对常老说:"我快活够了。"

常老拍着膝盖大笑起来。他笑得太开心了。待在另一个房间的常娥以为客厅里出了什么事,连忙过来看他们。常老又问导师:

"那部民俗学原理什么的书搞好了吗?已写了一年了吧?"

"写不下去了……"

没等他说完,常老就搓着手又笑起来,"那可是一部要创造新体系的书，马上你就要青出于蓝了，赶快写完吧。"常老说，"可以把缪芊送到我身边，你待在家里搞你的新体系。"他转身对女儿说：

"对吧，常娥？"

常娥没有接父亲的话茬儿。她朝导师笑笑，然后就折进了她自己的房间。

几天之后，导师陪着多病的缪芊来到疗养院。他们把吴童也带来了，一起来的还有吴童宠爱的那只虎皮猫。

他们住进了十三号楼三层的一个套间。常老居住的那幢没有编号的小楼与十三号楼之间只隔着几株槭树和雪松。树下的那条道路通往疗养院北面的一个溜冰场。溜冰场属于附近的一支驻军。从向北的窗户望出去，望得见附属小学青砖红瓦的校舍。秋天的山冈上，子弟兵们正在操练，他们枪头上的刺刀在阳光下闪闪发亮。不过，更多的时候，操练在远处的河床下进行，你只能隐隐约约听见那些含混的呼叫。

五

导师没料到他的名声已经大到这种地步：许多病人都知道他，有的还阅读过他的民俗学论文，有些病人还对他的婚姻生活耳熟能详，知道他稍带传奇性的爱情故事。他起初以为这是从常老口中而出，后来才知道他们是从一张几年前的《光明日报》上看来的，那是他的一篇答记者问的文章，里面也顺便提到了缪芊在他成功的事业背后所起到的作用。这样的应景文章一般情况下人们看过就忘了，但由于他近年来名气太大，一篇有关他的普通文字也会被人记住。

王院长在他到来的第二天，就亲临十三号楼看望他。

"久仰您的大名，我从常老那里知道您正在撰写一部创建民俗学新体系的著作，我很钦佩你。"院长环顾着这个套间里尚未安顿好的行李、书籍，带着歉意对导师说，"我以为只有您的夫人来，所以只准备了这样一个套间。不幸的是眼下所有的房间都住满了人，我们一旦有空房，就给您调一个更大的套间。"

导师说："我住不了很久，待缪芊身体状况好转些，我就要回去的。"

导师的话让王明川院长有些失望。缪芊从外面进来时，看到院长失望的样子，搞不清发生了什么事。院长很快又变得非常热情，他对导师说："我们会有机会合作的，您有什么愿望和要求都可以告诉我。"

"我想把这里门窗的缝隙都封死。"导师说。

"这事很好办，"院长说，"不过外面花朵盛开，清香四溢，清新的空气对人体有好处。"

"你带他出去熟悉一下环境吧。"缪芊对院长说。

"我不想出去。"导师说。

院长愣了一会儿，小心翼翼地问导师：

"吴教授不喜欢花朵？"

"喜欢，但我不习惯闻到它们的气味。"

有精神分析医师职称的王明川院长沉默了一会儿，对导师说：

"我马上派人把门窗封死，我会给你创造一个适宜你写作的环境。这里是个宜于忘掉童年记忆的地方。我明天请你喝酒。"

他对缪芊说："我先告辞了，你丈夫是个真正的学者。"他轻轻地将门带上，然后无声无息地下了楼。透过尚未封死的窗子，可以看见院长走到楼外那条道路上时才加快了脚步，他招呼着正在修剪无花果树的几个花匠。缪芊弹着窗玻璃，对吴之刚说：

"玻璃上还要贴上牛皮纸吗？"

"院长想贴就让他贴去吧，"导师一边整理书稿，一边说，"明天你要检查身体了吧？"

"我看你倒是该检查一下。"缪芊说着，猛地将窗子推开。

所有住在疗养院的人每周都要接受一次例行的体检。对于陪同病人住院的导师也不例外。缪芊已经检查过了，她的身体出奇地健康，除了经常失眠之外，没有其他病症。

本来导师可以很快回校上班了，但院长执意让他多住些日子，自从他们喝过一次酒之后，两人的关系变得非常亲密。现在他们经常在一起喝酒吃饭，每次从院长家里回来，不胜酒力的导师总是醉醺醺的，栽到床上就睡。有几次，他们趁常娥回城办事的机会，把常同升教授也请到了酒桌上。常老也是好酒量。两个人灌着不会喝酒的吴之刚，他要是不喝醉那真是怪了。有一天缪芊半夜两点钟左右看见导师趴在书桌上，口涎流了一桌面，把他没写完的一封信浸湿了。那是他替院长的夫人往某个杂志社写的推荐信，院长的夫人在吴童就读的附属小学教书，替她推荐稿子是缪芊的主意。她已经交代过丈夫几次了，他一直拖着，现在他好不容易快要写完了，却又让口涎浸湿了，所以缪芊让他趴在书桌上继续睡到天亮……

第二天一大早，院长来看望导师。随身还带来了两名年纪很轻的医生。那时，导师还趴在桌上做梦。

"吴教授吃过早饭吗？"院长一进门就问缪芊。

"没有，"缪芊说，"出什么事了？"

"也没有喝过水吧？"

"没有。"缪芊说。

"那太好了。"院长手下的一名医生急不可待地插话道。

"在吴教授这里不要多嘴多舌。"院长对医生说。

缪芊没有再搭理他们。她走到导师身后，迟疑了一会儿，然后用手摇晃着他，"醒醒，吴之刚，院长又找你喝酒呢。"

导师仿佛仍然沉睡不醒。

院长对缪芊说:"吴夫人,你别误会。我们这是在开展工作,"他停顿了一下,"我们来请吴教授接受体检。"

"什么体检?"导师突然问道。他还坐在那把椅子上没动,但已经完全醒过来了。

"吴教授,您昨天已经填过体检单了。"院长对导师说道。他转过脸对手下的两位医生说,"吴教授给你们开个玩笑,他是个非常幽默的学者。快搀扶吴先生去诊所。"

导师对缪芊说:"只能如此了,我只好去了。"

体检结果出来之前,导师每天待在房间里赶写书稿,有时到疗养院的图书馆去翻阅一下藏书。他很少陪缪芊到常老房间去。有时,他可以听到缪芊的歌声从那幢小楼里飘出来,有些渺茫的歌声飘荡在疗养院的大院里。每当他从浴室里出来,总能看见有些病人也在大院里边走边附和着唱。

有一次,他在教堂浴室的门口遇见了给他检查身体的那个医生。医生主动凑近他,很关切地问:

"吴教授,你的脸色有些发乌发黄。怎么回事?"

"没事。我在听我老婆唱戏。"

"她唱得真好。这里的病号,从二十岁到七十岁之间的男人都爱听她唱戏。"医生抖着浴巾进浴室去了。

隔了几天,诊断结果出来了。院长来找他时,他正在伏案疾书。院长说："吴教授，该休息了。"院长欲言又止，"这个，这个，怎么说呢，你得再接受一次体检。"

"我有毛病？"导师问。

"大概……确实如此。"院长说。

"哪块地方出毛病了？"导师说，"让我心里有底。"

院长的食指弯向自己的肚子："这里，你的肝。"

院长说："要我现在就通知缪芊吗？"

"以后再说吧。"导师说。

"缪芊知道了病情，也不会是坏事。女人的心都是豆腐做的，心肠软，她会怜惜你。"院长说。

"我可以静心写作了吧？"导师问。

"我想可以，"院长说，"你可以写书做爱两不误。"

导师听了院长的调侃，突然开心地大笑起来。他的眼泪都笑出来了，他嘴里嘀咕个不停：

"疗养院真是个好地方，院长，如果我的病真能像你说的那样轻而易举就治好了，会有更多的学者投奔到这里来。我抽个时间请你喝酒。"

院长听了他的话，更加开心。缪芊回来时，看到他们两人已经在互相劝酒。院长热情地跟缪芊打招呼，缪芊却没有搭理他。她责问导师：

"吴童呢？他跑到哪儿去了？你这当爹的知道不知道？他把猫带进教室，逗得学生们上不成课，老师刚才找我告状啦。"

缪芊把两个男人晾在家里，就出门找吴童去了。

那个傍晚，在大院里散步的许多病人都听见了猫的惨叫。缪芊把猫扔出了窗子，窗玻璃也被猫撞碎了。几分钟后，吴童跑出了楼道，缪芊头发散乱地紧跟在吴童的后面。吴童绕着喷水池与缪芊绕圈子。院长和常娥正在那里商量什么事，吴童有时就从他们的缝隙穿过。常娥被眼前的情景吸引了，看着吴童气喘吁吁跑动的模样。导师站在附近的花径里替孩子出主意，他喊道：

"往浴室里跑——"

缪芊不再追打孩子。她慢慢走到导师面前，对他说："站在这里干什么？你不是闻着花香就不痛快吗？"

缪芊走了。导师在那里愣了一会儿，又摆出随意散步的样子朝喷水池走过来，跟院长打过招呼，又问常娥：

"常老呢？"

"常老？常老睡觉了。"常娥模仿着他的口气说。

"你的脸色不大好看，乌黄。"院长说。

"是吗，常娥？"导师问。

"写书累的吧。"常娥说。

"你得放松一下，今晚到我家去吧。我请你吃饭，看样子吴教授今晚吃不上缪芊的饭了。"

"那倒不至于。"导师说。

"别嘴硬了，"院长说，"晚上咱们好好聊聊。"

第二天，导师是从院长家里直接到诊所去的。那天晚上他是在院长家里过的夜。

几天之后出来的诊断结果让缪芊大吃一惊：她竟然与一位肝硬化患者生活在一起。导师还告诉她：他很可能患的是肝癌，只是医生为了照顾病人的情绪，没有把真实的病症告诉他。他拿着诊断书让缪芊过目。缪芊突然变得很温顺，她安慰吴之刚说：

"也可能是搞错了，我们可以到市区的大医院请名医会诊一下。你平时又没闹过肝疼。"

"疼过，只是我不知道罢了，诊断结果一出来，我就感到了肝部的疼痛。"

"那是你喝酒喝的。"

"好多天没喝了嘛。"

"前天还喝了怎么能说好多天没喝？"缪芊说。

"那是院长的酒，我只喝了两盅。"

缪芊虽然嘴上说没事，但心里却不踏实。她趁导师睡觉时溜到院长和几个参加诊断的医生那里询问情况。院长说："肝硬化又不是什么大病，只要他心情愉快，静心疗养，不生什么大气，肝会慢慢软化的。"

"真的不要紧？"

"像你丈夫这样内心坚忍的学者，疾病遇到他会自己退缩的。"

"他很软弱……"

"我不这样看，"院长打断她的话，"我跟他多次交谈过。软弱的只是他的外表，实际上他只是因为体谅你，才给你造成这种错觉。"

"我每天跟他生活在一起，从未发现过他有病。"缪芊仍然难以相信丈夫的身体已经坏到这种地步。

"眼睫毛离眼睛最近，但我们从来看不见它，这跟你所说的是一个道理。"院长说。

"他不会是肝……癌吧？"

"我想，就从目前的症状来看，他不像是肝癌患者，"院长交代她说，"只要他心情舒展，病会稳定下来，逐步好转。你知道，他曾得过哮喘病，这样的病很难根治，他却根治了，只留下封闭门窗的习惯。你要多体谅他。他还要写书。"

"你劝他别写了。"缪芊说。

"写书会使他感到生活充实，"院长说，"这同样有益于他的康复。"

院长送她下楼后，特意让自己的夫人陪她走了很久。

"我一直是你的戏迷，很想听你唱戏。"

"可是我眼下心乱如麻。"

缪芊非常忧郁地说。她吻了吻院长夫人的腮，就匆匆上楼了。

六

　　导师在疗养院过上了短促的幸福生活。他既能静心地写书，又能享受缪芊从未有过的怜爱。每次到诊所化疗，他都拒绝缪芊跟他一起去。"你已经为我操够了心，我不能再让你受到那种残酷情景的折磨。"这样的话，使双方都很感动。但有一天早上，她把吴童打发去学校之后，还是忍不住地到诊所去了一次。诊所的门紧闭着，里面响着刀具和机器撞击的声音。她倚着门，想象着里面的场景，她对医术一窍不通，所以脑子里的画面总是非常吓人：她想象着丈夫躺在一个结构复杂的机器下，一盏镶嵌在机器里的灯在丈夫的胸脯上照来照去，他那硬化的肝脏上泛着黑木耳般的霉斑……她伸手去触摸那些霉斑，丈夫突然说，别摸我，我受不了你那双摸过别人的手再来摸我……她突然流泪了，走廊里的人围了过来。有人安慰她，也有人陪她流泪。

　　她站在楼梯上等待丈夫从那扇涂着白漆的门里出来。镶着白瓷片的走廊里响起了杂乱的脚步声，她抬眼看到丈夫的脸上带着微笑向她走过来。她终于领会了王明川院长的话："你的丈夫是个内心坚忍的人。"她迎上去，搀扶丈夫下楼。

　　他们常到疗养院外面的山野上散步，东北方向的一座山冈上，有一座凉亭，那里有一个石碑，上面雕刻着疗养院的教堂设计者威尔逊先生的诗。导师把这些诗译给缪芊听。那时，导师的兴致很高，他神采飞扬，完全不像是个重病号。

假如所有的人都是智者
并且也都同样善良
大地就是一个伊甸乐园
现在它却需要一座教堂
因为它还没有天国敞亮

"我要把这几句诗引到我这本书的后记里，"导师说，"这是首好诗。伊甸园时代还没有民俗，教堂修建的时候，民俗事象已遍布人间。"

秋后时节，金光菊和女贞子尚未凋敝，到处都弥漫着花朵那种带着草药味的气息。导师现在对它们已经习惯了，他很愿意让缪芊陪着在花丛中散步。山坳里生长的丛丛槭树，在阳光下闪耀着紫红色的光泽。导师仿佛忘掉了他的病，他牵着缪芊的手在树丛之间长久地徘徊。有时他会快速地跑到一座山冈之上，站在那里眺望下面的一个开阔地带。一些军人正在那里参加义务劳动，在墓园的左边修筑篱笆，将开阔地带圈起来，使之形成一个园林。他神色开朗，跟缪芊说话的口气也比以前随便了，有时他会大胆地对缪芊说：

"等我死了,你再去找你的旧相好吧。"

七

给导师带来很高学术声誉的《中国民俗学原理》一书在十一月初完成了初稿。学术界对此书期待已久,许多高校甚至想把它当作教材。初稿完成的消息传出之后,学术报刊迅速作了报道。每当记者来采访导师,王明川院长总是热情地接待,他向记者们详细介绍了导师在疗养院勤奋工作的事迹,他说导师的身体在医生的悉心治疗下正在逐渐康复,后来又说导师有鞠躬尽瘁的精神,这显然在暗示导师将不久于人世。这篇报道刊登出来之后,学院里引起了轰动,因为中文系一个搞古典文学的年轻副教授刚刚死去,现在又有人要中年夭折,听起来不能不让人寒心。但是过后,学校里没有接到导师的病危通知书,大家又觉得自己只是胡乱联想,一朝被蛇咬,十年怕井绳,或者说草木皆兵而已。

我再次见到导师是在那一年的初冬,那时,常同升教授主持了《中国民俗学原理》一书的审稿会。我记得前来参加会议的有五十多位:出版社的责任编辑、报社的记者、高校的有关教师、社科院的研究人员……他们大多是我仰慕已久的人，有的我以前从未见过。

我去看望导师时，他到常老家去了，所以我先见到了缪芊。我发现她的情绪非常低沉，她看人的时候，目光忽远忽近，显得百无聊赖。她的脸色有点儿苍白，高高的发髻绾在头顶，更衬得她的脸像一张纸人的脸。她说起话来总是欲言又止，但她一开口就让我吃一惊。

"又不是跟遗体告别，来这么多人干什么？"她说。

"导师这些天睡得好吗？"我岔开了话题。

缪芊瞥了我一眼，接着，她拿起一面小圆镜照看自己。

"几天来我都说不准他何时入睡。他上床就把手叠放在胸前，活像一位死后被人瞻仰的大人物。这种时候，我不知道他是睡是醒。他缩进去把自己紧紧关闭在躯壳里。"她说着，从镜前抬起眼，冷漠地环视着密封得很严实的套间。

傍晚时分，我才见到了导师。他和一位三十岁左右的女人一起出现在楼道昏暗的光线之中。女人对导师说：

"太谢谢你了，今天的事真悬。"

"常老已经没事了，你回去休息吧。"导师对那位女人说道。他目送她走出楼道，才走进房间。

"又是常娥吧？"缪芊笑着问导师。

"是啊，"导师转过脸对我说，"她就是常娥。"

那是我第一次见到常娥。以前我曾多次听到过她的名字，但一直无缘见到她本人。

导师现在的身体仍然很健壮，至少外表如此。他虽然很疲倦，但又显得很兴奋，脸色也很好，与议论和传说中的不可救药状态显然还有一段距离。只是在面对缪芊的直视时，他的目光有些躲躲闪闪。他向我微笑着，伸手去拿放在床沿的《大众医学》杂志。

师母说："我正在看，放下。"

导师摇摇头，又把书还给她。她指着床沿说：

"还放这里。"

然后她背对着杂志躺下睡觉了。导师突然问我：

"我让你到图书馆给我借的书带来了吗？"

他边说边向我使眼色。我突然醒悟到他的话外之音。他又在暗示师母跟图书馆那位副馆长的私情。我张着嘴不知道该如何回答他，因为他并没有托我借书……

当我走出十三号楼，沿着那条通往溜冰场的道路走去时，我还在回想着刚才的一幕，我觉得他们仍然是原来的样子，他们的关系也没有丝毫改变。导师曾写信告诉我的一些同事，说他和缪芊仿佛又回到初恋的美好时光。现在看来，导师不是吹牛就是说谎……我心里只有一个愿望：不要因为他们的关系而影响次日的审稿会，那本书毕竟是导师血汗的结晶，而且它属于整个学术界。

天快黑的时候，我回到了疗养院。我在这条道路上看见了常娥。她从路边的一个小庭院里出来，只穿着一件绿色的毛衣。她朝着教堂后面的诊所走去，走得很匆忙，仿佛在为什么事情奔波。

按照惯例，学术会议开始之前总要举办一个联欢会。疗养院拿出很大一部分款项资助了这个审稿会，所有参加会议的人都免费在这里吃住。这个联欢会实际上是个宴会，筵席在图书馆阅览室的大厅里铺开，在上每道菜的间隙，穿插着一些歌曲、玩笑或者小魔术。这些项目能起到开胃的作用，大家边吃边玩，几道菜不知不觉就下肚了，酒也灌了不少。喝点酒，有些平日不适合在饭桌上讲的笑话，现在也可以照讲不误。我们这一桌摆在大厅的中央，同桌的有院长、导师、常娥、一名负责给导师治疗的年轻医生，还有缪芊和我。导师的护士苏菲陪站在导师身后。有人吵闹着要导师也出个节目，一阵掌声过后，导师微笑着站起来，讲述了一个我本人也从没有听说过的笑话。他说那是他的童年经历的一部分。我想，他可能要提到哮喘病了，果然他说道：

"我童年时代患过一种怪病，闻到花香和新鲜空气，肚子里就难受，不停地哮喘，医生要求我或者吐或者泻。但我所吃下的药对这种怪病都不起任何作用。后来我偶然从一本民俗学著作里找到了一个药方，据说这个药方是造物主送给每一个人的。如果你把药从肛门里灌进去，保管你把肚里的脏物和瘴气吐得干干净净。这个原理很简单，一切疾病都是因为主一时不得已而本末倒置，因此，要恢复常态，就得用相反的方法治疗，上下口对调使用，药剂从下口进，疾病从上口出……"

导师满面春风地倾听着大家的掌声。有人喊着让导师再讲一个笑话，导师脸上的笑意却突然收敛了。他用筷子戳戳肝部，又朝院长做了个鬼脸，神色严峻地说：

"院长不许我多说话，他担心我劳累过度。"

他脸上又呈现哀怨的神色，他朝大家眨眨眼，突然，他自己发出一阵古怪的笑声。

几分钟之后，大家突然哄堂大笑起来。有人自作聪明地喊道：

"这算是吴先生的第二个节目。"

导师迟疑了一下，点头认可了这种说法，他脸上的笑容这下子彻底消失了。他朝缪芊瞟了一眼，缪芊却把脸扭过了一边。他又侧脸对常娥说：

"我给他们露了两手，心里真痛快。"

"不过，你讲的那个药方可没人敢用。"常娥捂嘴笑着。

这时，一位护士绕过人群匆匆赶到常娥身边，跟常娥耳语了几句。常娥听完之后，对护士说："这属于会务上的事，你该给他俩说。"常娥望了望导师和院长。

院长听完护士的报告，对导师说：

"吴教授，常老亲莅会场了。"

导师连忙点头说："他一贯关心民俗学界的事。院长，你宣布这个喜讯吧。"

"请大家起立,"院长亮开嗓门高喊,"常老来看望我们啦。"

所有的人都站起来眺望着入口处的大门。掌声四起,但没有人说话。导师和院长走到门口,静候常老的到来。掌声响过一阵之后,出现了几分钟的冷场。然后又响过一遍掌声。过了一会儿,门开了,常同升教授的轮椅终于出现了,他被出版社的女编辑推进大厅,在离门口几步远的地方,轮椅停住不动了。这时候会场上非常寂静,两位女教师拿着鲜花却忘记了献上。导师招呼常娥走近一点,常娥就从两位献花者中间穿过,和导师并排站在轮椅旁边。有一位教师递过来一只麦克风,院长接过它,把它放到旁边的桌子上。

常老嘴里咕哝出一串混浊的声音。

院长接着就高声地对大家说:"常老今天见到你们有点激动,所以说不成话。"院长说完,又继续俯视着常老。

常老望了院长一眼,而后又发出一串声音。

院长迷惑地望着常娥,常娥朝院长微笑了一下,没有作解释。然后常老就被掉转个头推走了。轮椅在门口消失之后,与会的同仁们才像刚睡醒似的使劲鼓起掌来。

院长又拾起麦克风,把它举到常娥面前。

"他让大家继续玩下去。"常娥说着,脸色变得通红。

导师不安地环视着会场,但他脸上仍然布满笑意。

常老被推走之后,晚会又持续了几分钟就提前收场了。

仿佛常老一走，晚会就没有必要再延续下去了：有些人就是为了见常老一面，才放弃了洗温泉澡的机会来参加宴会的。现在，大家可以心满意足地散伙了。

那天晚上，导师很晚才回来。我和缪芊都看到了他那疲倦的样子。他浑身湿淋淋的，活像一只落汤鸡。他解释说，他到浴室洗澡时不小心滑进了浴池。

"你洗澡时不脱衣服？"缪芊问道，"奇怪吧？"

"脱啊，不过我还没来得及脱就滑进去了。"

"天都快亮了，"缪芊说，"你洗澡未免太浪费时间了。"

"你快休息吧，"我对导师说，"天亮之后，审稿会就要开始了。"

"他的身体好得很，不用睡觉，照样连续作战。"师母说。

"你这是什么意思？"导师非常警觉地问。

"你不是说这里的院长、医生很负责任，疗效很好吗？"师母讥讽地回答他，"我只想说你的身体硬朗得很。"

其实在导师回来之前，缪芊向我讲了许多听起来模棱两可的事：导师虽然是个大病号，但很少吃药，他把药片都倒进了厕所的下水道；他现在晚上精力充沛，像刚结婚不久的年轻人，缠得她睡不着觉；他喜欢跟护士苏菲闲聊，还要替苏菲做媒，联络苏菲跟他那位医生的感情；有时候他跟常娥泡在一起……缪芊说，他现在仗着自己有病，说话的口气变硬了，有一次他们吵嘴时，他竟然说出了一个让她难以置信的词：离婚。要是以前，这话轮不着他说。它是缪芊的特权。

这是缪芊第一次和我讲这么多话。以前我们总是话不投机，她似乎不屑于跟我说话。但这个夜晚，她的话匣子打开了，她仿佛一直在自我倾诉，不管我是否能理会她的意思。

第二天我们正在阅览室开会时，师母和导师的跟班医生在大院里吵起来了。隔着玻璃，你可以听到缪芊那又尖又亮的喊叫。发言的人有时得停下来，等待聒噪声低落下去。这时候坐在一旁的导师就打手势要求他继续讲……

会议的最后两天，一件意想不到的事冒出来了。人们都知道常老要为这本书作序的。但是常老突然变卦，拒绝写序和题写书名。这使得会议的风向转弯了，一些人开始指责书稿的许多缺陷：旧的体系没能破除，新的体系更没能建成，整本书显得鸡零狗碎不伦不类。更多的人暂时保持沉默，静观事态的发展。休会了一天，人们或者去溜冰，或者到附近的兵营里慰问驻军，向他们捐赠书刊。复会时，指责导师的人数渐增。这时，常老拒绝写序的消息已从出版社编辑那里得到证实。编辑也为此事发愁，她对导师说：

"你怎么搞的，哪里得罪了糟老头子，惹他不顺心？"

导师嘿嘿地干笑着，挠着耳朵，没回答编辑的问话。后来，编辑说：

"这本书我要定了,然而你得修改。要是依常老的意思,书得从出版计划里抹掉。"

那天下午,导师回到十三号楼时,一副垂头丧气的样子,像一只泄气的皮球。他刚落座,常娥就敲门进来了。"吴先生你找我?"常娥问导师。导师说:"我的著作被他们批得体无完肤。"常娥说:"你已经给我说过了,是不是他们又得寸进尺?"导师热情地请常娥坐到自己身边,导师没有再提书稿的事,仿佛还有更要紧的事值得他们三人一起谈论。常娥以为那件事一定很让她感到意外,而且还与她有关。但那件事又仿佛没有能直接地进入他们的话题。缪芊拿着一本杂志漫不经心地翻看着,时常瞥上常娥一眼,然后又心不在焉地翻杂志。

"你也是医生吧?我记得你从前戴着医学院的校徽,那时候你还是个黄毛丫头,现在已是大龄姑娘了。"缪芊说。

"以前是医生。"常娥说。

"因为常老的病,常娥已经辞职三年。"导师插话道。

"常姑娘,吴教授的病你可能很懂,比这里的医生都要懂。"缪芊看着导师,问常娥。

"我不属于这里的编制,所以没参加会诊。"常娥说。

"那你暂时还没有我懂得多,"缪芊说,"你要是懂了,就会知道他病得不轻,他的心事也太多,无法安心静养。你以前学到的书本知识遇到真正的病人就不管用了。"

导师没有参加她们的交谈。他仿佛情愿自己受到冷落,仿佛他的病给这两位女人提供了单独交谈的机会,而他本人却与此无关,游离于谈话中心之外。他坐在书桌旁,离她们很近又很遥远,但他显然又被她们的交谈所吸引。他拿起一张写满字的稿纸凑近台灯照看着,纸在他手中战栗个不停,常娥突然瞥见他的额头冒着虚汗,他的嘴角嚅动,仿佛要说话却发不出声音。

"……只有常老对我很好待我如初,是他让我来的,我来了,他已经残废了,我的丈夫也实然患上了大病……"

常娥对她的话难以承受。她感到心被缪芊刺痛。她又看了一眼导师,接着就起身告辞,她拎起外套要走时,还是忍不住地说:

"要让我说,有病的不是他,他比谁都健康。"

"真是这样吗?"缪芊问导师。

"你太过分了,缪芊。"导师高声嚷道。

常娥听见导师训斥她,心里突然感到畅快。

缪芊要和导师离婚的消息是在会议结束之后传开的。没有来得及走掉的人获悉这个消息都难免对缪芊的行为感到愤懑,也对导师的遭遇平添了许多怜悯:

"这一下子,重病的吴之刚算是完蛋了。"

导师到墓园那边的道路上送走了最后一批学者。他已充分领受了人们的同情和安慰,所以在路上他缄口不提他那倒霉的婚事,只是向朋友们表示他要在这里继续住下去,直到把书稿修改得称心如意。

又过了几天,这里下了一场大雪。雪花飘飞,槭树、无花果树、棕榈树,到处都是雪压枝头,银装素裹的疗养院一时间更显得洁净诱人。其实这正是冬天里常见的景象。缪芊和吴童就是在一个大雪纷飞的早晨离开疗养院的。走之前的几天,缪芊和导师已经分居,但那天导师还是把她送出很远,他脖子上架着吴童,逗着吴童说:"你想有个新爸爸还是想有个新妈妈?"吴童说他只要旧的不要新的……导师再回到疗养院时,眼睛红肿得像两只水蜜桃。

八

导师很快就投入了修改书稿的烦琐事务里,我也暂时留下来帮他整理。这时候我才发现审稿会最后一天总结出的许多条修改意见都是无稽之谈。如果照那些意见修改,这本书反倒会显得不伦不类。我劝导师把那些意见扔到一边,只在文字上稍加润色即可。

"当然得照常老的意思改动,否则他会生气的。"导师说。

"常老对书稿有什么看法?"我问导师。

"不知道,"导师说,"我不知道他有什么看法。"

导师神情沮丧,他佝偻着背坐在扶手椅里,双手无力地垂挂在身边。

"只有一个人能帮我,就是他的女儿常娥。"导师说。

一提到常娥,他就显得轻松多了。他甚至有点兴奋。我将窗帘拉开时,他也没有拦我,平时这可是他最忌讳的事。阳光透过没有糊严的窗玻璃照射进来。导师走到窗前,凝望着窗外晨曦中的道路。过了一会儿,我们都看见常娥推着轮椅在窗下走过。导师凝视着她的背影,紧皱的眉头慢慢舒展开来。常娥和轮椅一起消失在树木遮蔽的小径之中时,导师才回到他的书桌前,把额头抵在书稿的扉页上,低声地笑起来,然后就穿起外套,急着要去见常娥。

我们是在墓园的花畦里找到常娥的。晨曦照耀着墓园的碑顶和覆盖着白雪的圆形墓堆。常娥拎着盛满积雪的水桶站在花畦当中的砖路上,她穿着红色的雪靴,上面沾着雪。看到我们从那道窄门进来,她举起舀雪的勺子跟我们打招呼。

"常老呢?"导师问常娥。

常娥朝一个高大的墓碑指了指。我们绕过积雪簇拥的墓碑,看到了轮椅上的老人。他闭着眼睛,显然对我们的到来毫无所知。他的膝盖上摊着一条印着方格的毛毯,厚实的黑色围巾缠绕在他的脖子上,只有一张脸露在外面。那是一张有些浮肿的脸。

导师轻轻唤他一声:"常老。"

他的眼睛仍然紧闭着,仿佛不屑于搭理导师。

导师拉着我走到墓碑的另一边,对我解释说:

"他成了聋子,已听不见世上的任何声音。"

但他仍然压低了嗓门,仿佛担心常老会听见他的话音。或者说,导师这样做,带着不由自主的成分。我听见常老的轮椅发出一种声响,那是轮椅碾过雪地时发出的吱吱声。导师立即朝那边张望,但轮椅并没有出现,它仍在墓碑那边。

常娥高声对导师说:

"如果不下雪,他每天都要来这里打个盹,像是对此上了瘾。"

"老年人嘛,都会有些怪癖,或者说,他返老还童了,像个孩子。"导师附和着常娥说。

"你是找我,还是找他?"常娥从花畦里跳出来,有些调皮地问导师。

"找你,当然是找你。"导师说着,接过了常娥手里的小木桶。

"有什么事?"常娥问。

"也没什么具体的事。我看见你来这里,就跟来了;再说,我的这位学生还没有就近见过常老,他想见常老一面。就这些。这花长得好啊!"导师说。

"现在还看不出来是好是坏,要到春天,它们长出叶子时才能知道。"常娥突然警觉地问导师,"你的脸色好像不太好？"

"是吗？"导师在自己脸上摸了一把，"我见到……我一来到墓园就有点紧张。"导师更加不自然起来，说话有些吞吞吐吐的。

"那我们还是回到房间说话吧，外面的气温太低。"

常娥拎着水桶往轮椅那边走时，回头望了导师一眼，她好像也有点紧张不安。用铰链做成的桶襻发出了一阵清脆的响声。她还没有走到轮椅旁边，常老就自己转动轮椅出现在墓碑的一侧，他的目光漠然地扫过我们每一个人。他的轮椅转动到导师和常娥之间，停顿了几分钟，然后他盯着导师，拍了拍轮椅的扶手，脸上突然绽开了笑容。但他始终没说一句话。

导师去推轮椅时，常老举手将他挡开了。常老用食指朝我这边戳了一下，我正在发愣，常娥对我说："他让你去推。"

我迟疑了一下，然后赶快往前走了几步，站到轮椅的后面。

我推着轮椅在前边走，常娥和导师走在后面悄声交谈。我听见常娥在说她的父亲："他常在我面前念叨芊。"

"是这样吗？"导师问道。但我听他的语气，他好像不是在发问，而仅仅是在附和常娥。有时他还会不自然地发出笑声，或者轻咳两下。每到这时，常娥就会把话停下来，过了一会儿，才重新接上原来的话茬儿。

"没有人给他唱戏了,他就感到别扭,其实他是聋子,一句也听不见。"常娥说。

"噢噢,"导师说,"你别提她了,她正在办理离婚手续。"

"是她先提出离婚的?"

"是啊。她一提出,我就同意了。"

"没有和好的余地了?"常娥怯怯地问导师。

"我不想连累她,现在我只想静下心来修改书稿。"导师说。

"肝病,一半靠治疗,一半靠静养,我也是医生,或许我能帮你,实际上我看你的身体不像是有大病。"

"只有你才会这样宽慰我……"导师的嗓音显得很伤感。

常娥一时没有说话。后来,她发出轻微的叹息声。

那时,我觉得导师在离婚问题上的说法与缪芊说的有误,我不由自主地回头看了导师一眼。导师对我说:"细心推着轮椅,别东张西望的。"

常娥朝我浅笑了一下,没说什么。她的脸色绯红。她往前走了几步,替下了我,由她自己推着轮椅。从侧面看去,我可以看到她脸上闪现着悲愤和坚毅的神色。一直走到门口的石阶前,她和导师都没有再说话。把常老往石阶上抬时,她坚持不让导师动手。最后,由我和她把常老搬进了大院。

"你还是节省点力气吧。"她对导师说。

导师搓着手站在一边,显得不知所措。

那天导师和常老的谈话给我留下了深刻的印象。常老事先已经准备了许多张写满问话的字条。他把字条从内衣口袋里掏出来,面带微笑地递给导师。导师突然紧张不安起来,求援似的望着常娥。

常老又把字条索回。他犹豫了一会儿,把字条递给我。

字条上面写着:

你跟缪芊离婚啦?

另一张上面写着:

我早就知道缪芊跟人私通。

我看着这些字条,一时间目瞪口呆。导师还稳坐在常老师面前的沙发上,手里拿着装在牛皮纸袋里的书稿。他的面上呈现着某种莫名其妙的表情:像是兴奋,又像是沮丧,还像是在跟自己怄气……但他坐在那里没敢动弹。

常老嘴里突然发出一种奇怪的声音,仿佛是在嗥叫。那种声音刺耳而又低沉,音节之间有一种特殊的节奏,组成了某种怪诞的秩序,它能够刺透你的耳膜,却又让你无法辨清他究竟要表达什么意思。他一会儿面向常娥,一会儿又面向导师。而且这种嗥叫显然给他带来了某种愉快,他的手指飞快地捻动着上衣的一颗扣子,同时,脸上始终带着漠然的笑意。那颗扣子被他揪下来之后,他突然住口了。然后,他伸手向导师索要他刚才发下去的空白纸条,仿佛那是一张答卷。

导师问常娥:"他刚才都咕哝了些什么?"

常娥说:"你真想知道?"她说话时眼里已噙着泪。

导师使劲儿点点头。常娥朝我瞟了一眼,然后才说:"他的意思是说有人偷看他洗澡了。他……"

"还有呢?"导师急切地打断常娥的话。

"他说是参加审稿会的人对他讲,缪芊和别人……"

常娥没有把话说完,眼泪就流出来了。

导师在那张纸条上写了四个字:

　　你说得对。

他把字条递给常老,常老看过之后,立即拍着轮椅的扶手笑个不停。没等他笑完,导师就拎着装满稿件的纸袋摔门而去,走到楼下的庭院时,我们回头看见了站在楼道口的常娥。她脚步不稳地走向一棵落光了叶子的无花果树,抱着树干哭了起来,那是一种抑制不住的号啕大哭。导师的眼角也潮润了。他把书稿递给我,示意我走开。当他向无花果树走近时,我看见他的身影摇晃个不停。

九

从那天起,常娥经常到十三号楼来。有时候,她一谈起自己的父亲,泪水就像脱了线的珍珠直往下掉。导师坐在那里唏嘘不已,常常拉住常娥的手,耐心地安慰她。每当这时候,我就连忙走开。就在那段时间,我感到他们的关系已经非同一般。有时候常娥在这里待上很久,帮导师查对资料,或者跟我们一起就餐。有时候常娥也会突然提起缪芊,问及缪芊的近况。这时,导师就会放下正在修改誊抄的书稿,对常娥说:"我们不妨订个协议:你不谈缪芊,我也不谈常老。"

"那我们谈什么?"常娥调皮地问。

"除了那些事,我们什么都可以谈,我们两个人之间还有更多的话题,"导师兴致勃勃地说,"譬如这部书稿,我要从头再写一遍,原来的框架也要变动一下,一些地方要重写。送到出版社,他们不但挑不出毛病,而且还要对我和你脱帽致敬,"他对常娥说,"因为这里面也有你的一份心血。"

导师说得很真诚。常娥凝视着书稿,抿着嘴笑了。然后,她就起身给导师准备晚餐。

导师每次从诊所回来,总是显得心神不定。常娥忧虑地望着他,担心他真的会从此病倒。

她想尽办法将导师引到户外散步,使他忘掉眼前的痛苦。有时候他们会在外面待很长时间。有一天，导师回来时天已经快亮了，我又看到了他湿淋淋的样子。他显得疲惫不堪，躺下就睡着了。第二天的午后，常老的护士来找苏菲，两个姑娘在门口嘀咕个不停。那个护士走后，苏菲显得非常兴奋。她望着我，然后又神色诡秘地望着蜷缩在床上的导师。常娥来的时候，苏菲又用将信将疑的目光望着她……

我后来才知道导师和常娥在夜里常去的地方就是教堂二楼的浴室。这些事我是后来听常娥讲述的。直到那时我才明白常老曾经说过的有人偷看他洗澡究竟是怎么一回事。

常老泡在教堂二楼镶着白瓷片的浴池里，他那两截糟木头似的双腿漂浮在水面上，连同他那像阑尾一样的生殖器。每一次他都尽力逃脱女人的手指溜到浴池的中心，如果你就此走开，他保证能被水淹死。这迫使常娥下到池子里。这种父女同浴让女儿为难羞辱的情景显然使他上了瘾，每周都要重演几次。他欢乐地扑腾着水，突然他的上身沉下去了，下身却又浮在水面上。她打捞着他，他却鱼一样滑溜地从她手缝溜走。这样持续了一段时间，她突然发现父亲的下身漂浮在那里不动了。常娥惊叫着跳出浴池，她没有跑下楼，而是沿着一道室内楼梯跑到教堂的圆顶上，她不想让别人知道她受到的羞辱和恐惧，但她无法抑制的尖叫声仍然响亮地传遍了疗养院。尖叫是这里的许多病人经常采用的发声方式，所以她的尖叫没能引起别人的注意，倒是引起了导师的关注。那天，他可能正和缪芊怄气，深夜里仍在大院里徘徊……

当导师赶到教堂二楼时，他最初看到的就是常娥最后看到的情景：常同升仍然一动不动地漂在水面上。导师下池打捞他时，他的上身又突然浮出水面，脸上洋溢着喜悦的神情，在迷蒙的水汽中，导师将常老抱上了池沿。导师看到有人从幽暗的楼梯上走下来，待她走近了，他才看清那是惊魂未定的常娥。在楼梯的尽头，一道窄门敞开着，那里有一团模糊的亮光映照进来。导师朝那里望着，常娥说："别看了，那是外面的雪光，和我一起把他抱上楼吧。"

……从那时起，每次常老要洗澡时，导师就待在那条通往圆顶的楼梯上。有时，他得像第一次那样，跳进池里把常同升打捞上来，他吩咐常娥将灯熄掉，这样可以避免常老发现他。

但他还是被常老发觉了。

十

旧的墓园旁边的那个开阔地带，一旦被铁蒺藜做成的篱笆圈起来，就形成了一个新的墓园。只要往里面移栽些雪松或者最常见的冬青，增添见个圆形的墓堆，它就与旧的墓园没什么两样了。没有人在这里埋葬之前，它永远只像个新设的园林。还有许多可有可无的工作要做：培植花草，铺设砖路，或者在它的四周清理出一条环形的道路。这些差事已经用不着再麻烦附近的驻军了，疗养院的病人们乐意把差事揽过来，这样既可以锻炼身体，又可以享受工作的乐趣，所以这里经常笑语喧天。

常同升教授最喜欢到那里去。他虽然从不走下轮椅，但是他的出现具有特殊的效果：病人们因为他的到来而受到鼓舞，干得更欢。

导师有时候也会参加这里的义务劳动。他和常娥就在常老的轮椅周围铺设砖路。这活儿比较轻巧，所以常娥允许他打下手。他们有时候会干到很晚。干活的时候，导师经常沉默不语。后来常娥就发现了一个秘密：只要她父亲在场，导师就只顾埋头干活儿，很少和别的病人搭腔。他不说话时显得非常忧郁。常娥有一次对他说：

"你是金口玉言啊，难得听你说句话。"

"什么？"导师抬脸问她，"你说什么？"

"我说了什么你都听不见？"常娥说。

"你要是说，"导师环顾了一下四周，又望一眼常老的轮椅投在地上的影子，压低嗓门对常娥说，"你要是说你爱我，我保管听得一清二楚。"

常娥被他的话镇住了。她愣在那里，过了一会儿才醒过神，她惊讶地对导师说："我没有听错吧？"

"你听到的没错。"导师说。他紧盯着常娥。

常娥搬过来几块砖,在导师身边一放,然后就推着轮椅走了。人们也都收拾工具要回去了。那里只剩下了导师一个人。然而没过多久,常娥就返回来了。她走到导师身边时显得气喘吁吁。她看到那几块砖还原样放着,他没有动过。她没有正眼看他,而是弯下腰把那几块砖填到砖路的空隙里。但她无法躲避他从侧面射来的目光,一种不由自主的眩晕感将她全身笼罩了。那种眩晕感渐渐消失之后,她和他互相凝视着,她看到他的眼角已经潮润了。

在那个冬天的薄暮,导师向她讲述了他很久之前到她家去的情景。随着他的低声倾诉,她慢慢回忆起他每次来拜访父亲时总要在她的额头轻吻一下。现在,这些情景又栩栩如生地闪现在她眼前。有一次,他是和缪芊一起来的,他在临走时,倚着门轻拍了一下她的肩膀,只有那一次,他没有吻她……

"那时候我吻你的额头,现在,我要吻你的嘴唇、眼睛、鼻翼……"

一开始,他还有点像照章办事,嘴唇像雨点那样落在她的面颊上,后来,他变得激动难抑,当他的舌尖深入到她嘴里的时候,她感觉到自己从脚下的道路上漂浮起来了,天色越来越暗,但她的胸膛里却被他点燃了一把火,火光把她整个照亮了。当她再睁开眼睛时,她看到他们的四周都是被雪辉映得蓝幽幽的光亮……

她重新捡起了久已生疏的医学课本。她感到需要亲自照料他的病体,她有一种奇异的感觉,仿佛她被迫离弃的对医学的热爱现在又有了生动的对象和回应,那个对象就是导师。每当这种感觉向她袭来,她就长久地注视着他。

一个午后,她打发导师睡觉,然后她去找导师的跟班医生索要病历资料。她要研读他的病情,以便对症下药。她在医生的寓所前等了许久,才看见医生和苏菲护士从河床那边走过来。他们亲昵的样子让她看了不免觉得好玩。

"你来这里干什么?"医生问她,同时仍然捻着苏菲的耳垂。

"我想查看一下吴教授的病历资料。"常娥说。

"谁想查就查,那不是要乱套了。"医生突然严肃起来,"再说,你跟他又有什么瓜葛,突然间关心起他来了。"

"我只是想弄清楚他的病情有多严重。"

"让他本人来,我对你说不清楚。"医生从她身边挤过,很快关上了门。房间里传出苏菲的窃笑声。

常娥站在楼梯口,望着那道紧闭的门,感到进退两难,她觉得医生的话非常刺耳,仿佛他有意要向她隐瞒什么东西。她又要去敲门时,听到导师在楼下喊她。她看到导师穿着单薄的睡衣正向这边张望，他神色焦虑，不停地来回走动。见她下楼，他急匆匆走开了。她撵上他，没等她开口，他就先问她：

"你溜到这里干什么？"

"我想和医生谈谈你的病。"

"没什么好谈的，"导师放缓语调对她说，"我的病会好起来的，只要你待在我身边，它每分钟都会好转。"

"我想摸清底细。"

"我可不希望你搅进来。"导师说。

常娥被他怼得无话可说。她几次张开口，都没有说出一句话来。导师很快岔开了话题："你刚才看到苏菲了吧，是我把她和医生撮合到一起的。在民间，替人做媒是一桩古老而又体面的事。"

常娥对他这种王顾左右而言他的做法非常不满，但她还是被他逗笑了。导师拉住她的手，和他自己的手配合，打出一个撮合的手势，然后牵着她上了楼。但她心里仍在打鼓，他怎么每次都要避开有关他病情的话题？他不许她染指此事，仿佛他心中的隐痛不愿被人触及同时也免得她为此操心。想到这里，她又不免对他的行为充满敬意，但她更深重的忧虑也由此萌生了，他可能真是病得不轻，或许比她所想象的还要严重。

进了房间，他站在壁炉前凝视着火光，喃喃自语地说：

"我们先结婚吧。"他的神色非常激动。

"你的身体……"常娥不知道该如何答复他。

"我发觉现在自己身体能行了,看见你我就激动。"

"那也得等医生签字开出证明,"她说,"我观察了你,发现你的病是减轻了。"她只能这样安慰他。

"说不定他们当初就误诊了。"导师说。他说得很犹豫,口气非常软弱。他说过之后,侧脸看着常娥。

常娥说道:"要是那样,就太好了。"

导师突然手足无措,目光从她身上移开。他蹲下去给壁炉添柴,说室内气温升高之后她可以穿上裙子。

"穿上裙子给谁看?"常娥问。

"给我看。"导师说道。他眼里闪现着异样的光彩。

十一

这一年十二月的最初几天,导师的书稿已经修改了大半部,他现在可以缓口气了。他仍然经常到诊所去,有时候王明川院长也到十三号楼来。有一次常娥向院长提出查看导师的病历资料,院长爽朗地笑了,"你已经在这里住了几年,应该知道这里的规矩,病人的资料基本上都是保密的,特别是像吴先生这样大名在外的病人。"

趁导师上厕所的机会,院长跟她开起了玩笑,"恋爱中的女人像猴子一样机灵,又像猴子一样愚蠢。"

说完，院长又爽朗地笑起来。刚从厕所里出来的导师显然不知道他们的谈话内容，他也跟着笑起来。后来院长提出要在元旦那天举行小型的酒会，为这对新人祝福。

"你们结婚之后是不是要离开疗养院？"院长问。

"如果他身体允许的话，我们想搬回市区住。"常娥说。

"现在事情恐怕不大好办，吴先生的身体还没有完全康复，所以他最好再在这里住下去。"

"回去之后可以慢慢治疗。"常娥说。

"这当然很好，不过马上放他走，外边恐怕会产生某些谣传。"

"什么谣传？"她问。

"譬如说，"院长突然变得非常谨慎，仿佛他谈到的话题对所有的人都非常敏感，"这么说吧，即使……"

"即使什么？"

"即使，况且吴先生的身体并没有根本性好转，即使我们现在就放他走，因为他的名声很大，外面会谣传我们对吴先生不负责任，病还没有治好，就让他出院了，这对我们双方都不是件愉快的事。"

"照你这种说法，我的病情妨碍我结婚了？"导师突然插话道。他紧盯着院长，显得沉不住气。他已经从座位旁站起来，一时间他又显得迷惑不定。

"吴教授，您冷静一下。我是在为您的身体着想，您患了肝病，这是我要再次提醒您的事，所以您的肝火不要太盛。"院长对在房间里走动个不停的导师说道。

导师眯缝着眼颓然坐下，仰脸靠着椅背，但他很快又站起来，对院长说："院长，实话告诉我，你的意思是不是说我结婚的事要泡汤了？"

"不是这样的，如果您觉得方便，我现在就可以开出一张证明，证明贵体安然无恙。但我不能这样做。我是为您考虑。您作为病人，我作为医生，事情一旦缠到一起，我们都会有身不由己之感。但我还是会通知医生给您开张证明的，证明您的病并不影响你未来的夫妻生活。"院长终于松口了。

导师如释重负地长舒了一口气，他拉住常娥的手对院长说："原来院长在吓唬人，我差点被你的话吓着了，我知道王院长不会忍心将我和常娥拆开的。"

"别奉承我，"深陷在扶手椅里的院长慢悠悠地说，"该拆开的时候就得拆，只是你的病情没有发展到那种非拆不可的地步罢了。常娥，你怎么用这种眼神看我，好像我要棒打鸳鸯似的。"

"当然，大难之后必有后福，命中注定，我和常娥要相遇相爱。"导师拍着常娥放在膝盖上的手，"常娥，你看院长在嫉妒我了。"

"现在说我嫉妒您还为时尚早，哪一天你真把常姑娘娶到手了，我才会嫉妒吴教授。"院长笑着望望他们两人，补充道，"两天之后你们来我这里取证明吧，我只能证明吴教授可以结婚,但不能证明吴教授的身体没有毛病。你们晚上来,我要给二位备桌酒席,以示庆贺。"

那天晚上,导师和常娥正准备出门时,常同升教授突然对常娥咕哝个不停,他要去教堂浴室洗澡。

"他有几天没有洗澡了吧?"导师说,"我们送他去洗个澡,然后再去王院长家里。"

"凡是他的要求你都会答应的。"常娥说。

"只有一个要求我不会答应。"导师看一眼常老。

"什么要求?"常娥边说边给常老准备换洗的内衣内裤。

"他不让你出嫁。"他对耷拉脑袋的常老说,"对不起您老人家了,只能如此。"

常老不发声,也不乱动,听任导师搬着他的轮椅下楼。要是往常,他一定会不停地扭动身子,嘴里吼叫着,反抗两个后生的行动。但这一次,他仿佛已经接受了吴之刚陪他洗澡的事实。当他们把常同升搬上教堂二楼浴室时,他咕哝着央求常娥将壁灯揿亮,然后他很乖地坐到池边的台阶上,往自己身上撩着水。导师脱下外套要下水的时候,常老突然吼叫起来,脸上显出非常不情愿的神色。导师的一条腿伸在水里,另一条腿还放在岸上,他听着常老的吼叫,但不明白他的意思,不敢轻易下水。

"他说什么,我一句也听不清楚。"导师问常娥。

"他说他愿意一个人洗澡。"

"还说什么？他说了一大串呢。"

"他说他不愿意让别人看到他的腿。"

"那你还是把灯熄了吧。"导师对抱着衣服站在壁灯下的常娥说。

导师说着就跑上岸，将灯熄掉，顺势抱着常娥吻了一下。在黑暗中，常同升的吼叫声更加激烈。导师只好又把灯揿亮。

"他大概又在说让我们走开。我们只好先躲出去吧，"导师说，"老爷子这下子真的发火了。"

他们走下楼梯时，常娥说：

"以前他也一个人洗过澡，不用担心。"

常娥想利用这段时间到院长家去一趟，把院长开的证明取回来。

"我去吧，你留在这里。"导师说。

"要去我们一起去，"常娥说，"院长是个酒桶，他会想方设法把你留下来灌醉的。"

他们走到院长家时，院长正在醉醺醺地唱着京剧。有几名医生附和着他，一起哼唱。院长夫人在门外洗刷着拖把，她一见到常娥就说："一群精神病，屋里吐得到处都是狗屎。"

他们没敢进屋，就折回来了。等他们走出院长家的庭院时，听见院长在骂他夫人非得乳腺癌不可，那女人的哭声清晰可闻。她每哭一声，常娥也跟着发出一声叹息。

走到教堂浴室的楼梯口，他们觉得里面很安静，听不到一点水声。他们跑上二楼，看到常同升教授还待在池里。然而，他不是坐在池边，而是漂浮在浴池的中心。他死了。

埋葬常同升那天，市里没来什么人。无论是常娥还是王院长都不愿将丧事搞得很铺张。常同升被埋在墓园左边的一个角落里。冻土层挖开之后，棺材往坑里一丢，《春天降临》这首院歌连续播放到墓顶隆起来，事情就算过去了。

埋完常同升，稀稀拉拉的人群沿着那条撒落着花末纸屑的道路往大院里走，院长、导师和常娥三个人走在后面。

"我认为他应该死在急诊室的手术台上或者书桌前，眼下他这种死法让我很不高兴。报纸上也无法渲染。"院长扯下黑袖套擦拭着眼镜玻璃，慢腾腾地说道。

他见导师不吭声，就问道：

"吴教授，你对这种冷处理方式满意吗？"

"冷处理也好，热处理也好，都跟我无关。"导师说。

"我先给你开句玩笑，以后轮到你的时候，你可不能冷不防地给我玩这一手。"院长轻咳着笑起来。

导师揽过常娥的肩膀，对期待他答复的院长说："走着瞧吧，我或许会使你更失望。"

十二

元旦来临之前,天气暂时晴朗起来。院子里新铺的细沙在新雪消融之后,显出耀眼的金黄色。

这一年的最后一天,院长、医生和那些病人们来到十三号楼。他们按照院长的吩咐前来向导师祝贺新年。常娥已经提前把房间布置得焕然一新。整个房间像一幅油画作品中的景物,一株盆栽的松树从花圃搬到客厅,上面披挂着彩纸,落地窗被镶有锦葵的窗帘遮蔽了。这天晚上,客厅和书房里都挤满了面带喜色的人们。一位病友的儿子也来了。孩子一手举着蜡烛,一手举着盛满白葡萄酒的酒杯,他稚声地问常娥:

"阿姨,酒苦吗?"

立即有人接过孩子的话喊:"苦啊,喝不下去啊。"

另外几个就附和道:"来点甜的。"

常娥知道他们的意思,她羞涩地挤到导师身边,弯腰在导师的腮上轻吻了一下,然后自己也忍不住地笑起来。

"浓度不够,再加点甜的。"

常娥就在另一边再吻一下。

导师突然说:"别让我的病传染了她。"

当场就有一个医生搂着苏菲大笑起来。人们都跟着笑起来。笑声过后,房间里的气氛突然沉寂了,变得非常难堪。

像往年一样,大家在这个夜晚还要在大院里举行烛光舞会。大家乘着酒兴,举着蜡烛拥出楼道。院长夫人对常娥耳语说:"跳舞时谁把蜡烛举得高,婚后谁就更有发言权,你举得高些……"然而,无论她把蜡烛举得多低,总还是要比导师高。导师变得无精打采。她有些生气地把他的手臂高高地举起来,像一盏灯似的高举过头顶……

那天晚上,常娥把导师送回十三号楼,看到他在浑身打战,脸色也变得非常难看,有几次他似乎想对她说什么,但是话到嘴边,又咽了回去。他的嗓子哽咽,眼睛仿佛要流出泪水。他许久之后对常娥说:

"你看过我的病历资料吗?"

"没有。"常娥对他的问话感到突兀。短暂的沉默之后,他错开话题,对她说:"你使我感动。"他的嗓音怯懦,仿佛有什么事情使他没有勇气面对她。他很快就放开她,也从她怀里挣脱出来,仰躺在床上,面对着窗帘上的锦葵图案发呆。

"我会失去你吗?"导师又低声地问。

"怎么问这个问题,"常娥说,"我不允许你想这个问题,也不要你因为失去了缪芊而怀疑我。"

话一出口,常娥也感到浑身战栗个不停。

她整个晚上都待在他身边,看着他渐渐入睡又从梦中惊醒。他睡着时紧握着她的手,仿佛怕自己被丢失。要是她想离开床沿,她得小心地将被单或者袜子塞到他手里,即使是他自己的一只袜子也行。此时她才感到眼前这个男人是个格外脆弱的人,她的内心充盈着对他的怜悯,但她仍然感到自己离不开他。她轻轻蜷伏在他身边,借着微弱的灯光,她翻动着他快要修改完的著作,这时候,她又觉得纸页翻动的声音像摇篮曲一样使这个充满孩子气的男人得到了睡梦中的安宁……

天亮的时候,她听见大院里响起了歌声。她知道又有新的病人入院了,是常住在这里的老病号在教人学唱院歌。她和正在洗漱的导师不约而同地被那稚气的歌声所吸引。透过窗帘的缝隙,他们看见一位身穿滑雪衫和灯芯绒裤的女孩倚着无花果树在唱歌,她费劲地高歌着,像是要用尽自己最后的力气唱好这首《春天降临》。她唱两句,就得停下来喘口气,然后再唱两句。教她学唱歌的老人要出院了,被家属簇拥着向大门口退去,一边轻咳着,一边给女孩打着拍子……

后来,导师将窗帘合上了。然而不管他怎样试图拉严,一道楔形的阳光仍然透过缝隙照射进来,照亮他那双躲躲闪闪的眼睛,他对此感到束手无策。常娥上前把窗帘全部拉开,让阳光像潮水一样涌进房间。导师置身在阳光之中,脸上的惘然和无所适从引发了常娥的朗声大笑。在常娥持续的笑声中,导师的神情慢慢舒展起来,他紧抱住常娥,吻着她的肩窝。常娥感受到他的激动难抑,也觉得自己仿佛要被他迸发的激情融化……

冬春交替时节,雪又下个不停。然而,有时候头一天大雪纷飞,第二天就可能阳光普照。窗外是微微发蓝的冬夜,月亮的清光几乎是透明的。常娥把导师的稿纸铺好,将灯光拧得更亮一些,她要抓紧时间抄完书稿的最后几页。她已计划在导师的著作完成之后和他一起离开疗养院。她总是有一种奇异的感觉:疗养院或许误诊了他的病,他又被这个误诊吓坏了。只有借助于药物,导师才能够提起精神,让他的注意力集中那么一小会儿,接着,他又昏昏欲睡。她最近才发现这个现象。有一次她偷吃了他抽屉里的药片,没过多久,也是睡意沉沉,感到非常安宁。她突然醒悟到他其实经常服用的这种淡蓝色的药片里包含着镇静剂。除此之外,他似乎无法安静,一直处于不安之中。

这一天,导师服用了淡蓝色的药片,要坚持自己誊写最后的几页书稿。灯光在稿纸上留下一团颤抖的阴影,那是他握笔的投影。他写得似乎不顺手,似乎比写草稿时还要艰难,间隔许久才落一次笔。他经常侧过脸看着窗子、壁炉、房间里洁净的床单、凌乱的书籍……常娥知道这是他内心紊乱的症状。按照常理,他服用过药片之后,有一个短暂的安宁时期,然后就要打瞌睡,然而这一次他却没有睡意难遣的迹象,他似乎更加烦躁不安,注意力也难以集中。他又用稿纸作掩护,拉开抽屉取出药片含到嘴里，接着，他就像是又得到了安宁，可以继续誊写了。奇怪的是，片刻的安宁很快就又消失了，他又站起来，躲进卫生间，长时间的冲水声过后，他闪现在门口的脸仍不平静，嘴角的肌肉时不时地抖动一下，他想发出声，却嗫嚅地说不出一句完整的话："捂着头睡吧，累了，捂着被子睡觉……"

他步履跟跄地走到书桌前，把誊了半页的稿子揉碎扔到常娥脚边的纸篓里。然后，像被伐倒的树一样栽倒在床上，又蜷缩起身子，脑袋紧捂在被下，许久之后才慢慢平息下来。

常娥以前虽然接触过许多病人，对病人的各种反应都心中有数，但是她一遇到导师，就觉得她事先想好的各种应该行之有效的办法都失灵了，她不知道该如何安慰他。她自己也觉得那些安慰有点不得要领。"不要轻信医生，"她说，"他们一谈到病，就让人觉得死神就在身边，谈到药剂的性能、医术的高明，又使人感到十分安全，这样的事我也干过……"

她劝说着他。有时他会突然在被子上露出脸来，那是一张被疾病折磨、损害的脸。在被面的花朵图案上，他的眼睛圆睁着，明亮和昏暗的眼神交替呈现，接着又像被尘埃遮盖的月牙形的小瓷器，色泽被尘埃吸收，只在个别地方显露出它原来的光亮，但是又倏然而灭。他闭上了眼睛。

这样的时间持续了很久,她也迷迷糊糊地进入了睡眠。

然而即使躺在他的身边,她还是要梦见他。她觉得梦中的事物真假难辨,在疲倦和虚弱之中,她梦中的情景变幻很快……她看到导师像小孩那样跪在床前,胸口抵着床沿,脸埋在褥子的方格里尽情哭泣,哭泣时好像他还提到缪芊的名字,他一开始哭得比较艰难,后来又哭得非常流畅……当他再次提到缪芊的名字时,她惊醒了,却没有看到他,然而褥子的方格里真切地印着泪痕。撩起床单的一角,她看见了一堆颜色凌乱的药片。

她从睡意中清醒了,连忙披上衣服出门找他。在一盏聚光灯下,她看见了导师。他正往酒瓶里塞着雪,然后摇晃着酒瓶,一小口一小口地喝起来。

她夺过导师的酒瓶,使尽力气甩出去。瓶子在被雪覆盖的道路上滑行了许久,撞着了墙壁或者跌进了阴沟,发出爆裂的声音。

"我听见你提到缪芊……"她说道。

她的话刚出口,两人不约而同地紧抱在一起。他们亲吻着,那是一种舍命的亲吻,泪水和唾液打湿了彼此的脸,常娥当时觉得两人从未抱得这样紧这么狠。常娥后来回忆起此事,羞涩之中仍带着让人嫉妒的迷醉神情。

"我得洗个澡……"

他牵着她的手往教堂浴池那边走。他颤动的嗓音从遥远的地方飘浮过来。

十三

在常娥紊乱的记忆里，那是她第一次在一位男人面前袒露自己的身体。她的衣服像是自己往下滑落，以使她能够亭亭玉立在这位她热爱的男人面前。

在这个镶满白瓷片的教堂二楼的浴室里，她感到眼下疗养院里所有的病人、医生都在熟睡，只有他们两人是清醒的。她担心他病中消瘦的身体在她的注视下自惭形秽，就先跳进了浴池，尽量不去看他脱衣服的样子。很远的地方仿佛有人在哑着嗓子唱歌，歌声似有似无。她趴在池沿上，透过教堂的圆形拱窗朝外看，没有看到一个人影。她觉得眼下这种寂静让她不知所措，脱口问道：

"是什么人在唱歌？"

"一个失明的病人，刚住进疗养院。"导师说着也跳进了浴池。

她看到水雾之中他黝亮健壮的身体向她渐渐逼近，一种害羞而潮湿的感觉使她战栗，几乎要惊叫起来。他划水的声音起初是迟疑的，慢慢地响亮起来，然后，他俯卧在水中向她游过来，倏然之间，他在水面上消失了，再露出水面时，他已游到她跟前，紧拥着她的双腿。

"别动，别脱手。"他颤声说道。

她又闻到了他嘴里的药味和酒味。他的那条被各种药片侵蚀过的舌头像一条鱼似的在她的身体上滑游，他的脑袋紧抵着她的小腹。他把她举起来，更高地举到空中，现在，她伸出手仿佛就可以摸到教堂的穹隆形屋顶，摸到被水雾腐蚀的那些斑驳的壁画。他把她再往高处举，然后把她缓缓放下，他蹲了下去，只有他的一颗湿淋淋的脑袋浮于水面。他再站起时，她看见他硬朗的下体突然耷拉下去，像一截盲肠，又像她许久之前经手过的一个病例中的物件。他后退了几步，仿佛要跌倒在水中。他的声音从水面上飘过来，显得脆弱无力："你肯定知道了，我其实没有病，压根儿就没有病。"

他说完，又向她走过来，她推开了他。

她不知道他后来又说了些什么，在他嗫嚅地讲述着某项事情时，她看到他的侧影在壁灯的照耀下像板子一样薄弱，而且一直在摇晃个不停，光线被他的侧影带动得忽明忽暗，她感到自己不停地下沉，在水中喘不过气来。

后来，有人把她抱出了浴池，在昏厥之中，她似乎感觉到此人正把她抱向教堂圆顶的那个室外台子上去。楼梯盘旋着，尽头的窄门裂开了一道缝隙，在刺骨的寒风吹拂下，她醒了过来，然而眼前总是黑暗，许久之后，她才看到天空中悬缀的星辰已在曙色中变暗了。

他把她抱回十三号楼时，天已大亮。她听见楼下有人在喊叫吵闹，驱赶着那个彻夜唱歌的盲人。他逼着常娥吃了一点他为她煮好的枣粥，然后把她捂到被子里。他说他现在要去找院长和医生办理出院手续。她问他："你和缪芊办妥离婚手续了吗？"

他的手拉着门，脸向着楼道，突然打了几个喷嚏。

导师很快就拐回来了，脸上呈现着少有的悲愤神色。他对常娥解释说："院长他们都出门开会去了。"

然后他跳上床要和她做爱。她瞪着眼看他，他说："我能行。"

"免了吧，"她说，"还是去找王明川院长吧，我知道他还待在疗养院。"

"我们可以先走，有时间再回来办理手续，然后就在这里结婚，让他们瞧瞧，我没有病。"他说道。

常娥整理着物品，在客厅和卧室出没，导师拎着她那只朱红色的皮箱亦步亦趋地跟着她，让她把物品塞进来。

"我在家里待上三天，跟缪芊把关系清了，"他说，"你喜欢我儿子吗？"

"那也是缪芊的儿子。"常娥把导师没有誊抄完的手稿塞进皮箱。

"也可能是我们的儿子。"导师说。

常娥叠着衣服，没有接他的话茬儿。

"我们约个时间、地点，三天后在市长途车站见面，然后再来疗养院找王院长签字，签过字我们就去登记结婚。"

常娥拉开抽屉，又看到了那些装着药片的纸袋。

"你没有病，找他签什么字。"常娥说。

"我跟疗养院之间有个手续问题，"导师说，"签了字才能证明我没有病。"

十四

直到导师回到市区的第三天早上，他才和缪芊把离婚协议书签好。导师从法院回来的路上，决定到寄宿学校再最后看一眼儿子。因为他不熟这段路，所以走了很长时间。吴童那个班的学生正在上体育课，男孩子踢球，女孩子举着小旗在场外呼喊，她们还充当着巡边员。球场栅栏外的雪堆旁边，许多家长拎着食品袋边看球边等待孩子。导师跟他们一样，试图从那些奔跑的孩子当中找到儿子的身影。家长们不停地鼓掌，有一个家长拍拍导师的肩膀，指着一位正在控制球的小孩说：

"看见了吧，那是我儿子。"

"我儿子呢？怎么看不见？"

"他穿几号球衣？"那位家长问。

"不知道。"

那位中年男人对身边的一位女人说："这人竟然不知道儿子穿几号球衣，"男人又转过脸问他，"他踢什么位置，中场，前锋，还是后卫？"

"不知道。"导师说。

"那就好好找你儿子吧。"男人说完就不再搭理他，搂着女人的肩膀继续看球。导师看见那女人手里拎着一个很大的食品袋。他也想到校门外给儿子买上一袋。儿子已给了缪芊，他以后想再给儿子买什么东西也没有机会了。他拎着一袋巧克力回到球场边时，球场上已经空空荡荡，家长们都拥在场外的浴室门口，后来，看着孩子们从门口鱼贯而出，浴室的铁门锁上时，导师仍然没有发现儿子的身影。他问那位锁门的教师："怎么没看见吴童？"

"吴童？"这位教师打量着导师说，"被他的父母领走了。他已经改换了姓氏。你是谁？"

导师当然没能在长途车站的广场上见到常娥。他在学校耽误的时间太久，两人约定见面的时间早已过去。他往常娥暂住的医院的单身宿舍楼挂了个电话，跟常娥同房间的姑娘说：常娥在今天清晨就离开了，据她说，她要去枋口疗养院。导师当然不可能知道常娥此时已在他原来的家门口的草坪上站立了许久，在她的身边，一只条纹斑斓的虎皮猫在雪地上跑过,她的视线紧跟着它,看见它跑进一个楼道……

当导师重新回到疗养院,已是下午五点钟左右。他问守门人是否见到常娥,正在对着一只锈坏了的闹钟发脾气的守门人摇摇头,然后问他现在几点钟。折腾了一天,他离开门房时已经开始打战。守门人看见他在门槛上绊了一下,几乎摔倒。

晚上,院长和医生来看他时,他的热度升高了,咳嗽声越来越嘶哑。他时常喘不过气,后来终于咳出一块鲜红色的浓痰。他要院长和医生签字,证明他并没有病,可以结婚。

"你现在有了病,可以名正言顺地住在疗养院。"院长说。

"我得回去找常娥,我一定要和她结婚,因为我离不开她,"导师说,"院长,你或许有点绝望。"

"在我的教科书的第一页上就写着,精神病医生永远不能感到绝望,万一事情违反了一切准则,绝望了,他也绝不能承认这一点。所以,你不必为我担心,你现在只能做好继续住下去的准备。"院长说完,就推说有事离开了。

医生又陪导师坐了一会儿。导师听完院长的话,浑身颤抖个不停。他的神情又变得沮丧透顶。他的手臂缩拢垂下,咳嗽时,间或抖动一下,他的脚趾紧抓着地上散乱的书页,脑袋在肩膀上偏过来偏过去。他这副样子使医生想起了一只在风雪中迷路的鸟。医生从外套口袋里掏出一些药片递给导师，告诉他，服下这些药片，脑子就会清醒。

"服下这些药吧，你又成了我的病人。"医生说。

导师把药片嚼碎吐到地上，他突然申辩地喊道："我没有病，我没有病。"

清理出浓痰之后，导师嘶哑的嗓门突然变得非常洪亮，透过洞开的门扉，导师的声音被疗养院的树木、屋顶和道路传递，所有从梦中惊醒的人都可能听到了他的声音。

在接下来的谈话中，导师一直保持着冷漠的神情。

医生说："你在疗养院住了半年多，所以你的身体得以康复，现在，你又生了病，这种刺耳的喊叫声就是明显的症状。"他说完就告辞了。

导师在医生走后又过了多久才去教堂浴室的，准确的时间已经无法推算。但他显然当天晚上就去了。他在浴室里洗了多少时间的澡，这一点也同样不清楚。洗了澡，他或许感到水雾弥漫的浴室让他有些喘不过气来，他就又沿着那条通向教堂圆顶的楼梯走了上去，楼梯尽头的窄门裂开了一条缝隙，它可能是被风吹开的，因为春天降临之前风经常吹开门扉。无论如何，他通过了那道门。那个小小的圆台实际上是整个教堂圆顶的一部分，当中凸现出来，只是因为圆顶太大了，才像个平台。导师赤身裸体地站在那里，他想到了什么问题，别人已无从知晓。

我们所知道的只是他从上面跌落下来，在教堂的两个圆顶之间碰来碰去不断下落，然后就落到它们底部会合处的雪堆里。精疲力竭的导师或许曾艰难地往圆顶上爬过，但是那些覆盖圆顶的积雪又再度将他送回原处。他也可能用尽最后的力气呼告他没有病，但那些从梦中醒过来的人已经重新进入了睡眠，没能听到他的声音。导师只能在那里被雪封冻起来。那里是整座教堂顶部的下水通道，导师埋伏在那里，不会被人轻易发觉。他要等到积雪消融花蕾初绽的时候，才能被雪水赠送到大地上来。

但是，有一点毫无疑问，在导师走出十三号楼那个套间的第二天午后，院长、医生和护士苏菲再来看望他时，他已经死了。这使得院长手中那张等待导师续签的住院单，再也不能派上什么用场。

十五

导师死去三年之后，院方提出要把导师的骨灰盒移出疗养院。他们的理由听上去似乎很充分：两年前正式交付使用的新的墓园已被死人挤满了，这样一只无处安插的骨灰盒总是引起病人的不安。实际上,他们仍然对导师的这种不常见的死法感到恼怒,导师使疗养院失去了一次张扬它的妙处的良机。

我就是在办理此事时与常娥在疗养院相遇的。我们把导师的桐木骨灰盒取了回来,把骨灰撒在学院的花圃里。没过多久,我就跟常娥结了婚。出版社邀我修订《中国民俗学原理》以备再版的那段时间,我常常放下导师的这本遗著,与她谈起许多往事。我刚刚获得了副教授的职称,所以常娥有时候开玩笑地称我为导师。

我们一起为这本书重新设计了一个封面:在一个闪耀着刺眼光环的鎏金圆顶上,导师像一只民间传说中的凤凰,凌空欲飞,在他的面前,是遍布原野的大朵大朵的金光菊。

遗 忘

——嫦娥下凡或嫦娥奔月

本 事

她的故事家喻户晓。她一开始待在天上,后来跟着男人下来了,也就是下凡。后来,她又回到了天上。准确地说,是飞上了月亮。

这一下你知道了,她就是嫦娥。她有很多名字,嫦娥,恒娥,常羲,尚仪,常仪,玉兔,月精……此外,还有若干难听的名字,比如癞蛤蟆、豁嘴兔,等等。现在,她又下凡了。

好多人都为她写过诗,各个朝代都有。写得最好的是李商隐:

云母屏风烛影深,

长河渐落晓星沉。
嫦娥应悔偷灵药，
碧海青天夜夜心。

统计材料表明，给她写过诗的人数不胜数，却没有一个人去描述她的长相，这并不是因为她长得丑，大家才不好意思去写，而是因为她长得太靓了。从古到今，所有的靓妹当中，只有她享有这种荣誉：不需要诗人多赞笔墨，大家就知道她长得很美。顺便说一下，以前没有人具体地写到她的美，现在就更不可能写了。因为现在是丑的时代，诗人们的任务就是写丑。至于以后，哎，快别提了。众所周知，以后的时代叫做后丑时代。

命题作文

我现在为侯后毅工作，写的是命题作文。侯后毅是大历史学家，也是我的导师。他交代我，要把嫦娥下凡记载下来。他还说：既然到少数民族聚居区收集历史遗存，可以叫田野考察，那么写嫦娥下凡，不妨就叫做实事考察，意思是实事求是。他的话我不能不听，因为他是我的导师，我的博士帽就攥在他的手心。按理说，我去年就应该拿到博士文凭，可我的博士论文《嫦娥奔月》至今没能通过答辩，而侯后毅就是答辩委员会的主任。据我所知,别的委员都倾向于让我蒙混过关,只有侯后毅不同意。他说,对他的学生应该高标准严要求,只有改得让他基本满意,他才会把博士帽戴到我的头上。

我把上面一段文字给侯后毅看了,侯后毅说:你写的是个鸟,既没有说明时间、地点,也没有说明原因,还没有注释。按照他的指示,我赶紧补充了时间地点:这一天是二〇〇〇年十二月十九日,农历庚辰年,干支节气为辛亥,下凡地点为汉州市。至于她回来的原因,他还没有告诉我。所以,我又加上了一句话:没有人知道她回来有何贵干。至于注释,我说:我受你教育多年,当然会写注释。说明一下,我现在写的就是注释,不过,我不打算让他看到这条注释。

病入膏肓

从某种意义上说,嫦娥下凡和当年的奔月一样,都应该算是天大的事。所以,我应该把事情的前因后果记得尽量详细一点。二〇〇〇年十二月十九日中午,我正在修改论文,罗宓打来了电话,说侯后毅想见我一面。我以为侯后毅已经处于弥留之际,想在死之前在我的论文上签上他的大名,就坐上出租车往他家里赶。

侯后毅早已病入膏肓。他患的是前列腺癌,已经卧床多日。通常情况下,我每天都要往他家里跑两趟,早晚各一次。早上去,是想看看他是否已经在晚上死掉;晚上去,是想知道他是否又活了一天。但十二月十九号这一天,奇迹出现了。我发现他竟然坐在餐桌旁边,端着一碗饺子大嚼大咽。桌上还有一碗,侯后毅说,那是给我留的。冬至已经过去了,还吃什么鸟饺子?但他让我吃,我不能不吃。那饺子馅已经发酸了。他问我好吃不好吃,还没等我答话,罗宓就说:好吃个屁,再放两天就得喂狗了。罗宓是侯后毅的妻子。她说过这话,又倒过来问我:喂,你说呢?她这样问我,分明要挑起事端。我咬了一口饺子,做出了很难下咽的样子。这个动作可以作出两种截然相反的解释:在侯后毅看来,这表明我已经吃饱了,可是因为它好吃,我还想多吃一个;在罗宓看来,它又可以表明那馊玩意儿简直让人恶心。她把自己那份饺子倒了,然后拍拍屁股走了。这时候,侯后毅告诉我,嫦娥又下凡了,而且就在今天。他还说,女人的鼻子比狗都灵。他这里说的鼻子是罗宓的鼻子。他说:嫦娥一来,她就知道了,而且很生气。接着,他就交代我,一定要把它记载下来,因为这是历史。导师还说:你原来的论文可以扔了,应该集中精力把这篇文章写好;这也是一篇论文,写完之后,我就可以把博士帽戴到你的头上。

我问他:嫦娥下凡,你是怎么知道的?他说:他当然知道，因为他就是夷羿转世。他告诉我，他已经见了嫦娥一面，嫦娥给他吃了一点不死药，但是，由于她不能肯定他就是夷羿的转世，所以她只让他吃了那么一点点药，只能暂时维持住他的性命。他找我，就是要让我写嫦娥下凡，要把它当作一篇论文来写，进而论证他就是夷羿的转世——这样他就可以从嫦娥那里得到不死药。

我的疑问与侯的解释

我得说说我的疑问：（1）既然他一时又死不了，那他为什么不亲自来写这篇文章呢？（2）既然他是夷羿转世，他满可以亲自向嫦娥说明这一点，用不着让我多费口舌，更何况他本人就是一个历史学家。

侯后毅的解释是，他不是没有想过这个问题，但他宁愿让我成为这部历史文献的作者。靠一篇文章而不朽，是所有历史学家的梦想，再没有比历史学家更注重自己的身后名声了，在这方面，他们的欲望比政治人物还要强烈。他这样说，我的疑惑不但没有减弱，反而加重了。把这样的好机会让给别人，除非他真是吃错了药。所以，我相信一定有更深的原因。他看出了我的想法，说：是的，我知道你不愿相信我的诚意，你要知道，既然我是夷羿转世，那就已经是一个历史人物了，不需要再靠一篇文章去获得世俗之名。他最后说：如果能通过你的文章让嫦娥承认我就是夷羿转世，我就可以和嫦娥一起飞上天庭，到了那里，世俗之名于我又有何用呢？

狗 的 故 事

在十二月十九日中午的谈话中，侯后毅和罗宓都提到了"狗"。罗宓拍拍屁股走了以后，侯后毅说：罗宓说话越来越有水平了，她说饺子再放两天就可以拿去喂狗，意思是说，饺子再放两天会比现在还好吃，因为她说的狗不是一般的狗，而是有具体的所指。我问他是什么所指，他说，你真是白学了这么多年历史，好好琢磨去吧。从侯后毅家里出来，我一直在琢磨这个问题。院校的草坪上正有几个人在遛狗。有一个女人，遛着狗走上几步，就把狗抱起来亲一下。草坪外围的铁栅栏旁边，有一堆狗屎。我盯着那泡狗屎想了一会儿，突然开窍了，明白过来他其实是在提醒我注意一个基本事实，即在历史上，人和狗曾经有过一次重要的交配，而且这事还和嫦娥有关。也就是说，他虽然提的是狗，但说的却是嫦娥的故事。

那条擅长和人交配的狗名叫盘瓠。有一本书叫《后汉书》，作者是范晔，和侯后毅一样，范晔也是个大历史学家，曾任左卫将军，掌管禁旅，参与机要，是朝廷的重臣。他考证出帝俊曾受到外敌的侵扰，为此帝俊多次征讨，但是每一次都攻不克战不胜。为此，他下了一份文件，凡是能弄到敌军首领脑袋者，就招他为驸马。文件还盖着他鲜红的玉玺。

帝俊有一只名叫盘瓠的狗，色胆包天，深入敌营，把那颗贵重的脑袋衔了回来，然后他就要求做驸马。关于这次婚姻，盘瓠和帝俊有过一次对话：

帝俊：盘瓠啊，盘瓠，你要娶媳妇就娶个母狗算了，却非要当驸马。你这狗日的不是有意难为我吗？

盘瓠：我确实是狗。怎么了？狗也有七情六欲啊。再说了，你说得好好的，已经形成文件了，总不能再翻脸不认账吧？你女儿，我老盘是娶定了。

帝俊：现在是二月份，你正来神呢。等过了二月，你就知道还是母狗配你合适。

盘瓠：过了二月，还有八月呢。

帝俊：哎，让我怎么说你好呢？我的话难道你一句也听不进去？我女儿嫁给你，生一窝狗杂种，让我怎么向历史交代呢？我老婆嫦娥说得好，只要你好歹算个人，我们就招你当驸马。问题是你不是人啊。

盘瓠：大王，你怎么不早说？我变成人不就得了。弄个柜子让我钻进去。七七四十九天之后，我保管变成一个小帅哥。

这件事的结果如下：舌战了帝俊，盘瓠就钻进了一个柜子。到了第四十八天，帝俊的女儿等不及了。她想看看未婚夫到底变得怎么样了。别人要拦她，可是她的小姐脾气一犯，别人是拦不住的。她掀开柜门，看到盘瓠的身体已经变成了人，只剩下狗头还没有完全变好，上面还有许多毛毛。可是，因为公主泄露了天机，那毛毛再也脱不掉了。但是，不管怎么说，他终于有了个人样，帝俊就把女儿嫁给了他。他们一口气生了很多孩子，那些孩子长大之后又互相配对，生了更多的孩子。

我的学生曲平

当天晚上，我就对文章做了一点补充。我加上了狗和帝俊，并写明嫦娥就是帝俊的妻子，就是那条名叫盘瓠的狗的岳母。我刚刚改好，曲平就来了。曲平上本科时是我的学生，喜欢写诗，梦想当一个诗人，后来读了研究生，觉得当诗人没有当历史学家过瘾。因为诗人要想进入历史是非常困难的，而研究历史，就可以直接进入历史。在21世纪，要想当历史学家，必须拿到博士文凭，所以她现在正准备考侯后毅的博士。

起初,她是通过我和侯后毅接触的,现在她总是绕过我,直接去找侯后毅。和侯后毅接触了几次,她和我说起话来就有点没大没小了。据说,有女权主义倾向的人,往往都这样。我看她已经长大了,就趁机对她说,以后你就别叫我老师了,干脆叫我冯蒙算了。作为她的历史专业的启蒙老师,我曾经提醒过她,不要把宝押到侯后毅一个人身上,还是趁早和别的教授取得联系,免得到时候被动。她这会儿告诉我,她刚从侯后毅那里出来,发现侯先生能吃能睡。她真心地祝愿侯先生拖到她考完博士生再死。我对她说,在这方面,我和她的想法是一样的,我也不想让他现在就死,因为我的博士文凭还在他的手心里捏着。曲平又说,侯后毅对她说了,嫦娥下凡了,他想让她参与接待工作。我说,那太好了,去时别忘了带上我。她坐在我的床头,点上一根烟,手托腮帮,娇滴滴地问我在干什么,还说要请我去跳舞。她的声音虽然很好听,就像春天子规鸟的鸣叫,但她呼出的气息却不大好闻,还带着发馊的饺子馅的味道。显然,她也在侯后毅那里吃了饺子。我礼貌地向她指出了这一点。她拍了拍我的肩膀,说,嗨,这有什么,只要有人觉得好闻就行。她问我在忙什么。我想早点支她走,就说我正要在羊皮纸上写字。她装作信以为真,非要看看我的羊皮纸,说她经常听别人说到羊皮纸,却从来没有见过。

我顺风扯旗,说手头暂时没有,正在托人搞,搞到之后一定叫她看个够。她又扯了些别的事,后来终于忍不住了,问我能不能把她也写到《嫦娥下凡》里去。她的理由是,我现在写的是历史,只要把她扯进去,她就可以在历史上留下自己的芳名。

羊 皮 纸

我想用电脑完成侯后毅布置的命题作文,或者说我新的博士论文。曲平也有一台电脑,是她的前任男友本科毕业时留给她的。他们分开两星期之后,爱情就死亡了,所以曲平后来常说,那个笔记本电脑是他们爱情的遗产。

我所说的羊皮纸就是指我新买的笔记本电脑。买电脑之前,一个搞现代史的朋友对我说,电脑写作的最大好处,是可以随意修改。在修改我的博士论文期间,我充分领略到了用电脑写作的妙处。在某些方面,它确实就像中世纪的经学家手中的羊皮纸,写了之后可以擦去,而通过软盘和备份文件,你又可随意调出原来输进去的内容。由于我在电脑中写的是正在发生的历史,所以,我可以称之为羊皮纸上的历史。它对应于英语中的 Palimpsest History。在英语中,这个词指的就是写在羊皮纸上的历史,其意就是写完可以擦去,新的与旧的可以重叠在一起。对电脑来说,键盘和鼠标器就是羊皮纸的刻刀。

曲平在我的床头翻出了范晔的那本《后汉书》,翻到了我刚刚查阅过的盘瓠,还看到我的批注:女不养狗,男不养猫。她立即问我,女不养狗,是因为人的老祖母和狗有过那么一回事,这一点她曾在书上看过,可是男不养猫是怎么回事?我说,我从小就听说一句民谚,就是女不养狗,男不养猫,所以顺手记下了,并没有什么意思。可她却不依不饶,非要我告诉她,究竟是在什么地方查到了老祖父和猫干过那种事。还说,既然女人和狗干过,那男人一定和猫干过。而且,很可能是男人干过之后,女人才去干的。她走时用开玩笑的口气说:如果你查不出来,我就把中国式的女权主义者纠集起来,把你的狗头砸烂。

侯后毅的提醒

我把改过的文字以及刚加上去的部分注释,打印出来,拿给侯后毅看了。他未置可否,这让我心里没底。这一份先放到我这里,侯后毅说着,把我的文章锁进了他的抽屉。他还说,文章让他看看就行了,就不要给别人看了。

侯后毅显然是话中有话。我曾经写过一篇文章,叫做《息壤考》,写完后寄给了 Mythos。Mythos 的总部在纽约,是世界上最权威的历史学研究杂志。这个世纪的下半叶，最权威的东西基本上都在美国。中国有一个大学问家叫季羡林，有一个很叫好的说法，叫做三十年河东，三十年河西，二十世纪是美国人的世纪，下个世纪就成了中国人的。他的话刚一出口，很多人就忙作一团，忙着为他老人家寻找论据。人多力量大，据说找到不少。我这个人很少看报，所以没有去亲眼看到他们找出的论据。现在已经到了二十一世纪，虽说江山轮流坐，但这一次是不是该由中国人坐，我还真有点拿不准。我把文章寄给Mythos，就是因为，这一行当的江山，至今还是由那里的人坐着，别人谁都别想伸爪子。时间已经过去了半年，我等得着急，就写了一封信前去询问。那边的人倒是不摆臭架子，很快就给我发了一份电子邮件：据说这个世纪有可能是中国人的，所以我们得给自己找点退路；你的文章在侯后毅手里，他是我们聘请的编辑，我们需请他过目。一读邮件，我就高兴得蹦了起来，太好了，侯后毅的爪子已经伸了进去，只要侯后毅说句话，我就可以在Mythos上露面了。能在Mythos上露面，无疑是鲤鱼跳龙门。我高兴得屁颠屁颠的，去找了侯后毅，侯后毅却泼了我一盆凉水。他先问我，你觉得写得怎么样？我说：还行啊，我做了很多笔记，总算是功夫不负有心人。他又问：你干吗寄那么远呢？我说：那里稿酬高，我肚里缺油，想挣笔钱，改善一下伙食。再说了，我也想和他们建立起联系，因为他们领导新潮流。

最后，我求侯后毅，赶快签个意见寄走吧，别耽误他们发稿。侯后毅说：你的文章写得不错，但还没到那个份上，还得认真修改。我说：那您就给我挑挑毛病吧。侯后毅说，他已经考证出来了，所谓的息壤就是现在的大米。息壤可以自己生长，大米用水一泡，体积就可以增加几倍，也就是说，湿过水的大米也可以生长。他还举了一例，说一九九八年长江大水，几可与禹时的大水相比，但却只用了几个月，就锁住了江龙。锁住江龙的关键一步，是治住管涌。而对付管涌最厉害的一手，就是往管涌处倾倒大米。依此可见，禹在世的时候，祖国大地已是稻米飘香，一片丰收景象。

　　侯后毅说：这是我的研究成果，你要是真想鲤鱼跳龙门，当然可以拿去一用。我听了很高兴，又蹦了起来，昏昏然有如上了云端，说我一定把这加上去。但侯后毅又说：你怎么能加呢，你的材料从哪里来的呢？这篇文章我还没有写，所以你就没有办法引经据典，而不引经据典，你的话就是空穴来风；最近，我的身体越来越糟，不准备动笔，所以，你的大作还是先放一放吧！他还说，要发扬研究生的三大传统：首先密切联系导师，其次再密切联系美国；不但要做表扬和自我表扬，还要做批评和自我批评；既要理论联系实际，又要理论联系实践。这三大传统我早已耳熟能详，但他又如此郑重地向我重申一遍，我不能不牢记于心。

侯后毅去见了嫦娥

像往常一样,早上我去了侯后毅家里,但没有见到他。半年多来,这是他第一次离开家门。看来嫦娥让他吃的那点不死药,确实起了作用。查出前列腺癌之前,他白天都待在办公室。学校图书馆逸夫楼的后面,有一幢小楼,是苏联专家援建的。二楼正对着厕所的那一间,就是他的办公室。我第一次领着曲平见侯后毅,就是在这里。那是在夏天,臭气从门缝里钻进来,呛得人直想呕吐。而房间里铺的地毯,简直就像是隔夜的尿片,那股臊味,总是微微地刺激着人的胃囊。

现在,我敲了敲门,里面没有动静。那门上安的是暗锁,所以我无法断定他在还是不在。我在门口等了一会儿,想他会不会蹲在厕所里。我从罗宓那里得知,他之所以要把办公室安排在这里,是因为他本人见厕所就亲。患上前列腺癌之前,他就有尿频症,肠胃功能也很操蛋,每天都要拉稀。物质第一性,意识第二性,物质决定意识,意识又对物质有能动作用。也就是说,尿频和拉稀决定了他喜欢厕所,而这种喜欢又反过来起了作用,让他更加尿频,让他不但改不了拉稀的臭毛病,而且还要拉得更勤,拉得更稀。尿频症和前列腺癌有什么关联,我没有考证过,但凭直觉,我想这两者之间应该有隐秘的联系。这会儿,我伴装撒尿进了厕所，可是里面没有人。大病未愈的侯后毅能跑到哪里去呢？后来，我才想到，他是抱病去见嫦娥了。

关于狗的另一条注释

《世本·帝系篇》中，白纸黑字写着，帝俊娶过一个月神，这个月神就是常仪，而常仪就是嫦娥。史书记载，帝俊是中国最高的神。

帝俊娶过一大堆老婆，其中最有名的是羲和、庆都和嫦娥。帝俊的谱系也记载在《世本·帝系篇》中。从谱系上看，嫦娥不但做了帝俊的老婆，而且还生了十二个小月亮。嫦娥高产，一口气生了十二个小月亮的说法，也见于《山海经》。里面还说，嫦娥爱干净，每天都要给十二个小月亮洗澡。女大当嫁，十二个女儿中有一个出现性倒错，喜欢上了公狗，不是没有可能。权威的性学专著《性史》(The History of Sexuality) 曾公布过一个统计数字，就是十二个人当中，

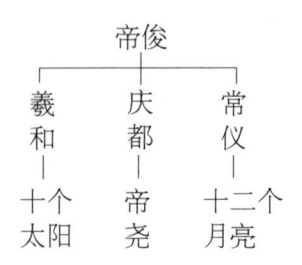

```
            帝俊
    ┌────────┼────────┐
   羲和     庆都     常仪
    │        │        │
   十个     帝尧    十二个
   太阳             月亮
```

有一个会有性倒错倾向。也就是说,那十二个女儿当中,有一个出现性倒错,和这个概率刚好是吻合的。所以,说来说去,嫦娥还是得当上狗岳母。至于羲和生下的那十个太阳,我们现在都已经知道,其中有九个要被羿给射下来。而射日的故事恰恰发生在尧当皇帝的时候。

性 冷 淡

找不到侯后毅,也见不到曲平,所以我只好作两种猜测:(1)他已经死了;(2)他是抱病去见嫦娥了。中午,我去食堂打饭,买了一份馄饨、两个包子。我一边吃馄饨,一边往校门口走。校门口有一个用黑铁皮焊成的报亭,我想买份报纸,看看上面是否登有嫦娥下凡的消息,是否有侯后毅的死讯。我刚走到门口,隔着马路就看见了曲平。曲平正要钻到一辆富康牌出租车里面。

她是不是给谁当了二奶?我这样一想,就好奇心大增。她上了研究生之后,我曾打过她的主意。一次我拉她去跳舞,趁机用手背碰了碰她的乳房。还没碰几次呢,她就拉下脸警告我:别惹我,我这会儿正是性冷淡。隔了几天,我掐指算算她怎么也应该热起来了,就又请她去跳舞。她用食指戳了戳我的脑门,说:亏你还当过我的老师呢,一肚子坏水,你的鸟心思我还不知道?告诉你,我这会儿还是性冷淡。她一直性冷淡，我不能不担心。我就语重心长地说：快点告诉我，究竟什么时候能热起来？她说，她已经想通了，准备就这样冷下去，等上了博士以后再热。我告诉她：上了博士，如果还热不起来，那你一定找我，对付性冷淡，我是有一手的。我不是信口雌黄，我曾在一本书上看过，用一种特殊的气针，在耳朵上刺五个孔，乳头上刺四个孔，左眉毛上刺一个，嘴唇、小腹、阴部各一个，舌头上刺两个，就可以治服性冷淡。莫非她现在已经不治而愈，提前热起来了？

当然，我还想到了另一种可能，即，侯后毅也坐在车上，他们现在正要去见嫦娥。

电脑里的图像

午后睡觉，我做了一个梦，梦见我雇了一辆出租车，跟踪着那辆富康牌轿车。我没能撵上它，反倒遇上了车祸，被玻璃刺成了大花脸，头上还刺了一些疤，就像和尚头上的香疤。如果不是电话把我吵醒，我还要继续深受折磨。电话是曲平打来的。她让我马上打开电脑，说有人正在电脑视窗里播放嫦娥下凡的图像资料。

我手忙脚乱地打开了电脑，果然看到一个女人正由远而近慢慢飘来。她的影子显得说不出的落寞，仿佛是水中的倒影。她的脸被飘浮的裙裾遮掩着，无法看清。当她落地的时候，我倒是清晰地看见了侯后毅。但图像到此就中断了。接下来，出现了一行字：

十二月十九日凌晨，有人目睹天使下凡了。刚才播出的就是根据目睹者的回忆，模拟出来的天使下凡的图像。她一下凡就神秘失踪了。

过了一会儿，曲平又把电话打了过来。我问她，刚才播放的图像资料，是不是电脑网虫们的恶作剧。她说，估计有不少人正在寻找嫦娥的下落，侯后毅正在向嫦娥通报此事。曲平说，晚上在侯先生家碰面。说完她就要放下电话。我抓紧时间问她：喂，你在什么地方啊，你是不是给别人当了二奶？她没有正面回答我，而是说：侯先生说了，去的时候，把已经写好的文章带上。

本　事

放下电话，我连忙写了一段嫦娥下凡。我写道，嫦娥下凡之后，很快就和侯后毅先生接上了头。现在有许多人想见到嫦娥。在拍摄到的图像资料里，嫦娥的面容有些不太清楚，就是犹抱琵琶半遮面的意思。这说明，即便借助先进的科技手段，也难以描述出嫦娥之美。我还写道：嫦娥之所以一下凡就和侯后毅先生接头,是因为侯后毅先生就是夷羿转世。但嫦娥还没有最后认定侯后毅就是夷羿转世。

侯后毅和嫦娥见面的情形是这样的:十二月十九日早上,因病卧床多日的侯后毅突然感到神清气爽。当他从床上坐起来之后,他才感觉到自己的嘴里有一股奇异的药香。他还惊奇地发现,自己竟然在不知不觉中来到了室外。起初,他以为这是医学上所说的回光返照,但见到嫦娥之后,他才知道这是嫦娥在暗中起了作用。至于是怎么起了作用,唯一的解释只能是,嫦娥随身带来的不死药经过漫长的旅行,进入了侯后毅口中。它的进入是如此准确,就像是一颗钉子受到了一块磁石的牵引,准确地嵌进了磁石外面包着的木盒。侯后毅来到了校门外的小广场。他刚刚来到,就看见了从天而降的嫦娥。但是,除了侯后毅,并没有人知道她就是嫦娥。

文章的写法

到了晚上,我如约前往。和嫦娥谈过话的侯后毅,此时显得精疲力竭。我问侯后毅:您是不是去见嫦娥了。侯后毅说:既然曲平已经给你说了,我也就没有必要再隐瞒了,我确实是和嫦娥见面去了。接着,他又下了一道重要指示:这事暂时还不能让罗宓知道。

我问侯后毅，嫦娥有什么动向。他揉着太阳穴想了一会儿，说：她有什么动向，我会及时给你说的，以后我们要常开碰头会。他问我写作上遇到了什么困难，可以提出来。我说：困难倒说不上，我只是想见嫦娥一面，好获得第一印象，掌握第一手材料。侯后毅的脸一下子拉了下来。他的脸本来就长，现在再往下一拉，就和真正的长驴脸没什么两样了。不过，他的态度很快就又好转了。他说：其实见不见都无所谓，见了你也不一定能写出她的样子来，正像你前面写过的那样，历代诗人都不能写出她的相貌，更何况你不是诗人，只是一个搞历史的。

侯后毅和我讨论文章的写法：既要用历史上的事实来解释今天，又要用今天的事实来解释历史，也就是说，不要有时间上的限制。这是因为，所有的事实，一旦称之为历史，它就是没有时间性的。这就像一只杧果，在任何时代，它都散发着杧果的香味。

一凡二硬

侯后毅对"除了侯后毅，并没有人知道她就是嫦娥"这句话非常赞赏。你写出了真实，他说。

我其实心里发虚，因为它只是来自我的想象，而非来自考证。我坦率地向他说明了这一点。他说，这不要紧，只要你的想象是合理的,它就是真实的。他的意思其实是,只要想象有助于说明他就是夷羿转世,那就是历史事实,否则就不是。与此相关,他说,我的考证也得经过他的审查,未经审查的考证,即便典籍中已经写明是历史事实,它也只能算是想象。他的话概括起来就是,通过他的审查的想象,按照他的说法,嫦娥下凡时的实际情况和我想象的完全一样,当时有许多人都看到了嫦娥,但没有人认得她,尽管有人围了上来,但只是被她的美色所吸引,而不是由于她是嫦娥。要把考证与想象结合起来,两手都要硬。只有两手都硬了,才能相互握到一起。要是一只硬,一只不硬,有一只手就要被捏酥了。也就是说,既要实事求是,又要有想象,否则就会犯这样或那样的错误。他说:为便于记忆,我把你目前的工作要点简化为四个字:一凡二硬。"凡"指的是我在写嫦娥下凡,"硬"指的是两手都要硬。

有论者说,中国没有进入现代化,是因没有实行数字化管理。看来这话值得商榷。我们的数字化管理其实无处不在,这里的一凡二硬就是一例。有一年,我随侯先生去昆仑山开"'西王母'学术讨论会",在昆仑山下,看到一则标语贴在羊圈上,叫一扎二抓三揭瓦。我不明其意,当地人说,它的意思是横下一条心,挑断两根筋。说的还是数字,我还是不明白。经过多方询问,才知道它说的是计划生育问题。扎是结扎,抓是进班房,揭瓦是扒房，兼指拆除羊圈、猪圈、牛棚。至于那两根筋，原来是指输精管和输卵管。数字化管理之普及，由此可见一斑。

侯后毅的补充

侯后毅对我的记述又做了一点补充。根据他的补充，我又把文章修改如下：

……侯后毅起了床，来到院校后门外的小广场。多天来，他第一次感到了饥饿。他的肠胃功能不好，在罗宓的劝说下，他渐渐养成了喝鱼头汤的习惯——那东西容易消化。小广场旁边就是菜市场。他买了一个鱼头，然后又回到了小广场。这时候，他看见了嫦娥。嫦娥正在向别人打听夷羿的下落。别说告诉她了，人们根本就不知道谁是夷羿。侯后毅来到了嫦娥身边，对她说：我可以告诉你夷羿在哪里，我还知道你就是恒娥。世人虽然都听说过嫦娥的故事，但很少有人知道嫦娥也叫常羲、常仪、恒娥。侯后毅没有直接称她为嫦娥，原因之一，是不想让别人知道她是谁，不想让别人干扰他和嫦娥的私生活。

据侯后毅说，他一叫她恒娥，她果然应允了。嫦娥问他：你怎么知道我是恒娥呢？瞧她说的，他怎么能不知道呢，他就是夷羿的转世嘛。

修辞学的辞格

侯后毅称她为恒娥,还有另外一个原因。即,嫦娥以前就叫恒娥。他担心她并不知道她现在被人叫做嫦娥,所以直接叫她恒娥。汉文帝名叫刘恒,据《文选》所注,为避讳这个"恒"字,后人就改"恒娥"为"常娥",因为常娥是个女的所以"常"字又加了个"女"旁,成了现在的嫦娥。也是由于汉文帝,故当时也将北岳恒山改称"常山"。改"恒"为"常",是因为《说文》上说,恒与常义同。之所以又把嫦娥叫做常仪,是因为古读"仪"为"何"音,"何"音又与"娥"音相通。所以,恒娥就是常娥,就是常仪也就是我们现在都知道的嫦娥。

将恒娥改为嫦娥,丰富了中国的修辞学,由此中国的修辞学增添了一个叫做"避讳"的辞格。最早,避讳仅指对于帝王、君主和尊长的名字的避讳,避免直接说出或写出。因为一些大文豪的介入,避讳具备了新的意义。如,苏轼的祖父名叫苏序,所以苏轼为自己的文章作的序,就称"序"为"叙"或"引"。改序为引,对后世的文章体例有着很大的影响。避讳渐渐成了一种修辞学上的辞格:说话时遇到可能犯忌触讳的事物,就绕开来说,它充分显示了面对权力时,外在畏惧中的人的脆弱性存在。《红楼梦》是避讳辞格的集大成者。连书中的丫鬟（哦，那些水月镜花的美人），也会熟练地运用避讳辞格。即便说到失火，也要使用这个辞格，称之为"走水"。如果缺了这种辞格，《红楼梦》将不成为《红楼梦》。而追其源头，我们就得回溯到把"恒娥"改为"嫦娥"的时代。

避讳辞格已经广泛地融入了日常生活。南方多个省份讳"舌"——折（shé，折本），人们就反其意而用之，四川有些地方把猪舌头称为"猪招财"，湖北有些地方干脆称之为"赚头"。由于所有的避讳都跟"舌头"（发音所需要的最重要的器官）有关，我们不妨把避讳这个辞格形容为舌头的自我管辖。

遗 忘

侯后毅说，嫦娥的记忆出了问题，可以说，她已经没有了记忆。只是因为爱情的缘故，她还记得夷羿，所以她不远万里来到了人间。侯后毅说，我们应该使她慢慢恢复记忆。

侯后毅的说法，倒是符合历史事实。从某种意义上，作为一个历史人物，嫦娥就是历史的化身，而历史本身是没有记忆的。历史是一条长在嘴巴之外的舌头，和一块石头没什么两样。它无法言说，它需要借助别人的嘴巴确证自身。《庄子·知北游》里说：天地有大美而不言，四时有明法而不议，万物有成理而不说。《唱赞奥义书》里也说：万有之精英为地，地之精英为水，水之精英为草木，草木之精英为人，人之精英为语言，语言之精英为颂祷之诗，诗之精英为高声唱赞。西方对此也有相同的看法。《圣经》里说：语言就是上帝，万物都是借着语言而被创造的。天地，四时，万物，都是历史的存在方式，它们都是哑巴，只有借助人的记叙，它们才有了记忆。

不 死 药

侯后毅的病情之所以好转，是因为他吃了一点嫦娥带来的不死药。那些不死药原是夷羿从西王母那里弄来的。他弄来的药够他和嫦娥两个人吃的。照侯后毅的说法，嫦娥吃了一份，把另一份也带走了。史书记载，不死药有两个牌号，一个是蓬莱牌，一个是昆仑牌。前者记于司马迁的《史记·封禅书》，里面说，这种药产于蓬莱、方丈、瀛洲这三座山，吃了可以长生不死。后者记于《淮南子》和《山海经》，里面说，这种药是西王母造的，吃了可以成仙升天。昆仑牌不死药的名声后来大过了蓬莱牌，其原因就在于嫦娥吃的就是昆仑牌，而嫦娥是个名人，具备名人特有的广告效应。

侯后毅说，他只感到嘴里有一股药味，那药到底是怎么回事，他并不知道。他的这个说法，合乎历史事实。因为西王母的不死药到底是什么东西制成的，史书上也没有记载。按照中国"药"的概念，它要么是丸，要么是散，要么是膏，要么是丹。丸、散、膏、丹，通常由动物、植物和矿物加工提炼而成。《吕氏春秋·本味》里说，"菜之美者，昆仑之蘋，寿木之华"。注释家高诱对此的解释是：寿木，昆仑山上木也；华，实也。食其实者不死，故曰寿木。由此可见，西王母的不死药中，有着花果的成分。

我们是个礼仪之邦，送礼有如文人之唱和。汉州电视台最近公布了一个礼品排行榜。排在首位的是美国研制的春药伟哥。广告上说，吃了这种春药，可以穷且益坚，不坠青云之志；使人有黄沙百战穿金甲，不破楼兰终不还之勇；有日照香炉生紫烟，遥看瀑布挂前川之美景。而在伟哥诞生之前，有一个历史时期，中国人送礼，常常送的就是不死药。

与不死药有关的案例

历史上与不死药有关的案例，有三个。一个见于《韩非子·说林上》：

有人拿着不死药进入王宫，要献给荆王。荆王的部下就问："这东西到底能不能吃？"献药的人说："笑话,不能吃我拿它做什么。当然能吃。"话音刚落,那个部下就把那药夺过来,塞进了自己的嘴巴。荆王大怒,令卫戍部队把那人拉出去宰了。那人立即说:"我吃的是不死药,如果皇上把我宰了,就说明我吃的是死药。"皇上就把他放了。

查《战国策·楚策》,可知荆王就是楚国的顷襄王。顷襄王把那个人放了,说明那个人吃的就是不死药。

第二个案例,就是有关嫦娥的。嫦娥在吃不死药升天之前,并不知道那药是否管用,也不知道升天之路是凶是吉。她找了最有名的巫师有黄,请她给自己算上一卦。发明浑天仪的张衡在《灵宪》中记载了这次有名的占筮:

嫦娥,羿妻也,窃西王母不死药服之,奔月。将往,枚筮于有黄。有黄占之,曰:"吉,翩翩归妹,独将西行,逢天晦芒,毋惊毋恐,后且大昌。"

嫦娥果真成了仙,飞上了月亮。不过,按照李商隐的记载,她在月亮上的日子并不好过。遥望碧海青天,长河星辰,她更加感到雕栏玉砌的月宫,就像一个牢笼。元代的雕塑家充分理解嫦娥的这种感受,曾经雕刻了一种瓷枕,将嫦娥的住处,做得像个金丝雀的笼子。

而第三个案例,和侯后毅有关。他吃了嫦娥随身带来的不死药，病情明显好转。按照侯后毅的说法，只要嫦娥承认他就是夷羿转世，就会把本该属于他的那一份不死药交还给他。

天　使

　　我在文章里写到，侯后毅将嫦娥领到一个旅馆住了下来。所以在别人眼里，那个从天而降的天使，暂时失踪了。我把文章拿给侯后毅看了，侯后毅说，你这样写是对的，我确实把她领进旅馆住下了。旅馆里的人也不认得她，是因为她虽然是天使，却没长翅膀。

　　西方的天使，无论大小，都长有翅膀。有时从胳肢窝里长出来，有时从背上长出来。总之，只要是天使，就得长翅膀。长翅膀，是为了能够飞翔。天使和凡人的差别可以说一目了然。下凡的嫦娥，虽然也可以算是天使，但却不需要长翅膀。至于她的胳肢窝里长的是什么，我想应该是些腋毛。侯后毅说得没错，没长翅膀的嫦娥，站到你面前，你也不知道她是谁。只有极个别的人，才能把她从人群中分离出来。

　　我知道有人会说，提到腋毛，对嫦娥有点不够礼貌。这我不管。我的工作性质决定了我必须实事求是，一根毛也不能放过。我必须在侯后毅提供给我的一点一滴的信息的基础上,加以合理的想象、推理。这么说吧,虽然那腋毛比鸿毛还轻,可对我来说,却是重于泰山。

本　事

《孟子·离娄下》记载:"逢蒙学射于羿,尽羿之道,思天下惟羿为愈己,于是杀羿。"意思是说,羿的学生冯蒙,因为嫉妒羿的射术,而杀掉了羿。《淮南子·诠言训》记载:"羿死于桃。"语言学家许慎对此的注释是:"桃棓,大杖,以桃木为之,以击杀羿,由是以来,鬼畏桃也。"

夷羿死后,至少已经有过两次转世。一次转世为有穷后羿。有关这次转世,《左传·襄公四年》和《史记·夏本纪》都有记载,他转世为一个普通农民的儿子,生下时,左胳膊就比右胳膊长,这样挽起弓来,弓就更加圆满,箭就射得更远。他后来成了有穷国的国王,所以人们都称他为有穷后羿。他后来被自己的学生寒浞杀掉了。夷羿第二次转世,转世成为会捉鬼的钟馗。据沈括的《补笔谈》记载,唐明皇曾经见过这个钟馗,当时他还以为自己是在做梦。为了能经常看到这位英雄,他请画家吴道子把钟馗画了下来。吴道子因为受命画钟馗,具有双重意义:一是吴道子成为遵命文艺的先驱;二是从此画钟馗成为绘画作品的重要题材,是画家展示想象力的重要领域，当然其中必不可少有着权力的谱系的延伸。二十世纪的两位大画家，徐悲鸿和张大千，也画过钟馗。在徐悲鸿的作品中，钟馗跷着个二郎腿，正在接受小鬼的献祭，类似于猫正在接受鼠辈的孝敬。它本身就是权力关系的重要象征。

而侯后毅，当是夷羿的第三次转世。现在的夷羿，既不射箭，也不捉鬼，而是从事历史研究。现在嫦娥下凡了，作为夷羿转世的侯后毅，当然要和嫦娥重归于好。

钟馗、侯后毅皆为夷羿转世

我在注释里写到，"钟馗"两个字的发音合到一起，即为"椎"。椎就是大木棒，就是杀死夷羿的桃木大棒。钟馗也写作"终葵"。据《考工记·玉人》所记，齐国的人就把大木棒叫做终葵。转世后的夷羿之所以叫做钟馗，显然是表明对自己死亡的记忆。诗人屈原在《九歌·国殇》里记载了此事：

身既死兮神以灵，
魂魄毅兮为鬼雄。

夷羿转世成为钟馗之后，成了万鬼的首领，这和民间对钟馗的传说是相一致的。在民间，钟馗即为捉鬼的神。夷羿再次转世，成了侯后毅。侯后毅的意思即为后后羿。这一次，他既不像有穷后羿那样当国王，也不像钟馗那样捉鬼，而是成了大历史学家。

罗宓

要论证侯后毅就是夷羿，不能不提到罗宓，这是因为，罗宓就是侯后毅的夫人。十二月十九号早上，侯后毅去菜市场买鱼头，其实是罗宓的主意。罗宓从小生活在水边，做了教授夫人之后，喜欢吃鱼头的习惯并没有改变。罗宓对侯后毅说：你的肠胃功能不好，吃鱼头有助于消化。跟着罗宓吃了几年的鱼头，侯后毅身上也变得有肉了。以前他脱了衣服，身上的肋骨清晰可数，完全可以用来当搓板。现在，尽管他的拉稀的毛病还没改掉，但肋骨上还是挂满了累累肥肉。十二月十九号中午，本来应该喝鱼头汤的，可是因为两个人吵了嘴，罗宓并没有给他炒菜做饭，自然也没有给他做红烧鱼头。所以，后来吃的是放了多天，已经馊掉了的饺子。当侯后毅告诉我嫦娥下凡的时候，罗宓扔掉碗筷走了。

汉州大学的教授多如牛毛，隔墙扔砖头，一不小心就可以砸死一个。教授的女人自然比牛毛还要多。成群的女人中，宓妃是最漂亮、最让人眼馋的一个。所以，我特别喜欢和罗宓打交道。我给她打了一个电话,说我正在写嫦娥下凡,想和她讨论讨论。她很感兴趣,让我快点过去。她单独租了一套房,房间里24小时供应热水。就冲着那热水,我就应该去一趟。我不是同性恋者,不喜欢泡学校的大池子,和众多光身子的男人挤在一起,我总担心受到侵犯。

关于离题

我在浴室里洗澡,她在外面翻阅我的文章。你写的都是些什么啊?下笔千言,离题万里。这是作文的大忌,听我的话,你要好好改一改。我在浴室里,一边往包皮里面抹香皂,一边说:我不准备改,因为我现在喜欢下笔千言,离题万里。不行,我们得讨论一下,她说,得商量个解决办法。眼看她要来真的,我就说,那看上去是离题,其实不是,它们都是些必要的注释,因为侯后毅说了,要有注释。她说,她分辨不清哪些是注释,哪些是本文,只好把许多段落当成是离题。我对她说:如果你非要把它们看成离题,我也不会强烈反对。隔着一道门,她要和我讨论哪些是离题。我不想和她讨论什么离题,只想讨论嫦娥下凡,以及怎样才能证明侯后毅就是夷羿的转世。可还来不及展开讨论,她就把门踢开了。当然,这和我的暗中相助不无关系,在她踢门的时候,我悄悄拉开了门上的插销。她跌跌撞撞地进来了，一进来就说，不行，这里太热了，闹不好会感冒的，我得把毛衣脱掉。脱毛衣时，我看到了她腋窝里的毛。那些毛和嫦娥的毛应该没有什么重大区别。当然，如果真的去找差别，那也不是找不到。比如，我就发现眼前的毛属于二茬毛，是用过消毛霜之后重新长出来的，摸上去稍微有点刺手。

讨　论

我和罗宓本来是要讨论嫦娥下凡，以及侯后毅就是夷羿的转世，但是，我们却没能就此问题展开讨论，原因是，我们很快就沉浸到了肉欲之中。也就是说，我们离题了。罗宓虽然反对我在写作中的离题，但她这会儿，却用实际行动，表明了她对离题的热爱。当她骑到我身上时，我再次注意到了她腋窝里的毛毛。直到这个时候，我才重新想起我来这里的主要目的，并不是要和她做爱，而是要与她讨论嫦娥和侯后毅的问题。

我对她说：我正在论证侯后毅就是夷羿转世。如果侯后毅是夷羿，你就是宓妃；话也可以这样说：如果你是宓妃，那侯后毅就一定是夷羿，这二者相辅相成。她说：关于我是宓妃的问题，不需要讨论，因为这是不证自明的；你尽管写到文章中去。我对她说：你得考虑好了，当我把这篇文章写完以后，嫦娥就会和侯后毅生活到一起，到时候，你的教授夫人就当不成了。她说：她对此并不担心，因为侯后毅是不会和一个癞蛤蟆生活在一起的，到头来，还得乖乖地回到她这里。照她的说法，到了那时候，她还会是教授夫人，还能继续和我通奸。她最后说：事实上，她现在正等着他的死，好获得一笔丰厚的遗产。当我问她怎么知道嫦娥变成了一只癞蛤蟆的时候，她提请我考虑：如果嫦娥还是一个美人，侯后毅早就把她从旅馆里领出来，招摇过市了。接着她告诉我，她已经到旅馆里看过嫦娥了。白天，嫦娥是一个美人，可是到晚上睡觉的时候，她就成了一只蟾蜍。这么说的时候，她还拿出了一幅照片。我看了吓了一跳，因为那上面确实有一只蟾蜍。

蟾 蜍

作为一条注释，我在文章中写到，嫦娥有两副面孔，一副是美人，一副是蟾蜍。我还写到，罗宓已经到旅馆里见了嫦娥，在她眼里，嫦娥就是一只蟾蜍。

汉人的画像砖里，有对嫦娥变成的蟾蜍的描绘：她直立着，前腿握着一只石杵。

史书记载，她是奔月之后变为蟾蜍的。前面曾引天文学家张衡《灵宪》中对嫦娥奔月的记载，里面说：大占卜家有黄给嫦娥算卦的时候,对她说:"吉。翩翩归妹,独将西行,逢天晦芒;毋惊毋恐,后且大昌。"我引述时漏掉了最后一句话,漏掉的一句是:"嫦娥遂托身于月,是为蟾蜍。"而侯后毅之所以不知道嫦娥变成了蟾蜍,是因为自从嫦娥下凡以来,他还没有和嫦娥在一起睡过觉。至于接待嫦娥的曲平,她就更加不知道了,因为她只是白天和嫦娥待在一起,晚上要回来复习功课,准备参加博士考试。

《太平御览》卷四引《春秋纬·演孔图》里说:"蟾蜍,月精也。"《淮南子·精神篇》里也说:"日中有鸟,月中有蟾蜍。"还是这个《淮南子》,在《说林训》中又说:"月照于天,而蚀于蟾蜍。"意思是,之所以会有月食,就是因为蟾蜍在月中作怪。也就是说:说来说去,嫦娥终究变成了一只蟾蜍。

本　事

考证出嫦娥变成了蟾蜍,我非常高兴。如果嫦娥成了一只蟾蜍,那么侯后毅是不需要再找嫦娥了。这对我来说,不能算是坏消息。因为这样一来,侯后毅就不会再让我写嫦娥下凡了,也就会在我的博士论文上签字了。反正他让我干什么,我都干了,已经很够意思了。嫦娥变成蟾蜍又不是我的错,他没有理由拿我出气。当然,我最高兴的是,我没有必要再为嫦娥痛苦了。说句心里话，自从得知嫦娥下凡以来，我就没有睡过一个安稳觉。一想到嫦娥要被侯后毅霸占，我心里就不舒坦，连和罗宓通奸的乐趣都没有了。

所以在《嫦娥下凡》里，我引用了原来写的论文《嫦娥奔月》中的一段，写嫦娥之所以会变成蟾蜍，是因为她吃了西王母的不死药。按照中国的"药"的概念，所有的药物都是以毒攻毒的。西王母的不死药中，一定含有更多的毒素，否则不会起到起死回生的功效。可正因为其毒性太大，吃了这药的人，浑身才就会长出蟾蜍身上才有的饱含毒液的痱磊。据《太平清话》记载，蟾蜍的背上会长出灵芝草，并说：它躬着背，鼓着双目，以吸取日光。众所周知，月亮是地球的卫星，它本身并不发光，其光亮来自地球的反射，而地球上的光亮，即为日光。由此可见，背上长着灵芝草的蟾蜍，即为月亮上的蟾蜍，是由嫦娥所变。所以，嫦娥下凡时，背上长的不是翅膀，而是一株灵芝草。我写《嫦娥奔月》这篇论文时，侯后毅还没有给我讲过"二硬方针"（既要实事求是地考证，又要合理地想象，两手都要硬），但我无师自通，写出了这一段。不过，既然侯后毅现在已经给我讲过了"二硬方针"，他要是表扬我写得好，我就要对他说：不是我写得好，而是你指导得好；如果没有那"二硬方针"，我写死也写不出来。

辨　伪

　　侯后毅不但没有表扬我，反而说我没有实事求是。他说：实事求是就是辨伪。要当一个合格的历史学家，辨伪的功底一定要扎实，来不得半点虚假。这是因为，历史研究不是请客吃饭，而是科学。他提醒我，说嫦娥变成蟾蜍，既是道德主义者和阴阳学家的穿凿附会的产物，又是外来文化影响的结果。对此，一定要用实用求是的精神，由表及里，由此及彼，去伪存真，还历史真面目。

　　根据侯后毅的提醒，我对文章做了修改。我写到，奔月之后的嫦娥并没有变成蟾蜍，只有道德主义者才会故意那么说。而事实就是事实，是无所谓道德不道德的。说嫦娥变成蟾蜍，是因为蟾蜍在人眼中是丑陋的。它口大形短，谈不上什么身材，全身还长满了痱磊，痱磊里面还裹满了毒液。《诗·新台》里说："鱼网之设，鸿则离之；燕婉之求，得此戚施。"照郭沫若先生的翻译，这首诗是说：渔网张来打鱼虾，打到一只癞蛤蟆；心想配个多情哥，配上了个驼背爷。可见，在国人眼中，蟾蜍是丑陋的象征。莎士比亚在《查里三世》里也说："再没有比这更毒的腐臭的蟾蜍了，我再也不愿见到你，因为你会使我的眼睛倒霉。"可见西人也讨厌蟾蜍。而我们知道，嫦娥是个美人，美人不光脸蛋长得好，还应该是樱桃小口；美人的身材也一定很窈窕；还有皮肤，美人的皮肤也很关键，总之应该是天生丽质。美人之美所具备的这些基本要素，和蟾蜍之丑所具备的各项指标，刚好相对。道德主义者把最美的人说成一只蟾蜍，无非是要表明他们对嫦娥奔月的谴责，谴责她把夷羿一个人孤零零地留在尘世。写到这里，我还突然明白了一个基本事实。唾沫星子淹死人，也就是说，语言的力量是无穷的。正是由于他们的众口铄金，嫦娥才一去不返，不再光顾我们这个世界，这导致了有穷后羿和钟馗都没能见到嫦娥。

侯后毅还说，嫦娥变成了蟾蜍一说，是外来文化影响的结果，即中国的月亮和蟾蜍并没有太大的关系，和蟾蜍有关系的是外国的月亮。我查了查史料，发现事实果真如此。

Rahn 的故事

据吠陀文献记载，有一天，天神们聚会在须弥山，讨论怎样才能长生不死。一个叫毗湿奴的神说：让我们去找阿修罗吧，一起去搅拌大海，从海中提炼玉液琼浆，也就是不死药。他们用一架山做搅拌用的大棒，搅拌摩擦，引起了火灾。大火把山上的树木花草、飞禽走兽都烧死了。后来又下了一场大雨，雨水把山上的灰尘都冲到了海里，提高了海水中不死药的药效。搅拌后的海水变成了奶，奶又变成了油脂，最后，借助众神的力量，海水中终于提炼出了不死药。阿修罗家族的人，一看见不死药，就蜂拥而上，都想把它独吞了。那个叫毗湿奴的神见势不妙，就立即变成了一个绝色美人。哲学家布里丹曾说：把一头驴放在两个草堆之间，它肯定会饿死，因为它不知道先吃哪一堆草。现在，阿修罗们就成了布里丹之驴，不知道该选择哪一个好。不过，他们后来还是选择了绝色美人，想着和美人先睡上一觉再说。这是因为，之所以要长生不死，还不是为了多睡几个美人。于是，为讨得她的欢心，他们把不死药交给了变成美人的毗湿奴。但是转眼之间，美人和不死药都不见了。只有一个叫Rahn（罗侯）的人，知道不死药的去处。这个Rahn扮成天神，悄悄地接近了不死药。太阳神和月亮神发现了他的伪装。毗湿奴发火了，将Rahn的头砍了下来。不过，他刚刚吃过不死药，那药还在喉咙里没有咽下去，所以他的身子死去了，头却永远不死了。只剩下了头的Rahn，恨死了太阳和月亮，就到处追逐他们。有时他抓住了太阳和月亮，想吞下去，就形成了日食和月食。

现在可以认定，我们说的"月中蟾蜍"和"蟾蜍食月"，指的就是Rahn。Rahn只有头，没有身子，而我们的蟾蜍也是头大身短，全身儿由嘴巴构成。Rahn的汉译"罗侯"也与蟾蜍的发音相近。至此，我们可以得出这样一个结论，嫦娥变蟾蜍一说，是由Rahn逐月的故事演变而来的。

附带说一下,还有一种说法,说嫦娥奔月之后变成了玉兔。为此,民间一直有祀兔的传统,祀兔就是拜月。这种说法虽然没带道德主义的色彩,但它同样是穿凿附会的产物,不可相信。刘熙在《释名》里说:"月,阙也;言有时盈,有时阙也。"晋代的崔豹在《古今注》里说:"兔口有缺。"柳宗元在《天对》里说:"玄阴多缺,爰感厥兔,不形之形,惟神是类。"柳宗元只是拿兔的豁嘴来形容月阙,但并没有说月中有兔,更没有说嫦娥变成了玉兔。至于说嫦娥既是玉兔又是蟾蜍,显然是后世阴阳学家对阴阳平衡的考虑。刘向在《五经通义》里说:"月中有兔与蟾蜍,何?月,阴也;蟾蜍,阳也;而与兔并,阴系阳也。"所以,说来说去,嫦娥还是那个激发诗人灵感的大美人。只是由于夷羿不在身边,所以她难免有些寂寞。陈陶在诗里说:"孀居应寂寞,捣药青冥愁。"毛泽东在《蝶恋花·答李淑一》里也说:"寂寞嫦娥舒广袖,万里长空且为忠魂舞。"可见,嫦娥还是一个诗意的象征,和蟾蜍一点关系都没有。

参考书目

侯后毅随手给我开了一个参考书目。他说:有关他(夷羿）和嫦娥的故事，都记载在这些典籍之中。只要熟读了这些典籍，就能够搞好"一凡二硬"：

《诗经》《尚书》《左传》《国语》《庄子》《孟子》《列子》《荀子》《尸子》《韩非子》《易传》《楚辞》《吕氏春秋》《战国策》《淮南子》《史记》《穆天子传》《新语》《说文》《列女传》《列仙传》《说苑》《世本》《白虎通》《越绝书》《越吴春秋》《论衡》《皇览》《古史考》《高士传》《帝世王纪》《华阳国志》《山海经图赞》《神仙子》《抱朴子》《搜神记》《搜神后记》《南方草木状》《古今注》《博物志》《后汉书》《竹书纪年》《述异志》《水经注》《李太白集》《柳河东集》《金楼子》《文选》《玉烛宝典》《北史》《艺文类聚》《独异志》《北堂书钞》《轩辕本纪》《酉阳杂俎》《岭表录异》《史通》《中华古今注》《太平御览》《太平广记》《尔雅翼》《梦溪笔谈》《成都记》《尔雅注》《路史》《册府无龟》《太平寰宇记》《通志》《异域志》《文献通考》《芸窗私志》《河图始开图》《礼含文嘉》《龙鱼河图》《三国演义》《水浒传》《西游记》《汤显祖集》《红楼梦》《女神》《鲁迅全集》《毛泽东诗词选》《历史考》等等。

这些典籍都是中华文明的瑰宝。它们的作者,都是我们历史上的经典作家,是我们的民族魂。

孔子,左丘明,庄周,孟轲,列御寇,荀况,韩非,尸佼,吕不韦,刘向,刘安,司马迁,陆贾,许慎,东方朔,班固,王充,郭璞,葛洪,范晔,郦道元,萧统,欧阳询,李商隐,柳宗元,李白,沈括,汤显祖,鲁迅,郭沫若,毛泽东,侯后毅,等等。

侯后毅对我说:写完嫦娥下凡,毫无疑问,你和你的书也会进入经典行列。

《历史考》

关于书目中出现的《历史考》,需要加一条注释。它由侯后毅所著,是历史学研究的重要收获。一个人要想成为大历史学家,必须解决几个疑难问题。侯后毅解决了许多疑难问题,所以他成了一个大历史学家。解决也就是前面说的辨伪,即实事求是地还历史的本来面目。

写博士论文的时候,有一天我在图书馆翻阅一本书,叫《历史备忘录》。那本书很厚,要想摸到它的封皮,就得爬到梯子上去。它的书皮好像是马粪纸，其实不是，而是地地道道的羊皮纸，有一股刺鼻的羊膻味。为防备老鼠拿它磨牙，工作人员下班时得在它周围放许多只鼠夹子。据说最多的一次，他们在鼠夹子上取下了十只老鼠。那天我爬上去，还碰到一只老鼠正夹在那里呻吟不止。我拂掉上面的老鼠屎，稍微一翻，就看到了侯后毅的几篇文章。那几篇文章都选自《历史考》。我看了其中一篇，名叫《历史考·夔一足》。据周代的尸佼和韩非子的记载，夔是黄帝手下的乐官，他只有一只脚。

孔子曾经研究过"夔一足"。据《太平御览》和《吕氏春秋》记载，孔子和鲁哀公关于"夔一足"曾经有过一段对话：

鲁：孔老二，乐官夔是不是只长了一只脚啊？

孔：不是。当时的皇上，欲以乐感文化传教于天下，他找到了夔，让他当上了乐官。夔于是正六律，和五声，以通八风，天下果然大服。有人对皇上说：乐感文化这么厉害，我们何不再找几个人，组织一个音乐家协会，把乐感文化推向新的高潮？皇上说：不了，一个夔就够使了。所以，史书上说的"夔一足"，是讲一个夔就够了，不需要另找他人的意思。

鲁：听老二一席言，胜读十年书。好吧，就形成个决议发下去，以后夔一足还是夔二足的问题，就这么定了。

侯后毅的研究结果与孔子不同。按照侯后毅的研究，乐官夔确实只有一只脚。不过，他并不是天生就是一只脚。他和我们一样，也有两只脚，只是后来被打断了一只。侯后毅的文章是这样写的：

> 夔，原是一种独脚兽。《庄子·秋水》里说："夔曰：吾以一足而行。"《山海经·大荒东经》里说：夔住在东海的流波山。它的形状像牛，颜色像苍龙，但头上无角。它叫唤起来就像打雷一般，所以它又叫雷兽。黄帝手下的一个人向黄帝建议，把夔的皮揭下来制鼓，必定声若雷鸣，威震四方，万民归顺。黄帝觉得言之有理，就让这个人去办。这个人果真用夔的皮制成了一面鼓，但奇怪的是，它并不像原来所设想的声若雷霆。黄帝佯装大怒，欲以欺君之名将那人处死。但又说：念你随朕多年，就暂时饶你不死，剁你的一只脚算了。剁掉他的脚之后，百官都慑服于黄帝的残暴，后来无须敲鼓，万民就纷纷归顺了，那人现在丢了一只脚，再也不能冲锋陷阵了，黄帝就任命此人为乐官，掌管所有乐器。因为他像夔一样只有一足，他也就被人称为夔。此乃乐官"夔一足"的由来。

邮购信息

鉴于许多读者在遇到历史的疑难问题时，都会有百思不得其解之感，我就顺便在此发布一条邮购信息。若需要购买《历史考》，请将汇款寄到汉州大学历史研究所，并注明"冯蒙收"。之所以不写"侯后毅收"，是因为侯后毅即将随嫦娥奔月。

我的理想

我现在写的是嫦娥下凡。如侯后毅所说：要是写得好，我也可以成一个大历史学家。前面说到，大历史学家都是解决疑难问题的。我现在已经想好了，成了大历史学家之后，我还要继续解决疑难问题。下一步，我要重新研究"夔一足"。我的思路是这样的，夔在河里的时候，是一头兽，爬到岸上以后就成了乐官。也就是说：夔既是兽，又是人。最好的办法，是让它成为人面兽身。在中国搞历史研究，历来是只有想不到的，没有做不到的。这话也可以这样说：只要你想到了，通过考证你就能做到。说时迟，那时快，我刚想到人面兽身，就在书上找到了依据。郭璞注《山海经·大荒东经》说：雷兽，即雷神，人面兽身。既然当兽的时候是一只脚,那么当人的时候,也应该是一只脚。不过,我现在还不能把我的考证公布于世。这是因为,中国的历史是以一个人的寿命为界线的。只有那个人死了,他所作出的历史结论才能更改。侯后毅既没有死,也没有奔月,所以,他研究出来的"夔一足"就是历史上的夔一足,只有当他死了,我的"夔一足"才是历史上的"夔一足"。

顺便说一下,关于"夔一足",曲平也有自己的研究。她也知道历史是以一个人的寿命为界线的,侯后毅还没有死去,所以她也只是私下里说说,并没有形成文章。她的研究是这样的:夔一足,指的其实不是夔只有一只脚,而是指夔一只脚都没有,有的只是一根男性生殖器。她的思路是这样的:夔在河里当鱼的时候,就没有脚,到了地上当乐官,还是没有脚。但它无论如何都得有生殖器,否则是说不过去的。既然鸟三足中有一足是指生殖器,那么夔一足,指的也应该是生殖器。我是在一个非常偶然的机会,得知她也从事这项研究的。有一次侯后毅和罗宓去外地开会,把家里的钥匙留给了她。晚上,我也去了导师家里。门没有锁上,所以我径直进了房间。

我听见厕所里有水声,就踮着脚往里面看了看。她正在照镜子,捏着自己的乳尖,在那里捻来捻去。那微微上翘的乳尖,以及那捻的动作,给我带来的激动和折磨真是难以言传。她从里面出来,我就请她去跳舞。跳舞的时候我就摸了一把她的乳房。她说：你可别惹我，我这会儿正是性冷淡。后来我们坐到舞池旁边喝茶。我说：别装蒜了，我都看见了，你在厕所里玩自己的乳房。她说：它长在我身上，我想怎么玩就怎么玩，你管不着。我说：那不行，治好你的性冷淡，我是有责任的。她说：你有办法，说出来听听啊。我说：要想揽到瓷器活，必须有那金刚钻，你和我睡一觉，就知道我有没有办法；光凭嘴说是不行的，必须理论和实践相结合。她说：别吹牛了，你那玩意儿能比得上夔吗？夔没有脚，但这不要紧，他的阳物既可以当脚用，还可以敲鼓，把鼓敲得声若雷鸣，《绎史》里说：敲一下，声音可以传五百里；连着敲，可以传到三千八百里。她说：权威刊物《女权分子》邀她写一篇文章，她就准备写这个，题目可以取为《"夔一足"与男权的没落》。但她又说：她想了想，这篇文章暂时还得放一放，等时机成熟了再动笔。她说的时机成熟，包括两项条件：一是她考上了博士，二是侯后毅死了。当然，现在看来，她的第二项条件也可以改成侯后毅奔月。

桂 花 酒

侯后毅打来了电话，让我马上过去一趟，说要和我谈谈。他说话的口气很温和，以前从未有过，我不能不感到受宠若惊。我连忙带着已经写好的稿子,往他家里赶。一进客厅,我就闻见一股沁人心脾的香气。我还以为那香气是从罗宓身上发出来的。等我坐下,我才知道那香气来自茶几上的杯子。侯后毅说:发什么愣,端起来喝吧,饮料就是给你准备的。我喝了一口,顿觉神清气爽,牙缝里都是那种清香。我问侯后毅:这是什么饮料,我怎么从来没有喝过?侯后毅说:你当然没有喝过,因为这是桂花酒。

我当即拿出笔记本,垫在膝盖上,写明嫦娥送给了侯后毅一瓶玉液琼浆。我刚刚写完,罗宓从房间里出来了。不管怎么说,在侯后毅面前,罗宓就是我的师母。我连忙站起来,对她说:此酿只应天上有,你也来尝尝吧。罗宓说:这是你的导师专门给你留下的,你就别客气了。我又问,曲平是否也喝过了。侯后毅说:别管她,她既然在陪嫦娥,那嫦娥是不会亏待她的。听他这么一说,我就再次向他提出,我也想见一下嫦娥。侯后毅说:要干一行爱一行,干革命工作的人,就应该像个螺丝钉,哪里需要往哪冲;你的工作也很重要,因为你是在记载历史。为了安慰我,他就又对我说:他已经给 *Mythos* 杂志的人写过信了,他们很快就会把《息壤考》发出来。等你的嫦娥下凡写完了,我让他们也发一下。说着,他从屁兜里掏出一封信递给了我。信是从纽约寄来的,里面夹着一本 *Mythos* 杂志,最后一页的下期目录预告上,果然印着我的名字：

The study of the growable earth——FengMeng. China
（息壤考——冯蒙·中国）

我很高兴，再加上那确实是不可复得的佳酿，就多喝了几杯。侯后毅说：他得再去和嫦娥谈谈，说着就走了。房间里只剩下我和罗宓两个人。我感到身上发热，手都有点颤抖。透过玻璃窗，我看到侯后毅穿过了楼下的草坪，消失在了另一幢楼后面。那里现在是一片寂静，就像历史上的每一个时辰，在喧闹的另一面就是虚空。我和罗宓很快就倒在了茶几旁边的小地毯上。她的下体就像一个湿漉漉的鱼嘴，准确地把我吸溜了进去，死死地咬住了。

对桂花酒的考证

众所周知，月宫中有桂树，所以月宫又称为桂宫。沈约《登台望秋月》诗里说："桂宫袅袅落桂枝，寒露凄凄凝白露。"桂花酒是月亮上的特产。所以毛泽东在《蝶恋花·答李淑一》一诗里说："问讯吴刚何所有，吴刚捧出桂花酒。"喝完酒之后，我和罗宓都有点孟浪。这不能不让我怀疑桂花酒有某种催情的作用。

月亮上的桂树和尘世的桂树一定有某种相似之处。李时珍的《本草纲目》中，与"桂"有关的词条有二。一曰"桂"：

【气味】甘，辛，大热，有小毒。
【主治】利肝肺气，心腹寒热冷疾，霍乱转筋，头痛腰痛出汗，坚筋骨，通血脉。久服，神仙不老，补下焦（肚脐以下——冯注）不足。春夏为禁药，秋冬下部腹痛，非此不能止。补命门（两肾之间——冯注）不足，益火消阴。

二曰"菌桂"，即小桂：

【气味】辛，温，无毒。
【主治】百病，养精神，和颜色。久服轻身不老，面生光华，媚好常如童子。

由此可见，"桂"不光有滋阴壮阳之效，还可以美容。照此说来，桂花也应该有同等之效。这起码可以说明两个问题：一是我和罗宓之所以在侯后毅刚刚离去，就抱到了一起，是由于桂花酒的催情；二是嫦娥之所以还是一个美人，能身轻如燕地从月宫飞回来，除了西王母的药的作用，还有很重要的一条原因,即她喝的饮料就是桂花酒。

嫦娥的动静

罗宓让我去叫曲平,向她打听一下嫦娥最近有什么动静。她的指示正合我意。这是因为,照侯后毅的说法,曲平也喝了桂花酒。所以我想,曲平的性冷淡一定会有所好转。对此我不能不关心,因为我以前是她的老师,现在是她的师兄,对她的事我是责无旁贷。但我能不能把她叫出来,我没有把握。她住的是研究生公寓,看门的阿姨从来不放我进去,理由是我是个男的。她的逻辑是只要男的进去,就会和女生们通奸。上一次,我对阿姨说:我要找的曲平是个性冷淡,所以我肯定不会和她通奸的。但她还是坚持真理,绝不让步。我问:在什么条件下,我才能够进去。她说只有两个条件:一是变成个女的;二是长出翅膀从窗口飞进去。变成一个女的倒很容易,可如果变成了女的,曲平是否性冷淡就不关我的事了,也就是说:我没有理由再在这里磨蹭。关于长翅膀的问题,我是这样考虑的,如果我长有翅膀,我绝对不会在这里磨蹭,我一定飞到嫦娥住的旅馆,把侯后毅扔到一边,和她一起飞走。

后来,曲平自己来了。看到我和罗宓单独在一起,她的笑意立即变得隐秘起来。因为有罗宓在场,我没有问她性冷淡的问题,只是问她是否喝了桂花酒。她说当然喝了,跟嫦娥待在一起,还能不喝?罗宓这时候插了一句:既然嫦娥给老侯送了桂花酒,是不是说明嫦娥已经认可他就是夷羿转世了。曲平说:这倒不是,她一直没有最后确定,所以侯先生才很着急。罗宓又问:那她干吗要送他桂花酒呢?冯蒙已经考证出来,桂花酒是一种春酒,给老侯送春酒,意思不是明摆着的吗?曲平说:那她送我桂花酒,又该如何解释呢?我对她说:这很好解释,这说明嫦娥是个双性恋,想把你们的情欲撩拨起来,同时与你和侯先生共度爱河。但曲平的反驳很有力,她说:史书从来没有嫦娥是双性恋的记载。

问到嫦娥最近的动静,曲平说:嫦娥对侯后毅说了,你说你就是夷羿的转世,但我怎么没有见到洛神呢?众所周知,夷羿和洛神是有一腿的。照曲平的说法,侯后毅一下子就傻眼了,支吾了半天,也没有说出话来。看到他那种没出息样,嫦娥又倒过来安慰他说:我不会责怪夷羿的,我要是和他一般见识,就不会到尘世来找他。

洛　神

他们果然提到了洛神。洛神也就是宓妃。关于洛神的身世,有两种说法,一种说法来自《汉书音义》,里面说宓妃是伏羲的女儿，后来溺死于洛水，遂为洛神；另一种说法来自《路史》，里面说她是伏羲的妃子，所以又叫伏妃。这两种说法各执一端，强调的可能是同一个问题的两个侧面。把这两种说法综合起来，就可以得到一个结论：宓妃在成为洛神之前，既是伏羲的女儿，又是伏羲的妃子。这种情况很常见，尤其是在大人物身上经常发生。二十世纪最后一个春节前后，有一部叫《雍正皇帝》的电视剧陪伴着全党全军全国各族人民过了一个好年。历史上的雍正除了大搞文字狱，还把私生女纳为妃子。但这并不影响雍正享有好皇帝的口碑。

我在注释里写道：正像夷羿死后又多次转世一样，宓妃死后也有过多次转世。最有名的一次转世发生在三国时代。《文选》李善注曰：她转世成为甄逸女，她的美貌让曹植着了迷，但甄氏却受曹操之命嫁给了曹丕。曹植见不到甄氏，郁郁寡欢，只好借酒浇愁。但偶然的一次机会，曹植在洛水之滨见到了甄氏。据《三国志》记载，此事发生在公元223年，即黄初四年。曹植问身边的御者，那立于河边的美人到底是谁，御者皆说：是洛神。曹植遂作《洛神赋》。但在此赋的序中，曹植将此事的时间作了修正，改成了黄初三年，即公元222年：

我从京城跑回来，来到河洛
见到一个美人站在那河石边

问了问手下人那个美妞是谁
说就是让我彻夜难眠的洛神
我得把这事完整地记载下来
为了不让我那哥哥把我整死
很有必要修改一下具体时间
这么着吧，改成公元222年
让那混蛋王兄不知其所以然

她呀，翩若惊鸿，婉若游龙
从远处望，皎若太阳升朝霞
从近处看，灼若芙蓉出绿波
她的身材呀，是标准的三围
她的脖子呀，就像那白天鹅
她呀，丹唇外朗，明眸善睐
嘻嘻一笑，还有两个小酒窝
……

宓妃转世为甄逸女之后，和上次一样，她又掉到河里淹死了。她再次转世，成为罗宓，也就是侯后毅的妻子。也就是说，罗宓也是生于来世。和曹植的描写完全相符，她也有一对小酒窝，也有标准的三围和白天鹅一样的颈项。如前所述，在写嫦娥下凡的过程中，我习惯于和她讨论问题，可是不知不觉地，我们就到了床上，或者滑进了浴缸。

她对我说：嗨，快看看我的三围，我最近喝了宁红牌减肥茶，很管用的。瞧我这个动作，曹植要是在场，肯定会说这就叫芙蓉出绿波。曹植不在场，但我也可以说那就是芙蓉出绿波。因为她的裙子是绿色的，在壁灯照耀下，随着她身体的扭动，它确实是绿波荡漾；她的内裤比芙蓉花瓣大不了多少，而且就是芙蓉花瓣的颜色。裙子褪掉之后，芙蓉花瓣就出来了。

对《洛神赋》的研究（节选）

我在论文《嫦娥奔月》中，也引用了《洛神赋》，并做了一番研究。古今中外，所有史诗的诞生，都因为有一个女神的存在。比如曹植，如果没有洛神，他只能去写苦如黄连的《七步诗》。比如但丁，如果没有卑亚德里采，他就不可能写出《神曲》。女性，在西方诗人的笔下，是一种提升的力量，正如歌德在诗里所说：永恒的女性，引领我们上升。在东方诗人，如曹植和屈原（洛神也是他的梦中情人）那里，女性是一种情欲的化身。曹植所描写的洛神，其标准的三围，外朗的丹唇，白天鹅一样的颈项，使她从神性人物降格为尘世的美人。一方面，曹植是要通过对她的描写，完成对她的占有，也就是意淫。所以，歌德那句诗翻译成中文，可以改为"永恒的女性，引领我们勃起。"与此相关，在另一方面，曹植是要通过对她的意淫，来建立自己的神格，起码要建立起自己和神的谱系之间的联系，即要把自己镶嵌到历史中去。如果这也算是一种提升，那么这实际上是东西方诗人提升自己的方式的差别。

我写嫦娥下凡，也是在写这一部史诗。但这部史诗不是为自己写的，而是在侯后毅的指导下写的。也就是说：我得通过自己的文字让侯后毅完成对嫦娥的占有。

关于我自己

写嫦娥下凡的同时，我发现自己越来越深地搅入了这个事件当中，而这正是我事先所没有料到的：既然侯后毅是夷羿转世，那么作为侯后毅的学生，我就是逢蒙还阳，即史书上说的那个杀掉了夷羿的人。

我的档案存放于汉州大学的档案室，上面用毛笔写着：名字冯蒙，性别男，国籍中国；二十世纪六十年代出生，二十一世纪前期的某一天死去；原在汉州师范大学历史系教书，后被侯后毅先生招到门下，在汉州大学读研究生，又读博士，因博士论文《嫦娥奔月》未获通过，故至今仍滞留在汉州大学。

在二十世纪的最后几年，我在汉州师范大学教书的时候，每年新生报到后的第一节历史课上，我自己经常这样对学生们作自我介绍，说我生于六十年代，将在二十一世纪前期的某一天死去。通常情况下，我话一出口，就会有人大笑起来。笑是一种认同，所以他们的笑声让我很得意。可有一个女学生却对我的讲话没有反应。上课的时候，她经常长时间望着窗外。她忧戚的面容渐渐引起了我的注意。我后来知道，她名叫罗宓，是来旁听的。除此之外，没有人知道她的经历。我也得知，在我讲课的时候，她没有打瞌睡已经给了我很大面子。因为别人上课的时候，她通常都要睡觉。她身上的那种神秘气质，以及天生的美貌，仿佛有一种拒人千里之外的力量，使得心怀鬼胎的教师们都不敢批评她。有一个教现代史的教师告诉我，他对她的美貌简直着迷了，有点不能自拔，特别是当她趴在桌子上睡着的时候，她的美更是让人迷狂。

这个教师说得没错。我对她的美貌也很着迷。渐渐地，我对别的学生的听课的反应已经毫不在意，而只注意她一个人的。我甚至巴不得她趴到桌子上睡觉，好让我一睹她那能让人迷狂的睡相。因为她，我每次备课都非常认真。别的教师因为她而有点心慌意乱，而我却尽量讲好。即便她面对着窗外，似乎一句也没有听进去，我也是如此。有一天，有一个陌生人走进了教室，在最后一排坐下了。那个陌生人在听课的时候，也有点神不守舍，还不停地和陪他前来的系主任窃窃私语。那时，慕名前来听课的人很多。

当然，他们大多是慕名而来，失望而归，还有人事后说：我讲的许多内容都是胡说八道。当时，看见他和系主任窃窃私语，我也懒得去想他们在议论什么。我只在乎倚窗而坐的罗宓。

那一天，为了解释一个问题，我引用了《资治通鉴》里的一段话。该讲的内容都讲完了，可是下课时间还没有到。为了把那段时间打发过去，我顺便提到了《资治通鉴》的"鉴"字。我说鉴就是镜子。盛水的陶盆叫监，铜盆叫鉴。"监"古字写法为🧿，正是一个人趴在水盆旁边照容的象形。传说镜子是黄帝造的，黄帝共造了十五面镜子，第一个直径是一尺五寸，法满月之数，其余的依次递减，最后一个直径刚好是一寸。黄帝为什么要造镜子呢？因为在此之前，一个和嫦娥齐名的美人，在河边用水照容的时候突然失足淹死了。她就是后来的洛神，也就是宓妃。我之所以讲这个故事，就是因为罗宓的名字里刚好有一个"宓"字。是的，我是在想方设法引起她的注意。那一天下课之后，那个陌生人在门口拦住了我，说有事要和我谈谈。他告诉我，他想招我当他的研究生。你是叫冯蒙吧，他说，我在许多年前就知道你了。我当时以为他所说的"许多年前"，只是初次见面时的一种客套。现在我们都已经知道了，那个人就是侯后毅，就是夷羿的转世。而我就是夷羿弟子逢蒙的还阳。我们师徒穿越历史的时空，在二十世纪行将结束的时候，又再次相逢了。后来，他果真招我当了他的研究生。

讨 论

我想和罗宓讨论的正是这样一个问题：如果我是逢蒙的转世，那么我必定要杀死侯后毅，就像逢蒙当初杀掉夷羿，寒泥杀掉了有穷后羿一样。而我要想避免手上沾满他的鲜血，看来只有一条途径，即侯后毅马上跟着嫦娥一起走掉。

对我来说，杀掉侯后毅，还真是有些理由。我简单地想了一下，理由至少有这么几条：

（1）他至今赖着不在我的论文上签字，使我无法如期毕业，影响了我日后的职称晋升；

（2）他夹在我和罗宓之间，非常碍事，使我们做爱时放不开手脚；

（3）他要是不死，我的有关"夔一足"的研究成果就无法问世，我也就当不成大历史学家；

（4）他诱使我来写嫦娥下凡，使我对嫦娥也着了迷；

（5）他早就是一个要死的人了，却一直不死，让人想起来就不舒服。

除了第四条，我都当作议题拿出来和罗宓讨论了。罗宓说，她反对我对侯后毅下手。她说，她并不是念及夫妻之情才反对我这么干，而是为了我好。她的理由是：如果我干掉了侯后毅，那么我的余生将在狱中度过，到那个时候，什么都将鸡飞蛋打。至于她和我的通奸，她说，她喜欢的就是那种偷偷摸摸的乐趣。她用抒情的语调对我说，多么刺激啊，何乐而不为呢？如果侯后毅现在死去了，那么我对你的兴趣将可能减去一半。她提请我仔细回想一下，偷偷摸摸是否也给我带来了乐趣，我琢磨了一下，觉得她说得很有道理。但我不能不向她表明我的忧虑，即侯后毅迟早会发现我们的通奸。可罗宓说，那就让他发现好了，他是个历史学家，应该发现事物的真相。

经她这么一说，杀侯后毅的念头就暂时消失了。我还倒过来劝罗宓搬回去住，不要再生侯后毅的气，因为嫦娥是自己下凡的，不关侯后毅的事。罗宓戳着我的额头说，你真是小傻瓜，我干吗要生他们的气，我巴不得嫦娥把他认下，送给他不死药，这样我就可以一辈子过通奸的日子。

本　事

侯后毅原来担心罗宓不愿意承认自己是洛神，但见到我的文章之后，他放心了。他主动找到了罗宓，说要带她一起去见嫦娥，并说这样一来，嫦娥就无话可说了，只好乖乖地承认他就是夷羿转世。不是冤家不碰头，看在我们夫妻多年的情分上，你就随我去见她一面吧。看到他那可怜兮兮的样子，罗宓就随他去见了一次。她们见面的时候，曲平也在场。下面是曲平对此事的记述：

【旅馆。厚厚的地毯。嫦娥正在闭目休息。我正用刷子替嫦娥涮洗桃子上的茸毛。她喜欢吃桃子。轻轻的敲门声。接着，侯后毅的头从门缝里伸了进来，像个大秃瓢。】

侯：（小心翼翼地，慢步上前）恒娥，瞧我把谁带来了？

嫦：（眼也没睁）谁啊？又是你，又是你。

侯：（点头如捣蒜，重复地）是我。看，她是谁？

【侯的手往后指，但身后并没有人。他一下慌神了。脚步错乱朝门口走去。拉开门。罗宓站在门口。她正在化妆。】

侯：（悄声地）快进来。（又对嫦娥说）是她。你不是说想见洛神一面吗？她就是洛神的转世。

嫦：怎么像个坐台小姐，你别领错人了吧。曲平，给这位小姐拿个桃子。

曲：（单腿下跪，有如面对慈禧）喳。

嫦：免礼了，快去吧。

曲：OK。

罗：（突然地）你说我像个坐台的，这么说，你也坐过台喽。

嫦：这几天，看了些你们递过来的资料，我有点想起来了，我在天上的时候坐过台。我们女人家，要是嫌闷，不愿再当良家妇女，还想混出个名堂，不坐台不行啊！必须坐台，创造让大人物看到你的机会。然后，你就可能成为二房或三房。成了二房或三房，你就可以生出高干子弟，就可以受万世的敬仰。这是颠扑不破的真理。换句话说，坐台就是走向神圣的最佳方式。

【曲平忍不住鼓掌，但是一鼓掌，手中的桃子就滚了一地。侯后毅傻了半天，现在终于找到了表现的机会。他拾起一只桃子，递给罗宓，但被罗宓拒绝了。】

侯：（急着对嫦娥表白）你说得对，她就是坐台小姐。我就是在喝酒的时候认识她的。那是在一个水上乐园。

嫦：水上乐园，你可真够酷的。

侯：（摇头）那时她正和丈夫闹得不可开交，我一不小心，就插了一杠子。

嫦：（对侯后毅说）我说过，如果你就是夷羿，你和洛神乱搞，我是不会怪你的，但你得告诉我，她什么地方吸引住了你。

侯：（事先有防备，所以脸不红心不跳）她身上没有一个地方吸引我。我之所以乱搞，是因为我太爱你了。

嫦：（惊讶地）此话怎讲？

侯：（看到嫦娥没有反驳他，立马来神）说来话长，这里面涉及一个重要的逻辑问题。

嫦：哦？

侯：我是夷羿转世，所以我有一种无法排遣的痛苦，即一直无法见到你。又因为爱你，所以我更加痛苦。人一痛苦就沉沦，所以我就沉沦了。我要是不爱你，你让我沉沦，我也不会沉沦。所以说，我之所以乱搞，就是因为太爱你了。

桃　子

嫦娥吃的桃子当为蟠桃。她之所以喜欢吃桃子，当与夷羿之死有关。如前所述，夷羿就是被桃木棒打死的。嫦娥吃蟠桃，就是出于对夷羿的追念，就像人们吃粽子是要追念屈原一样。

曲平的文章中没有记述侯后毅吃桃子的事。这是因为，侯后毅从不吃桃子。这和史书上记载的"鬼畏桃"的说法是相符的。侯后毅虽然还不是鬼，但因为他的前生是夷羿，所以，尽管他口渴难忍，看见桃子就垂涎欲滴，但他还是不能吃桃。

蟠桃，也叫仙桃，长于蟠木之上。《山海经》里说："有大桃木，其屈蟠三千里。"蟠桃一名由此而来。此桃并非生于人间，也非常人所能见到。据《汉武帝内传》记载，西王母曾给汉武帝四个蟠桃，汉武帝吃过之后，连称味道好极了。他把桃核留住，想引种蟠桃。西王母对他说："此桃三千年一生实（结果），中夏地薄，种之不生。"以后，此桃就又被称为王母蟠桃。

这个王母蟠桃和钟馗一样，成为中国文学艺术的重要表现对象。元代无名氏有《宴瑶池蟠桃会》，明代有《群仙庆寿蟠桃会》。

传真里的罗宓

侯后毅带着罗宓去见嫦娥的时候，交代我待在家里别动。他说，一旦嫦娥最后承认他就是夷羿转世，把不死药交给他，他就立马回来在我的论文上签字。他还说，当然，如果我们还需要别的证明材料，你应该立即去准备，并把材料传真给曲平。他们到了之后，我果然接到了曲平的电话。曲平说，少了一份材料，就是侯后毅从河里救罗宓的材料。我说，我从来没有听说过，侯后毅下水救人的事。曲平说，这不可能，你跟着导师混了多年，应该听说过这方面的事。曲平刚说完，侯后毅就把电话夺了过去，说，没错，我救过罗宓，是从河里救的，赶快写完传真过来。我传真过去的材料是这么写的：

有一年冬天，作为洛神转世的罗宓迷上了冬泳。这是因为，到了冬天，衣服穿得很厚，看上去很臃肿，一点也显示不出她的三围。美在她这里白白浪费掉，让她感到很过意不去，所以她得拣人多的地方去冬泳。每次下水之前，她都要吃阿司匹林，预防感冒和风湿病。有一次，她又去游泳。脱衣服前，她又仰着脖子吃了点阿司匹林。这个动作被站在一边的侯后毅看到了。她是不是要自杀，他有点吃不准。但为了保险起见，他先扒光了自己，早她一步下了水，等着救她。史书上从来没有记载夷羿会凫水，所以作为夷羿转世的侯后毅也不会凫水。但为了不在美人面前丢丑，他宁愿喝水，也不喊救命。罗宓脱光衣服，是为了展示自己的美。现在她看到侯后毅一直往下沉，还以为他是要潜到水底，好进一步欣赏她的美，所以她就潜到他身边，好让他一次看个够。她发现有好多水泡往上冒，起初还以为他是一时激动在水中放屁，后来才发现他是在大口大口地喝水。这个事情的起因是英雄救美人，但结果却成了美人救英雄。等她把他捞上来的时候，他已经快淹死了。她很可怜他，就把他送进了医院。他一醒过来，就对她说，他之所以下水，是因为看见她吃药，以为她要寻什么短见。她很感动，把他当成了见义勇为、舍己救人的英雄，就和他好上了。

将这份材料传真过去的时候,我感到很得意:一来我完成了侯后毅交付的任务;二来这和历史上的记载相符;三来,我既没有得罪侯后毅(毕竟写了他救人),也没有得罪罗宓(还着重提到了她的美),也就是说,这既不影响我拿到文凭,又不影响我和罗宓通奸。

但我没有料到,侯后毅会说,罗宓原来是个坐台的酒吧女。所以,当曲平又把电话打过来的时候,我就对原文作了一下修改。

修改后的传真

罗宓和嫦娥一样,都是坐台的酒吧女,只不过嫦娥是在天上坐台,罗宓是在地上坐台。罗宓坐台的地方是个水上乐园,除了陪人喝酒,还要陪人游泳。之所以选中这么一个地方,是因为她前生就是生活在水边。吃一堑,长一智,为了不再淹死,她苦练游泳的本领,成为坐台小姐中的游泳冠军。也就是说,来这里坐台,可以发挥她的强项。在冬天,她每次游泳之前,都要吃一片阿司匹林,防止感冒和风湿。有一天,夷羿的转世侯后毅先生来到了水上乐园。自从他知道自己是夷羿转世,他就因为思念嫦娥而郁郁寡欢。如《淮南子·览冥训》里所说"恒娥奔月,(羿)怅然有丧",所以要到酒吧醉生梦死。在这里,他刚好遇上了罗宓。罗宓那时候正为婚姻问题苦恼,所以他们一拍即合,很快就搞到了一起。有一天,她那个一直在后面盯梢的丈夫来到了水上乐园,发现了她和夷羿的隐情,将她打得半死。她狗急跳墙,要跳水自尽,这时候一直躲在旁边的侯后毅出马了。他也跳了下去。但他不会凫水,所以只有喝水的份。罗宓不忍心看到他活活淹死,就把他打捞了上来。

我把传真发了过去。但我脑子里一直有个疑团,即罗宓的婚史。我的知识告诉我,既然她是洛神转世,那么她应该是有过婚姻经验的。但我为什么从来没有见过这个人。

本 事

他们和嫦娥见面的情景还应该补记如下:我把传真发过去以后,侯后毅就把材料交给了嫦娥。嫦娥翻了翻,说:这一下我相信她就是宓妃了。侯后毅对嫦娥说:看啊,我把我的生活完整地呈现给了你,请相信我,如果你把我认下,以后我就只搞你一个人,绝不再和别人搞。嫦娥说:咱们彼此彼此,不过,我还是不能肯定你就是射日英雄夷羿的转世。

曲平来找我

曲平来找我。她的外貌突然变化了很多，剪掉了原来的披肩长发，理了一个小平头。如果不是披了一条透亮的白纱巾，我就要把她看成一个小伙子了。她的脸色很白，就像是白化动物。眉毛也拔掉了，据说这样一来，再长出来的眉毛就会更浓。不过她的下身没什么变化，穿的还是牛仔裤，屁兜上挂着"苹果牌"的标志。其他还有什么变化，我暂时还没有看出来。腰还是那么粗，脚丫子还是那么大，就像阿Q先生眼中的吴妈的脚。她穿的那双旅游鞋，就像两艘航空母舰。我说，你怎么这副打扮，男不男女不女的。她说，你真是个土老帽，这就叫派。

她是女权主义刊物的撰稿人，我是不愿和她一起上楼的。如果我让她在前面走，她就会不高兴——为什么让我在前面走，是不是把我看成了女人？如果让她跟在我屁股后面，她会更加恼火——为什么要让我在后面走，就因为我是个女人吗？所以，她走这个楼梯，我就走那个楼梯，互不干涉。遇到特殊情况，比如一幢楼上只有一个楼梯，那我会在上楼之前，先上厕所撒泡尿，把时间错过去。她对此无话可说：因为尿脬并不是长在她身上。这会儿，有一个楼梯正在改修，不能通行，尽管我的尿脬里没有什么尿，我还是往厕所跑了一趟,在尿池旁边挤出了几滴。等我上去的时候,她已经在门口等着了。我掏钥匙开了门,然后做出被门吸进去的样子,进了房间。这样做是完全必要的,否则她就会为进门的先后次序再和我争执一番。她是来告诉我,又要开碰头会了,让我去通知罗宓也来。我说,你们不是一起去的吗?她现在在什么地方,我怎么会知道?她说,别装蒜了,你们的事,侯后毅早就知道了。我说,嘴巴放干净一点,我和罗宓能有什么事啊?顶多在一起讨论讨论学问。她说,你别忘了,侯先生是夷羿转世,转过有穷后羿,也转过钟馗。钟馗是专门捉鬼的,而罗宓是死后化为洛神的,也就是说:她一半是人一半是鬼。她的一举一动,都在侯后毅手心里握着呢。我一下子蒙了。智者千虑,必有一失,我怎么没有想到老侯还有这一手?

从最美好的意义上说,我把曲平的说法看成是一种提醒,即别忘了,侯后毅既是我们的导师,又是夷羿和钟馗。他是夷羿,所以他认得嫦娥;他是钟馗,所以他能制服鬼;他是导师,所以我和曲平都得听他的。当然他还有别的身份,譬如,如果我爱罗宓的话,他就是我的情敌。我可以把他看成一个有肠胃病的、经常拉稀的老头,他不能给罗宓带来快感,我却能够带来。我问曲平:既然嫦娥已经承认罗宓就是洛神转世,那他总应该在我的论文上签字了吧。曲平说:你想得美,她还是不能认定侯后毅就是夷羿转世,因为还有些事情没有对上号。曲平还说:从嫦娥那里出来之后，侯后毅仍然是忧心忡忡。

我的担心

所以我又在文章里写道：侯后毅，也就是夷羿的转世，现在一点都兴奋不起来。这是因为，嫦娥现在还不能肯定，他是夷羿转世。之所以不能肯定，是因为有些事情还对不上号。嫦娥本来想和夷羿重续前缘，可是由于这个缘故，怎么也续不上。

我补写这么一句，然后就陷入了沉思：究竟是哪个环节出了问题，让她觉得对不上号呢？我对此非常担心，因为侯后毅的身体本来就不好，这样忧心如焚，搞不好会闹出人命来的。我一点也不希望他随随便便死掉，因为这涉及我未来。罗宓说得对，我还没有拿到博士文凭，还不能算是一个高级知识分子。二十一世纪是知识经济的时代，不是高级知识分子，就别想在二十一世纪过上好日子，也就等于没有未来。

曲平也在写嫦娥下凡

和嫦娥有关的碰头会，这应该是第二次。第一次是在二〇〇〇年十二月十九号，也就是农历十一月廿四，出席人物有侯后毅、罗宓和我。关于出席的人物,曲平也有自己的说法,她说,当时她也在场。

我和曲平去导师家里开碰头会,在路边的一个售货亭,我们遇到了一起。我买了一包烟,她买了一根火腿肠,接着我们就为出场人物发生了争执。她打开随身带的一个缎面日记本,让我看了看其中的一页:今天是十二月十九号,侯先生把我和冯蒙叫到了家中;这一天,罗宓出走了。那上面还记载:这一天吃的是大米饭,喝的是鱼头汤。鱼头汤有些发腥,有些发臭,如果不是多放了一些葱花和姜片,简直难以下咽,真不知道是怎么回事。不过,冯蒙还是喝了一碗又一碗。看他就像一条喂不饱的狗,一直和他通奸的罗宓就又给他下了一碗饺子。后来,侯后毅把我和冯蒙叫到楼下,他又着腰,瞧着那一轮圆月,喘了两口粗气,突然说:嫦娥下凡了。关于鱼头汤,她还写了一条注释:这一天,侯后毅是在上街买鱼头的时候遇到嫦娥的,所以中午喝的就是鱼头汤。她的解释有理有据,由不得我不信。直到这个时候,我才知道她在接待嫦娥的同时,也在写嫦娥下凡。

我对曲平说,原来你也在写嫦娥下凡。曲平说:是啊,我为什么要放弃这个记载历史的机会。她说她还得感谢我,因为是我提醒她要多长个心眼,别在一棵树上吊死。接着,她又翻开了她写的一页日记,那上面写着:晚上,我去找了冯蒙,他告诉我,不要把宝押到一个人身上,免得到时候被动。还是趁早和别的教授联系。我告诉他,我刚从侯后毅那里出来，发现侯后毅现在能吃能睡，我衷心祝愿侯先生等我考完博士之后再死。我还告诉冯蒙，我要参与接待嫦娥，冯蒙让我带他去见嫦娥。但我不能带他去，因为侯先生说了，不能让男的接触嫦娥。曲平说，她现在是一颗红心三种准备：如果侯后毅没死，她就继续考他的博士，然后当历史学家；如果他死了她就去考别的历史学家，她把这篇文章给别的历史学家看看，他们一定会感兴趣，那样她也可以当历史学家；如果侯后毅和嫦娥一起走了，她就可以凭着这篇文章青史留名，直接成为历史学家，因为她已经记载了历史上的重要事件。

碰头会

侯后毅坐在沙发上，神色确实有点不好。都过来，围着我坐下，别傻站着，他说。我和曲平就围着他坐下了。房间里，暖气烧得很热，曲平随即脱掉了毛衣，只剩下了一层秋衣，两只乳房在那里翘着。脱的时候，大概乳罩滑动了一下，她就旁若无人地隔着秋衣揪着那罩子，同时扭动身体，试图让它恢复到原位。哎，什么事都得让我操心，还是让我来吧，侯后毅说。他欠了欠屁股，靠近曲平，用手托着她的乳房，说，给我进去。说时迟，那时快，就把它塞了回去。这个动作与我把罗宓的乳房从罩子里取出来，有异曲同工之妙。曲平说，嗨，这一下舒服多了。她还说，咦，师母怎么不来开会？她还扭脸问我，你知道师母在哪里吗？我一听，心里就有点发毛，牙齿咬得嘎巴嘎巴响。侯后毅说：别扯远了，说是碰头会，其实就是讨论课，现在开始上课。曲平，你先说嫦娥的思想动态。曲平说，嫦娥说了，她相信了您的说法，夷羿有过多次转世，之所以不停地转世，就是为了等待她的下凡。侯后毅说，别的我不管，我只管现在的我。曲平说，她说了，只要你能证明自己曾是个射日英雄，她就立即把不死药交给你。

侯后毅曾是个射日英雄

不能半途而废！既然我是在为侯后毅工作，就应该急他之所急，把这事办妥。史书中只要提到夷羿的，都会写到他的射日。我的论文《嫦娥奔月》中，就有对夷羿射日的研究。夷羿和嫦娥当初之所以下凡，就是为了射日。尧当皇帝的时候，天上出现了十个太阳。正如我在前面的一条有关狗的注释里已经写明，那十个太阳是帝俊的老婆羲和生出来的。此事也记载在汉代的帛画之中，帛画上的十个太阳，色彩绚烂，就像是十个热气球。《淮南子·本经篇》里说："尧之时，十日并出，焦禾稼，杀草木，而民无所食。"屈原在《楚辞·招魂》里也说，"十日代出，流金铄石兮。"参阅闻一多在《楚辞校补》里的考证，可知这里的"代"字当作"并"字，也就是说，还是"十日并出"的意思。他们都住在一个叫汤谷的地方，那里有山有树，山叫崦嵫，树叫扶桑。扶桑高几千丈，粗一千多围。这十个太阳，每天有一个爬到树上去值班，也就是所谓的十日迭出。他们来来回回，都由羲和驾车护送。羲和就像希腊历史上的太阳神赫利俄斯——他也是每天驾驶着太阳车，从东方出巡，傍晚落入西方的大洋河里。在希腊瓶画中，他头顶着一轮红日，光芒四射。

对羲和驾车护送太阳上班一事，屈原钦羡不已。他在《离骚》里写道："吾令羲和弭节兮，望崦嵫而勿迫；路漫漫其修远兮，吾将上下而求索。"说的就是他的梦想。有位叫鲁迅的小说家，其小说集《彷徨》的题词，用的就是这两句诗。我当教师的时候，学生们也经常在课本的扉页上，写下"路漫漫其修远兮，吾将上下而求索"。我曾问，他们为什么都要这么写，他们说，这是中学老师教的，要想表示自己算是有理想的青年，就要说路怎么样，吾怎么样，否则就不算。由此可见，如果没有羲和驾车护送太阳去值班的事，屈原的这两句诗就写不出来；而没有这两句诗，人们就无法抒发理想；不抒发理想，就是没有理想的一代——二十世纪最后二十年，许多作家和批评家也都是这么说的，当然他们也都是这么干的。

如前所述,十日并出,禾稼都晒焦了,草木都死掉了。当时的皇帝尧就要求帝俊管管自己的儿子。帝俊就派擅射的夷羿下凡,教训一下自己的儿子。夷羿就和嫦娥一起下凡了。夷羿一连射掉了九个太阳。那九个太阳一落地,就变成了三足乌鸦。它们之所以会变成三足乌鸦,是因为太阳的精魂就是三足乌鸦。王充《论衡·说日》里说:"日中有三足乌。"《淮南子·精神训》里也说:"日中有乌。"注家高诱对此的解释是:"犹蹲也,即三足乌。"可见太阳变成三足乌,是还原了其本来面目。太阳是帝俊的儿子,其乌鸦的形状是来自帝俊的遗传。

帝俊的性史

前面的一条注释里说过,帝俊娶过一大堆老婆,其中最有名的是羲和、庆都和嫦娥。羲和生了十个太阳,庆都生了尧,嫦娥生了十二个小月亮。嫦娥是帝俊的妻子,后来怎么成了夷羿的妻子呢?

史书对此记载有两种说法,一种是:嫦娥先嫁给了帝俊,帝俊的老婆有很多,多一个少一个没有多大关系,既然嫦娥已经把月亮生出来了,也就没有什么用处了,于是把嫦娥赏赐给了手下的夷羿。这种说法不大可靠,理由是,帝俊是天上的最高主宰,他用过的女人,放着也就放着,别人是不好再用的。另一种说法是，嫦娥本来就是夷羿的妻子，可既然帝俊想和嫦娥通奸，嫦娥就不能不让他奸，并且为他生下十二个小月亮。生完月亮之后，再把她还给夷羿。这种说法比较可靠。

关于帝俊的性史，典籍中有许多记载。典籍中说，重要的历史人物，都是受电光、神龙、天神的感应而生出来的。比如伏羲：一种说法是，《拾遗记》卷一里说，伏羲的母亲华胥，被彩虹所绕，即觉有娠，历十二年而生伏羲；另一种说法来自《帝王世纪》，里面说，有巨人迹出于雷泽，华胥以足履之，有娠，生伏羲；《竹书统笺·卷首》整合这两种说法，说，华胥履巨人迹，意有所动，并有彩虹绕之，因而始娠，生伏羲。比如炎帝：《史记·五帝本纪》里说，炎帝之母，游华阳，受神龙感应，生炎帝；《史记补·三皇本纪》里又说，炎帝之母，感神而生炎帝；简而言之，他也是受神的感应而生出来的。再比如黄帝：《太平御览》里说，他母亲叫附宝，见电光绕北斗枢星，照亮旷野，感而生黄帝；《史记》里也说：他的母亲叫附宝，在旷野中见到大雷电，感而怀孕，二十四月生黄帝于寿丘。比如尧：《太平御览》引《春秋合诚图》，说，尧的母亲庆都，遇大风雨，和赤龙交合，生尧；《艺文类聚》里说：庆都遇赤龙，遇阴风有感，孕十四月而生尧；《册府元龟》里说：尧母庆都，常有龙随之，既而在阴风中与龙交合，生尧。

——这里的电光、神龙、天神，实为帝俊。以庆都为例：庆都即是帝俊妻，但典籍中却说，与庆都交合的为赤龙，故这里的赤龙即为帝俊；以舜妻为例：刘向《列女传》中说：舜妻即娥皇；《山海经·大荒南经》里说："有人三身，帝俊妻娥皇，生此三身之国。"由此可见，娥皇本是舜妻，但和帝俊通了奸，生了三身之国，就被当作是帝俊妻。由此说来，嫦娥本是夷羿妻，和帝俊通了奸，成功地生了十二个月亮，就被后人当成了帝俊妻。

帝俊的形状以及他的阳物

帝俊，卜辞中被称作高祖夋，夋字的定法是 ![] 或 ![]，画的就是一个鸟头人身的怪物。那鸟头，应该是玄鸟的头。《诗·商颂·玄鸟》里说：天命玄鸟，降而生商。也就是说：帝俊生了殷商的始祖契。《古诗十九首》里说：秋蝉鸣树间，玄鸟逝安适。玄鸟究竟是什么鸟，一种说法是燕子。《礼记·月令》里说：促春之月，玄鸟至。之所以称燕子为玄鸟，是因为燕子的颜色为玄色。《左传·昭公十七年》记载，玄鸟就是燕子，春分时节飞来，秋分时节飞走。这个燕子也被屈原称为凤凰，这是因为，既然帝俊的头是燕子的头，那燕子就是神鸟。所以，同样是记载简狄吞燕卵而生商之事，屈原在《天问》里把燕子写成玄鸟，在《离骚》里又把燕子写成凤凰。

关于凤凰，西方有另外的说法。在中世纪，人们就普遍认为，太阳是由阳精积成，从阳精中化出飞龙，飞龙又生下凤凰。所以人们把精液看得和阳精一样宝贵。在东方，从卜辞中"𠳵"字的写法上已经可以看出，肩膀上架着凤凰头的帝俊确实长着三足。那第三足，按照郭沫若先生的解释，实际上就是帝俊的生殖器。所以，至今"鸟"字除了读 niǎo，还可以读 diǎo。可以和两足并称为足的阳物，一定是非常粗大而且伟岸的。《山海经》和《说文》中描写的凤凰，其身高有六尺，乃至丈二。以此类推，长着凤凰脑袋的帝俊一定更加雄壮，其阳物即便在松弛的情况下，既然还能够当脚用，可见其阳物一定是非常壮观的。有了这样的阳物吊在身上，就可以理解，帝俊为什么能够让嫦娥和羲和生出月亮和太阳，也可以理解华胥、庆都、任姒、娥皇、简狄……这些见过世面的女人，为什么还要把和帝俊的交合当成是和雷电、阴风、神龙的交合了。当那根硕大无比的阳物嗖嗖舞动的时候，它无疑就像雷电、阴风和神龙，能给那些早已神魂颠倒的女人造成足够的错觉。等她们怀了孕，孩子从那众妙之门滑出的时候，她们当然会感到玄之又玄。

顺便说一下，玄之又玄，又叫玄玄。众所周知，道家用它来形容道的微妙无形。后世的众多事物，前面都冠以"玄"字。这都是因为它们与帝俊有着隐秘的联系。经由老子，"玄鸟"之玄，进一步衍生了其"玄妙"之义。至魏晋，中国最重要的哲学思潮，就叫玄学。它用老庄思想糅合儒家经义，以代替走向衰微的两汉经学。到了近代，西人的"形而上学"译成中文名字，也叫玄学。可见，西学东渐之后，就被纳入了帝俊用鸟头和第三足开创的语境中了，成了东渐后的西学。

我自己以及婚姻

我问罗宓：直到现在我才知道你有过婚史，你怎么从来没有告诉过我。我还告诉她，侯后毅好像已经知道我们通奸的事了。罗宓说：这有什么好奇怪的，我不是说过了吗，他是历史学家，当然也应该知道这个历史事实。她的说法把我吓了一跳。我问她的葫芦里究竟卖的是什么药，是不是想拿我即将到手的文凭开玩笑？她说，什么玩笑不玩笑的，你是冯蒙，我是洛神，我们本来就是天造地设的一对。我说，你说得不对，历史从来没有记载过冯蒙和洛神谈恋爱。可她说，你真是不开窍，到现在你还没有搞清楚你是谁，你其实就是河伯。她的理由如下：河伯的原名叫冯夷，夷是指蛮夷，蛮夷的意思就是不开化，有待别人启蒙，所以我又叫冯蒙。她说她已经查过我的档案了，我以前叫做冯迟，而冯迟就是河伯。我曾叫过冯迟，这一点是没有错的。女人通常怀胎十月，然后生子，可我却在母亲肚子里多待了一个多月。所以我一生下来，就被人叫做"迟"，即冯迟。罗宓还说中了另一个事实：即我之所以改名叫冯蒙，确实和启蒙主义有关。上个世纪我的父亲参与了一个后来失败了的启蒙主义运动，父亲因此郁郁而死。为了纪念父亲，我改名叫作冯蒙。

我查了查史书，发现她说得没错。《楚辞·河伯》洪兴祖的补注中引《抱朴子·释鬼篇》里说：冯夷以八月上庚渡河而死，帝俊就命他为河伯。《山海经·海内北经》也说：他的官职是由帝俊任命的。《酉阳杂俎》里说：河伯既叫冰夷，又叫冯夷，还写作冯迟，冯与冰、夷与迟读音相近，当为通假，所以不管叫冰夷、冯夷，还是冯迟，说的都是同一个人。而众所周知，河伯的妻子就是洛神。原来，罗宓本来就是我老婆！是侯后毅将她抢去的！

罗宓原是我的老婆

借助典籍，我才知道罗宓原来是我的老婆。现在我可以理解了，我的前生逢蒙为什么要杀死夷羿。我既是逢蒙转世，又是河伯的转世，那么我就既是逢蒙，又是河伯。逢蒙也就是河伯。

历史上，爱上我老婆的有两个人。一个是屈原，一个是夷羿。正如我们所知的，屈原是个落魄的诗人，被逐出权力中心之后，风花雪月之外再来点爱情，是诗人惯用的把戏。他对宓妃只是意淫，并没有动用真枪实弹。这可以拿他的作品作为例作。在他最重要的作品如《九歌》《离骚》中，他都以女性自比，是一个自我女性化的人物。向楚王表忠心时，把自己说成是个女人，向女人求爱时，也是以女性的身份出场。在中国的诗人当中，他的性别角色最为混乱，表现在性格特征上，也说不清是男是女：阴柔，敏感，爱生气，好流泪；喜欢花草，并喜欢以花自比，把女罗、石兰、辛夷、杜衡、幽篁、杜若、薛荔……都看成是自我的化身。那个时候还没有玫瑰，如果有的话，他自比的首先当是玫瑰。他对含烟带雨的天气也很着迷，像少女一样喜欢在雨中散步。这样的人，在性的趣味上显然是个双性恋者。在《离骚》中，他让云师丰隆驾着车，到处追踪宓妃，还要解下他的佩戴表达他的爱慕，请来媒人为他提亲，但也仅此而已。

而夷羿就不同了，他会射箭，能将我轻易射杀，以获得宓妃。在冷兵器时代，有了高超的箭术，就像今天获得了博导的资格一样，可以置人于死地。和屈原一样，他也先是意淫，"梦与宓妃交接"（王逸注《楚辞·天问》），然后要把我除掉，娶宓妃为妻。为此，他射瞎了我的左眼（《淮南子·氾论训》）。根据上述记载，我应该只剩下一只右眼。当然我写这篇文章的时候，两只眼睛都还长得好好的，虽然有点近视，但一只也没瞎。不过，就像革命不分先后一样，放到历史上看，我的左眼早晚都得瞎掉，也就是说，瞎掉左眼是一个基本事实。

修　改

　　既然典籍中都说罗宓本来就是我的妻子，那我就根据记忆把前面《关于我自己》的那条注释修改如下：二十世纪最后几年，我在汉州师范大学教书。我班上有一个女学生，经常长时间地望着窗外。她忧戚的面容引起了我的注意。我后来知道，她是一个旁听生，名叫罗宓。除此之外，没人知道她的经历。我也得知，在我讲课的时候，她没有打瞌睡，已经给了我很大的面子。别人上课，她通常都要睡觉的。

　　我对她的美貌很着迷，就主动和她搭讪。她告诉我，她之所以来这里听课，就是因为爱上了我。我问为什么？她说，爱情是不能问为什么的，爱就是爱，就像花就是花，一朵花从来不知道自己为什么开花。因为我是冯蒙。我对她说，别的人都说，你趴在桌子上睡觉的时候，有着让人迷狂的睡相，什么时候让我看一下你的睡相好不好？她说这很容易，今天晚上就行。当天晚上，我们就住到了一起。我们一边照镜子，一边做爱。天亮之前，我们虽然都已经精疲力竭，但我们还是强打着精神又做了一次爱。我对她说，这样好像有点不大好。她说，没有什么不好的，因为尼采说了，凡出于爱心所为，永远超然于善恶。

有一天，我正上课的时候，来了一个人。他由系主任陪着，不声不响地在教室的后排坐下了。那天，由《资治通鉴》的"鉴"字，我讲到了镜子，并说镜子是黄帝造的。现在最宝贵的镜子，是汉代的一面名叫"中国大宁"的铜镜，因为它是安定团结的象征。讲着讲着，我就想起了我和罗宓的交欢。有一本叫做《红楼梦》的书，里面有对"风月宝鉴"的描写，里面有人面对镜子幻想交欢，导致泄精而死。讲到镜子，我就下了决心，以后在交欢的时候不再照镜子。讲完课之后，那个来听课的人来到了我面前，自我介绍他叫侯后毅，愿意招我当他的研究生。我现在才知道，他之所以要招我当研究生，就是为了和罗宓接触。我对他说，我不能上研究生，因为谁都知道研究生都是穷光蛋，我不想当穷光蛋。他说，这不要紧，你可以让你的妻子到水上乐园坐台。我说我还没有结婚。他说，他已经听系主任讲了，我正在和一个叫罗宓的人同居，已经有了婚姻的事实。

我把上面一段文字给罗宓看了。罗宓说，明白了就好，我要再见到嫦娥，一定把这事说清楚，告诉她，咱们本来就是一对，当中被侯后毅插了一杠子，现在咱们又和好了，她要想和侯后毅重续前缘，我绝对不会使绊子，因为我现在不需要他了。我问罗宓，你既然这么能想得开，那你为什么还要和侯后毅生气，为什么要吃嫦娥的醋呢？罗宓用手指戳了一下我的额头，说，你真是个小傻瓜，这都看不出来，我都是装的。她的眼圈立即变红了：我这么做容易吗，你一点都不体会我的苦心，我这是想给他留下他对不起我的印象，让他心中有愧，好让他赶快滚蛋。

克隆技术

我把有关帝俊的注释打印出来，交给了侯后毅。我从来没有见过侯先生那么恼火。他把那张纸一撕几份，像天女散花一样，撒向了空中。一派胡言，侯后毅说：照这样下去，你永远领不到博士文凭。我撅着屁股在捡那些纸片的时候，曲平进来了。她也是来向侯后毅交差的。侯后毅看了看，对我说：她就比你写得好，她虽然没当博士，但已经是博士水平了，你最好和曲平讨论一下，把两个东西糅合到一起，形成一份历史文件。

曲平写的也是对帝俊的研究。她的研究分为两类。第一类是，帝俊就是尧、舜、禹，就是永恒的帝王，永远的权力的最高主宰，也就是说：帝俊是不死的。她的研究参考了当代的科研成就，证明尧、舜、禹都是帝俊的克隆。她说：克隆技术早就有了，史书对克隆技术记载得最清楚的，是禹的克隆。照史书《归藏》记载："鲧殛死，三岁不腐，副之以吴刀，是用出禹。"而鲧是颛顼的克隆。《大戴礼·五帝德》记载，"颛顼乘龙而至四海"，颛顼作为天上的最高主宰，就是帝俊。所以，禹是帝俊的第三次克隆。曲平说：

研究历史需要灵感和触类旁通，她的灵感来自于她刚看过的一篇报道：

俄罗斯政府宣布，莫斯科红场的列宁墓关闭，理由是列宁的遗体必须进行处理，以免腐烂。据《西伯利亚新闻报》报道，此事另有隐情。有可靠情报证实，俄罗斯有人准备盗取列宁细胞，进行克隆，国外也有人打列宁的主意。一位列宁保镖日前透露，一些克隆爱好者也计划克隆斯大林。为此，数十名列宁保镖被安排学习克隆技术知识，从理论上对克隆有一个初步了解，从而对症下药，堵住保安漏洞。

另据报道，早在一九九八年，一个阿拉伯人模样，化名阿里的中年男子代表一个跨国克隆组织，已经和利比亚领导人卡扎菲、恐怖大亨拉登、意大利黑手党领袖阿列里，取得联系，欲克隆这些铁腕人物，使他们永生。

据一位俄国人声称，有人向他提出半价优惠，因为克隆人已经出现滞销。另有可靠消息，众多组织都已插手克隆计划，因为即使克隆器官仅供移植之用，也可以赚大钱，既比贩毒利大，也比贩毒安全。

最早提出克隆计划的是斯大林。一九五三年，斯大林死前，嘱托医生将其大脑取出，进行切片研究。其目的有二：一是让科学家从中找出其生前思想言行的秘密，证明他天生就是个伟人；二是要等条件成熟时，把他克隆一下，使他获得永生。斯大林怎么知道日后会有克隆技术问世？这是个谜。

曲平说：经由她的研究，这个谜实际上已经解开，斯大林显然是受了尧舜禹是帝俊克隆的启发，才想到这一手的。关于尧也是帝俊的克隆，曲平说：史书对此的记载，比比皆是。就拿羿射日来说吧，《山海经·本经训》里说："尧乃使羿上射九日，万民皆喜，置尧为天子。"而《山海经·海内经》里又说：夷羿射日，是受帝俊的委派。可见，尧和帝俊就像是一个人。

她的另一种研究表明，帝俊早就死了。她的研究是，帝俊就是夔，即那个"夔一足"的夔。作为一足之兽的夔，它被制成了战鼓。她说：这是她在写《"夔一足"与男权的没落》时的一个重大发现。

修　改

我汲取了曲平的研究，在文章里写到，尧、舜、禹都是帝俊的克隆。博尔赫斯说，镜子和性交都是污秽的，因为它们使人口增多。这句话表明博尔赫斯是个厌世主义者。现在应该在镜子和性交后面加上一个词，即克隆。与镜子和性交比起来，它可能更加污秽，因为它不光使人口增加，还使权力无处不在。在文章中，我也写到帝俊已经死了。虽然这两种说法自相矛盾，但既然它们都是历史的真相，我就不能够因为其矛盾性而擅自取舍。也就是说，帝俊虽然死了，但还活着，虽然活着，但已经死了。

鲁迅的记述

我把改好的文章交给侯后毅，他果然说我还原了历史的真相。但他还是有点愁眉不展。原来他担心嫦娥等不及我们证明他就是夷羿转世，就会像上次一样突然飞掉。我对他说，他的担心是多余的。根据鲁迅的研究，上一次，嫦娥之所以撇下他单独飞走，是因为不想吃乌鸦肉做的炸酱面。鲁迅的文章《奔月》，记载的就是此事。文章里说：夷羿每天出去打猎，后来什么猎物也打不到了，只能打到乌鸦和麻雀，这让嫦娥受不了。有一天，他回到家里，突然发现嫦娥不见了，继之又发现放在首饰箱里的不死药也没有了踪影。后来，使女告诉他，她看见一个黑影向天上飞去了，不过那时万想不到会是他的太太嫦娥。一想到她把自己扔下单独走了，羿就忽然愤怒了，"从愤怒里又发了杀机"，朝着挂在空中的一轮雪白的圆月，连射了三箭：

大家都看到月亮只一抖，以为要掉下来了——但却还是安然地悬着，发出和悦的更大的光辉，似乎毫无伤损。羿想，乌鸦肉做的炸酱面的确也不好吃，难怪她忍不住；明天再去要一点仙药，吃了追上吧。

《奔月》写于一九二六年。这一年鲁迅形销骨立，他显然也在为嫦娥和夷羿忧虑。鲁迅说得很明白，嫦娥之所以偷药奔月，是因为她不想整天都吃乌鸦肉做的炸酱面。还说，羿曾想着第二天再去要一点不死药，以便吃了之后追上嫦娥。事实是，他并没有追上嫦娥，因为他没能再次弄到不死药，否则，我就不会来写嫦娥下凡。我对侯后毅说，照鲁迅的研究，只要不让嫦娥再吃乌鸦肉做的炸酱面，嫦娥就不会飞走。

侯后毅说，他也看过这篇文章。他说里面好像还提到了夷羿没有把"啮镞法"教给逢蒙，所以到了最后，逢蒙也没有学到夷羿的全部本领。因此，作为一名学生，逢蒙等于没有毕业，最多只能算是肄业。

啮 镞 法

鲁迅的文章中确实写到了啮镞法，说的是逢蒙因为嫉妒夷羿的射术，曾经向他射过一箭。嗖的一声，径向羿的咽喉飞过去，夷羿一个筋斗，带箭掉下马去了，马也就站住了。逢蒙见夷羿已死，便慢慢地走过来，微笑着去看他的死脸,当作喝一杯胜利的白干。刚在定睛看时,只见夷羿张开眼,忽然直坐起来。他吐出箭,笑着说:"难道连我的'啮镞法'都不知道么?这怎么行。"

关于啮镞法,《太平御览》援引《列子》一书,有这样的记载:"飞卫学射于甘蝇,诸法并善,唯啮法不教。"可见这里会啮镞法的是甘蝇,而不是夷羿。不过,既然夷羿是善射之人,他也一定会啮镞法。也就是说,当逄蒙射杀夷羿的时候,夷羿会用啮镞法防身。

我现在想起来了,有一次,侯后毅和罗宓打了一架。后来我见到罗宓脸上有两排牙印。和一般的牙印不同,那上面有一个明显的豁口。现在我知道了,靠着"啮镞法",他的前世虽然暂时免去一死,但他的门牙却被箭射得摇摇欲坠。他的牙齿没过多久就掉了下来。当夷羿转世为侯后毅时,那个地方仍然有个豁口。所以,当他狗急跳墙去咬罗宓的时候,就在罗宓脸上留下了有豁口的牙印。

罗宓和侯后毅的条约

罗宓和侯后毅见了一面,签订一份条约:

(1)侯后毅如果和嫦娥一起飞走,则把眼下住的专家楼留给罗宓。

（2）侯后毅如果不飞走，则把专家楼的一半，以及楼下的车库和草坪的一半留给罗宓。

（3）侯后毅如果不飞走，侯后毅也应承认罗宓与冯蒙有同居的权利。如果有关单位前来询问，侯后毅应向有关单位说明，冯蒙原是罗宓的丈夫，现有权在这里居住。

（4）冯蒙博士毕业之后，自动获得在这里居住的权利，并获得这里的一切财产。

　　　　签名　侯后毅　罗宓
　　　　公证人　曲平　冯蒙

罗宓回来时，捎来了我交给侯后毅的有关夷羿射日的研究，上面已经打了许多问号，并专门写了一句话：我是夷羿转世，我虽然是个英雄，但没有射过日。请予证明。据罗宓说，侯后毅向她保证，这是他对我的最后一条要求，如果我能满足这个要求，他就立即在我的博士论文上签字，并在条约上按下自己的手印。

分　析

我和罗宓分析了一下，侯后毅为什么既要让我证明他是射日英雄，又要证明他没有射过日：

(1)如果他不是射日英雄,嫦娥就不会承认他——这种局面我们也不希望看到,因为这会使我们的工作前功尽弃。

(2)但是,如果他是射日英雄,他就不能和嫦娥一起上天。这牵扯到帝俊,因为被射下来那九个小太阳是帝俊的儿子,有此杀子之仇,帝俊是不会同意他上去的。

(3)如前所述,帝俊是个永生的帝王,他绝不会有仇不报。历史的经验已经反复证明,所有的帝王都擅长秋后算账。虽然曲平已经考证出帝俊死了,但所有的克隆人,都有一个共性,就是他虽然死了,但还活着。

所以,历史的真相最好是,侯后毅即夷羿的转世,虽然是个英雄,但并没有射过日。

秋后算账

关于秋后算账,还得再加一条注释。照鲁迅的说法,嫦娥之所以单独上天,是因为嫦娥不想再吃乌鸦肉做的炸酱面,而夷羿之所以没能上天,是因为嫦娥将西王母的不死药全都带走了。而根据史书记载,造成这种局面的原因,是因为帝俊的秋后算账。如不是秋后算账,完成射日任务的夷羿，当时就会带着嫦娥重新回到天上，就不需要去找西王母的不死药以求不死了。据《淮南子》记载，夷羿射日之后，"献肉之膏而后帝不若"。大历史学家和注疏家王逸对此的注释是："后帝，天帝也；若，顺也。讲的是羿以野猪肉献祭帝俊，帝俊仍然不愿原谅夷羿。"虽然夷羿的射日，是帝俊交代的任务，但那实际上是引蛇出洞，就像上个世纪五十年代反右之前的大鸣大放。

历史的真相

根据侯后毅的意见，我又对夷羿射日的注释作了修改，因为它们都来自帝俊的遗传，帝俊肩膀上架的就是个鸟头。我写道，如果夷羿要射日的话，他在天上就可以完成这项工作，没有必要来到凡间。他下凡并不是为了射日，而是为了完成帝俊交代的任务。最早记载羿的英雄事迹的《山海经·海内经》说，"帝俊赐羿彤弓素，以扶下国；羿是始去恤下地之百艰。"意思是赐给他弓箭，让他拯救人民于水深火热之中。羿不负帝俊的重托，用箭射杀了许多猛兽，也就是恤下地之百艰。可见，羿射杀的是地上凶猛的鸟兽，而不是太阳。

所谓羿射九日，落下了九只三足乌鸦，我们可以从语言学上作些探讨。人类常用"呜呼"来表示大势已去，用

"乌合之众"来表示一支队伍的形同虚设。作为昼夜的变更，人们常说，"金乌西坠，玉兔东升"，但正如月亮中只有嫦娥而没有玉兔，太阳中也并没有金乌。

事实上，乌鸦是一种不存在的鸟。所谓"子虚乌有"，说的就是这个意思。"子虚乌有"与拉丁文中的"乌托邦"（utopia）一词相通。而"乌托邦"，又是希腊文中"无"（ou）和"处所"（topos）两个词的拼接，意思是乌有之乡。所以，乌鸦是生活在幻象之中，并不存在。因此，侯后毅的前世夷羿，虽然是个英雄，但并没有射下那九只三足乌鸦。

我和罗宓

写完上面一段文字，我就交给了侯后毅，然后我就来到罗宓的住处。罗宓的前世喜欢水，当坐台小姐也喜欢水，现在还喜欢水。我也是，我是冯夷的时候，就生活在水里。所以，一来到罗宓的住处，我们就泡进了水里。好多书上都说，冯夷是人面鱼身。我现在躺在浴缸里，就是一条鱼。罗宓也是一条鱼。两条鱼的差别在于，她是一条母鱼，我是一条公鱼；她身上的毛比较淡，我身上的毛比较重。我们正讨论我作为冯夷，怎样和她谈恋爱，侯后毅作为夷羿，又是怎样射瞎我的左眼，这时突然有人敲门。敲门声一开始很弱，就像鱼嘴轻轻地碰着鱼缸，接着那声音变得急促了,就像好多条鱼要吵着自杀。我推了推罗宓,让她去开门,她把食指竖到嘴唇跟前,嘘了一声,说,别理他,咱们继续在前世里做爱。可是,那声音却越来越大了,而且好像不是在敲,而是用脚在跺门。事情明摆着,我要是不出去,那门肯定会跺开。

不消说,我以为是峨冠博带,女里女气的屈原找上门来了。我心里有点恼火,觉得这样的人就应该沉到汨罗江里淹死。我气呼呼地从浴缸里出来,通过门上镶嵌的猫眼往外看。只看了一下,我就吓得连退了几步,因为我看见外面站着一个男人,既不是屈原,也不是侯后毅。我拎着衣服往身上套,刚套上裤衩,就听见那人说:别慌,把裤门上的拉链拉上再开门。众所周知,洛神是个风流女神,所以我不能不担心,那是她刚挂上的男人。我正寻思着怎么办,还在浴室里的罗宓突然开腔了。她以为外面的人是侯后毅,所以她说:开门吧,他又吃不了你;再说了,你是冯夷,他是夷羿,他要霸占你老婆,要给你戴绿帽子,那是他不按牌理出牌。经她这么一说,我的脑子就转过弯了。是啊,不管外面的人是谁,我都不应该害怕,因为我是冯夷,罗宓是我的老婆。我应该打开门,理直气壮地对他喊上一声,滚你妈的蛋。但我毕竟是位历史名人,不能随便说粗话。我所能做的,就是先给罗宓打个招呼:听着,扣子一定要扣严,坐下的时候要想想办法,不要让内裤露出来。然后我就把门打开了。

167

我实在没想到来的人会是曲平。她的样子我几乎认不出来了，因为她现在完全是一副男人的打扮。她一进来先问罗宓在哪里，然后要和罗宓一起洗澡。洗了澡，她照了照镜子，把头发尽量往前梳，遮住了一点脸颊，又点上了烟。这个时候她才好歹像个女的，我也才可以辨认出她就是昔日的那个女权分子曲平：她是来告诉我，嫦娥这次回来，是出于对天上生活的厌倦，和对帝俊的厌恶，想和昔日的英雄夷羿重温平凡的生活。我问曲平，侯后毅现在在哪里。她说，他已经躺到旅馆的床上，正在慢慢地咽气。她说，虽然所有的材料都已经证明侯后毅就是夷羿的转世，但嫦娥仍然不愿承认他就是那个英雄。我问嫦娥在什么地方，她说，嫦娥正守在侯后毅身边，一边看着他咽气，一边享受那似是而非的爱情的最后瞬间。嫦娥说了，既然夷羿能够不停地转世，她就下次再来。

博士文凭

我在嫦娥下凡里写道，侯后毅终于被迫认为夷羿转世。但侯后毅并没有在我的博士论文上签字。照曲平的说法，侯后毅在死之前对她说了，他是不会在我的论文上签字的。这是因为，按照我前面写的注释，夷羿并没有教给逢蒙啮镞法，也就是说并没有让逢蒙毕业，作为夷羿的转世，他也不能让我毕业，否则就与历史事实相悖。

我让曲平给我带路，去旅馆找侯后毅算账。开门的时候，我又为谁应该先出门颇费思量。但曲平告诉我，她现在已经不计较这个了，因为她已经做完了变性手术，现在已经是男人了。她还要求我把自己的文章认真修改一遍，里面凡是涉及她的地方，都要把"她"字换成"他"。"他"还顺便告诉我，在写嫦娥下凡的过程中，"他"突然想起来，自己就是典籍中记载的那个屈原。为此，"他"已经做过详细考证，发现事实正是如此。"他"说，从旅馆回来，"他"要做的第一件事，就是向罗宓求爱。

奔　月

我到最后也没有见到嫦娥。她虽然恢复了记忆，但她不得不再次奔月。侯后毅之所以会死去，是因为嫦娥仍然不愿承认他就是转世的夷羿。她当初窃药奔月，是帝俊的指示。这一次，她是出于对不死的帝俊的厌恶，才来到人间寻找真正的爱情的，但她却发现这里并没有爱情。所以我见到侯后毅的时候，嫦娥已经奔月而去。

我在文章的最后写下了"嫦娥奔月"四个字，算是对此事有个交代。侯后毅果然没有在我的论文上签字。他说既然他是夷羿转世，他就可以在另一个来世为我签字，所以他让我继续修改。他的理由是，他让我写的是嫦娥下凡，但最后却写成了嫦娥奔月，所以这一次不能算数。除了让侯后毅尽快地结束生命，我别无选择，所以，我举起了他床边的拐杖。这最后的一幕，是历史的重演。通过想象和实事求是地考证，我可以证明那根拐杖是由桃木做成。我这样做，可谓是一举两得，既可以一解我心头之恨，又可以通过这最后的事实，论证出我就是历史上的逄蒙和冯夷，历史上英雄人物的弟子，以及那个永恒情敌在当今人间的短暂逗留。

举起那根拐杖的时候，我已经把博士文凭扔到了脑后，甚至已经做好死的准备。罗宓和曲平冲了进来，拉住了我。我没理她们那一套。她们又喊着冯蒙疯了。冯蒙疯不疯和我有什么关系呢？当她们说你会被丢进大牢的时候，我说我并不担心死去，因为我像侯后毅一样，虽然死于当今，却可以生于来世。

夜游图书馆

　　大家说好在这里集合的,可徐渭和陈亮来到人民公园门口的时候,却没有见到庆林。已经是夜里九点多钟了,再过一会儿,公园就要关门了。总不能在大街上讨论问题吧?陈亮说。徐渭没吭声,自从成了哲学博士,他就变成了慢性子,什么事情都是想好了才说。陈亮不,他虽然也是博士,可他还是那种急性子。这三个朋友当中,只有孔庆林是个硕士,他不想上博士,他是个写小说的,认为博士文凭没什么用处。

　　陈亮不想等下去了。他说:"咱们自己干吧,咱们又不是没长手。"话虽这么说,他站在那里还是没有动。其实这一天徐渭比他还急,因为他们刚才出来的时候,徐渭的妻子正为把她一个人丢在家里生气呢。徐渭的妻子快生了,生气对她和孩子都没有好处。如果不是陈亮在后面催得厉害,他今天晚上是不会出来的。

他们听见有人叫，接着，他们就看到了庆林。庆林站在公园大门的内侧，朝他们招着手。他身边还站着一个女孩。陈亮掏钱买票的时候，对徐渭说："这个女孩比咱们上回见过的那个还漂亮。妈的，咱不能不服。"

"我是跳墙进来的，"庆林说，"她也是。"

庆林没有介绍女孩，他们也不便多问。但讨论问题的时候，徐渭却让女孩到一边玩去。庆林说："讨论什么呀，不就是到图书馆一游吗？"徐渭知道他是对支走女孩不高兴，就解释说："庆林，维吉尔说过，'女人多变而又反复无常'，哪一天，她不高兴了，把这事捅出去，你就只好吃不了兜着走了。"

"我是让她来站岗的。"庆林说，"你没看她的眼睛有多亮，就像一对珍珠。"

已经是十月份了，天有点凉了。陈亮出来得很急，光记得带包了，没有想起来多加一件衣服。这会儿，他对徐渭把他拉到这里来，有点不满。本来说好在徐渭家碰头的，可徐渭却说最好到外面讨论。徐渭的心思他最清楚不过了，无非是怕事情暴露之后，被说成是由他组织的。徐渭在学界慢慢被看成了学术带头人，现在看来，他还是欠一点火候。

"不是已经说好了吗，还有什么好讨论的？东西我都已经带来了。"庆林说。庆林让那个女孩把包给他递过来。在公园昏暗的路灯下，庆林把各种工具都一一掏了出来：螺丝刀、手电筒、鸭嘴钳。光螺丝刀就有好几把，鸭嘴形的、梅花形的，大小型号的都有。他的东西已经够多了，可跟徐渭比起来，还是不够全。徐渭刚才出门的时候，还往包里塞了两本辞典和一个跟电动剃须刀差不多大的吸尘器。辞典是英汉、俄汉的，吸尘器是用来吸书上的灰尘的。徐渭的妻子有洁癖，带着灰尘回去，是绝对饶不了他的。相比较而言，陈亮着手最早，可准备得最差。他只带了一个大包和一副手套。

他们这天要去的是陈亮那个学校的图书馆。陈亮在一所师范大学教书。香港著名实业家邵逸夫先生在他们学校投资修建了一个新的图书馆，国庆节那天刚刚竣工，最近几天，图书将全部搬到新馆（逸夫楼）里面。旧馆是五十年代苏联人帮助建的，由几幢一模一样的小楼组成，文史哲图书的一部分放在二号楼的一层。陈亮他们的教研室在这幢楼的二层。陈亮昨天下午从那里经过时，发现里面有许多人正在捆书。后来，他又从那门口过了一次，发现他们走的时候，忘记锁门了，准确地说，是他们把锁锁偏了，锁鼻按到了锁的外面。陈亮说他是无意中发现这一点的，他当时拿着一张会议通知单，在那里等他们的主任给他签字。他在那里等了将近一个小时，后来就发现了那个问题。他还发现，那门上贴着一张通知，上面说，明天、后天，全馆人员都到新馆集合，打扫卫生，把已经搬过去的图书整理上架，迎接市里领导的视察。陈亮没有在那里等到系主任，他担心那家伙从另一个楼梯口溜走，就绕到那边截他。这天，他收到了两封信。一封是他的一个学生寄过来的，他的这个学生大学毕业之后，当上了主管教育的副乡长，写这封信一是向老师报喜，二是请他和别的任课老师商量一下，挑个节假日，到乡下玩玩，学生负责派车接送。第二封信又是个会议通知，让他到黄山去参加现代文学研究年会，还说许多博士生导师也要去。这个会他去年已经去过了，没有一点意思，唯一的收获就是他发现参加会议的代表的层次越高，会议的学术品位就越低。这封信是他的一个混进年会秘书处的同学寄来的。为了诱使他去那里碰面，这个同学另附了一张纸，向他暗示说，他以前的那个情人也要去的。陈亮就边读信边朝他刚才待的那个楼梯口走去，走到那里的时候，他发现手中拿着自己信箱的锁。后来，他就把自己的锁挂到了图书馆的门上。

这个过程他已经给徐渭讲过了，现在，在骑车奔赴他的学校的路上，他又给庆林讲了一遍。其实他在电话中，也给庆林提过了，只是没有这么详细而已。陈亮一说完，庆林就说："你们刚才说要讨论什么东西，要讨论的就是这个吧？"

"不，要讨论的是干还是不干。"徐渭说。

"既然已经来了，就不要讨论了。"庆林说，"徐渭，咱们还是来讨论讨论陈亮吧，分析一下他的话有几分真实性。"

"不用讨论，"陈亮说，"你不就是想说我是计划好的？"

"你刚才的话力图给人这样一种印象：你是看到自己手中钥匙和锁，才想起来搞书的。其实你去那个楼梯口，就是为了拿锁。你不是那种丢东落西的人，怎么会忘锁信箱呢？"庆林说。

"我可能是无意识的。这问题我也想过，还跟徐渭说过，不信你问徐渭。"陈亮说。

庆林没有立即接话。陈亮的学校到了，庆林要在门口的商店里买点东西。他买了几瓶矿泉水、几只羊角面包、三包烟。他问那个女孩喜欢不喜欢羊角面包，女孩说，她喜欢吃那种奶油比较厚的圣母牌面包。"不怕发胖？"庆林说。"不怕，我还嫌自己不够丰满呢。"庆林只好拐回去又给她换了一只。他顺便又买了几节电池。那三包烟是每人一包。徐渭没要，说暂时戒了。"他是为了下一代。"陈亮说。徐渭说自己也没有全戒，看书看到后半夜，实在熬不住了，也会到厕所抽两支。

进到校园里，庆林继续分析陈亮的话。庆林问徐渭同意不同意陈亮的"无意识说"。徐渭说，他基本同意。庆林说："好吧，我也同意算了。现在人们都反对话语霸权，我可不能给你们落下这方面把柄。"不过，他还是向徐渭提出了一个问题。"徐渭，弗洛伊德的'无意识说'是不是还有点笼统？柏格森好像也没有讲清楚。无意识里面是不是还应该再分为几个层次，比如，分成浅层无意识和深层无意识？你想好了，但丁笔下那个蛋卷冰淇淋似的地狱还分为九层呢。依我看,陈亮那时候其实是处在浅层无意识状态。"

徐渭说,一年前他就不再关心弗洛伊德了。

他说他现在关心的是老婆的预产期到底准不准,怀孕的问题虽然和弗洛伊德的许多研究有关,但自从怀上以后,他就把老佛爷(弗洛伊德在中国学术界的绰号)放到一边了。

来到图书馆,陈亮把锁打开,然后把钥匙交给了庆林。他们在电话中说好,大家轮流站岗的。庆林这会把钥匙交给那个女孩,说:"我们进去之后,你在外面把门锁上。"

这个地方陈亮以前常来的,可现在因为不能开灯,他一进来就有点晕了。到处都是书架,还有摆得很高的已经捆好的书,它们像墙一样,将宽宽的走廊分割得零零碎碎的。他是东家,所以他得先把方向搞清楚。庆林和徐渭已经开始挑书了,当他们往腋下夹书的时候,手电的光柱就到处乱晃。"先把手电关掉。"陈亮低声说。他们两人很听话,把手电揿灭了。

"没看见外面有人?低智商。"陈亮说。

外面确实有人,影子投在玻璃上,像皮影那样晃来晃去的。他们支着耳朵,辨识他们是不是往这边走。那是几个学生,他们正在议论马拉多纳的吸毒问题。"应该这样。"学生过去之后,陈亮说。他先用手电照着自己的脸,然后把那光移到书脊上面,拎着一本书往外抽,同时把手电揿灭了。他做得对,那样光就不会到处乱跑。

庆林和徐渭赶快跑过来,用手电照照他挑的是什么书。这是一本《北京人在纽约》。"你还看这种破书?"庆林说。"笨蛋,我是给你们做个示范,让你们知道怎样从架子上取书。"陈亮说着,就把那本书扔到了地上。

"你刚才用手电照你的脸,看着跟鬼一样。"庆林说,"当然我并不害怕。虽然我有几个皈依宗教的作家朋友,可我还是一个无神论者。"

这两个人说话的时候,徐渭可没闲着。转眼之间,徐渭已经挑了一大摞书。徐渭现在的苦恼是,他没有办法把这些书都带走。他虽然还没有挑到什么好书,可他见到书就亲,他想把这些书都装到自己的包里,包括陈亮扔的那本《北京人在纽约》。那虽然是一本破书,但可以拿到旧书摊上去换书啊。徐渭喜欢逛旧书摊,他常在旧书摊上发现一些好书,让同事们羡慕不已。有一次他在旧书摊上发现了一本印度人阿罗频多写的《神圣人生论》,一个同事知道了,非看不可,但那个家伙非常不像话,说去开会的时候丢到车上了,他为此心疼了好多天。那本书就是他拿一本《庐山会议实录》换来的。

"大傻帽在这儿呢。"陈亮对庆林说。庆林刚拿到一本《鱼从头臭起》,还没有顾上塞到包里,就被陈亮拉了一下。"你看他挑的都是什么破书,连《文化大革命就是好》都要,还有《毕加索的情人》。徐渭,你是不是来拾破烂的?"

徐渭不给他们解释,只顾挑书。徐渭甚至来不及把书装到包里,只是把书挨着书架放在地上。庆林把他挑的书翻了一下,说真是破书,同时在那摊书中挑了一本《局外人》,放到了自己的包里。这本书庆林家里已经有了,可再要一本也不多啊。

陈亮不着急挑书。因为他知道这里没什么好书。平时,他经常来,他知道好书都在另外的房间里。他们现在其实还待在走廊里,再往前面走一点,才是大厅。大厅的四周有几个小房间,他曾去过其中的一间,哇,那里的好书真是不少,真让人眼馋。他其实已经把这些讲给了徐渭和庆林听,让他们带上螺丝刀就是为了撬那些锁,可那两个蠢货现在好像已经忘了。

就在这个时候,他们听见了敲门声。他们赶紧把手电揿灭,蹲到地上。过了一会儿,陈亮慢慢站起来往门口走。他走得很小心,可还是被什么东西绊了一下。他吓了一跳,手忙脚乱中,手电却突然亮了,朝四周乱照了一通。他赶紧又蹲了下来,伸手去摸那个东西。他摸到了一根绳子,是捆书用的那种塑料绳。

原来是庆林带的那个女人在敲门。"你敲什么,快把人吓死了。"陈亮说。

"里面好玩吗?"那女人说。

"不好玩。"陈亮说。

"已经一个小时了。"那女人又说。

"再坚持一会儿。"陈亮说,"这是考验你们爱情的机会。"

他们隔着门说着话。陈亮闻到了那个女人口中呼出来的好闻的气息,一种泡泡糖似的气息。他的鼻子真灵,那女人真的是在吃泡泡糖。

他拐回来时,徐渭和孔庆林还站在那里发愣。"没事了,是那个女人在捣乱,我已经把她稳住了。咱们动作麻利一点。"陈亮说。

陈亮领着他们往大厅里面走。徐渭和庆林边走边在书架上抽着书。这两个人已经商量好了,徐渭抽的书放在左边,庆林的放在右边。"唯小人与女子难养。"庆林边走边抽书边发感慨。庆林的思维是非常活跃的,这会儿他又想起了写小说,他说,这情景很适合写成小说,"一次性使用太可惜了。"庆林说着,嗓门就抬高了。陈亮和徐渭不得不提醒他少出声。

大厅里也逛过了。他们在大厅里没有找到什么有用的书。虽然徐渭和庆林各挑了不少,但他们也承认,质和量不成正比。一直闷头搞书的徐渭这时候也说:"陈亮,你们的图书馆好像不怎么样,看来进入'211工程'比较悬。"徐渭这个人就是这样,平时不开口,可一开口就让人受不了。陈亮无法忍受徐渭对自己学校的评价,所以立即反唇相讥:"你们的社科院,好像也没有多少有价值的藏书,上次我去查瞿秋白的资料，竟然查不出来。这事说出来就是天方夜谭。"

"那是你没有找到地方。"徐渭说。

陈亮不想跟徐渭争论。现在要紧的是把他们眼前的那扇门打开。"等进去，你就知道我们这里并不是没有好书。"陈亮说，并把那扇门敲得砰砰作响，不过他意识到了这很危险，就把手收了回来，放到了徐渭的肩上。

门上是一把暗锁，用螺丝刀是不容易打开的。陈亮又看了看另外几扇门，发现都一样。"里面是不是有好书？别好不容易弄开了，里面什么也没有。"庆林问。陈亮说："你们要不想进里面一游就算了。"其实这个时候，他已经看出门道来了。门上面有两扇窗户，窗户上安的玻璃刚好缺了一块，从那里可以把窗上的插销拔开，然后跳进去。其余那两个人也不是傻瓜，他们也看出来了，但谁都不愿先提出来。谁说了谁不跳，就有点说不过去了。

"你敢肯定里面有好书？"徐渭又问。

"如果真有好书的话，我就把门跺开了。"庆林说。

"好书放在这里也是浪费，"陈亮说，"还是让它们发挥作用吧。"

"我也是这个意思。"庆林说。最后还是庆林忍不住了，当他再次用手电照那块缺口玻璃的时候，徐渭和陈亮立即心领神会地抬着他的屁股，把他推了上去。庆林边拔插销边说："事先可得说清楚，是你们两个把我推上来的。"

"快进去吧。"陈亮说。

"我们现在是三位一体。"徐渭说。

庆林跳了进去。他的动作是那样灵巧,转眼就不见了,落地的时候,甚至都没有一点声音。他真像是一只轻捷的猴子。但接着,徐渭和陈亮就听到了呻吟声。原来是靠门的笤帚,插进了庆林的裤管。庆林很自觉,只叫唤了两声,就不吭声了,而且在叫唤的同时,从里面把门打开了。徐渭和陈亮进来之后,在蹲着的庆林的头上各摸了一把,就赶快奔向了书架。庆林在那里蹲着,一边揉腿,一边用手电照着身边的那个书架。手电照着的那几本书他都想要。一套大卫·施特劳斯写的《耶稣传》、一本布尔加科夫写的《大师和马格丽特》、一本贡布里希写的《游戏的高度严肃性》。他一边揉腿,一边将离他最近的那本书抽了下来,急不可耐地翻了起来。

"这里到处都是真理。"徐渭说。徐渭现在爬在一个梯子上,在书架的最上面翻着。庆林用手电照了他一下,徐渭根本不理他,只是用手挡了挡那光线,继续在那里拨拉书。徐渭每翻到一本他渴求的书,就拎着它左看右看。他要找一本最好的、封面和书脊都没有毛病的。徐渭的书架是新做成的,他不能让那些装帧粗糙的书摆在上面。陈亮对此也讲究,他的书架是红松木做成的,起码得让书和那漂亮的书架配套吧。"挑好的拿,"陈亮说,"有好的也给我捎下来。"陈亮讨好地帮徐渭扶着梯子,另一只手在身边的书架上摸来摸去。陈亮现在满脸都是灰，显然是徐渭抖下来的灰飘上来的。庆林的手电照他的时候，他的脸上已经只剩下眼睛和牙齿是白的。

徐渭听了陈亮的话没有什么反应。他刚找到了那本《神圣人生论》。就像见到了多年失散的亲人，只顾着和它亲了。他甚至不敢相信这是真的，就翻开第一页看了起来。"明智的最古的公式亦自许为最后的公式，是——'上帝''光明''自由''永生'。人类的这些固执的理想，与其寻常经验相违反，同时又是许多更高深的经验之肯定……"看到这里，徐渭立即叫了起来："没错，就是它。"一高兴，他还咕咕嘟嘟地说了几句家乡土话。据说这本书有一些翻译上的错误，但这是可以忽略不计的，要紧的是，这书的装帧设计非常漂亮，放在书架上，非常好看。

这个房间里还套着一个小房间，那上面挂的是一把明锁。陈亮曾听人说，图书馆里有一个小藏书室，里面的书是专给县团级以上的校领导看的，他估计他们说的就是这一间。他鼓动庆林把锁撬开，可庆林不干。徐渭更不干。他说，领导的藏书室，能有什么好书？还是别浪费时间了。话虽这么说，他还是鼓动庆林再撬一次。"陈亮，你能肯定这是领导用的藏书室？"徐渭说。陈亮懂得徐渭的意思，立即说，他不能肯定。他还说，即使是，这里面也会有一些禁书。

"禁书？他妈的，他们能看，我们为什么不能看？庆林，撬了它。"徐渭说。

徐渭这么说着，自己就来劲了。他把螺丝刀从庆林手里夺了过来，别到了锁环里面。他的动作有点粗野，这和他平时的习惯很不相符，所以，庆林一下子就愣了。可就在这个时候，他们听到外面有人在说话。是两个女人在说话。徐渭连忙把螺丝刀取了出来。他们都蹲了下来。徐渭听出是自己的老婆来了，但另外两个傻帽不知道，他们都有点紧张。因为紧张，陈亮觉得那个女人的声音有点像图书馆的一个管理员，而庆林觉得她有点像自己原来的女朋友。由于只有徐渭不紧张，他们很快就推断出是怎么回事了。

"你放心，我老婆不是那种多嘴多舌的人，她不会把你以前的艳事讲出来的。"徐渭安慰庆林。

"讲出来也无妨，"庆林说，"我给你念一段，'在技术主义时代，男人对女人的诱惑力可以有多种，但最重要的不是他的忠诚，而是他的恋爱技巧。'还要再听吗？"

徐渭根本没听。他在身边又找到了一本什么书，陈亮还没有看清楚，徐渭就把它塞到了夹克里面。他大概考虑到了老婆的洁癖，所以他又很快把那本书拿了出来，用随身带来的小吸尘器，吸着上面的灰尘。

"别摸我的书。"徐渭对陈亮说，"看你的手有多脏。"这话的语气有点过分了，他意识到了这一点，就改换了语气，温柔地对陈亮说，"明天能不能再来一趟？"

他们最终没有把那扇门撬开。从这扇门出来之后,他们也没有再进别的门。他们都发现,见到的好书越多,他们就越难受,还是干脆不见它们算了。他们搞的书,虽然纸张已经发黄,但大多数都还没有人借过,一想到无法把它们全都救出来,还得让它们在这里继续待下去,他们就不只是难受,还有些痛苦了。当然,庆林的那个女朋友不好好站岗,让他们放心不下,也是他们没有再跳窗的重要原因。庆林已经到门口和那个女孩亲过两次嘴了,但还是无法把她稳住。女孩执意要进来,她说她也要体验一下这种刺激。但徐渭和陈亮都不准她进来。"她要是进来,我们连尿都没地方撒。"陈亮说。陈亮有尿频症,他可不愿让女孩子听见他频繁撒尿的声音。不过,他愿意抽出一点时间到门口和那个姑娘说上几句话。徐渭向来不喜欢对别人的私生活发表意见,可是这一天,当那个女孩敲门越来越频繁的时候,徐渭还是忍不住地说了一句:"庆林,你也是个聪明人,可你怎么找这么一个不懂事的丫头,玩一阵把她扔了算了。"说这话的时候,他们已经回到了厅里,在已经挑的书中进行第二次筛选(不筛选不行,上千册书,一次是拿不走的)。不得不进行的筛选已经够让人恼火了,女人三番五次地敲门,就无疑是火上浇油。陈亮理解徐渭的出言不逊是给逼出来的,所以他劝庆林不要和徐渭较真。实际上,徐渭对庆林的生气毫无感觉,他正忙着撕书,将无法带走的书其中的重要章节撕下来，放进自己的包里。和徐渭他们比起来，庆林不是非常注重书的装潢，他注重的是手中掌握的作品的数量。当然，如果条件许可的话，他也愿意像他们那样收藏一些好的版本。他和几个出版社的关系很好，他想找个机会跟他们谈谈，把这天撕下来的章节、作品，汇编成一本书，那样就可以弥补目前的不足了。他想，他甚至可以请徐渭和陈亮当装潢方面的顾问，把书出得漂亮一点。他已经注意到了，书印得越讲究，卖得越好。他一边撕书，一边问徐渭对这个问题的看法，但徐渭没有吭声。徐渭不想走神，挑书的事情可不是闹着玩的，得全神贯注。现在，徐渭的屁股下面都是书，他盘腿坐在那里，就像在孵蛋似的。庆林又问了他一遍，他还是没吭声，庆林这下有点生气了。但他理解徐渭，所以他没有发作。

庆林不是尿频症患者，可他一生气一着急就想尿，他问这里有没有厕所。他这么一提，陈亮顿时感到自己的尿脬也快要憋破了。他们就在里面撒了起来。时间很紧，庆林一边撒尿一边吃着他带进来的羊角面包。他问陈亮要不要也来一点。陈亮一边撒尿，一边忙着筛选。听见庆林问他，他也感到肚子饿了起来。他要了一块面包，三下五除二就吃完了，比撒尿的时间还短。在吃的时候，为了不让尿到处乱流，他不得不尿到那些淘汰下来的书上面。但由于有点手忙脚乱，法国人福柯的《疯癫与文明》被陈亮拨拉到了要淘汰的那堆书中，被他尿得湿淋淋的。他恼坏了，恨不得把自己的那个玩意儿连根揪掉。徐渭知道了他的不幸，立即递给了他一本，同时也给庆林递了一本，原来，徐渭同时拿了三本，图书馆里的这种书被他全拿光了。作为回报，陈亮递给了徐渭一本《尼采传》和《诸神复活》。庆林也没有白拿他的，他给了徐渭一本自己的小说集。"上次送给你的那本有些装订错误，这一本可是完好无损。"庆林说。他害怕徐渭把自己的小说留下，就主动把它塞进了徐渭那个大麻袋里。

在天亮之前，他们从图书馆溜了出来。徐渭看到自己的妻子和庆林的那个女朋友已经混熟了。他们把书存放到陈亮那里，然后拐回来找她们。临出来的时候，他们各自拿了一本书。徐渭拿的是《胎儿教育》，庆林拿的是去年的《法国时装》合订本。那时候，天已经亮了，徐渭的妻子在做操，做的是孕妇健美操，她挺着大肚子，看上去就像一只大笨熊，不过，当她扩胸踢腿的时候，她的动作仍然算是比较轻盈的。那个女孩在操场边荡秋千，她荡得那么高，就像一只鸟。

缝　隙

那辆黄色面的刹住车，停在马路中央时，孙良的脑袋从窗玻璃上弹了回来。眩晕感很快就消失了。他向窗外望了一眼，一根巨大的火腿肠的塑料模型竖在路边，一些表情困乏的人从塑料模型那边走过来，慢腾腾地横穿马路。透过司机身外的反光镜，他看见马路上已经堵了一长串车辆，许多司机都把脑袋伸在车外，在镜子里，那些脑袋就像车身上的小螺丝帽。孙良也把脑袋伸了出去，他想看看自己和别人有什么区别。就在这时候，车开动了。他的脖子一次次地碰到车窗上的半扇玻璃，喉结让玻璃拉得疼痛难忍。他赶紧把脑袋缩回车厢。

眼下正是仲春时节，从黄河岸边吹来的风沙使城市的天空显得灰蒙蒙的，孙良感到嘴唇发干，牙缝都钻满了沙粒。车速加快之后，窗外的商店、广告牌、垃圾罐、车辆、人群、饭店，都一闪而逝，和灰蒙蒙的背景融为一体，仿佛它们并没有存在过一样。在一个十字路口，孙良发现女人们都裹着方格头巾，只是方格的大小和颜色有着微小的差别。这大概是今年春天的流行服饰，他想，待会儿下车的时候，我也要给杜莉买上一条。要买就买那种带着菱形格子的蓝色头巾。杜莉的脸有些浮肿，蓝色头巾能使她那张肿脸显得稍微瘦削一点。

过了十字路口，孙良发觉眼前的道路有点陌生。几分钟之后，陌生感又加强了。他又想起了那根巨大的火腿肠。两个月前，他和杜莉一起散步的时候，曾在新华肉联厂门口看见过一根充气的火腿肠模型。那是他们散步时走得最远的一次。后来，每次出来散步，走不上一站路，杜莉就执意要拐回去。她说她不愿让人看见自己臃肿的体态。随着预产期的日益迫近，杜莉越来越懒得动弹了。她就像一只孵蛋的鸡，整天蹲在窝里。想到这里，孙良顿时意识到，早该下车了。现在，车越往前开，他离家就越远。

杜莉没有午睡的习惯，但她现在却睡得很熟。孙良走进燥热的卧室，觉得只穿内裤的杜莉，很像一头奶牛。像往常那样，她躺在紧邻床沿的地方。这是她的习惯，她一上床，就固定好她的位置，这样就不至于睡死以后滚到他这边来。

孙良在卧室里坐了片刻，汗水使他的上衣紧粘在身上，使他感到不舒服。这一室一厅的房间，就像一个小小的蒸笼。

他走进厨房，发现煤气灶没有关掉，微小的火苗在独自燃烧。那微微晃动的火苗仿佛随时都会被风吹灭。这个杜莉，太粗心大意了，孙良想。

他下了一碗面条，站在厨房里填饱了肚子。洗碗刷锅的时候，他看见一只铝锅里盛着半碗骨头。不消说，那又是猪蹄上的骨头。自从杜莉听说猪蹄对孕妇有养颜效果之后，她就成了猪蹄的热心消费者。孙良在一份文摘报上看到过一则报道：猪蹄主要作用于孕妇的乳房，使乳房更加结实，使奶液储备得更为充足。这么说来，杜莉能有那么一对饱满的乳房，与猪蹄的作用是分不开的。孙良把没有啃净的骨头放在锅里熬了一会儿，加上盐、葱花、味精，慢慢地喝着。他想，她去买猪蹄的时候，顺便给我捎上一条猪舌头该有多好，她分明知道我是口条爱好者。一想起猪舌头那种陈腐的味道，他的胃口就变得出奇地好，那种陈腐的味道总是微微地刺激着他的味觉。孙良想着猪舌头，把骨头汤喝了下去。

和杜莉不同，孙良每天中午都要上床躺上个把钟头。在睡觉方面，孙良相信量变能够产生质变。他患着严重的失眠症，他认为，即便睡不着，只要你躺的时间长了，也可以起到睡眠的效果。现在，他脱光衣服躺到床上的时候，发现床上有几粒药片，他一眼就认出那是速效利眠宁。杜莉显然是凭借药物的作用安然入睡的。对孙良来说，只吃利眠宁，效果是出不来的。他得把利眠宁和三唑啉混到一起吃，才能勉强入睡。

疾病都是悄悄到来的，失眠症也不例外。现在，他已经记不起他是何时患上这种毛病的。近一年来，他经常嘀咕：失眠是一种顽症，只有我死了，它才会放过我。现在，他一边嘀咕着这句自己创作的格言，一边伸手在床头柜上摸药。三唑啉药瓶里的一张字条引起了他的注意：

活动提前了，晚上七点开始。

孙良在字条的背面写上：

知道了，六点钟摇醒我。

然后，他把字条重新塞到药瓶里，躺了下来。

事实上，孙良躺下没有多久，杜莉就坐起来了。她莫名其妙地叹息了一阵，就到梳妆台前拨电话。电话似乎没有打通，她只好又回到床上。现在，孙良想杜莉压根儿就没有睡着，刚才，她大概是在装睡，或者说，进入睡眠，忘掉让她坐立不安的烦心事，是她的美好意愿。但是，事实背离了她。近些天来，他发现杜莉有点神不守舍，她甚至染上了丢三落四的毛病，今天忘记关煤气就是个明证。几天前，杜莉的朋友穆文宁曾提醒孙良，杜莉做过一个梦，梦见自己死在手术台上了，这梦很有意思，你可得提防一点。

说这话的时候，穆文宁一改过去嘻嘻哈哈的习惯，显得郑重其事。

让孙良感到奇怪的是，随着生产日期的迫近，杜莉对性事表现出了特别的兴趣。这似乎有点违背常理。挺着大肚子做爱，动作的难度系数是比较大的，而且还有点冒险。但是，除了满足她这方面的要求，孙良觉得自己似乎没有别的更好的选择。

现在，孙良感觉到她在拧利眠宁的瓶盖。她把那张字条掏出来，支着身子，把那张字条看了许久。这期间，她的肩膀触及了他的左手，或者说，他那摊在床垫上的左手碰到了她肩膀上的肉。滑溜、柔软、发烫，既让他起腻，又诱惑着他。她扭过头看他，虽然他半闭着眼睛，但他仍然能看到，她的目光直接停到了他的短裤上面。

那就让它赶紧竖起来吧，他想。他把眼睛闭上，眼前慢慢浮现出一部录像带上的镜头。他曾在一位同事家里看过一部名为《性船》的录像，那位副教授整天操心收集激光唱盘，三四十年代的原版小说集，黄色录像带，国外的广告杂志，这些风马牛不相及的事物构成了他的生活。孙良每次去他家里串门，他都要展览一下他的收藏品。眼下，孙良想着录像带里的一个交媾镜头，感到他的那个东西把短裤顶了起来。然后，他抓了一下她的肩膀，提醒她准备工作已经就绪。她翻过身，脸对着他，将她那肥胖的身体贴过来时，他突然获得一种奇异的感受,他总把全身都送进她的体内,头先进去,接着是肩膀和躯干,使她的子宫撑得满登登的,使她的肚子更鼓更圆,使他和她肚子里的婴儿,像双胞胎似的,脸对脸脚勾脚地拱在一起。

这样折腾了一阵之后,他困乏地倒下了。药效使他昏昏欲睡,而杜莉似乎仍处于谵妄状态。她站在床边,俯视着他,说,你差点把我压扁,你怎么不加把劲把我压扁呢?孙良枕着双手,含混地嘀咕道,《保护妇女儿童权益法》,我还是学过的,我可不能把你压扁,我只能在法律允许的范围内行事。再说啦,把你压扁了,我就当不成爹了。

孙良从短促的睡梦中醒来的时候,杜莉正在化妆。她背对着他,使他看不清她真正的脸。不过,他可以通过她前面的镜子,看见她的影像和她化妆的全部动作。作为一名戏曲演员,杜莉对化妆之道不但热衷而且非常精通。这是她最后一次参加剧团的活动了,这天晚上,她所在的剧团就要宣布解散了。现在,孙良吸着烟,看着镜子中杜莉的那张脸。她先在脸蛋上涂一点润肤霜,然后抹开。那是一种灰白色的脓状的物质,她将它们抹到眼睛四周、下巴上面、耳垂下面、喉咙上面,接着,她用海绵球将各个部位打磨了一遍,再换一块棉花球,蘸着粉,在脸上擦过来擦过去。通常情况下,杜莉就到此为止了,但是这一次她又从梳妆台的抽屉里取出了一个不锈钢盒子，从里面取出睫毛钳和眉笔。当她用镊子一根根地挑动眼睫毛的时候，孙良觉得杜莉过于看重了这次聚会。几天来，她翻来覆去地更改计划，一会儿说要去参加聚会，一会儿又说这种活动其实毫无意义，最后一次奖金领到手之后，就没有必要再凑这份热闹了。为此，她甚至和穆文宁反复商量究竟是去还是不去。孙良想，穆文宁一定是被她问烦了，才对她说，当然要去，咱们得把剧团的最后一笔钱吃光。当杜莉向他转述穆文宁这句话的时候，孙良说，我陪你去吧，最后一顿晚餐上说不定还有一道口条凉菜哩。

京剧团位于四马路，距他们的住所不远，走过去需要一个小时。他们四点钟就从家里出来了。鉴于杜莉已经修饰打扮了一番，孙良觉得自己也很有必要理理发，修修面。和杜莉一起走在街上的时候，孙良发现，在室外的阳光下，杜莉的那张脸和她的实际年龄有些不相符。她那精心修饰过的脸蛋，类似于少女。通常情况下，少女的脸还没有完全长开，有点憨乎乎的味道。现在，杜莉的那张脸就具有这种效果。他还是首次发现杜莉有这种返老还童的技术，他甚至忍不住地向杜莉指出了这一点。

孙良进理发店的时候，杜莉就站在门口的电话亭旁边等他。因为时间尚早，孙良就消停地在里面排队，等待那个穿着开衩很高的旗袍的女理发师给他理发，而不去理会一位中年男子的暗示，那个男理发师拍着摇椅，给他使眼色，让他坐过去。孙良理过发之后，对女理发师说，再给我上点焗油。女理发师说，先生，你遇到什么喜事了吧？我看你很高兴的样子。孙良盯着镜子中旗袍的开衩，说，不瞒你说，我要当爹了，我刚结婚没多久，就要当爹了，我老婆说我非常管用。

他在理发店里又磨蹭了一会儿个才走出来。杜莉正站在马路对面的一个花店门前，和一个手持花篮的人闲聊，没有发现他在这边注视着她。那个瘦削的中年男子将花篮挂在脖子上，做出一副鬼脸，逗得杜莉哈哈直笑。等杜莉笑够了，他才把花篮取下来。就在这时候，他的眼镜被花篮绊掉了。隔着马路，孙良看见破碎的镜片在地上闪闪发亮，接着，他听着杜莉又大笑起来，而那个男的弯腰拾眼镜的时候，却打了一个趔趄，差点摔倒。孙良走过去时，杜莉脸上的笑意还没有收完。你们在玩什么游戏？孙良问杜莉。杜莉愣了一下，指了指花店的主人说，他正向我推销花篮呢，咱们买个花篮吧。

应该买个花圈才对，孙良说，因为你们剧团刚完蛋，应该买个花圈祭奠一下。

孙良话一出口，就感到言中有失，而且不得要领。杜莉迟疑了片刻，突然说：是你自己要来的，又没有人非要请你来不行。说完，杜莉就用高跟鞋底踩着路面上的镜片，玻璃的破裂声细碎刺耳，孙良张着嘴，半天没有说出一句话来。在那一刻，他很想抽身走掉，但他却移不动脚步。

就在这时候，那个瘦削的中年人从花店里走了出来，孙良看到中年人手里举着一束花，上面的花瓣已经枯萎。他走到孙良跟前，低声地说，你快当爹了吧?

这个中年人说话有些结巴，把"爹"字连说了几遍。孙良听到杜莉笑了一声，那笑声是从鼻孔里发出来的。不管怎么说，她的气是消了，孙良想，她是个孕妇，我不应该和她怄气。于是，他跟着杜莉笑了起来。他对中年人说，预产期在下个星期，具体在哪一天，一时还说不准。

今天是星期五，你们应该给孩子订一束花，使孩子一睁眼就能看到花。

看得出来，这个中年人并不是个熟练的推销员，他更像是一位落聘的中学教师。这简单的几句话，竟说得自己前额冒汗。他拿出一沓鲜花的照片，让孙良挑选。孙良和杜莉互相交换着照片，听着中年人介绍花的品种和每种花的寓意。康乃馨象征温情，是抚慰的意思；满天星表明富足，现在谁都想让钱包鼓一点；马蹄莲象征纯洁；玫瑰象征爱情。中年人说，你们可以各样都要一点，配成一束。孙良看着杜莉，说，你喜欢哪种花？杜莉把照片还给中年人，说，你送我什么花，我就要什么花。

那就各样都来一点，我下星期来取。中年人听孙良这么一说，就要求孙良把电话号码留下。最后，他把手中那束有些枯萎的花送给杜莉，说，我便宜给你吧，只收了你半价。孙良这才知道这束花杜莉已经付过钱了。中年人说，预订的那束花，来取的时候再付钱。说完，中年人就拐回了花店。孙良发现他走路时膝盖不打弯，好像腿上缠着绷带。这一发现使他心里又凄楚又满意，一方面他对这个中年人突然有点怜悯，另一方面，他认为杜莉不可能看上这个残疾人，他刚才的发火其实毫无必要。

在通往四马路的路上，那束花在孙良和杜莉之间传来传去。准确地说，是孙良经常把花束从杜莉手里要过来，放到脸前嗅着。那残余的花香让他感到微微的沉醉。当杜莉把花束要回去的时候，他还有点恋恋不舍。

让孙良感到纳闷的是，他和杜莉在规定的时间到达剧场大院，却成了第一批到达的人。大院外面停着三辆推土机、一辆大吊车，它们时刻等待着推平剧院，建起一个跑马场。剧场大院里空空荡荡的，只有几个小孩在放风筝。剧院的入场口挂着一把铁锁，显然不可能有人进去。孙良和杜莉在院子里慢腾腾地散步，更多的时候，杜莉执意在离大院门口不远的地方转圈，这样，任何人只要一进门，她就能立即看见。在漫长的等待中，杜莉吸了四支烟，孙良不得不提醒她，抽烟对胎儿没有一星半点的好处。杜莉说，我看你是等得不耐烦了，你回家吧，我一个人在这里等。说着，杜莉就把烟踩灭，朝门口走去，仿佛这样一来，她的同事们就会很快出现似的。七点半的时候，天色变暗了，剧院门口那盏灯亮了起来。孙良对杜莉说，他们不会来了，你没有把日期记错吧？杜莉慢腾腾地转过身，将那凸起的肚子连拍了几下，说，你这话是什么意思？难道今天不是星期五？她这样说着，又捶了几下肚子，好像眼前的这种情形，是她肚子里的小东西造成的。

杜莉眼睛中流露出的悲愤，使孙良心里颤抖了一下。他突然觉得杜莉其实非常可怜。一个行将生产的孕妇，仍然牵挂着一次可有可无的聚会，可那些人却一点都不负责任，不把她这份赤诚之心当成一回事。这么想着，他就扳着杜莉的肩膀，说，我爱你，杜莉。他拾起她的一只手，两只软绵绵的手握在一起，坚持了一会儿，才互相松开。

穆文宁出现的时候，天已经黑透了。孙良看见穆文宁站在大门口的光影里，迟疑了片刻才向这边走过来。孙良一直觉得穆文宁有点难以捉摸，在他和杜莉认识之前，他曾和穆文宁交往过一段时间，他对她的了解仅限于肉体，他知道抚摸她的哪个部位能使她兴奋得叫唤起来，但他从来没有探究过她的想法。时间一长，双方都互相厌倦起来，穆文宁很快就把杜莉引荐给了他。从那之后，他和穆文宁就很少单独见面了，不过，穆文宁和杜莉一直保持着较为密切的联系。她们经常互通电话，骂骂男人，议论某条晚报新闻，诅咒黑心的官僚，谈谈某位从她们剧团走出来的歌星，顺便互相兜售一下那位歌星的私生活。前段时间，孙良得知穆文宁的丈夫因酒后驾车，在电线杆上撞死了。

孙良觉得穆文宁在那段时间里的言谈举止有点不可理喻。她太开心了，孙良记得，他和杜莉去看望她的时候，她说，自从那个酒鬼完蛋了之后，她连梦都没有做过，每天晚上都睡得很香甜。

这会儿，穆文宁看着他和杜莉，眨巴着眼睛，用开玩笑的口吻说，我一进门，就看见了动人的一幕。孙良知道她指的是刚才他和杜莉两手相握的事儿。经她这么一说，他也觉得那一幕确实有点动人。他对穆文宁说，艺术家，你让我们都快等死了，等得花都谢了。他看了一眼杜莉，杜莉正把脸埋在花束上面。她没有搭腔，穆文宁也没有吭声。

过了一会儿，穆文宁首先打破了沉寂，对杜莉说，活动地点改到香江酒楼了，因为大家都想玩得开心一点。她说她到了那里，发现杜莉不在场，就猜杜莉要么没来，要么就是在剧院瞎等，所以，她赶紧骑着摩托过来了。她的丈夫死后，保险公司付给了她一笔钱，她就用这笔钱买了一辆本田摩托车，杜莉每次提起那辆本田，都羡慕不已。这会儿，穆文宁和他们一起往门口走的时候，孙良说，你们两个人骑摩托走吧，我租个面的过去，我们在酒楼前碰面。这会儿，他其实很想借这个机会走掉，只是考虑到杜莉行动不便，担心她在酒楼里闹出什么事来，才说出这么一番话。

杜莉果然在酒楼门前等着他，不过，她手中的那束花不见了。当孙良从面的上弯腰出来的时候，杜莉很快迎了过来。她的情绪变得出奇地好，她摸摸他的领口，拉拉他的领带，说，孙良，你不是有朗诵的天赋吗？待会儿，出个节目，就算是替我出的。杜莉吻了一下他的腮帮，在那一刻，他甚至感到她的舌尖舔了他一下。好长时间了，她都没有吻过他了，她的理由是，既然是接吻，就得动用舌头，对方的舌头也可能拱进来，这两者都会使她的口感遭到损害。现在，杜莉突然来了这么一下子，孙良有理由表示高兴。因此，杜莉说什么，他就听什么。他想，杜莉无非是想让她的同事们知道，自己嫁给了一个才貌双全的好男人，即便剧团再解体十次，跟她也没有多大关系。女人的虚荣心真是又俗气又可爱，孙良想，我虽然没钱给她买摩托车，但这点小事我还是可以满足她的，再说啦，能在一群漂亮的女人面前念念诗，抒抒情，也是一件快事。换个场合，这么做还要被看成是矫揉造作呢。这么想着，他就揽住了杜莉的肩膀。

作为大学里的一名副教授，孙良很少有机会参加酒会，让他感到奇怪的是，虽然眼前的这种酒器相碰众声喧哗富丽堂皇的场景他以前并没有出入过，但他并不觉得陌生。这使他想起了不久前发生的一件事。他的一位炒股发财的朋友，在赌场上一夜输了十五万元，虽然他一辈子也不可能攒够那么多钱，但他仍然觉得十五万元并不是一个多么大的数字。没过几天,那位朋友又对他说,钱又赢回来了,只要在牌桌上做一点手脚,钱就像长着翅膀的天使,直往他的裤兜里飞,他赢了三十七万,而且把对方的老婆赢过来睡了半夜。当那位朋友眉飞色舞地向他讲述前半夜的历险记和后半夜的种种趣事时,孙良感到自己一点也不激动,而且,他清醒地意识到,这并不是因为自己厌恶朋友的赚钱手段,也不是因为自己对钱不感兴趣,而是……而是什么呢?连他自己也说不清楚,虽然他知道把自己卖了也卖不到那一个零头。

现在,他揽着杜莉走进一楼大厅的时候,那些精致的闪闪发亮的餐具,造型奇特的水果拼盘,吧台旁边的小乐队,一方面刺激着他的感官,一方面又使他的感官变得麻木。他看见一个谢顶的中年人站在乐队前的小圆台上,拿着话筒在说话,似乎是在追述剧院辉煌的历史,孙良听到他提了几个早就死掉的艺术家的名字,但没有听清楚他是怎么论述剧院解体的经过。谢顶者讲话的时候,坐在一张张圆桌旁的人,一边说笑,一边频频举杯。杜莉的出现,使那张靠近小圆台的桌子周围,发生了小小的骚动。立即有一个年轻人把酒杯伸在孙良和杜莉的缝隙间,说,孩子生下来,就叫剧终吧。他话音刚落,大家都举杯站起来,纷纷喊着为剧终干杯。杜莉正在东张西望,她显然没有听清那个人的话,看到大家都把目光聚在她这里,她就问孙良:举重?为举重干杯?我真像是举重运动员吗?孙良忍俊不禁，率先笑起来，同桌的食客也被杜莉的话逗得哈哈直笑。杜莉醒过神来，不失时机地把孙良介绍给大家。这是我丈夫，孙良，大学里讲美学的副教授，杜莉说，待会儿让他给我们出个节目。杜莉一边说，一边用揶揄的目光看着满面笑容的孙良。这种目光，其实暗含着夫妻间的亲昵，孙良想。他接过杜莉的话头，说：大家别听她瞎说，我根本不会演什么节目，我是被她拉来凑热闹的。他举起酒杯，邀同桌的人一起为剧终干杯，然后，他又当着大家的面，高声地向杜莉解释一番剧终的含义。

他还没有说完，杜莉就和其他人一样，像鸭子似的一起转头，向乐台望去。孙良只好止住话头，也转过身去。一位穿着透明黑纱裙的女人站在乐台上向大家招手致意，孙良就认出她就是这座城市眼下正在走红的歌星，杜莉和穆文宁把她看成是一枚发酸的葡萄，经常在电话里谈论此人。他记得杜莉曾手执电视遥控器，将有这位歌星的节目的频道换到《动物世界》上面去，过了不半分钟，又换过来，同时引用穆文宁的名言说：这个娘儿们一见到电视导演，就脱光衣服，举双腿致意。但是，眼下杜莉却和别人一样，看得津津有味。

这个娘儿们先说了一番她听到剧院解体时的痛苦心情，并说尽管她早就脱离了剧院，但她一直把剧院当成娘家。电视屏幕上出现了一位身穿白纱裙在沙漠里爬行的女人形象，电视机外面的这个娘儿们立即载歌载舞地表演起来,她一边表演,一边带头鼓掌,整个大厅里顿时热烈起来,每个人都变得喜笑颜开。

> 风吹来的沙,
> 落在悲伤的眼里,
> 谁都看出我在等你。
> 风吹来的沙,
> 堆积在心里,
> 是谁也擦不去的痕迹。

桌边的艺术家们听红歌星唱完之后,才扭过身吃菜。又一轮凉菜端上来了,果冻,莴笋,油焖大虾,牛耳朵。莴笋搭成的白塔,一筷子上去就坍塌了。孙良夹了一块莴笋,放到杜莉面前的小碟子里,这时,他发现杜莉正瞧着筷头发愣。他提醒她多吃素菜。杜莉又发了一阵愣,然后放下筷子,操起叉子,将那块莴笋挑到一边,伸出舌尖舔着碟子里的色拉油。孙良顿时想起了"猫"这个词。她的动作与进食的猫相似,这样一来,她的唇膏就不至于被污染,但她的吃相确实有点失态,孙良想,在外人看来,这肯定带着性的寓意。

一个女人走过来和杜莉攀谈,孙良听见那个女人说,过段时间,她也准备生个孩子喂喂。这太容易了,他听见杜莉说:只要你不小心,就能生一个。问题可没那么简单,我现在缺男人，那个女人说。孙良马上意识到站在他身边的这个女人是个嗷嗷待操的寡妇。她说话的语气极具挑逗性，很可能是让这张桌子上的某个男人听的。孙良不由得深入地看了一下她的领口，一挂晃动的项链阻碍了他的视线，使他劳而无获。他想，如果他在这里继续听下去，杜莉或许会有些想法。他正犹豫着是否要走开，杜莉正好扭头对他说：孙良，你到别处去玩吧，我们在这儿聊聊天。孙良朝那个女人点点头，又吻了一下杜莉，就上楼了。

二楼的情形与一楼没什么两样。人们都在品尝美食，观看节目，互相逗乐。他没在二楼停留多久，舞曲和吵闹声将他引到了三楼。孙良没有跳舞，而是绕着舞池的边缘走来走去。在舞池的外围，男人和女人成双作对，坐在小圆桌旁心不在焉地啜饮着橙汁。玩牌的人凑在一起，讨论牌的花色和点数。孙良像是站在门槛之上，既观看着外围的场景，又被舞池里缠绕在一起的男男女女吸引着视线。他刚燃上一支烟，一个女人就依偎到了他的身边。孙良的手仿佛自动地揽住了她的腰，两个人朝舞池中央滑去，在昏暗的光线下，他没有看清她的脸。两张脸贴在一起，或者说，两片腮帮上的肉贴在一起。当他们转到池边的时候，孙良突然发现一个美貌性感的妙龄女子独自坐在桌边的摇椅上，嘴角叼着一根塑料吸管，好像在等候什么人。孙良顿时有一种冲动，想陪她喝一杯橙汁，吃一块点心。他感到嘴里顿时充满了橙汁的甜味，稍带点酸味，总之口感极为舒服。但是，他无法松开身边的这个面目不清的舞伴，这支舞曲才刚刚开始，结尾还遥遥无期。孙良只能想象他正抱着的这个舞伴就是摇椅上的女子。这么一想，他就来神了，他的十个手指挨个儿使劲，摁紧对方的肉。那些晃动着的身影在他旁边挤过来挤过去，阻挡住了他的视线，他被人拥到了舞池的另一边。当他带着身边的舞伴重新晃到这边来的时候，发现摇椅上的女人已经离桌而去，只有摇椅在昏暗的光线中独自摆晃。

杜莉就是在这个时候摸来的。孙良正在想那个女子一定坐着计程车在空旷的大街上游荡，感觉有人拉了他一把。我已经把节目报上去了，杜莉说，过一会儿，你就得上场了。她一边说话，一边往他身上靠，满嘴的酒气都吹到他的脸上。

她似乎已经醉了。孙良定神看着她手中的高脚酒杯，然后又看看她那凸起的肚子，仿佛这样才能确认她是杜莉。

在学院的师生联谊会上，孙良的节目总是诗朗诵，这是他的拿手好戏。虽然他咬字不准，阴平阳平上声去声混乱不堪，但他还总是赢来不少的掌声。他的音色很有特点，那种声音仿佛是从嗓子眼里挤出来的，由于痰液的作用，尾音轻微发颤，猛听上去，很有点卡通片里唐老鸭的韵味。他曾用这种腔调朗诵过马克思写给燕妮的情书，听众们仿佛叫人胳肢着一样，笑作一团。

现在，他准备朗诵艾青的抒情诗《迎接一个迷人的春天》。他和杜莉谈恋爱的时候，曾对杜莉朗诵过叶芝的《当你老了》和艾青的这首诗。他认为在眼下这种场合，朗诵艾青的这首诗具有特殊的意义，一则可以鼓动艺术家们从剧团解体的阴影中走出来，二则可以引起杜莉对往昔生活的美好回忆，同时，他要把这首诗献给即将出来的婴儿：

> 不知道你们听见了没有——
> 这些夜晚，从河流那边
> 传来了一阵阵什么破裂的声音。
> 呵，原来是河流正在解冻，
> 河水可以无拘束地奔流了，
> 大片大片的冰块互相撞击着，
> 互相撞击着，
> 好像戏院门前的人流，
> 带着欢笑拥向天边。

眼下已是午夜了，肉体的困顿倒显得他的记忆出奇地好。往常，这正是通夜失眠的征象，但是现在他却为自己良好的记忆感到高兴。他在心里朗诵着这首诗，并仔细地揣度诗行的排列方式所带来的语气的变化。他想把杜莉拉到一个较安静的角落，先给她念念这首诗，征询一下她的意见。孙良一边在大厅里搜寻着杜莉，一边回想起他最初向她念这首诗的一些有趣的动作：他怎样悄悄地把她的裙子撩到腰间，裙子的静电发出细碎的噼啪声。这会儿，他没有看见杜莉，倒是看见了穆文宁。他想杜莉应该和穆文宁在一起，可是穆文宁身边并没有她的影子。他看见穆文宁和一位男子站在墙角的屏风前闲聊，一位穿红背心的侍者端着酒盘站在他们身边。他们说上几句，就抱到一起吻上一次。孙良远距离地注视着穆文宁的后背，觉得她的身材确实优秀，完全值得一抱，那个男人还是很有眼力的。

后来，一阵酒器破碎的声音惊动了孙良，他还没有转过身，就又听见菜盘落地的清脆的响声，从声音上判断，有几只盘子在地板上滚动了一会儿才被什么东西撞碎。起初，孙良以为这些声音是电视发出的，因为电视里正放着MTV节目。他像别的人一样看着电视机前那个正唱得入迷的歌手，他听不见他都唱了些什么，他想，如果我站到那个小圆台上来上一段，准比他唱得好。就在这个时候，穆文宁从他眼前走过，走到了楼梯跟前，接着他就听见穆文宁的一声惊叫，杜莉——

躺在地上的正是杜莉。她的两只手撑住地板，想爬起来，但她身体的重量迫使她重新躺下。当孙良跑过去把她安置到椅子上的时候，那张空荡荡的桌子上只剩下了一束花。

那束花被菜汤粘在桌面上，杜莉伸出胳膊试图够住它。

孙良把它从桌面上揭下来，递给杜莉。仿佛她刚刚发现他是孙良。她的眼睛和嘴巴都张得很大，然后又急遽闭上了。孙良把那束花举到鼻子下面，深深地嗅了一下，花香早已散尽，只留下了菜汤的味道和鱼子酱的腥气。他端详着那束花，掐着紫罗兰的枝叶，然后，他把花又递到她面前，说：接住它，它又不会咬人。他那样固执地举着它，仿佛要逼着她把它吃下去。如果不是穆文宁把它夺了过去踩到脚下，他真不知道自己会怎么收场。

是穆文宁用摩托车把孙良和杜莉运回去的。她先把杜莉运回，然后又拐回来接孙良。这时候已是后半夜两点钟左右了。穆文宁把孙良送到楼前，掉头欲走时，孙良喊住了她。

还有事吗？穆文宁说，你们这对活宝快把我烦死了，我急着赶回去吃夜宵呢。

孙良走到车前，半天没有开口。在昏黑的夜色中，摩托车的前灯照出一道刺眼的光束，孙良眯缝着眼，瞧着那道光，他走到那道光里，看着自己的脚在原地踏步。过了一会儿，他终于开口了，他说：穆文宁，她是怎么回事儿？她怎么会突然跌倒呢？她是不是遇到什么人啦？

我才懒得管这档子事呢，穆文宁说。她低声地笑了笑，打着手势，让他闪开道。孙良愣了一下，躲到一边去了，穆文宁和她的本田 CB400 很快就消失了。

孙良走进房间，看到杜莉已经睡下。她平躺在那里，脸上还有一道擦痕，像刀疤一样非常醒目。孙良把灯拉灭，然后又突然拉亮，他看见刀疤上面的眼帘纹丝不动，这才相信她确实睡着了。这一点出乎他的意料，刚才上楼的时候，他还在想，杜莉一定正在构思对付我的手段，见我进来，她的态度会是小心翼翼的，她要试探一下我的心理，然后要拐弯抹角地打消我对她的怀疑，如果我发作起来，她就将狡辩……可是，她现在却睡得那么香甜。

他在床沿坐到四点钟的时候，杜莉还没有任何动静，如果不是他听见她的鼾声，他就会以为她已经死掉了。他的眼前不断浮现出餐桌上的那个花束，他不知道她要把它送给谁。反正那个人不是我，他想。翻来覆去地想了一会儿，睡意就爬了上来。

当鼓胀的膀胱把他憋醒的时候，已经是星期六的后半夜了。他看了一下墙上的石英钟。五点啦，他想，我在床上躺了二十几个钟头，这与其说是沉睡，倒不如说是昏厥。又过了一会儿，他听见电车在大街上驶过，早起的人们已经开始了一天的忙碌。已经是星期天了，他们要到哪里去？自由市场？百货大楼？到郊外踏青？抑或到教堂去做礼拜？

这时候，他恍恍惚惚听见一阵呻吟声，遥远而又迫近，时断时续的，让他很不舒服。几乎同时，他闻到了一股酸臭味，呛得他直想打喷嚏。这两种糟糕的事物，都使他失去了再睡下去的兴趣。他张开眼睛，眼球被光线刺得发疼，他只好又闭上了眼。

几分钟之后，他意识到呻吟来自杜莉，以此类推，呛人的酸臭味儿也是她捣鼓出来的。她在搞什么鬼？他对自己说。很快，他就发现杜莉并不是待在床上，而是坐在梳妆台边。准确地说，她是卧在梳妆台边的藤椅里，像是在做跏趺功。她的脑袋悬在扶手上，一大摊秽物正沿着地板砖的缝隙四下漫延。他喊了她一声，她毫无反应。他赶紧走过去，用手在她的眼前晃晃，然后捏了捏她的鼻孔。这一下，她的嘴巴张开了。他试探地叫了叫她的名字，她仍然一声不吭。他连忙后退两步，鼓足勇气高喊了两声，这么一来，杜莉的眼皮才翻了一下。

直到这天中午，孙良才知道杜莉患的是妊娠中毒症。她一直处于昏厥状态，午后两点钟，他听见她嘟囔了一句什么话，但他没有听清楚，也不可能听清楚。这间靠近电梯井的病室里，住了三个孕妇，除了杜莉，还有一个也是昏迷不醒。她的丈夫是个电影放映员，模样瘦小，一支接着一支抽烟。他非常内行地对孙良说，妊娠中毒症能引起子痫，使病人失去意识，偶尔醒过来，也是满嘴胡话。孙良给他递上一支烟，问道：人会傻掉吗？放映员说：这很难说，不过，她们至少现在是傻的。说完，放映员用烟头指着杜莉腮帮上的那道擦痕，嘿嘿嘿笑起来。孙良不知道他为何发笑，迷惑地望着他。他对孙良说，咱们都有同感，把人逼急了，真想扇她们两巴掌。他夸张地打了个扇人的手势，说，不过我已经很久没碰过她们一指头了。

肯定是她扇你，那个靠在床头上的孕妇突然插了一句。她正在翻阅《环球银幕》杂志。在三个孕妇中，她是唯一清醒的人。她的丈夫坐在床边，一直沉默不语，听妻子这么一说，他朝孙良和放映员使了个眼色，像是请求他们别再多说话了。

三点钟的时候，主治医生孔繁树来到了病室。在此之前，他已经听护士说，孔医生是有名的妇科大夫。你一看就知道了，护士说。孔繁树和这位护士一起走进来时，护士向孙良眨巴了一下眼睛。孙良发现孔医生和常人没什么两样，他脸色红润，谢顶，矮胖，显然患着高血压，很可能还是个动脉硬化患者。他站在杜莉的床边，看着护士把杜莉那条连着输液管的胳膊从被单里拉出来，又塞回去。孙良站在他的左侧，看一眼杜莉，再看一眼他。这时，孙良看到他从白大褂的口袋里摸出了一颗糖块，把糖纸剥掉，放进了嘴里，舌头把糖块搅过来搅过去，糖块和牙齿的撞击声清晰可闻。当他俯到杜莉脸部上方，翻开杜莉眼皮的时候，他的嘴巴张开了，孙良看见那块糖粘在他的舌面上。过了一会儿，孔医生直起身，继续端详着杜莉的那张黄脸，他缓缓地伸出食指和拇指，两根手指配合着把糖块从嘴里掏了出来。孙良现在知道护士的那句话是什么意思了。她说的是孔医生的手很小，比一般人的手要小一号，适合干接生这一行。他的动作已经职业化了，不是把糖块吐出来，而是用手掏出来，确实很有意思。

孙良正这样想着，孔医生对他说：她很快就会醒过来的，不会耽误生产。

他走了之后，孙良对护士说：小姐，我看出来了，他的手很有特色，很容易进去。护士捂嘴笑了起来，接着又故作迷惑地嘀咕道：什么进去不进去的，我怎么不知道？孙良想，只要稍下点功夫，就能把她引到床上。当放映员盯着护士的背影发呆的时候，他立即嘲讽道：对这种女人还要费脑筋，她再来时，你塞给她一张包厢票，就能勾到手。他这么一说，放映员就显得有点不好意思了，揪着耳垂，只笑不说话。过了一会儿，他去厕所的时候，放映员跟了出来，在厕所门口对他说：你说的话当真吗？晚上我就把票拿过来，而且是月票，你帮我送给她。

孙良从厕所里出来时，放映员还站在门口抽烟。

孔繁树医生允许孙良回家过夜。反正用不上你，你想回去就回去吧，孔医生说，你把电话留下，一旦她醒过来，我们就通知你。孙良关心的问题有两条：一条是她究竟何时能醒过来；一条是，如果她一直昏厥，那么能否把孩子生出来。孔繁树医生说，她最迟明天就会苏醒，万一她不醒，那就拉上一刀，把孩子取出来。孔医生在自己的小腹上比画了一下,说:刀口很快就长严了,留下的小疤并不难看,这一点,你不必多虑。

　　孙良乘坐有轨电车回家的途中,心情轻松了许多。天一黑,城市就亮了,在夜间,城市更像城市。他不时把脑袋伸到车外,观看城市的夜景。从另一条街上驶过来的电车,装满了乘客,许多人的脑袋也像他这样探在外面,各种灯光往上面一打,脑袋、脸、垂挂在窗外的手,和车身上张贴的广告画就融为一体了,它们就像某种发光体似的一明一暗闪烁着杂乱的光。孙良想,那些人眼中的我,也不外乎这样。在电车的天线的末梢,闪烁着另外一种光,像电焊似的,不但发亮,而且噼啪作响。孙良颇有兴致地观赏着这些景象,同时,忍不住地问自己,这些常见的事物,怎么会吸引住我呢?

　　电车在劳务市场这一站停住了,乘客下去大半之后,孙良意识到这是本路电车的终点站。他跟随别的乘客下了车,站牌下面很快就聚集了一群骂骂咧咧的人。孙良没有继续等下去,他不需要转车,穿过劳务市场,走到经五路,然后拐到纬十路,就到家了。在劳务市场的东段,有一个保姆市场,他以前常常从那里经过,但是很少停留。眼下,他觉得自己有理由在那里磨蹭一会儿了。杜莉出院之后,雇个保姆是势在必行的,我不妨先摸摸保姆的行情。他这么想着,突然对那个尚未出世的孩子产生出一种厌倦、厌恶的感觉,那个孩子甚至不可能比邻居家的孩子可爱,现在钻在杜莉子宫里的孩子说不定正像杜莉一样昏厥不醒,他是被酒泡醉的,被烟熏迷的,天生是个烟鬼、酒鬼,而且,他是否能活着出来,眼下还说不准呢。这些混乱的感觉使他战栗了一下,当然,他转眼之间就把情绪摆平了,准确地说,他顾不上想这些事了,因为保姆市场已经吵吵闹闹地出现在他的面前。

他在保姆市场来回溜达了一会儿之后,发现有三类保姆可供挑拣。最常见的一类,是十五六岁的乡下少女,纯朴可爱,就像河沟边野生的蒲公英,刚进入开花期。不过,她们显得泥土味十足,目光畏缩,钻在墙角不敢乱动。这些妞子得经过调教才能派上用场。她们非常便宜,预付六十元钱,给市场管理处交付四元钱手续费,就可以当场弄走。第二类保姆就像是前一类的姐姐,出道早一点,穿戴已经城市化,目光夺人,有时会上前拉顾客一把,她们的价格稍贵一点,手头没有一百元,当场是领不走的。不过这一类保姆的成分较为复杂,孙良一眼就看见其中的一个颇有点姿色的保姆,腰上还挂着BP机,她虽然站在那里没有挪步,但屁股照样微微晃动着。离了婚的单身男人适合用这种保姆,她们身兼多职,具有两种或两种以上的功能。在所有保姆中,孙良倾向于那些正处于哺乳期的保姆。一眼望去,就能知道她们是农妇,在农闲时节,她们从田野来到城市,像青蛙一样跳上城市居民的餐桌。孙良觉得她们仿佛是从米勒的油画中走出来的,把庄稼、丈夫、孩子撇在身后了。她们人数不多，有七八个，都簇拥在一个举着木牌吸着烟斗的男人周围。木牌上用粉笔写着：人乳是最好的牛奶。孙良看到有一个人把她们当中的一位领到了光线较好的街灯下面。那位乳房肥大的保姆像要证实什么似的，伸手把乳房从对襟布衫里提溜了出来，双手一使劲，射了那位顾客一脸奶。够两个小孩吃的，保姆说。那要是再加一个大人呢？那位顾客说。大人要吃，小孩就要少吃几口，保姆操着刚学会的普通话，说，够一大一小吃。孙良吸着烟，在周围转来转去，他忍不住地把眼前的这对乳房和正放在医院里的那对乳房作了一番比较，他认为眼前的这一对更肥硕，更喜人，作为乳房，几乎是完美无缺的，你看那枚乳头，就像蚕豆那么大，像桑葚那么紫红，一看就知道是好货。孙良想，如果我有权做主，我就领回去一个，先吃上两顿再说。但这事得由杜莉说了才算，如果你冒冒失失领一个回去，杜莉很可能认为自己遭到了侮辱：喂，你凭什么认为我的不如她的，我的奶水更充足，往市场上一站，很快就成了抢手货。要让杜莉服气，得让她亲自来一趟。不过，如果杜莉的奶水够小孩吃的话，领这么一个人回去还有什么意义呢？我要说我也想吃奶，杜莉肯定会觉得匪夷所思，事实上，我是真想趴在那里吃上几口，想永远趴在那里，像叼着过滤嘴烟头那样，叼着那些母亲的乳头。

这天晚上,孙良的失眠症又犯了,虽然四肢乏力,一泡尿都懒得去撒,但他却难以入眠。在冰箱压缩机单调乏味的响声中,孙良感到极度的烦躁不安。电话铃响起来的时候,他正在寻找三唑啉。他想,电话是医院打来的,一定是告诉他杜莉醒了。站在电话机前,让它响了一阵之后,他才拿起话筒。

醒过来了?他说,醒过来就好。

对方却沉默着不吭声。他又说,我知道了,我正准备休息呢,你们都忙去吧。他正要放下话筒时,对方开口了。

是我,对方说,是我。是个男人,说话一字一顿的,显得很威严,仿佛是在口述命令。我给你打过电话,请你别把这事给忘了,那个男人说,就这些,不多打扰了。说着电话就挂断了。

现在,他知道这个电话不可能是医生打来的。对方没有留下姓名,他不知道这人是谁。他想,对方很可能拨错了号码。在烦躁之中,遇到这样的事,他反倒安静了许多。他在杜莉的梳妆台前坐了下来。因为走的时候过于匆忙,屋子里显得一片狼藉,杜莉甚至没有来得及把梳妆台上的东西收拾一下。往常,她的梳妆台总是非常整洁,即便房间里乱成一团,她的这片领地也是一尘不染。他觉得这事有点蹊跷,随即,他就想起杜莉是在昏迷之中被送到医院的,这怪不得她。

电话又响了,这一次他就懒得去接了。他想无非有两种可能：医院打来的，告诉他说杜莉醒了，醒就醒了，知道了就行了，没有必要跟医生啰唆，因此不需要接；另一种可能，就是刚才那个人还在发愣，又把电话打过来了，这就更不需要接了。

但是，电话铃声却持续不断，无休无止，似乎要一直响到天亮，迫使他拾起话筒。是我，我是孙良，他说，你有什么事，就快说吧，要是没有什么大不了的事，我就挂了。对方笑了起来，她一笑，孙良就听出她是穆文宁。她说你哪来这么大的火气，对一个姑娘说话，应该软声细语。穆文宁说着就又笑起来，但他明显感到她有点生气。只有搬出杜莉住院一事才能让她不计较他的唐突。所以，他直接说道杜莉昏厥了。昏厥？什么昏厥？穆文宁说。

就是昏迷。孙良说，毫无知觉，简直不像个活人。

在杜莉不在场的情况下，孙良通常用这种口气和穆文宁说话，这样容易给穆文宁造成一种印象，仿佛他对她还有那么一点意思。他这种贬杜扬穆的手法有时倒真的让穆文宁心情愉快，当然，穆文宁也曾对他说过，你玩的这一手太老套了，应该换个新花样。在新花样没有想出来之前，他还是愿意走走旧套路。不过，眼下他没有心思逗她开心，他这样出口成章，纯粹是习惯使然。

你应该早点通知我，穆文宁郑重起来，说：我们是姐妹，我应该照顾她，她什么时候能醒过来？

很可能现在已经醒了，孙良说，医生说这是一种再常见不过的病，不值得忧虑，该生的时候，医生会想办法让她生的。

他把电话挂断的时候，已经精疲力竭。他发现三唑仑其实就扔在沙发上面。他像被饿坏了似的，连吃了十粒，然后栽倒到床上了。

一到春天，校园就遭殃了。校方为了增加收入，就把校园当成公园，吸引游客进来游玩。师生进校门，要佩戴校徽，亮出工作证，否则就得购买门票。据说这是从武汉大学传来的经验。孙良走到校门口的时候，才发觉忘带工作证了。他对门卫说，我确实是教师，上课时间快到了，你就放我进去吧。门卫像警犬似的，绕着他转了一围，上下打量着他，那眼神就像是在看一个贼。孙良被看得心里发毛。当门卫说你哪一点像是教师的时候，孙良也觉得自己不像个教师。他隔着铁门，望着校园，这个校园里游人如蚁，到处都是纸团、果皮、易拉罐、烟头，他难以相信自己就在这个院子里传道授业解惑。他的课安排在上午十点钟以后，现在，时针即将指向十点，而他还在这里和门卫扯皮。最后，他还是乖乖地买了一张门票，乖乖地把门票交给了门卫。门卫放他进去的时候，瞟着他，说：是教师你还买什么票，买票你就不是教师，真是有毛病。

你说得对，我确实有毛病。孙良对门卫说。

他没想到，几分钟之后他还得把这句话再说一遍，这次，他面对的不是门卫,而是刚刚上任不久的系主任。美学课的教室和系主任的办公室相距不远,他走到教室门口的时候,看见年轻的系主任正在劝说学生不要喊叫。系主任打着篮球规则中的暂停手势,同时哀求学生,不要叫,有话慢慢说,孙老师现在没到,肯定是出事了,我敢保证他出事了。

孙良在门外咳嗽了一声,试图引起系主任的注意。见系主任没有反应,他就意识到系主任想单独找他谈话。于是,他就主动来到系主任的办公室,等主任回来。

你是不是有毛病?系主任一进门就对他说。

确实有毛病,孙良说,我昨晚吃药吃多了,我家里出事了,我妻子正昏迷不醒。

有那么一瞬间,系主任几乎发作起来。他一定认为孙良这么说是故意的,这简单的重复让他难以忍受。

这是真的,孙良说,事情发生得很突然,我没能来得及请假调课。

现在请假还来得及,系主任说,我们去给学生说明一下,免得他们认为我又在哄人。

孙良只好跟着系主任往教室走。在楼道口,孙良对系主任说,这堂课还是上吧,我不愿耽误两个课时。他这么一说系主任就愣住了,接着,像看怪物似的盯着他看了半天。你自己去跟学生商量吧,系主任说。

教室里的人已经快走光了,剩下的几个都趴在窗边,瞭望着楼下草坪上吵闹的游人。孙良在讲台上站了一会儿，拍拍手，招呼他们转过身，然后说道，非常抱歉，我迟到了半个小时，我刚从医院赶回来，我妻子昏迷了。

是车撞的吗？一个女生问道。她刚从窗户外面提起一只小包，楼下的小贩把冰淇淋塞到小包里，卖给了这位顾客。眼下，她咬着冰淇淋，瞭着孙良。

不，她快生孩子了。孙良说。

孕妇有孕妇特有的美，那个女生说，这是你曾说过的话，现在，你应该守在美的旁边。

即便孕妇像个沙袋，也是美的，美是本质力量的对象化。坐在冰淇淋女生旁边的一个男生说。这个男生说话的时候，眼光在孙良和系主任身上飘来飘去。孙良很快意识到，学生们一定认为他和系主任已经串通好了，合伙来蒙骗他们，所以，他们才用这种口气跟他说话。仿佛他们很想上课似的，孙良想，其实他们巴不得我每天出事，巴不得老师们家里都出点事，使得他们逃起课来显得理由充足。但事情闹到这一步，总得想办法收场。他把目光投向系主任，他发现系主任的神色格外焦虑，焦虑之中还带着对他的同情。他一时竟有点感动。这时候，他听见系主任说，孙良，你给同学们把学习的内容简单地交代一下，赶快去医院吧。直到他走下讲台的时候，他才醒悟过来，系主任做出那种表情，说出这番话，其实是自己打掩护，是要让自己曾做过的保证显得有根有据。果然，他们一走出教室，系主任脸上的焦虑和同情就烟消云散了。

突然空出来这么一段时间,孙良就感到无事可干。他准备在家里待上一会儿,然后到医院瞧瞧。杜莉是否已经醒过来了,他还不知道。他有一种奇怪的感觉,要是一直待在医院里,杜莉可能不会醒过来,他这样待在家里,或者随便待在医院之外的某个地方,然后突然回到医院,杜莉很可能就醒了。这种感觉提醒他,其实他是非常爱杜莉的,这种感觉只有对亲人才会有。

梳妆台上那个黑纱封面的笔记本,在一堆杂物中间,显得格外醒目。让他感到奇怪的是,很厚的本子现在只剩下薄薄的几页了。厚厚的封皮只夹着那么寥寥的几页字,怎么说都有些不协调,不美观。他翻开封面时,顿时想到这可能是杜莉的日记本,他想合上它,但他的手指却不听使唤地把封皮揭开,并且把封皮压到了台面上。扉页是空白的,扉页后面的纸页都被撕掉了,从痕迹上看,是一页一页撕掉的,而不是一次撕掉的。杜莉那歪歪扭扭的字体出现在他面前时,他的心情不再紧张了,他燃上一支烟,读了起来:

明天,我很可能见到他。上次见到他,还是在我刚怀孕的时候。我想他会去的,剧团一完蛋,我们就没有指望再见面了。孙老早就说他也想去,他是真想去还是假想去，我可不知道。我只知道他一去就会出节目，就想着怎样露上一手。如果他真要去，我就给他报个节目。这样也好，他一看见孙，就会难受，让他难受难受吧。是否

是否什么？杜莉写到这里就停住了。这一页没有写完，留下了大片的空格。孙良赶紧翻过这一页，他想看看后面还写有什么东西。紧接着的那几页，上面什么都没有。他把这段文字又看了两遍，瘾就上来了，很想再读几页。他的目光落到了梳妆台的抽屉上面，这只抽屉从没有在他面前打开过，杜莉总是把抽屉锁得很紧。撬开它，他想。他的手颤抖起来。当他跑进厨房找切面刀的时候，他感到自己每走一步都可能跌倒。一旦跌倒，就会因脑溢血死去。一旦死去，别的不说，起码他就不可能看到杜莉藏在抽屉里的那些宝贝了。

回到卧室时，手中的那把不锈钢刀就催促他把它派上用场。刀翻来覆去地翻动着，随着它的翻动，映现在它上面的那张脸，时而变得窄小，时而变得扁平。当刀锋插进抽屉和台面之间的缝隙时，那张脸才从它上面消失。

电话就是在这个时候响起来的。毫无疑问，电话是从医院里打来的，他想，无非是说杜莉醒了。现在，他更愿意设想她还处于昏迷之中，这样，当他扭动刀把的时候，不至于感觉到杜莉睁着眼睛在背后看他。

但他还是腾出右手,拿起了话筒。对方又是沉默了一会儿才说话,说起话来一字一顿的,他一听就知道又是那个莫名其妙的人打来的。是我,那个人说,你好吗?孩子好吧?我祝你们一家三口平安。

平安个屁,孙良说,你是谁?你怎么知道三口不三口的?三口不三口跟你有什么关系?

那个人仍然慢吞吞地说:请您原谅。经孙良这么一吼,那个人的语气就不那么威严了,好像谦卑起来。孙良意识到,这个人很可能就是杜莉写到的那个人,就是日记里的那个"他"。那个人现在几乎用哀求的语气对他说:我不是想伤害你的,我一点都不想伤害你。最后,他甚至言不由衷地提到了天气,说:外面天气很好,出去散散步,到公园里看看花,对你有好处。

还没等他啰唆够,孙良就把电话挂断了。从电话上听,这个人简直是个软蛋,让人讨厌的软蛋,孙良想,我的嗓门一提高,他就战战兢兢的,说起话来吞吞吐吐,杜莉找上这么一个人,简直是对我的侮辱。他想,她要是勾搭上一个呱呱叫的男子汉,我还不至于这么难受,或许还会感到荣耀。他这么想着,把手从话筒上收了回来,重新放到刀把上,并且立起手掌,用手脊敲打刀背,使刀更深入地嵌进缝隙。可是,不管他怎么用劲,刀也只能进入那么一截。他把三唑啉药瓶拿过来,用瓶底砸刀背和刀把,效果仍然不大,让他气恼的是,瓶子啪的一声破裂了,淡黄色的药粒像弹珠似的滚了一地。他只好暂时丢下这活，去捡药粒。捡了十几粒之后，他回头望那把刀。接着他又把药粒放下，站起身，把一条腿蜷曲起来，朝刀背蹬过去。抽屉咔嚓一声出来了，刀也折成了两截。

他在里面拨拉了好一阵，看到的都是杜莉惯常的生活用品：焗油，唇膏，香水，减肥霜，避孕纸，睫毛钳，睫毛油，双眼皮胶带，面膜，指甲油。本子只有两个：一个是纸烟盒那么大的电话号码簿，里面什么也没记；另一个是黑纱封皮的日记本，里面的纸张已被撕光，连扉页也没有剩下。

他把抽屉搬到房子的中央，盘腿坐到了那些东西上面。起初，他觉得那些瓶子钳子硌得他难受，过了一会儿，他适应了。这个被损坏的抽屉，像摇篮一样盛着他。有那么一段时间，他真的感到抽屉在微微摇晃，仿佛要把他送入梦乡。

穆文宁是在午后两点钟的时候来的。孙良刚下楼，正要上医院，看见穆文宁把车停在楼下的熟食店门口，跨腿从车上下来。那辆本田 CB400 即便放在阴影里，也照样熠熠闪光。穆文宁看见他就说，她是从医院回来的。

她已经生了。穆文宁说。

这么快就生了？她怎么这么快就生了？孙良问。

你怎么不问问是男是女？穆文宁说，哪有这样当爹的。

她醒过来了？孙良说。

她生了个儿子，穆文宁说，上午醒的时候生的，开刀取出来的，现在她又昏过去了。穆文宁把脖子歪了一下，做出昏睡的样子，说，一切都比较正常，医生说，过不了多久，危险期就过去了。

孙良没有吭声，他眯缝着眼瞧着她。她很正常，没有什么异样。一切都很正常。他听见自己笑出了声，声音短促、干燥，这声音也是正常的。好在穆文宁没有问他为什么发笑，要是她问的话，他是无法解释的，因为他也不知道自己为什么会发笑。穆文宁说：我不能在这里傻站着，杜莉托我回来取件睡衣，顺便把双眼皮胶带捎过去。还有什么？孙良问，她还让你干什么？

她让我告诉你，孩子有八斤重，穆文宁说，真够重的，这里面也有你的一份功劳。

在楼道里，孙良说：杜莉的肚子鼓得那么大，生的当然不会轻。他这么一说，穆文宁就扶着墙壁笑起来了。

杜莉的睡衣花花绿绿的有十几件。穆文宁把它们从衣柜的底层，一件件地翻出来，拎到肩头比试着。最后，她挑中了一件红色的睡裙，说，就这一件还稍瘦一点，杜莉这么一生孩子，腰身肯定比原来瘦一圈。孙良突然想起，结婚的那天晚上，杜莉穿的好像就是这条睡裙，上面零星地点缀着玫瑰花的图案，她穿着它在房间走来走去，好像心事重重，有时候，她会突然转过身，盯着防盗门上的铁条看上半天。孙良记得，在日光灯下，她的脸色泛着苍白，头上的那两只对称的蝴蝶形发卡闪着银光。

现在，穆文宁站在镜子前，下巴压着睡裙的圆领，一直往后退，以便在镜子里看到全身。她退到孙良正坐着的沙发跟前，才停下来。孙良把烟头掐灭，抬手拍了拍她的腰。她笑了一下，继续照着镜子。孙良想，只要我想干，就能干成。那面镶在衣柜上的圆镜，吸引着他的视线。他看见男人的那只骨节凸出的手沿着女人凹陷的后腰慢慢地下滑，然后从背面滑向正面。

第二天，也就是星期二。中午，孙良在医院里停留了很长时间。杜莉仍然昏迷不醒，孔繁树医生说她还算正常，如果不出现什么并发症，输两天液就可以醒过来。孙良又碰见了那个小护士。小护士很热情地把他引到了育婴室，至少有二十个小孩躺在那里。他们全都躺在一模一样的小铁床上，奶声奶气地哭着。每一个床头，都挂有一张硬纸牌，上面填着婴儿的编号、性别、体重、病症、家长的姓名。护士把他引到中间的一张小床前，弯腰在硬纸牌上看看，说，就是这个。孙良看见那个婴儿正在叫唤。婴儿脸上皱纹纵横，像核桃皮似的。护士说，过几天，他的脸就舒展了，刚生下来的孩子都像小老头。

午后两点钟左右，孙良乘坐的面的在四马路上堵车了。几辆推土机在马路上缓慢地倒驶着，把许多车辆堵在身后。孙良想，它们肯定是往剧院方向走的。这里离家已经不远了，走回去用不了多长时间，孙良就下了车。走过十字路口，孙良就看见了那个理发店。几天没有刮脸，脸上胡子拉碴的，需要彻底清理一下。他从理发店出来时，感觉清爽多了。他摸着光光的下巴，站在街上东张西望。对面的那家花店是整条街上唯一有绿色的地方，他看见一个中年男子在向顾客兜售着花。孙良走了过去，站在一位顾客身边，观赏着顾客手中的一沓花卉的照片。那位顾客笑着说，照片上的花都很鲜艳，可你这店里的花都快开败了。中年男子立即显得手足无措，鼻尖上冒出一层细汗。过了一会儿，那位顾客留下电话号码骑车走了，中年男子就把照片递给了孙良，结结巴巴地讲着每一种花的寓意：满天星说明富足，康乃馨象征着抚慰……他拉拉杂杂地说了许多，重复了几遍，孙良都快把他的话背下来了，他仍然把一张张照片递过来。

孙良估摸了一下口袋里的钱。大概只能买几枝，买多了可不行。他还得去买一把切面刀。没有刀，晚上的这顿饭就吃不成了。

一九九五年五月　郑州

光 与 影

上 部

1

他本来系的是活扣，上下左右四个绳圈，就像展翅欲飞的两只蝴蝶。系活扣是对外人的尊重，所谓防君子不防小人。他系得很巧妙，绳头隐藏在蝶翅下面，轻轻一拽，蝴蝶就飞了，尼龙绳系成的活扣就豁然而解了。但是这会儿，当孙良发完电子邮件，等着皮皮回复的时候，他突然发现捆箱子的尼龙绳动过了，活扣变成了死结。"你们，你们谁动了我的箱子？"他喊了一声，跳了起来。房间里还坐着两个女孩，十七八岁的样子，她们正在为影碟配上精美的外包装。天很热，她们都穿着短裤。她们来自河南驻马店，用网上的说法，那是一个靠水灾控制人口增长的地方。

此刻她们正在工作台上忙碌，那工作台是长在她们身上的，也就是膝盖和大腿。她们童心未泯，平时常和孙良开玩笑的。可这会儿她们都很严肃，好像突然长大了。

其实话一出口，孙良就意识到他搞错了对象。一来，她们没有那个胆；二来她们不可能"恩将仇报"。一周之前，两个黄毛丫头还坐在马路牙子上等工作，是孙良发现了将她们带回来的。当时，那个脸蛋儿较黑的女孩抱着一只京巴，见他从车上下来，就摇晃着狗的前腿向他致意。孙良被这孩子气的动作吸引住了，就蹲下来问她们，从哪里来的？想干什么？能干什么？说话的同时孙良伸手逗弄那只京巴。他这才发现它的左前腿断掉了，垂挂着有如折断的树枝。原来那是一条丧家之犬。孙良心中一热，恍惚片刻就向老板推荐了她们。老板姓吴，跟孙良关系很好，孙良的话他能听进去。孙良以两个女孩善待丧家之犬为例，说明她们比原来那两个女孩善良、纯洁。原来的那两个都是不辞而别，后来被吴老板在歌厅里发现了。吴老板说："故事倒挺感人。好，留下。不过那病狗得扔了。"见她们不忍心扔狗，孙良连狗都替她们安排了，将狗放到了皮皮那里，保证养好伤之后再还给她们。现在，管吃管住，她们一个月还能领三百块钱。她们自己都说，他是她们的"革命领路人"。她们怎么可能乱翻"革命领路人"的箱子呢？不可能嘛。"你们看见谁动了我的箱子？"孙良换了个问法，这次是蹲在她们面前问的。她们都深深地埋下头，孙良看不见她们的眼睛,只能看见她们的眉毛和长长的眼睫毛。孙良意外地发现,较黑的那个女孩有点变白了。吴老板一直叫她咖啡豆,看来这叫法得改一改。孙良又问:"想清楚再说,是谁动了我的箱子?"女孩的头埋得更低了。她们的肩胛骨耸了起来,看上去好像没有了脖子。瞧她们给吓的!

她们最怕的人是谁呢?当然是老吴。除了老吴,别人也不敢翻他的箱子。他已经领走了这个月的薪水,工资加提成,一千三。老吴莫非以为他要离开公司,担心他顺手牵羊?这时候,咖啡豆终于开口了。她说:"有人在楼下喊你。"不用她提醒,孙良也能听见有人喊他。但孙良还是直起腰,掀起窗帘朝下望了一下。是老吴在喊他。老吴坐在车上,双手做成喇叭状,喊上两声,就捶打一下车门。那是一辆客货两用的北京130,新买来的。孙良放下窗帘,再次蹲到女孩面前。他本来想问,翻箱子的时候老吴都说了些什么,但话到嘴边,他放弃了这个努力。他不想过于为难这两个丫头。他现在能做的就是为难一下老吴。午后的柏油路都晒化了,车里一定跟蒸笼一般,干吗不让老吴在蒸笼里多待一会儿呢?

孙良把努力转向了那个死结。他先用指甲去掐,然后又用牙咬,准确地说是啃。外面又传来拍打车门的声音,比上次强烈了许多,都有点凶狠了。孙良不为所动,继续对付着那个死结。他的嘴里渐渐有了一股腥味,血腥味。血丝经过唾液的稀释,如蚯蚓一般沿着尼龙绳慢慢爬行,进入了那个死结。死结突然打开了，闪了他一下，他一屁股坐到了地上。两个女孩想笑又不敢笑，忍着，肩胛骨再次竖了起来。孙良爬起来，撩起Ｔ恤衫擦着汗，说："笑个屁，有什么好笑的。"说完他自己却笑了。他翻开箱盖，弯腰检查里面的东西。他拎出一个牛皮纸信封，捏了捏，又放了回去。接下来，他应该把手提电脑也放进去。他蹲到电脑跟前，一边揉着屁股，一边查看皮皮是否已经回复。他想尽快知道，她是否有时间陪他回一趟老家。还好，皮皮这次回复得很及时：

BB：四点钟等偶：-）偶出去了。BRB

典型的皮皮风格！皮皮很早就是个网虫，她的电子邮件，孙良历来需要连猜带蒙。不过眼下这简单的几句话，孙良还是能看懂的。她让他四点钟等她的电话。"偶"的意思当然是"我"，这一点上过网的人都知道。"：-）"的意思是"眨着眼睛笑"。"BRB"的意思是"马上回来"，那是英语"be right back"的缩写。比较难把握的是开头的"BB"。它的意思过于含混了，既指"宝贝""婴儿"，也指"情人"。孙良当然更愿意把它理解为最后一种。邮件倒是收到了，但皮皮并没有说明是否能够陪他回去。能够就是能够，不能够就是不能够，这么简单的问题，到了皮皮这里怎么就变复杂了呢？他把电脑合上，装进黑色的电脑包，将它放进了箱子。合上箱盖以后，他使劲地按了按，以使盖子与箱子严丝合缝。当他再次拿起尼龙绳捆它的时候，咔嚓咔嚓，三合板做成的箱子突然散开了。影碟，磁带，信件，笔记本，全都撒了出来，五颜六色的一大堆，有如屠宰场上的牲口内脏。其中最醒目的是那本毕业纪念册，红色的绒布封面。按理说孙良应该气急败坏才是，然而此刻他反倒沉得住气了。他竟然还打了一个呜指，竟然还有闲心将T恤衫的短袖一直卷上肩膀。一张照片从纪念册里跑了出来，那是全班同学的毕业合影。他用舌头挑着腮帮，侧着脸打量那张照片。最后，他的目光落到了皮皮的脸上。皮皮就蹲在最前排，因为骄阳的缘故她有些皱眉，像是在跟谁怄气。

　　下面又喊了起来，这次是男女声二重唱。与老吴的破锣嗓子相比，那女人的嗓门显得非常尖锐，穿过三楼的玻璃仍然有足够的分贝。她名叫马丽，英文名字叫Marry，最早是歌厅里的小姐，后来荣升为妈咪。那时候老吴还是行将宣布倒闭的棉纺厂会计，因业务需要经常到歌厅招待宾客，主要是搞资产评估的贵宾。老吴每次去都要马丽作陪，声称马丽很像他的初恋女友。老吴说，从唱歌到亲嘴再到后来的上床，他们也是一步一个脚印走过来的。当然这是酒前的说法。酒后的说法是当天晚上就搞定了，而且射门三次，完成了"帽子戏法"。棉纺厂倒闭以后，老吴就和马丽合开了这个音像店。此刻，老吴的声音停止以后,马丽的声音还在继续。她让孙良"滚下来","快点滚下来"。那两个女孩此刻都用同情的目光看着孙良。咖啡豆开始报恩了:她像猫一般敏捷,迅速跑进卫生间,拿出一个扫垃圾的簸箕,要帮他把东西装进旁边的纸箱。

这时候马丽跑了上来。马丽倚着门,用手扇着风,说:"聋了?耳朵割了喂狗算了。"她涂着深色眼影,有些像熊猫,比熊猫高级的是那眼影还会闪光。大概发现了孙良的异样,她将气撒到咖啡豆身上:"快点!慢条斯理的,喝咖啡呢!"孙良没跟马丽解释。笔记本电脑装进以后,他就扛着纸箱下楼了。纸箱来不及捆了,那尼龙绳就在手中拎着,拖在身后如同他的尾巴。他人到了一楼,"尾巴"还拖在三楼,并被什么东西缠住了,使他寸步难行。是咖啡豆把他的"尾巴"送下来的。等咖啡豆的时候,一个女孩问什么牌子的DVD机纠错功能最强。如果是在以前,孙良肯定会说谎,骗她去买洋货。可这会儿,他却说了真话。他说,国产的都行,国产的DVD机就是为盗版影碟准备的。这女孩是在肚脐周围化的妆,就像马丽的眼睛。

老吴走了过来,拉了他一把:"你真比娘儿们还能磨蹭。"孙良说:"你才是娘儿们。"孙良把纸箱放进北京130,然后坐到了后排。平时都是马丽坐在后排,因为老吴是新手,她怕出车祸,孙良对马丽说:"我不想坐前边了,我也怕不安全。"

2

老吴当然感觉到了孙良的异样,他只是装作没有看见。马丽似乎想说点什么,但老吴阻止了她。老吴就像顺毛摸驴,用手梳着马丽的头发,又拍了拍她的大腿。"要不要开空调?"老吴说着,自己打开了空调。此时北京130已驶上了立交桥的二层。桥上桥下,光和影都有些驳杂,有些紊乱。布满灰尘的梧桐树向右逶迤而去,左边的视线却被广告牌挡住了,广告牌上绿草如茵,远景是冠盖如云的千年古树,中景是席地而坐的香港影星张柏芝,张柏芝面对着一台手提电脑,点着鼠标。皮皮跟张柏芝非常相似,脸呀嘴呀都不用说了,连膝盖和腿肚子都是相似的。这会儿车已经开动,但孙良的目光还停留在她身上,并咽了口唾沫。为了能看到她,他的脸不得不向后扭,再向后扭。一辆车从对面驶来,窗玻璃将光线反射过来,孙良的眼睛被迫眯缝上了,但喉结还在脖子上滚动。老吴放响了音乐,是野鸭子乐队的演唱,中英文混唱。孙良没有听清中文,英文倒是听清了一句,就是"Let it be",译成中文就是"去他妈的"。

孙良突然说:"老吴,我想请个假。"老吴没有答话,仿佛没有听见。他当然听见了,因为他及时调低了音量。孙良又说:"我想回家一趟。"这次老吴终于有了反应:"哦,回家？不会是撂挑子了吧？有什么事好商量嘛。"老吴当然不愿意放走孙良。现在碟子上的内容说明多是英文，他需要孙良翻译过来，才能决定哪些该留哪些该退。孙良又说："我回去看看，看看就来。"说着，孙良把手机从口袋里掏了出来，隔着椅背递向老吴。那是老吴给他的手机，商店里已经见不到的爱立信手机。老吴用手背挡了回去，说："拿着用嘛。"孙良说："回去用不上的，先还给你。"老吴又用手背挡了一下，说："给你就给你了。还有那个手提电脑，都尽管用。"孙良立即心领神会："电脑就在箱子里，下午就用完了，晚上还你。"老吴按了一下喇叭，说："我说了嘛，尽管用嘛。"孙良说："反正我的身份证还押在你手上，我肯定会回来的。"老吴说："我操，那你回去干什么？你家里不是没人了吗？"马丽接了一句："不会是回家上坟的吧？"

　　孙良现在可以肯定，老吴，还有马丽，他们不光翻了他的箱子，而且还偷看了那两封信。翻拆私人信件违不违法倒在其次，最主要的是他不想让别人知道他是孤儿。他把那两封信藏在箱底，就是因为这个原因。那两封信是从他的老家汉州县本草镇寄来的。那是个古镇，历史上以产草药闻名，主要是地黄、山药、菊花和牛膝，《神农本草经》和《本草纲目》里称之为"汉药"——那里有一条汉河，古时隶属汉阴府。不过那两封信与汉药没有多少关系，是一个名叫章永年的老师寄来的。章永年是本草二中（初中）现任校长，曾是他初中时的班主任。他四年大学的学费，就是章老师为他筹集的。上学走的时候，他曾对着章老师行三跪九叩大礼，说以后必定报恩的。章老师的第一封信他是毕业前收到的，章老师问他是否找到了接收单位，如果没有找到，也不妨考虑回到本草镇教书，"不管在哪里，只要是金子，总会发光的"。章老师还"顺便"告诉他，镇上出台了一项新规定，为了节约耕地，以后死去的人都要火化，不再留坟；以前的坟也都要平掉，他父母的坟也不能例外。章老师希望他能抽空回来一趟，给父母上最后一次坟，"以尽孝道"。这个词很重啊。

第二封信上周刚收到。章老师在信里提到了一位美籍华人栾明文先生。栾明文也毕业于本草二中，小名叫狗蛋，他比孙良高几届，眼下在美国加州的圣塔克拉拉市。那是个硅谷中心，栾明文在那里有一个公司，叫维多利亚（Victoria）软件开发公司。孙良曾在网上看到过他的报道，上面附有他与圣塔克拉拉市的市长莫寒（Patricia Mahan）女士的合影。好家伙，他的手竟然搭在人家的肩上，就像搂着自己的母亲。章老师在信里称狗蛋为"栾先生"。章老师说，多亏了这个"栾先生"，不然本草二中就要被砍掉了，变成中草药收购站了。为什么要砍掉呢？因为学校的"硬件"不合格，一来有几间教室被定为危房，二来没钱购置电脑，无法按上级要求实行"电脑教学"。前者好办。找人烧些砖瓦，再上山砍些树，房子就盖起来了，贴些工夫罢了;后者就比较难办了,没钱买只是其一,其二买来也没人操持。章老师说,真是多亏了"栾先生",这位"栾先生"不知道从哪里知道了母校的窘况,主动提出捐给学校八台电脑。章老师说,他知道这个消息以后,三天没有睡着觉,激动啊。章老师说他已把情况反映给"镇教办","镇教办"说这是好事,大好事。不过"镇教办"也提出来了,能不能把其中的五台送给"镇教办","镇教办"只留下两台,另外的三台送给县教委。这样一来,从上到下就没有人再说砍不砍的事了。章老师告诉他,"栾先生"在国内有个分公司,它就在省城,电脑就放在那里。章老师说,自己不懂电脑,"见了它大概就像见了刺猬,无从下手",而且也实在抽不开身,不然自己会亲自到省城去把电脑运回。看到这里孙良就懂了,章老师是想让他把电脑送回。果然,章老师写道,他若赶在教师节前将电脑送回那就太好了。为什么要赶在教师节之前呢?因为那是县教委和"镇教办"给的最后期限。过了那一日,对不起,你就是把硅谷搬到本草镇也晚了。最后章老师又"顺便"告诉他,他父母的坟已经平掉了,不过,他在上面做了记号,孙良还可以找到。

　　如果老吴,还有马丽,没有偷看他的信,怎么会知道他要回去上坟呢?现在好了,老吴不光知道他是个孤儿,还会将他看成不义不孝之人。想到这里,一丝歹念从孙良脑子里闪过:北京130最好从立交桥上翻下去,而他,却在翻车的那一刻跳出车门，并亲眼目睹它下落的过程。他当然不可能跳出车门。因为仅仅是这么一想，孙良的腿肚子就抽筋了，额头上也是虚汗密布。

3

最近一周，每次来到这个摊位，孙良总是觉得是最后一次，第二天就可能返回本草。但他还是一天天待了下来。就在刚才，当他向老吴说明，自己要回到本草的时候，他其实仍然无法肯定，自己是否真的要回去。傻子都能看出来，章老师是想让他回去教书。

孙良的摊位在古城墙下，墙外是河，河的那一岸是中山公园。岸边的铁栅栏以及上面的铁蒺藜都生锈了，那铁蒺藜尖耸于骄阳之中，有如带血的匕首。原来的古城墙只有百米，不过是连在一起的几个土丘，吸根烟工夫就走了个来回。据说是宋代的城墙，省会的地图上写的就是"宋墙"二字，并有一连串的"凹"形标识，国外的办事机构也都设在附近，因为这里更近地接触到"古老文明"。现在的城墙又高又大，绵延数里。筑墙的泥土就来自墙外的那条河。四年前，孙良刚到城里上学的时候，政府正组织民工清淤挖泥，疏通河道。那时候他们还在军训期间，有点准军事化的意思，招之即来，来之能干。跟城里孩子不一样，孙良从小就在河里抓鱼摸虾，在淤泥里行走也是如履平地。他还能挑担。两个箩筐放在肩头,他自己喊一声"走",挑着箩筐就爬上了陡坡,身后一片惊叹。那时候他一顿能吃六个馒头,一个馒头两毛钱。每吃完一个馒头,他都要按按肚皮,想,馒头太贵了,要是便宜点就好了,那样就可以少花章老师的钱了。这么想着,第二只馒头又下肚了。他拍着肚皮,又想,馒头还是贵一点好,贵了就说明章老师的血汗钱更值钱了。瞧他这账算的!可这确实是他真实的想法。二年级的时候,他以导游的身份陪外地同学又来到了这个地方。时值隆冬,古树的新枝上披挂着积雪,显得丰饶而吉祥,有几个老外领着孩子从树下走过,洋娃娃的头上都戴着中国老电影中地主们才戴的那种毡帽。那些古树都是后来移栽来的,树干上还绑着草绳。草绳上的雪粉是从树枝上漏下来的,因为草绳已经发乌发黑,所以看上去黑白分明。乌黑的草绳让孙良有一种莫名的亲近感。同学们打雪仗的时候,他就摸着那草绳站着,感受着雪的冰冷,也感受着它在手下慢慢融化。他尽量躲开雪球,他只有一身冬装,湿透了可就要挨冻了。今年春天,他在四处寻找接收单位的时候,也曾经路过此地。河心倒映着墙上的树木,花朵朝下盛开,尽管河水很浅,但它仍然不能触及底部。他心中惘然,望着那些花朵站了许久。不过,那个时候他怎么也没有想到,他毕业后找的第一份"工作",就是在这城墙之下贩卖盗版影碟。

老吴把他送到此地,然后交给他二十五块钱。那二十五块钱不是给他孙良的，而是要让他交给收取管理费的小王的。小王是转业军人，自称在特务连"混"过，擒拿格斗很有一套，尤其擅长"黑虎掏心"。孙良不懂什么叫"黑虎掏心"，小王说那有点像金庸小说中的"九阴白骨爪"。他到底属于哪个市管部门，孙良至今没搞明白。小王说他自己也搞不明白，还说王八蛋才搞得明白。有什么新碟子，孙良总是要送给小王一张。本草俗话，水从人家门前过，就得让人家舀上一勺。孙良的摊位在一棵梧桐树下，树身靠墙的那一面削掉了一块树皮，上面用红笔写有3861。这应该是树的编号。据说现代化的另一个叫法就叫数字化管理，所以这些梧桐树也不能免俗。这个数字很好记，"三八"节儿童节嘛。不过，这里的人都把它当成了摊位编号。小王因为是军人出身，所以更愿意把它说成部队番号。小王每次收费，说的就是"请报上番号"。这天孙良像往常一样将箱子打开，铺开一张塑料布，将几张最新的影碟摆了出来：《骇客帝国2》《加勒比海盗》《杀死比尔》《兴奋剂》，这是美国的；《真爱》，这是美英合拍的；《大逃杀1》《大逃杀2》，这是日本的；《我的野蛮女友》《我的缺德家教》，这是韩国的；《疯猴子》《血滴子》，这是香港的。此外还有张艺谋的《英雄》和何平的《天地英雄》，前者拍的是秦朝故事，香港和内地合拍，据称是献给萨达姆和金正日的，后者拍的是唐朝故事，是和日本合拍的，据称是献给释迦牟尼的。

碟子刚摆出来，孙良的手机就响了。是皮皮打来的。"你在哪里？"皮皮问。皮皮的声音压得很低，显得很神秘。孙良说："你怎么鬼鬼祟祟的？"皮皮说："说，你在哪里？"仍然很低，而且很郑重，一点不像她平时嘻嘻哈哈的样子。孙良只好说，他在宋墙，正在出摊。"请你上一下网。"皮皮说。说完，皮皮就把电话挂了。这个皮皮！孙良拿她一点办法没有。每次见到皮皮，或者接到她的电话，孙良都只有苦笑，当然是在肚子里苦笑。是的，他爱她，她似乎也爱他。他几乎可以肯定的就是，她似乎也爱他。他不愿回本草，有一个原因就是不愿离开皮皮。这也是唯一可以向章老师说出来的借口：我在这里谈了女朋友，虽然我非常想回到本草，但却身不由己，你总不能棒打鸳鸯吧？所以这几天，他一直打电话或发电子邮件，想说服皮皮跟他回去一趟，使章老师能够"眼见为实"。但皮皮总是说她脱不开身。她说，她倒是非常想看看本草镇，看看典籍中记载的那个美丽的古镇，盛开的菊花使整个镇子都飘着药香。"不是有一种地黄叫'大闺女腿'吗，我倒真的想看看什么叫'大闺女腿'。"皮皮在一封电子邮件里说。"大闺女腿"是地黄中的极品，毛须很少，细皮嫩肉，切开的剖面上有个图案，是菊花的图案，孙良曾向皮皮描述过。

这时候来了一位中年顾客。此人以前常来，自称是研究历史的。孙良发现他特意修饰了一下，短袖衫外面系着领带，脸皮刮得铁青，下巴颏似乎刮破了，有火柴头大小的血痂。中年人双手抱肘,望着树顶长舒了一口气,然后问:"那张碟子带来没有?就是那一张。"孙良想都没想,就来了一句:"操,那还用问。"孙良平时其实并不喜欢把"操"挂在嘴上,之所以这么说只是要显示与顾客的亲近。至于为什么"操"就显得亲近,"不操"就显得生分,孙良也不得而知。中年人要的是丁度·巴拉斯的《罗马帝国艳情史》,一部史诗、艳情和A片的杂种,说的是罗马皇帝卡尼古拉疯狂的性史:他的女情人和男情人多如牛毛,但都被他一一宰掉了,只有与他乱伦的妹妹得以善终,因为她提前死于伤寒。这张碟子卖得很快,都有些洛阳纸贵的意思了。

翻箱子的时候,孙良才意识到,最后一张碟子也卖出去了。孙良说:"要么你先看别的?"孙良拎出刚刚获得戛纳奖的影片《再见列宁》,"你可以先看这张,写的是柏林墙倒塌前后的故事,好多知识分子都买了,有现实意义嘛。"那人用鼻孔"哼"了一声,说:"我关心的是历史。现实跟我狗屁关系没有。"孙良从口袋里掏出一包烟,抽出一支递给顾客。那人说了声"你别",用手背挡住了。孙良只好把烟夹上了耳朵。中年人说:"你是不是忘到脑后了?说话啊,是就说是,不是就说不是。"这句话很熟悉。孙良想起来,《圣经》里也这么说过。他的一个同学,毕业以后也没找到工作,女朋友吹了,就皈依了基督教。孙良在他的床头看到一本《圣经》,他随便翻开就看到这句话："是就说是，不是就说不是，再多说便是邪恶。"但是眼下，孙良既不能说"是"，也不能说"不是"。他只能给对方以希望，并伴以必要的插科打诨，以缓解眼下的紧张。他点上烟，说："操，难道煮熟的鸭子飞了？"烟太呛了，剧烈的咳嗽接踵而来，他一边咳嗽一边把希望送给对方："明天，明天我一定给你带来。"说完，他肚子里笑了一下：明天？明天我会在哪里呢？

对方脸都涨红了。"明天？"那人使劲拽了下领带，"明天？Fuck you！你让我如何向人家交代？"一句"Fuck you"提醒了孙良，最后那张碟子就是被他买走的，就在前天的这个时候。没错，就是他，当时也系着领带，说话也夹着英语。但孙良想不起来是否许诺给他再找一张。中年人此时突然恼了，朝着纸箱就是一脚，"砰"的一声。好在他并没有真正发力，不然纸箱非踢出个洞不可。那人喊道："你这不是故意害我吗？"说着，那人竟然握起了拳头。孙良真担心他一拳下去，将电脑的液晶屏砸个四分五裂。按理说，孙良最不害怕的就是打架，因为他吃得多，有力气，拳头硬。在大学的时候，他的拳头就出名了，曾单枪匹马制服过调戏皮皮的两个男生。事后，皮皮摸着他的拳头，说："跟泰森有一比哎。"他就捋起袖子，握拳让她看他的胳膊，皮下的肌肉立即聚沙成丘，并且跳跃如蛙。眼下这个中年人，孙良当然不会把他放在眼里。他相信，一拳下去对方就会四脚朝天，如同打滚的毛驴。但孙良却不能够动手。正义不在对方那边，但也不在自己这边。正义如同拔河比赛时悬在中间的铅锤，此刻那铅锤稍稍倾向于对方那边，因为顾客就是上帝。如果对方真的动粗，孙良只能让小王以维护治安的名义，用九阴白骨爪来制服他，那时候正义就跑到了小王那边。此刻，小王远在百米之外，正挨着摊位收钱，每收一张就对着太阳照上半天，以验明是否假钞。小王似乎没有注意到自己的辖区内已经剑拔弩张。孙良只能耐心向对方解释，并再次许诺明天一定带来。这个虚幻的诺言一经重复，连孙良都有点相信了，相信自己明天还会再来宋墙。这会儿，中年人正焦虑地踱着步子，如同咬着尾巴转圈的狗。突然，他走到孙良身后，又来了一脚。不过这一脚没有踢向箱子，而是踢向了梧桐树。几片树叶落到了电脑上面，梧桐树暗红色的果球从电脑上弹了起来，滚向马路中央。孙良正盘算着如何应对，那人的态度又突然变了，变成了哀求。"求求你了，哥儿们，"那人说，"求求你，打电话让人送来，的费我掏。"这时响起了一阵笑声，是小王的笑声，嘎嘎嘎的，有如一只公鸭。小王已经走到了"番号"为3850号的那棵树下，那是一个倒卖走私烟和盗版软盘的摊位，那人塞给了小王一条香烟。孙良正看着小王，突然有人拉了他一下。不是那个中年人，而是一个女乞丐，三十来岁，带着两个孩子：怀里一个，身边一个。身边的那个有七八岁了，是个对眼儿。孙良赶紧掏出一枚钢镚儿。那乞丐说："行行好，给钱买个烧饼，一晚上一晌午没吃了。"

孙良能听出来，这乞丐是本草镇的。本草人常常把声母 w 发成 v，wan（晚）上就是 van 上，wan（完）蛋就是 van 蛋。她这会儿说的就是 van 上。那女人见他掏钱爽快，就说："还不够塞牙缝儿的，再加点。"他只好又给了一块。眼看她还没有要走的意思，他干脆把老吴给他的五块零钱全掏了出来，把她打发走了。又有人拉了他一下，孙良以为又来了个乞丐，原来是那个中年人。那中年人是要把手机塞给他，让他打电话联系。那是新款的诺基亚，胖乎乎的就像婴儿的手。那人说："联系一下试试嘛。"孙良说："不一定能找到，因为它确实很紧俏。"那人竖起了巴掌，说："这个数。只要你能搞到，我出这个数。"

太阳从西边出来了！一张碟子能卖上五十块钱？孙良把那根烟从耳朵上取下，用对方的火点了，说："你就是给我一百块钱，我也不能保证搞到。我又不是孙猴子，拔根汗毛就给你变出来了。"那人说："打打试试嘛，说不定会有的。一百块钱就一百块钱。"随后又不伦不类地来了一堆毛主席语录："要想知道梨子的滋味，你就得亲口尝尝嘛。没有调查就没有发言权嘛。不入虎穴，焉得虎子？"哪跟哪啊，这家伙疯了。这时候又来了一位顾客，是牵着孩子的少妇。少妇要给孩子买一套《唐诗三百首朗读》，但孩子非要买动画片《史努比》。孙良把《史努比》拿了出来，他并不是要给孩子的，而是要向孩子说明，这张碟子坏掉了。他朝那少妇使了一个眼色，然后又对那孩子说："叔叔明天给你拿张好的。"少妇对他很感激,并把那感激化作了实际行动,当即另选了一套《女人形体训练》。当她弯腰选碟的时候,孙良瞥见了她V形的乳沟。他巧妙地将《乳房健美十招》拿到最上面。少妇想试一下碟子,当然不是要试《乳房健美十招》——它已经装进了少妇的坤包——而是《唐诗三百首朗读》。

孙良打开了笔记本电脑。他没有立即放入光盘,而是先上网收看皮皮的邮件——他的电脑里有无线网卡,随时可以上网。果然,皮皮又发来了一封:

BB,恐龙GF五点钟去接你。CU。

她的意思是说,五点钟她来接他。"恐龙"的意思是"丑陋",GF是英文"girlfriend"的缩写——这是皮皮调皮的自谦。模样像张柏芝的女孩,怎么能说是"恐龙"呢?CU是英语"see you"的缩写,"回头见"的意思。另外还有两封电子邮件,一封是Yalong(雅龙)网发给所有Yalong用户的。Yalong是省会的新闻网站,以消息灵通信息量大著称,孙良是它的忠实用户。这会儿,Yalong网站问他"您是否愿意让美女陪同出游",地点是"爪哇国":"爪哇国,不该遗忘的梦幻国度,金色的沙滩,妙曼的美女,无限的商机等着你的光临……如果你愿意,就请你立即加入www.zhaowa.yalongluyou.com.cn。""去你妈的爪哇国。"孙良毫不犹豫删掉了它。最后一封是从维多利亚公司国内分部发来的：

　　维多利亚竭诚为中国服务。遵栾总之命，货已备好，速来领取。

　　随邮件发来的还有一幅招贴画，那是维多利亚公司的广告：一眼甘泉正从漠漠黄沙中汩汩涌出；峨冠博带的西洋古典美人，倚着轮渡上的栏杆眺望流云；半裸的少女在凯旋门下翩翩起舞。所有这些画面都映现在电脑屏幕之上，那自然是美国苹果牌电脑，维多利亚公司在国内销售的电脑品牌。屏幕之外，是一段繁体的隶书文字：

　　古代的美索不達米亞
　　十五世紀的佛洛倫薩……
　　十九世紀的巴黎……
　　二十世紀的美國硅谷
　　二十一世紀，文明的中心在哪裏？
　　——欒明文總裁率國內外員工，致力於給你完整答復

　　什么栾总不栾总的，不就是狗蛋吗？孙良从网上下来了。他说了声"别急"，然后把那盘《唐诗三百首朗读》的

光盘卡入了电脑。画面出来了,是公园里墨绿色的湖,湖边芳草萋萋,杨柳依依。那柳树竟然要开花了,有着巨大的花苞。仔细再看,原来是几个塑料袋在迎风飞舞。有一群鸭子在湖中凫水,它们的脑袋整齐划一,令人想起广场上的阅兵式。孙良想,这首诗大概是骆宾王的"鹅鹅鹅,曲项向天歌",他小时候背诵过的。不过,这导演也太懒了,怎么能李代桃僵,以鸭充鹅呢?正这样想着,画面突然变了,出现了迪斯尼乐园的大明星唐老鸭。在唐老鸭高翘的屁股后面,闪出了诗的作者和题目,原来这是韦应物的《滁州西涧》,唐老鸭的声音也慢慢升起:

独怜幽草涧边生,
上有黄鹂深树鸣。
春潮带雨晚来急,
野渡无人舟自横。

那少妇说:"好,这一套我全买了。"交钱的时候,孙良并不急着接钱,而是伸手摸了摸那孩子的脸蛋。那孩子仰着脸眯着眼,温顺地接受着他的抚摸。孙良想,这一定是单亲家庭里的孩子,把我当成他爹了。别说,孙良还真的有了一点当爹的感觉。他蹲下来,捧着孩子细嫩的下巴。天地之间顿时变得很静。孙良突然想起,章老师也这样捧过他的下巴,他的下巴因此粉笔灰不断。孙良蹲在地上,一时有些失神。

突然,他被人提了一下,T恤衫差点脱掉。当然是那个中年人干的。孙良回头看时,发现中年人像害了疟疾一般,正瑟瑟发抖。中年人咽了口唾沫,下了很大决心似的,说:"实话说了吧,这碟子我是要送给我们所长的。我话已经吹出去了,说下午肯定送到。"孙良没想到中年人原来是为此发愁。孙良笑了,说:"你先把你那张送过去嘛。"中年人开始跺脚了,并且甩水袖一般甩着胳膊:"覆水难收啊,覆水难收啊,那一张我已经送给书记了呀。你帮我找找吧,To be or not to be 这是个问题啊。"中年人再次把手机递了过来。

有什么办法呢?孙良只好答应打个电话。他用的是自己的手机。不过,那个电话并没有打给老吴,而是打给了皮皮。皮皮当然知道电话是他打来的。但奇怪的是,她却问他是哪里的客户。他正要开口,皮皮却叽里咕噜来了一大串:"你的意思我完全明白。请你放心,我们公司以诚为本,信誉第一。Yes, you have my word(我向你保证),我们一定合作愉快。OK!"说完,皮皮就把电话挂了。但孙良还把手机捂在耳边,保持着倾听的姿势。他还回头对那个中年男人说:"派人去仓库找了。"中年人双手握拳,朝孙良作了一个揖。手机的忙音刺痛着孙良耳膜,但孙良仍然在"倾听"。他一边倾听一边踱步,嘴里不时发出毫无意义的声音:嗯,啊?Of course, 那还用问, Yes, Good,

非常好，All right，操，那当然。他一直走到3862和3863的两棵树之间，才停了下来。小王朝他捻动了一下手指，意思是该轮到他交钱了。孙良朝小王使了个眼色，说："哥儿们，帮我把那个疯子弄走。"他和小王经常玩这个双簧。每次遇到难缠的顾客，小王就会以查盗版碟的名义，来搜查他的箱子；当人们一哄而散之后，孙良再另付小王十块钱劳务费。

4

小王终于走了过来。小王上来就咋咋呼呼的。"怎么又来了？不罚你个半死，你是不死心啊。"他还推了孙良一把。既然是双簧，孙良就应该演好自己那一半。孙良一个趔趄，差点摔倒在地，当然那属于必要的夸张。"我，我，我——"孙良说。"'我'，什么'我'！"小王说。"我，我，我，这是最后一次。"孙良说。他说的几乎是真的，如果不出意外，他可能真的是最后一次。说这话的时候，孙良瞥着那个中年人。奇怪的是中年人并没有走掉。中年人要么仰望天上的流云，要么盯着自己的脚尖。这一点不光让孙良吃惊，小王显然感到了意外。孙良对小王喊道："我不卖了还不行吗？把摊砸了还不行吗？"这话与其是给小王说的，不如说是说给中年人听的，所以嗓门有意抬高了。小王的嗓门也很大："不卖了？靠你妈，昨天就说不卖了，怎么又来了？你不是放屁吗？啊？"说着，小王又推了他一把。这次，小王显然发力了。无须再装，孙良就摔了个趔趄，真正的趔趄。他的脑袋从梧桐树上弹了回来，晕乎乎的感觉过去以后，他甚至感到了疼痛。那个中年人还没有走掉，此刻面朝马路，挥舞着双拳，好像在朝马路发表演说。孙良听不清他具体都说了什么，只听见一句："真理何在？良心何在？"一辆出租车停了下来，司机显然以为中年人是在拦车呢。

中年人继续发表演说，这次用的是英文："Don't give up hope（别灰心）! My compliments on your success（祝贺你成功）!"糟了，这家伙还在做梦呢，还在等着他的回话呢。出租车没有拉上客人，按理说应该走了，可却并没有走。那司机摇下玻璃，双肘支着窗框，津津有味地看了起来。孙良对小王使着眼色，让他去把那中年人赶走。但小王却没能充分领会，反倒来了一句："别给老子挤眉弄眼的。"小王一定是中午喝多了，不然不会如此反应迟钝。孙良只好自己去给中年人说了，他得告诉他别傻等了，那边回话了，碟子卖光了。但孙良刚迈开步子，小王就揪住了他："想溜？一拍屁股想溜？没那么容易。"说着，小王抬起膝盖顶了一下他的屁股。小王顶的位置不好，不是屁股蛋，而是孙良的尾骨。那个祖宗传下来的没用的东西，此刻却出其不意地发挥了作用，疼得孙良和小王同时龇牙咧嘴，弯腰起跳。那个司机使劲捶了一下车门："好！"随即鸣响了车笛,就像给他们伴奏似的。"你还不滚蛋!"孙良朝那个中年人喊了一声。

但接话的却是小王,小王揉着膝盖,连声追问:"说谁呢说谁呢,你他妈的说谁呢?"不知道什么时候,路边已站了一圈人。他们不光观战,还要敲边鼓助兴。有一个家伙干脆喊道:"来硬的,来点硬的。"受他们的鼓动,小王立即捋胳膊卷袖,并且有力地晃动双膀,不时做出健美运动员的亮相动作。此刻那膀子因为出汗而闪亮如镜,颇有演出效果。小王的嘴巴也没闲着:"上来啊,有种你上来啊。"但孙良却无法应战。小王是公家人,维护治安的,而他,只是一个贩卖盗版影碟的家伙,本来就是打击的对象。那个中年人不是在喊"真理何在"吗?真理就在小王身上,就是小王那晃动的双膀。孙良进不能进,退不能退,只能小心翼翼提醒小王:"哥儿们,弄拧巴了,弄拧巴了。"小王愣了一下,眼神变得犹疑不定,或许他已经意识到,他有些弄假成真了。孙良注意到,小王还环视了一下四周。如果旁边没人,小王肯定会就此罢手。问题是3861号周围的人已经越聚越多,其中不乏别的执法者,比如当中就有一个穿着法官制服的人,酷如《英雄》中的李连杰。这位"李连杰"简直是哪壶不开提哪壶:"翻天了!敢跟执法部门掰手腕?法理不容啊。"孙良看见小王嘴唇翕动,鼻孔都有些上翻了。接着,小王一猫腰扑了过来,孙良本想闪开,但只是闪了半步,

251

就又回到了原地，好让小王能够准确地将他抓住。小王快速地绕到孙良身后，反剪了孙良的双手，然后腾出一只手卡住了孙良的喉咙。这就是"黑虎掏心"吗？不像啊？也不像九阴白骨爪啊，孙良想。"妙哉妙哉——"有一少林老僧似的长者抚须感叹。随即，四周一片欢腾。一个浑身都是口袋的人，挤到最前面，然后蹲了下来。他的身上印有《东方晨报》的字样。他是要找一个最佳拍摄角度，为此不惜趴倒在地。刚才抱着孩子的乞丐又出现了，不过她并不关心这场格斗，她是要挨人乞讨。与此同时，车笛声此起彼伏，拍打车门的声音也适时加入进来，都有点像军乐团现场演奏了。

　　形势至此突然急转直下，而且有点势不可当了。孙良能够感到，随着起伏的车笛，小王的手在一点点用力。小王的嘴巴也变得不干不净："妈了个×的，敢跟我顶牛？我抽死你。"孙良想起来了，小王说他是在北京当的兵，北京人喜欢说"抽"，要么说"抽你"，要么说"找抽"。孙良仍然不能抵抗。他想，就让小王过把瘾算了。他所能做的只是频频运气，将气运到喉结的位置，以防小王意外失手卡碎他的喉结。就在此时，他看见有人在他的纸箱里挑挑拣拣，像在菜场买菜似的，将中意的碟子放进自行车前的菜筐，不中意的碟子随手丢下，然后大摇大摆而去。求求你们了，千万别动我的电脑，孙良想。但越是怕鬼，鬼越来敲门。一个大学生模样的人对他的电脑发生了兴趣，大学生显然是个近视眼，需要把电脑举到眼前才能看清。好像遇到了疑难，大学生开始向旁边的人咨询。尽管因为运气过度导致视力模糊，但孙良还是能认出来，大学生旁边就是那个中年顾客。中年人现在已经停止了演讲，像别的人一样看得津津有味。大学生又问了另一个人。那是个姑娘，长相和打扮都有点像《重庆森林》里扮演售货员的王菲。她戴着随身听，手插在牛仔裤的屁兜里，随着音乐节拍晃动双胯。她也是孙良的顾客，如果不出意外，孙良想她听的应该是 *Don't disturb this groove*（别打乱常规），由贝克汉姆的老婆辣妹演唱，是关于"Phone Sex"（电话性爱）的。那是她昨天刚买的碟子。她对那大学生的咨询同样充耳不闻。随后，孙良吃惊地看到，大学生吹掉电脑上的灰尘，然后把它夹到腋下，走出了人群。他的步态很沉稳，就像要替他维修一下似的。孙良的喉咙里发出一声"噢——"闭上了眼睛，再次睁开的时候，他的眼泪一下子滚出来了。

"这蠢货流泪了。"有人说。孙良听到了这个说法，也看到他们的脑袋都向前伸着，就像刚才那部碟子里的鸭子那样整齐划一。孙良想止住那泪水，可怎么也止不住。有人立即表示出了失望："这人也太窝囊了。"一个民工模样的人甚至扼腕长叹："熊包啊，熊包啊。"一个出来遛狗的老太太说得最好："跳蚤还想顶起个床单？没顶起来吧。"那个面相酷似李连杰的法官也流露出了失望，甚至可以说是不满。法官很有风度地摇着头，说："这歹徒过于经不住打了吧,小毛贼一个嘛。"按说小王此时松手,应该是恰到好处,但小王偏偏没有松手。小王一定也没有料到,孙良竟然会在大庭广众之下流泪。小王或许已经醒悟到,这原本只是一场双簧,只是受一种奇怪力量的驱使,才一步步闹到了这步田地。小王腾出一只手,放到孙良的腋下,在那里又抓又挠,胳肢来胳肢去。孙良平时最怕别人胳肢了。皮皮深知这一点,每次看到他愁眉不展,她就要胳肢他,一胳肢他,他的肚皮就要笑破了。可同样是胳肢,孙良这会儿却笑不出来。小王对众人说:"瞧,他傻掉了。"立即响起了一片笑声。小王绕到他的面前,又捧起了他的下巴。这次,小王是要擦掉悬挂在那里的泪珠。"操,马尿都出来了。"小王说。"这不是鼻涕吧?操,不是鼻涕又是什么?3861,你简直要把人恶心死了。"小王又说。不会有什么好戏看了,所以有人已经提前退场,更多的人是边退场边回头张望。透过人缝,孙良突然又看见了拿走电脑的大学生。大学生就在3859号树下,正要把电脑捆到自行车的后座。孙良还发现,他用的也是尼龙绳,而且系的也是活扣,看上去就像振翅欲飞的蝴蝶。

  现在追过去或许还来得及,孙良推了一下小王,叫他让开。与此同时,孙良甩开胳膊,高抬双腿,好像要来个百米冲刺。小王显然没有料到,孙良最后会推他一下。"哟嗬!"小王说。小王立即故伎重演,手又伸向了孙良的喉结。但孙良已经跑出去了,当小王迎面而来的时候,孙良奋力抬起的膝盖刚好顶到了他的腿根。小王立即仰面倒下了。"噢——"这声音现在是小王发出来的，嗓子里好像憋了很多痰，声音有些混浊不堪。孙良立即意识到自己闯祸了。他来不及去追那个书生，赶紧去扶小王。小王已经变得软绵绵的，脸色煞白，而且额头冒着虚汗，如同刚点过卤水的豆腐。有那么一会儿，他甚至想到小王会不会死掉。当然不会，那怎么可能呢？他想。他把小王扶了起来，让他靠着自己的身子。这样小王即便真有什么好歹，别人也不会立即看出，而他却可以趁机逃掉。

5

要不是皮皮及时赶来，孙良真不知道该如何收场。孙良刚把小王扶到梧桐树的背面，让他靠树坐下，小王就恢复了力气。小王先对一个跟着绕过来的看客说："看什么看？没见过你爸你妈结婚！"这话说得毫无来由，简直违反逻辑。但能听到小王开口说话，孙良还是长舒了一口气。孙良这时才感到喉咙有些不适，就像卡了鱼刺，而且不止一根。小王首先向孙良道歉："我也是骑虎难下啊。"听到这句话，孙良竟然有些感动。随即，孙良的眼前突然晃动起一根手指，是小王的食指。亏他还有脸说出口，都搞到这步田地了，他还在挂念他那十块钱的劳务费。"我的电脑都没了。"孙良说，那是真正的呻吟，比蚂蚁的叫声高不了多少，只有孙良自己能够听见。但小王的食指仍然坚决地竖立着,像狗鞭,像巨大的肉刺。除了答应他,孙良还有什么办法呢?孙良说:"好,不就是十块钱嘛。"小王来气了,一翻身,说:"我抽你!十块?一百!"

是皮皮替他付了钱,加上二十五块钱管理费,一共一百二十五。坐上皮皮开来的北京现代,孙良向皮皮讲了刚才的那一幕。皮皮在他的脸上亲了一下,算是对他的安慰。孙良说:"换个场合,他根本不是我的对手,你信不?"皮皮说:"你不是说他是特务连出来的?"孙良说:"就算他是特务连出来的,他也根本不是我的对手,你信不信吧?"皮皮拍了拍他的手,让他消消气。他说:"我稍微用了点劲,就差点把他弄残废了。这不是纸老虎吗?"说着孙良就来气了:"操,我被一个纸老虎收拾了,就在大庭广众之下。你说这叫什么事嘛。"皮皮又在他的脸上亲了一下,说:"你记住,这些人都是喂不熟的狗。"孙良说:"早知如此,我就不喂他了。"他提到,小王他们单位要买一套《社会治安大全》,小王把这事揽到了手,来找他商量。他就给小王弄了一套盗版的,看上去跟正版的一模一样,但他给小王却是按正版开的发票,一套下来小王就落了四百多块钱。"他怎么就喂不熟呢?"皮皮把车停在路边,很郑重地说:"你记住,正因为喂不熟,才要经常喂。他们都是钱的信徒,true believers(真信徒)。喂喂喂,直到把他们噎死为止。别瞪我,这不是我说的,这是他说的。"

她说的那个"他"是个香港老板。实说了吧,"他"才是她名正言顺的男友,也就是未婚夫。在孙良面前,皮皮从来不提那个人的名字,都是以"他"代替。据皮皮说,她和"他"是在饭局上认识的。与皮皮同寝室的一个女孩,是本市药检局局长的千金,有一次让皮皮作陪赴一个饭局,那顿饭就是由"他"做东。孙良实在无法想象,一顿饭竟能从中午吃到晚上,吃的都是什么宝贝?星星还是月亮?也没把他们撑死。皮皮说,他们主要是聊天。得知"他"搞的是药材生意,皮皮就有话说了,因为她从孙良那里听到过一些药材的事情,虽然听到的只是些皮毛,但作为谈资已经足够。"他"很惊讶,她竟然还知道本草镇?她说,她不光知道本草镇,还知道那里有一条汉河。不是楚河汉界的那个汉河,而是另外一条。那里的牛膝是最好的,很多朝代都是贡药。是妇科最重要的用药。"他"问她怎么知道这些,她就开玩笑地说,她的祖上是开药铺的。她可没有说是从孙良那里听到的。她说她本来想这么说的,可转念一想还是算了,因为这种说法既没有历史感,又不够浪漫。皮皮后来承认,他们那天不光吃饭,还进了中国人开的日本茶馆。后来,"他"又请两个女孩去看了美国的歌舞剧《猫》。看完《猫》,"他"先送局长的千金回家,然后再送皮皮回校。车上只剩下两个人的时候,"他"突然向她道歉。皮皮说,她当时被"他"搞糊涂了,"他"又没做错什么,道什么歉呢?"他"就说了,说突然想到,她下午的课给耽误了,少学多少知识呀。皮皮后来说，她真想告诉"他"，即便不出来吃饭，她也会逃课的，因为她的午睡往往延续到下午四五点钟。但见"他"那样认真，她反而不好意思说出口了。"他"就说，为了表示歉意，"他"想送她一个小礼物。那是一挂项链，串串珠子像猫眼一样发绿。皮皮说，一看是项链，她说什么也不敢接，因为礼太重了，烫手。"他"又开口了，都开始叫她丫头了。"他"说："傻丫头，那是石头做的，送给你玩的。"不过，当"他"把那串项链挂到她的脖子上的时候，"他"就又说了，说石头确实是石头，但不是中国的石头，是阿富汗的青金石。接下来，"他"就讲了"他"怎样把中国的药材运到了阿富汗，尽量减轻阿富汗人民的痛苦，"减轻一点是一点吧"。路上当然没少受苦，"枪林弹雨倒还在其次，关键是缺水，渴得要命"，"都快喝那个了，喝那个 urine，urine 你懂吗？就是，就是尿啊"。后来，后来的事还需要再说吗？美人难过英雄关，尤其是从枪林弹雨的阿富汗归来的有钱的英雄。孙良所能够做的，就是给"他"起上一个外号：阿富汗。

  皮皮告诉他，阿富汗下午走了，四点钟的飞机。"哦，这么快就滚蛋了？"孙良问。皮皮说："是呀，滚蛋了，滚回香港了。"皮皮要请他吃饭，吃完饭再去看一场音乐会，是非洲音乐会。她说，黑人的嗓音太好了，真正跟金属一样。孙良问都有哪些歌星。皮皮说："黑人长得都差不多，你把他当成迈克·杰克逊不就得了。"孙良说："杰克逊已经漂白了,快变成白人了。"皮皮说:"白脸虽然长在身,他心依然是黑人心嘛。别吹毛求疵了。我请你吃海鲜,给你压压惊。"

按理说,孙良应该感到高兴的。吃饭听音乐都由美女请客,何乐而不为?但孙良却感到了不舒服,因为他不想多花皮皮的钱,他得在她面前保持男人的自尊。他说他吃海鲜过敏,皮肤发痒,从脖子一直痒到脚脖子。这么说的时候,孙良又想起了那个烦扰他多时的问题:海鲜到底是什么菜?是海里长出来的似乎不用怀疑,可它到底长什么样呢?是海里的一种草还是海里的一种鱼?老吴也常去吃海鲜,上次请"扫黄办"的客,"扫黄办"只提出了两项要求,一项是到歌厅唱歌,另一项就是吃海鲜。老吴后来说那天的海鲜太贵了,比搞小姐都贵,还不如让他们罚钱算了。孙良眼前顿时浮现出一只王八。因为在本草镇,水里最贵的就是王八,所以孙良倾向于认为海鲜就是海里的王八。真是说曹操,曹操到。就在这时候,老吴把电话打过来了。老吴问他在哪里,他没说他和皮皮在一起,说他还在卖碟子。老吴说:"是吗?晚上我请客为你壮行?"孙良说:"你还是等着为我接风吧。"老吴说:"别、别、别,你告诉我地址,我开车去接你。"孙良说了谎:"不瞒你说,我已经上车了,正在回家的路上。"幸亏老吴没有提到电脑,不然,他还真不知道该如何解释。

皮皮说:"好吧,不吃海鲜了,吃兰州烩面吧。"毕业以来，孙良每天都要吃兰州烩面的，连汤带肉三块钱一碗，简朴有力最适合他这种人来吃。孙良说："如果你真想吃烩面，那我就请你吃一次。"皮皮说好。但皮皮又提到了海鲜城，说："海鲜城里也有兰州烩面。"说来说去，她还是要吃海鲜。她说，主要是因为海鲜城就在体育馆的对面，而演唱会就放在体育馆。孙良说："那好吧，你在里面吃，我在外面等。因为我确实不能闻海鲜的味道。"皮皮的小姐脾气上来了，说："我就要你陪着我吃。如果你想让我陪你回本草，你就陪着我吃。"太好了，她终于答应了。他可不想因为一只王八，错过了做伴回乡的机会。孙良说："好吧，不就是一只王八嘛，我吃下去就是了。"皮皮没有听懂，或者说听岔了，以为他骂阿富汗呢。她"扑哧"一声笑了，说："王八蛋就王八蛋吧，反正他听不见。"

　　进了海鲜城的走廊，孙良感觉就像下了海底，因为那是个玻璃通道，色彩缤纷的水族在他的头顶和两侧游动。孙良尽量不去看它们，仿佛已经熟视无睹。倒是皮皮有些一惊一乍。她指着一只通体发红的鱼让他看，还挤眉弄眼地跟那条鱼打招呼。"像不像美人鱼？"这期间，不断有人走进来，有黑人，有白人，也有裹着头巾的阿拉伯人。在宋墙一带，孙良经常见到老外，也曾和他们做过生意，可这么多老外聚在一个狭长的海底走廊，孙良不由得憋了一口气，因为他们的体味太重了。一憋气，问题就又出来了，他又感觉到了喉咙里的"鱼刺"，并由此想到了小王和那台电脑。鱼刺事小，电脑事大，他该如何向老吴交差呢？此时，皮皮还在关注那条美人鱼，并且继续一惊一乍。一个女侍者说："对，这就是美人鱼，安徒生童话里的美人鱼，刚空运来的。"一个黑人凑过来，用中文问："这—是—什—么？"侍者用英语解释了。孙良听见她说，这是黄河入海口的鱼，名叫中国红。一会儿是安徒生的美人鱼，一会儿是黄河入海口的"中国红"，到底是什么鱼？皮皮说："管它是美人鱼还是中国红，先吃了再说。"

二楼餐厅已经坐满了人。皮皮事先订了座位，临窗。挨窗坐下以后，皮皮果然点了那条美人鱼。侍者说那条鱼有五斤重，够四个人吃的。侍者建议他们点一只龙虾。"龙虾就龙虾，"皮皮说，"写上，龙虾。"侍者又建议他们点一份银鳕鱼，今天是特价，打七折。皮皮问孙良："行吗老板？来份银鳕鱼？"每次到高级饭店吃饭，皮皮都自称是他的秘书，也就是通常所说的"小蜜"。孙良这会儿就以老板的派头说："金鳕鱼也来上一条。"侍者咬着笔杆笑了。皮皮对侍者说："我们老板一见到你这样的美女就幽默起来了。"孙良当然听出来了，皮皮是要告诉他，错了，只有银鳕鱼，没有金鳕鱼。皮皮说："再来一份青炒芥蓝。主食两碗烩面，要三鲜的。"总算点完了。孙良说："让你破费了。"皮皮说："你不是说他是个王八蛋吗？王八蛋的钱，不花白不花。"

孙良说："你说话可要算数，你可是说了，要和我一起回本草的。"皮皮说:"有人邀请我,我干吗不去呢？去。"这时候,一些人纷纷离座,牵着孩子的手朝楼梯口走去。皮皮解释说,五楼的酒吧正搞活动呢,那里有一只大猩猩,也来自非洲,是随演出团来的,也是文化交流的一部分。这时侍者把龙虾端上来了。孙良从小在河里抓鱼摸虾,但从未见过这么大的虾。可他很快就想起来,《阿甘正传》里的阿甘就是靠捕虾发的财,捕的就是龙虾,跟眼前的这只一样,有着同样巨大坚硬的前额。皮皮把芥末挤进孙良面前的碟子,说是日本芥末,冲鼻得很。皮皮说:"那黑猩猩名叫布嘎,布嘎聪明得很,嘴皮子溜着呢,从一数到十,一点不带磕巴的。第一遍用英文,one,two,three,four;第二遍用中文,1,2,3,4。"说着大猩猩,皮皮就提到了阿富汗。说她前天和阿富汗来酒吧的时候,酒吧里刚好坐着几个非洲人,其中有一个认出了布嘎,说那是他们国家的明星。那留学生喂它吃香蕉,喝长城干红,然后跟它打招呼,大概是嘘寒问暖的意思吧。"你猜人家布嘎是怎么回答的？"皮皮问。孙良说:"我又不是布嘎,我怎么知道。"皮皮朝左右看了,然后凑近孙良,低声说道:"Fuck you！布嘎说 Fuck you,骗你是狗。"她学的是布嘎,但那句话毕竟是从她嘴里说出来的,孙良稍感不适。皮皮说:"待会儿我们上去看看,跟布嘎合个影。"

烩面端上来的时候,孙良正跟皮皮讲运送电脑的事。

皮皮说："不就是栾明文的那批电脑吗？我帮你运回去就是了。"皮皮的下巴朝窗外点了点，说："用它来装，够了吧？"那辆北京现代此刻就停在门前，虽然停车场车辆麇集，但孙良还是一眼认出了那辆车：在初照的霓虹灯下，它闪闪烁烁，有如巨大的冰块。皮皮不吃烩面，她说她要减肥，不吃面食。皮皮问他："还看不看布嘎了？"皮皮唤侍者买单，问布嘎今天是否登台。侍者说："对不起，布嘎今天休息，今天是狗熊骑车。"皮皮说："狗熊会说英语吗，我们老板就是奔着布嘎来的。"孙良也说："是啊，不是看布嘎，我来这里干什么？就为了吃顿海鲜吗？笑话！"侍者连忙向他道歉，然后快速跑向了总台。送发票的时候，侍者赠送给了他一盘碟子。侍者说，那就是布嘎演出的碟子。

走出那个海底走廊，往马路对面走的时候，孙良突然看见了老吴和马丽，他们刚从车上下来，马丽在前，老吴在后。老吴边走边打手机。孙良差点叫出声：夹在老吴和马丽之间的，不是别人，正是小王，穿便服的小王。一个老外从孙良身边走过，突然夸张地叫了起来，和另一个老外抱到一起。"It's a small world(世界真小)"，他们说。他们先是拍拍打打，然后是一连串的粗话，粗话当中夹杂着一连串的地名：利物浦，旧金山，上海，休斯敦，还有爪哇国。他们一个指着海鲜城，一个指着体育馆，都用中文来了一句："全他妈的一样。"孙良想，没错，世界真小。老吴为什么请小王吃饭呢？是不是小王找上了门，要借故敲上老吴一笔。孙良想，毫无疑问，这笔账最后还是要算到我头上的。现在，我就是不想走也得走了，而且还得偷偷走，不能让老吴知道。但孙良最吃惊的还不是这个，而是小王胳膊挽着的那个姑娘。是咖啡豆，没错，就是咖啡豆。咖啡豆还真是不容易认出来，因为她的头发绾起来了，身着低胸短裙，闪闪发光的那种，还戴上了耳环。人靠衣裳马靠鞍，别说，经过这么一打扮，咖啡豆还真像个香港小姐，都有点像《花样年华》里的张曼玉了。小王走着走着，突然停了下来，微微哈腰，说了一句什么话，然后用食指点着自己的腮帮。孙良虽然听不见他放的什么屁，但完全可以想到。他是要咖啡豆吻他的脸蛋，这边，那边。

下　部

1

　　道路最拥挤的时段，就是在早上七点钟左右。人们从不同的马路上过来，挤到一起，然后又奔赴不同的马路。虽然早上天气凉爽，可是骑车的也好，开车的也罢，却都像热锅上的蚂蚁。孙良五点半出门，挤上早班公共汽车，赶到皮皮住处的时候，差十分不到七点。等皮皮把车从地下车库开出来，调头驶上立交桥的时候，已经七点半了，路差不多已经堵死了。维多利亚公司设在科技市场，还在北二环以外，赶到那里起码九点钟。卖早餐卖牛奶的，手提着篮子，这会儿也上了立交桥。孙良买了两袋牛奶，给皮皮买了一盒饼干，给自己买了两根油条。后来发现买少了，因为皮皮将那只京巴也带上了车。孙良只好给狗让出半根油条，半包牛奶。

有一个卖《东方晨报》的人敲着窗玻璃，伸出一个巴掌。孙良给了他五毛钱，但他却非要六毛。他又让孙良看他的手掌。见鬼了，那人原来是个六指，在小拇指和无名指之间，有一截像盲肠似的肉棍。孙良只好又加了一毛钱。钱给过以后，皮皮笑了起来。皮皮让他先把玻璃摇上，然后笑着说："上当了吧？那截指头是假的。"假的？不可能吧？皮皮说，她也上过两次当，后来还是阿富汗看出了门道，做生意的人眼尖呀。皮皮说，那家伙还会说外语。阿富汗上次买了十份报纸，顺便说了一句"Thank you"人家立即接了一句"What a nice car you have（你的车很棒）"。阿富汗又说了一句"You really did a good job(你干得太妙了)"，人家又接了一句"You have good taste（你很有品位）"。皮皮说："他大概是哪个高校的，或者是什么研究所的。出来挣外快了。"

孙良正要看报纸，皮皮朝他的手打了一下，报纸"哗"

265

的一声。皮皮让他给维多利亚公司打电话,就说马上到了,让他们先把电脑搬出来,免得误时。孙良掏出手机,查到号码打了过去,但没有人接。皮皮说:"发封邮件过去。这样他们上班就能看到。"皮皮的笔记本电脑也带上了,上面也装有无线网卡。车流慢慢向前蠕动,发完邮件以后,孙良心中着急,哗啦啦地翻着报纸。他主要是看国际新闻版和体育版。国际新闻无非是恶心美国,体育新闻无非是骂中国足球,就像狗喜欢吃屎一样,这是媒体永恒的主题。前一天,美国西部一所监狱里死了一个黑人,二十五岁,留下四个孩子。怎么死的,报纸上语焉不详,但这并未影响该记者以此攻击美国的人权现状。体育新闻倒是一片颂词,记者认为国奥队此次出征奥运会预选赛,不是出线不出线的问题,而是能否提前一轮出线。文后附有足球专家、足球记者以及球迷的相关言论。几乎所有人都认为,国奥队不光可以"破韩",而且可以在客场击败西亚铁骑伊朗队。央视评论员黄健翔甚至认为,这是中国历史上最强大的国奥队。孙良也是一个球迷,看完新闻不由得心潮起伏。他想,可惜我钱包空空如也,如果我是阿富汗,我肯定要带着皮皮远赴韩国,在球场上高唱《歌唱祖国》,"歌唱我们亲爱的祖国,从今走向繁荣富强,越过高山,越过平原,跨过奔腾的黄河长江……"然后亲眼目睹国奥队围着韩国队的球门狂轰滥炸。

"阿富汗看球吗?"孙良问皮皮。皮皮说:"当然,网球赛转播，人家场场不落。"孙良都有点同情阿富汗了。国奥队出线这么大的事，阿富汗竟然都不知道？也太他妈可怜了。他把报纸叠了起来，说："是男人都爱足球，阿富汗是怎么回事？"皮皮说："骂吧，你越骂我越高兴。"孙良不懂了，他不是你的正式男友吗？若套用专业术语就是正版男友。莫非他们要分手了？孙良的喉结跳了一下，喉结还是有点疼，但在这样的好事面前那疼痛完全可以忽略不计。皮皮笑了。皮皮什么也没说，只是笑，笑得灿烂无比。孙良醒悟过来了；他越骂阿富汗，皮皮就越是认为他爱她。皮皮希望他爱她，喜欢他吃阿富汗的醋。孙良正要再骂，无意间瞥见了本埠新闻的版面上有一张照片。照片上的那两个人很面熟，他先认出了小王，然后认出了被小王卡得龇牙咧嘴的自己。旁边的两排黑体字把孙良吓了一跳：

不法商贩大庭广众之下悍然欺生
治安勇士轻伤不下火线凛然护民

"上帝啊！"孙良听见自己一声喊。"上帝怎么了？"皮皮依然灿烂地笑着。孙良可不想让皮皮看见他在报纸上的嘴脸。他动作很快，把报纸压到了屁股下面。皮皮又问他："究竟怎么了？"他只好顺嘴编了一句："有人说了，国奥队能赢韩国队四个球。赢那么多干什么？省

267

点体力，赢三个就够了。"一直到科技市场，孙良都没敢再看那张报纸。到了科技市场，车尚未停稳，孙良就打开了车门。他要第一时间冲进厕所，将报纸处理掉。但是此刻，发生了一件意外的事情：卧在他脚下的那只狗，此刻突然跃上了座位，并且叼住了那张报纸。他越拽它叼得越紧。它肯定认为他在逗它，兴奋得打滚，把报纸弄得哗哗直响。他只好放弃努力，并暗自祈祷那狗杂种能把报纸撕碎。

维多利亚公司的人看到了邮件，此刻电脑已经从楼上搬下，就放在门口。一个染了满头金发的女孩手握提货清单，指挥着两个小伙子赶快装车。但他们很快发现，后备厢和后座只能各装三台，另外两台无处可放，除非用绳子捆到车顶。但北京现代的车顶光滑如镜，显然此路不通。皮皮一拍车门，说："看你们笨的，剩下的两台换成笔记本电脑，不就完了。笨啊。"见小伙子有些磨蹭，皮皮又说："Be quick！快点啊。"都恨不得踢他一脚了。手握提货清单正清点数目的那个女孩此刻开口了——自从他们来到公司，那女孩就没和他们搭腔。那女孩说："栾总可没说装笔记本。"皮皮说："他也没说装台式啊。我倒愿意拉台式。本草镇的那帮土包子肯定喜欢台式，体积大，还有分量。"那女孩说："反正就这些台式，你们今天必须拉走。"皮皮说："要是弄不走呢？总不能扔到街上吧。"那女孩皱着眉头，打量着皮皮，说："别这样子。"她把"这样子"说成"酱紫"，一听就是从碟片《蜡笔小新》里学来的。她又皱了皱鼻翼,说:"别'酱紫',文明一点。"那女孩穿着广告衫,上面印有维多利亚公司的标志。不过,维多利亚的单词拼错了,Victoria拼成了Fictoria,将"维多利亚"变成了"肥多利亚"。皮皮"呼"的一声又拉开了车门,说:"全卸下来,不拉了,一个也不拉了。"

皮皮的态度很坚决,不像是装的。这一点出乎孙良的意料。孙良当然有些惊慌失措:皮皮要是不去本草,他的如意算盘可就拨不响了。但皮皮正在气头上,他不敢多嘴。他正急得抓耳挠腮,皮皮突然向他使了一个眼色,很隐蔽地笑了一下。嘀,她原来是装的。孙良的心又落回了肚子里。他对那女孩说:"我们都是替栾总办事的嘛,好商量好商量。"但那个女孩一口咬定:"不行!说破天也不行。一个也不能换。"皮皮说:"是吗?这话得让栾总亲自给我说。他只要敢说不行,我就敢把这电脑砸了。"那女孩用鼻孔"哼"了一声,转身拾级而上,进了公司,然后扭身进了里面的卫生间,"砰"的一声,把门给撞上了。皮皮根本不看她,当然也没看孙良。皮皮朝自己竖起了大拇指,那是在表扬自己,给自己加油呢。

公司里还有几个人,楼上楼下跑来跑去。有两个人在电脑上忙碌,在剪辑一个资料片。是栾明文的资料片,讲的是他在美国如何艰苦奋斗,如何走向辉煌的。章老师在信里也提到了这部片子,要孙良一起带回,好放给学生看看。

269

皮皮走过去,按着电脑,问:"什么时候能够搞完?再搞不完,我们就真的走了。"还是很认真,很坚决,不像是假的。那人一脸委屈,差点哭出来了。那人说:"本来搞完了,栾总又发来了一些,必须加进去。"现在他们正在剪辑的就是新传过来的图像。拍的是夜景,有两道高强度的光柱直射上空,镜头慢慢摇下,出现了自由女神的塑像。镜头再往下摇,出现了头戴博士帽的栾明文。栾明文对着镜头做了个"V"字形手势,出了一道思考题:"你们知道这是什么地方吗?"然后朝空中猛一挥手,说:"No! No! No!这是在美国,在美国的纽约,在美国纽约世贸中心双子楼的原址。我非常高兴又来到了这个地方。"这时一个金发女郎无意中走入了镜头,她显然是来祭奠"9·11"死难者的,因为她手中拿着一束白花。栾明文上前和她交谈了一会儿。孙良只听见了其中几个单词,"reporter(记者)","Chinese(中国的)","Central Television(中央电视台)","too bad(太糟糕了)"。不用说,他是在向人家介绍,他是中国中央电视台的记者,想采访人家。金发女郎比较配合,站到了镜头前,并听凭栾明文揽住腰肢。栾明文对摄像的人说:"傻×,多来几个镜头。"栾明文还在金发女郎脸上吻了一下。作为回报,那姑娘也在他的脸上吻了一下。栾明文立即问:"拍上了没有?"然后栾明文手一摊,让那女郎走掉了。栾明文对着镜头开始了解说,说那灯柱是由八十八支探照灯组成的,那灯柱将历时一个月。接下来他又说了一句:"这两组灯柱要是放在本草镇，镇里所有的村子都将亮如白昼，相当于一百个月亮挂在天上。母亲们晚上做针线活，都不用开灯。"栾明文还带有本草口音，将"晚"发成了"van"。随后，他话题一转，双眼一闭，非常深情地朗诵了一首诗："床前明月光，疑是地上霜。举头望明月，低头思故乡。"他说，他身在美利坚心在本草镇，"洋装虽然穿在身，我心依然是中国心"。栾明文又对搞摄像的人说："快，快放一段音乐。"音乐声起来了，是张明敏演唱的《我的中国心》。随后是栾明文的一个特写：栾明文的脸向上倾斜四十五度，同时手搭凉棚，似乎正隔着太平洋眺望祖国，眺望本草。

他们剪辑的时候，孙良踱步到了楼梯口，那里贴着那张著名的合影，就是栾明文和圣塔克拉拉的市长莫寒（Patricia Mahan）女士的合影，放得很大。孙良故意说："唉，狗蛋。狗蛋真给本草人长脸了。"别人没反应。因为除了他，没人知道狗蛋就是栾明文。他就又换了个说法："英雄不论出处啊。"他一提到英雄，正在电脑前忙活的人立即把头扭了过来。孙良又说："狗蛋，Long time no see（好久不见了）。"那人立即听出了门道："你跟我们栾总很熟？"孙良说："栾总，狗蛋嘛。熟得很。"那人起身，给孙良倒了一杯茶。孙良用下巴指了指皮皮，说："先给她端过去，她是领导。"皮皮没接，皮皮把茶挡了回去，板着脸，说："十分钟，过了十分钟我就走。我可没有工夫跟你们闲磨牙。"

突然传来了狗叫。是不是因为孙良提到了狗蛋,它以为叫它?反正它叫起来了。而且是卧在方向盘上狂吠。孙良赶紧走过去。皮皮很内行地说:"它是要拉屎。抱它下来。"它已经拉了,就拉在座位上,细如蛆虫。幸亏这是新车,座位上的塑料布还没有揭去,不然麻烦大了。他又看到了那张报纸。报纸已经揉成一团,丢在两个座位之间。他就用那张报纸把狗屎端进了公司。那个女孩刚好从卫生间走出,差点撞到那堆狗屎上面。孙良眼前一亮:也就是拉泡狗屎的工夫,那个女孩就变了个模样。眉毛变了,嘴唇变了,最主要的是胸脯变了。她刚才的乳房还是平的,转眼间乳房就鼓起来了。孙良把狗屎倒进坐便,洗着手,想着那女孩的乳房。它怎么突然鼓起来了呢?气吹的?

他听见那个女孩说:"明文还是识货的,买的口红就是比国内的好。"瞧,人家不称栾总,人家说的是明文。跟栾明文关系不一般哪!孙良这一下明白了,她之所以不合作,是因为皮皮,她吃皮皮的醋了,她定然怀疑皮皮跟栾明文有关系。他的脑子慢慢转过弯了:这种效果其实是皮皮有意造成的,皮皮到底想干什么?再想下去,孙良又发现了秘密,即皮皮和那女孩都要造成这样一个效果:自己才是栾明文的真正代言人。换句话说,她们都要证明自己是栾明文国内的正房,对方只是偏房,所谓二奶。谁说三个女人一台戏?两个女人就是一台。孙良心急如焚,想这样下去天黑之前也不会有个结果。他甚至有点担心，担心那个女孩跟栾明文取得联系，然后戳穿皮皮的西洋镜。但皮皮仍然没有打退堂鼓的意思，皮皮跷着腿，弹着裙子上的皱褶，说："好吧，咱们就等吧。行还是不行，台式还是笔记本，我非要明文给我一个说法。他不给我一个说法，我就敢把北京现代给砸了。反正那也是王八蛋的钱。"此话分量不轻！暗指北京现代也是栾明文所赠。皮皮还对忙着剪辑的人说："看到我的图像就告诉我，我得把它删掉。烦了，我已经烦了，不想跟着他丢人现眼了。"皮皮真是胆大包天！玩笑开得太大了。要是露出马脚，那还了得？

但形势就是在此起变化的。那女孩愣了，嘴角都僵住了。过了好半天那女孩的神色才趋于和缓。那女孩冷不丁问道："请问，你是什么星座？"皮皮换了一条腿压住膝盖，优雅地摆了摆手，好像这个问题十分愚蠢，不值一答。当然皮皮最后还是开了金口，但说的不是自己："如果我没说错，你是摩羯座？"那女孩眼都瞪圆了，捂着自己的嘴，怯怯地问道："你，你怎么知道？"皮皮还是没有正面回答她。皮皮说："我是处女座。处女座之后，就数摩羯座的人最洁身自爱。"皮皮又说："我还可以告诉你，明文是射手座。他有没有告诉你他是天秤座？如果说了，那也是蒙你的。"那个女孩立即傻掉了。孙良趁机赶紧吩咐一个小伙子把笔记本电脑搬上北京现代。那个小伙子问那个女孩："搬不搬？"那个女孩没吭声。孙良说："还问什么，搬吧。"皮皮对那个女孩说："明文就这毛病，见到漂亮女孩，就说自己是天秤座。"

那个女孩脸都红了，都不敢正眼看皮皮了。但皮皮并无收兵之意。她勾着自己的食指，示意那女孩向她靠近，再靠近。然后，皮皮用小拇指戳着女孩身上的广告衫，告诉她上面的单词拼错了，"维多利亚"拼成"肥多利亚"了。皮皮说："抽空儿还是多学点文化。心思不能都用歪了，要留一点，用来学文化，学怎么待人接物。当然要学好也不是一日之功。Take it easy（悠着点儿）！也别太着急。都记住了？"然后皮皮又说："维多利亚是谁？世界上最有名的骨感美人。贝克汉姆要的就是她的骨感，可你竟说她是'肥多利亚'。那对夫妇可不是好惹的。他们要是知道了，非告你诽谤罪不可。"

2

很少有这么开心的时候。这会儿，北京现代已经从北二环绕上了高速公路，两侧楼房渐稀，慢慢变成了红砖砌就的平房。不时出现连绵的围墙，高墙。之上缠有铁丝网的，那自然是监狱。没人站岗而且围墙也较低的，应该是奶牛场或别的什么养殖场。别说，还真的有几头花斑奶牛在围墙下出现了。牛粪的味道从他右边窗户进来，呼的一声，然后从皮皮左边的窗户出去了。片刻之后换成了沤糟的麦秸秆的味道，这次是从皮皮那边进来的，随即左前方就出现了造纸厂的烟囱和水塔。皮皮要关上窗户，但孙良不让。因为孙良忍不住要唱几嗓子，而且要开着窗户唱。唱好唱坏无所谓，唱什么也无所谓，关键是唱：

　　为救孤老程婴我痛舍了亲生
　　现如今老夫我再也难藏隐情
　　丧子痛恰似那滚滚长江东逝水
　　诉忠心就如那苍松翠柏万年青

　　刚唱出点味道，突然又不唱了。几株伐倒的杨树后面，闪出一片原野。麦子还没出土，那地就像剃光的头。天边有几朵云，形状像绵羊。孙良闭上了嘴，牙齿之间有几粒尘土。"唱啊？这是不是本草的戏？戏文跟哭的一样。"孙良看着天上的绵羊，说："忘词了。"当然不是忘词了。因为他突然想起了母亲的死，母亲的葬礼。

　　那时候他几岁？十四岁不到。星期五下午，他放学后回到家里，听人说母亲又上山挖地黄去了，野地黄一斤能卖二十五块。到了晚上母亲还没有回来。山上有个道观，采药的人常住在那里。他想母亲或许要在道观住上一夜。他正要返回学校，与母亲一同采药的人来找他了。她们先问他什么时候回来的，又拐弯抹角地问到他的亲戚。她们每问一声，就叹一口气。他慢慢咂摸出一点味道了：母亲肯定出事了。但她们很快又把话题绕开了，问他考试成绩下来没有。这话问的，还不到放假时候，学校考什么试呢？但他还是告诉她们，他考得很好，又是个第一。他还小，还没有学会谦虚呢。她们应该替他高兴才是，可她们却抹起了眼泪。她们说："快到享福的时候了呀。"他心里一惊，害怕他的猜测得到证实。

后来果然证实了。他的母亲死了。很正常的死，既不是掉下悬崖，也不是遇到了恶人，就是平平常常的死。母亲是在羊肠小道上死掉的。那条羊肠小道通向后山，是采石和采药的人的必走之路。那天母亲挖了满满一篮子野地黄，正走着走着，突然身子一歪躺下了。孙良蹲在门槛上，听她们说："万幸啊，万幸人没有掉到沟里去。掉到下边可就摔碎了。"他的父亲就是在山上死掉的，是开山崩石被炸死的，炸得粉碎。她们让他把事情往好处想。好处在哪呢？她们说了："好处就是你爹你妈谁也不孤单了。"第二天，章老师赶来了，是和当时的校长一起来的。章老师给他五百块钱，让他买一副好棺材。晚上的月亮很亮，把棺材照得惨白。按本草风俗，守灵之夜是要请来乐器班奏乐，好让死者的魂灵在乐曲声中"上路"。他请不起乐器班。章老师提来了一个录音机，拿来几盘戏曲磁带，当时放的就有《赵氏孤儿》里的这一段："为救孤老程婴我痛舍了亲生……"反反复复地放。他还听见章老师在跟村长讲道理。

章老师想说服村长,让村里把孙良的学费承担下来。章老师说,他没见过这么用功的学生,以后肯定会有出息的,他要是当上大官,到时候整个村子都会沾光的。村长一跺脚,下了很大决心似的,说看在章老师的面子上,土地税村里就替他交了。章老师说:"学费呢?学费也替他交了吧。"村长把一截树枝从后脖伸进去,挠着,一直挠着,说:"日怪了,日怪了,前几个礼拜刚洗过澡,怎么还痒?"章老师再问,村长就解开了裤腰,好像要逮虱子。村长干脆把腰带抽了出来,章老师再问的时候,村长把腰带往脖子上一勒,说:"那个啥,那个啥,村里还有七八个孤儿呢,他们要是全都闹着上学,老百姓可就要骂娘了,他们都敢把我活活勒死。"章老师就又去跟校长说。章老师说得好啊,说学校要想在全县闹出点名堂,全县统考的时候必须出个状元,而孙良就是未来的状元,所以学校应该把学费给他免了。校长说:"成了状元再免也不迟嘛。"章老师说:"还是提前免了好。不然,他整天操心弄钱交学费怎么能成状元?弄不到钱,他就会变成三只手,偷啊。有一个人偷,就会有第二个人跟着偷。一生二,二生三,到时候本草二中可就成了贼窝了。你不想让本草二中变成贼窝吧?"孙良不敢再听了,他尽量去听《赵氏孤儿》。那声音越过鸡舍、猪圈,越过月下的汉河,飘到了山间的羊肠小道,然后又从峭壁上弹了回来。磁带到头了,有人换了一盘磁带。这回是唢呐独奏《飞雪满天》。那雪刚飘起来,章老师就走了过来。章老师又把《赵氏孤儿》塞了进去。章老师明知故问，说："这是不是《赵氏孤儿》？好像是。"然后章老师就说，"老程婴为救孤都舍了亲生了。咱们都是党员，难道还不如封建臣子？况且，那学费又装不到你个人兜里。"这一下，孙良知道章老师为什么要放《赵氏孤儿》了，那是药引子啊。校长终于吐口了。校长说："是啊，日他妈，这钱又装不到我的兜里，我较这个真干啥？草驴换叫驴，我图个尿呢。"不过校长还有个疑问，"孙良真能考个状元吗？"章老师说："他妈要是不死，他能不能考个状元我还没把握。他妈一死，你瞧好了，他肯定是状元。"孙良捂着耳朵，更不敢往下听了。

　　孙良不愿多想这段往事，想多了，他感到喘不过气。他也不愿多想回到本草以后怎么办，见谁不见谁，想多了他也喘不过气。感谢皮皮给他做伴，如果不是她，他真不知道该如何打发这旅行中的时光。皮皮显然也感到了旅行中的无聊。她一边开车，一边打着哈欠。她要他接着唱。他说，他真的只会唱这么几句。她说："反正你得弄出点声音，不然我会打瞌睡的。"皮皮突然说，她的电脑里好像有一张碟子，应该是《红楼梦》，中英文对照，她本想着既看故事又学英语的。"你看碟，然后你把故事讲给我，这样咱们谁都不瞌睡了。"皮皮说那是阿富汗送给她的。"他怎么会想起来送你《红楼梦》呢？"皮皮打了一个哈欠，说："他问我喜欢看什么书，我顺口说是《红楼梦》。其实，我看的是连续剧，太长，也没有看完。还是电影好，一会儿就看完了。"

这会儿，他顺手点开了豪杰超级DVD的设置。虽然他平时看碟无数，对明星们的行踪了如指掌，但还是有些东西被他漏掉了。眼前就是现成的例子：张国荣出演贾宝玉，巩俐出演林黛玉，赵本山出演跛足道人。更令人惊奇的是，凤姐竟是由美国艳星麦当娜出演的。还有更惊奇的呢，扮演元妃的竟是韩国当红影星金喜善。哎呀呀，两天前如果他知道这部碟子，他肯定会要求老吴多进几箱。他忍不住埋怨皮皮："你怎么不早点告诉我？"皮皮说："不是给你说了嘛，我还没看过呢。"

影片终于开始了。跛足道人"赵本山"从雪景深处走出，走到一棵树下，褪掉裤子撒尿。孙良笑了。皮皮问他笑什么。孙良说："赵本山撒尿呢。"撒尿声很大，有如春水怒生。皮皮说了声"是吗"，扭过头来看。"哦？赵本山走光了？这一下他可发大财了。"皮皮说。"赵本山"终于撒完了，撒完后并没有提裤，蹒跚着向一间茅屋走去。茅屋上挂着一副金质匾额，上书"皇帝老儿後宫"六个大字。元妃"金喜善"身穿黄马褂迎面跑出，黄马褂被风吹动，缓缓飘落露出双乳。"赵本山"并不多话，上去就将"金喜善"放倒在地。歌声渐起：

世人都说皇帝好

我将皇妃 fuck 了
　　漂亮美眉在何方
　　茅草屋里藏着娇
　　昨儿见，今儿见
　　还要 see you tomorrow
　　满纸荒唐红楼梦，
　　Hope you like the food

　　"Hope you like the food（希望你喜欢这个精神食粮）"是赵本山唱出来的。"赵本山"一唱歌，孙良就看出了猫腻。操，那并非赵本山本人，那演员只是像赵本山而已，巩俐、麦当娜、张国荣等人看来也都是假冒的。孙良说，"阿富汗怎么让你看这种玩意儿？黄片嘛。"皮皮说："黄片不黄片我怎么知道？我说了嘛，我还没看过。"皮皮说着，突然恼了。"Fuck you！"皮皮捶打着方向盘，骂道。孙良以为她是因为碟子而恼羞成怒，其实不是，她骂的是高速公路的收费站。远远看去，收费站前面又排了很长的车队，车又堵住了。
　　这个时候，与皮皮有几分相似的"张柏芝"刚好出来。她演的是晴雯。碟子里的晴雯一亮相就来了个牛奶浴，而且一镜在手专照私处，孙良说："张柏芝出来了。"皮皮瞧了一眼碟子，说："张柏芝的爱好是什么，你知道吗？飙车！我也喜欢飙车，所以我最恨堵车。"她看了一眼电脑，又说，飙车的时候，你会忘掉过去所有的不痛快，你只看到眼前，笔直的马路转眼间就钻到了车下，眼到车到。这叫什么？这就叫"车人合一"，也叫"车人路三位一体"。可是，就因为这收费站，操他妈的一个挨一个的收费站，把这种"三位一体"的快感给毁掉了。皮皮说："你不知道，那种感觉就像，就像高潮。"皮皮说这话的时候，"张柏芝"刚好来了高潮，当然是和贾宝玉一起来的，"张柏芝"声音很大，"Yes"个不停，听上去就像"爷儿——死"。孙良赶紧调小了音量。

　　孙良不想给皮皮造成专注影碟的印象，想顺便谈点别的什么。谈什么呢？当"张柏芝"起身穿衣，问起贾宝玉的星座的时候，孙良终于想到了话题。他问皮皮："你怎么知道维多利亚那个女孩的星座？"皮皮瞥了一眼影碟，说："其实我也不知道。我怎么会知道呢？"孙良说："不知道？不知道你怎么敢说她是摩羯座？"皮皮拍打着方向盘，又骂了一声"Fuck you"，然后说："处女座的女孩是最纯洁的。反正书上是这么说的。第二纯洁的就是摩羯座。所以好多女孩子喜欢说自己是摩羯座。她们要告诉男人，我很纯洁，但并不是最纯洁。过于纯洁就有些死板了，男人喜欢勾引的是比较纯洁的女孩。有点难度，没有难度不刺激；但难度不能太大，太大容易误事。所以那女孩十有八九给栾明文说过她是摩羯座。"太悬了太悬了，万一人家没说过，事情可就办砸了。但皮皮不这样看，皮皮说她要的就是这种刺激。蒙对了，什么都好说。蒙错了，最多少拉两台笔记本电脑。皮皮说："我运气好，蒙对了。"孙良忍不住问了一句："那种感觉是不是就像，就像高潮？"瞧这个皮皮，刚才还把"高潮"挂在嘴上，这会儿却骂他流氓，真流氓。孙良说："那栾明文呢？你怎么知道他是天秤座？"皮皮说，那也是蒙的。"有钱的男人面对送上门来的女孩，搞完了却不愿负责任。你得有个借口啊，那借口就是自己是天秤座。天秤座的男人喜欢犹豫，左右前后来回犹豫。他一说自己是天秤座，好像就有理由犹豫了，可以不对女孩做出承诺了。"皮皮说，这是最近刚刚时兴的游戏规则，国内国外畅通无阻，全球化嘛，地球村嘛。孙良不能不佩服皮皮见多识广，都有些自惭形秽了。不过孙良还是有点疑问，他问皮皮："星座真的能决定性格？你是处女座，可你却活泼可爱，一点也不死板啊。"出乎他的意料，皮皮竟说她并不知道自己属于哪个星座。"处女座只是我顺口胡说的，我真的不知道自己的星座。"她说得很诚恳，这次真的不像装的。她和孙良都属狗，都是二十三岁。她搞不清生日是阴历还是阳历，所以没查过自己属于哪个星座。

　　终于接近了收费口。孙良赶紧退出了放映程序，把电脑关了。这时候，他们才看清为什么会堵车了。原来警察在收费口临时设岗，盘查过往车辆。孙良看见警察登上了一辆长途公共汽车，然后下来，又拉开了后面一辆轿车的车门。轮到他们的时候，孙良看到警察手中捏着一张男人的侧影照片。警察戴着白手套，用手指顶着孙良的下巴："对不起，抬高一点。"警察说。"把脸侧一下。"警察又说。皮皮"扑哧"一声笑了。那个警察也笑了。孙良这才注意到，那警察其实一直瞥着皮皮。警察对皮皮说："小姐，请亮出你的驾照。"那人看一眼驾照，看一眼皮皮。他基本上不看皮皮的脸，他看的是皮皮的大腿。皮皮干脆把腿支到座位上，好像要让他一次看个够。那人这才把驾照还给了皮皮。孙良还以为这就放行了，哪料到人家又捏住了他的下巴。孙良顿时紧张起来，因为他突然想起了报纸上的那张照片。因为哆嗦，他的上下牙齿开始相互撞击，喳喳有声。他太紧张了，以至警察松手以后，他还保持着仰脸的姿势。要不是皮皮提醒，他可能会一直仰下去，仰到本草。皮皮的提醒，让他感到了懊恼。皮皮一拍大腿，说："叹什么气嘛。有一个美女在你身边，他是嫉妒你，才故意折磨你的。你应该感到高兴。"

皮皮频频的暗示终于让孙良忍无可忍。他的手哆嗦着向前伸去，有如探雷。手指挨到皮皮大腿的时候，他回缩了一下，然后又伸了过去。"干什么呀？"皮皮打了一下他的手。孙良没有挪开，整个手掌都贴了上去。孙良听见皮皮深深地吸了一口气，然后又缓缓呼出。孙良自己也是这样，只是节奏有快有慢。他的手掌、手指、手指头肚，全面地感受着皮皮的肉。他的注意力一半集中在手上，另一半集中在大腿之间。北京现代何时通过了收费口，他都没有留意。

右前方的一个指示牌，提示他们五百米以外可以临时停车。皮皮把车开进了那个弧形弯道。车停稳以后，皮皮跳下了车，把一个红色的塑料支架放在车后，提醒人们她在修车。皮皮没再回到自己的位置上。她拉开车门，坐到了孙良的腿上。她的裙子后面有点湿，孙良滚烫的身体感受到裙子的凉意。"就，就，就在这儿吗？"孙良说。皮皮扭过头，说："Be quick! Fuck you!"她的舌头把他的嘴堵住了。他们谁也没再吭声。吭声的是那只京巴，它哼哼唧唧的，要往孙良的肩上趴。这期间，孙良几次睁开眼睛，想搞清楚这不是做梦，这是真的。但他看不见她的脸，他只能看见她的一头乱发。

3

她说信不信由你，她从未跟阿富汗做过爱。孙良当然不信。爱都没做过，阿富汗就送你一部车？就给你买了一套三居室？更何况，她刚才的动作可谓轻车熟路，非经验老到者不能为也。但她一口咬定，她从未跟阿富汗做过爱，信不信由你。孙良倒是非常愿意相信她说的是真的，但这可能吗？此刻他们待在无稽市的一个餐馆，餐馆名叫"百里香"。高速公路到无稽市就中断了，再往下也就是说往南，他们只能走国道。现在正是农闲时节，农闲时修路修渠，是每年的惯例。如果遇上修路，时间则无法保证。也就是说，虽然无稽离本草只有一百公里，但他们并不能保证当天能到。所以，他们得先吃饱肚子。皮皮说这话的时候，手里玩着手机。她在用手机发短信。孙良知道她是给阿富汗发的。她每写一个字，一个字母，嘴唇都要动一下。孙良能够准确地读出她的唇音：

I love you 你的话让我很受感动 Good luck

她显然刚收到阿富汗的短信。鬼知道阿富汗说了什么，让她那么"感动"。阿富汗大概又吹牛了，不然她不会说"Good luck"（祝你好运）。这会儿，皮皮低声对他说："不信算了。莫非你是天秤座？天秤座的人很奇怪，不相信世上有真理的，但又希望别人找到了真理，赶快拿给他看看。看也是白看，因为他还是不相信。"她的意思是说，她跟阿富汗没有做过爱，这就是真理。孙良赶紧说："信啊，当然信啊，我当然愿意相信啊。"他是真的，急促，诚恳，都恨不得把心掏出来，端给她看了。

这时候，包子端上来了，但皮皮说她不吃包子。一只绿头苍蝇在包子上面嗡嗡盘旋，突然一头扎下，即将挨住包子的时候，又像直升机一样扶摇而去。孙良以为皮皮看到了苍蝇才拒绝吃包子的，就把那只包子拿到了一边，说正好可以喂狗。"这包子可是你点的。"孙良说。皮皮说，那是给他点的，她只吃这里的肉饼。皮皮生气了，使性子了，孙良想。他赶紧让服务员上肉饼。服务员正用油乌乌的抹布擦着桌子，回头说道，做肉饼的师傅出去了，要到五点钟才能回来。皮皮说："几点我不管，反正我只吃肉饼。"孙良赔着笑脸逗皮皮："如果端上来的是肉饼，你肯定会说你只吃包子。"皮皮把手机往桌子上一拍："谁说的，谁说的？我在网上查过的。无稽市对外宣传的广告上提过肉饼，却没提包子。广告上说，无稽肉饼被称为东方Pizza（比萨饼）。"另一群苍蝇刚刚光临，受此一惊顿时一哄而散。孙良说："好，Pizza就Pizza，服务员，上Pizza。"孙良可没想到，服务员年龄不大，脾气倒是不小。那女服务员挥着油乌乌的抹布，像赶苍蝇似的，说："啥屁不屁的，难听死了。嘴巴干净点好不好？"

皮皮对孙良说："不信你上网查。"皮皮坚持让他上网查阅，以证明她此言不虚。当然，她要证明的可不光是"东方Pizza"。孙良懂得她的意思。如果"东方Pizza"属实，那么依此类推，她所说的"从未和阿富汗做过爱"也应该属实。也就是说，"东方Pizza"不光关系到"吃"，还关系到"色"。拔高一点甚至可以说关乎"精神"。但是问题来了：如果他上网，那就说明孙良不相信她；可要是不上网呢，皮皮也会不依不饶。孙良能做的只能是顾左右而言他。孙良嚼着包子，说："这包子不错，有笋片，有洋葱，也有点Pizza的味道。"孙良还把目光投向餐馆之外的那片空地。那里有几个人跨在摩托车上，争论着美国和伊拉克谁对谁错。一个说："布什是你爹？你那么维护他？"另一个人说："俺是他爹。因为俺是他爹，所以俺才维护他。怎么了？"两个人突然恼了，分别发动摩托，要撞出个胜负。不过，快撞到一起的时候，两个人又及时刹车了。孙良让皮皮看那两个人，皮皮看倒是看了，但兴趣还停在原地："去拿电脑啊，查去啊。"孙良眼看躲不过去了，就把包子往嘴里一塞，走向了北京现代。他刚打开车门，京巴就扑了出来，直往他的嘴上舔，舔上面的油花呢。他只好一手抱狗，一手抱着电脑，回到"百里香"餐馆。

　　皮皮把电脑夺了过来。通过Google（古狗）网站，她很快进到无稽市的官方网页。刚刚点开"人文"一栏，一个飞碟似的玩意儿便迎面飞来，光彩夺目。随后，孙良又看到了米老鼠和唐老鸭，这两个好莱坞活宝头戴飞行员头盔，紧紧抓住那飞碟的边沿，在空中荡来荡去。飞碟之下，簇拥着一个个人头，所谓人群如蚁，飞碟在人的头顶留下巨大的影子。此外还有一个身穿虎皮裙的活宝，在飞碟上面耍棍弄拳。它自然是国产明星孙悟空。飞碟慢慢降落，眼看就要落地，砸住众多的人头，但众人却并不恐惧，相反还要跳跃如蛙，发出阵阵欢呼。此时，孙悟空使出他的如意金箍棒，将那飞碟撑住。荧屏上闪出的几个大字，正是皮皮提到的广告语："无稽肉饼，东方Pizza。"皮皮退出无稽网站,回到 Google,然后进到香港 Yahoo(雅虎)网站。皮皮说:"再让你看一篇文章。"孙良眼睛都瞪大了,那是阿富汗的一篇采访录,登在《全球化·中药材·名流》网页上。原文很长,繁体,隶书,皮皮将重点段落复制,粘贴到文件夹中,非要让他看个究竟。当记者问,他如今"事业有成",何时解决"个人问题"的时候,他结结巴巴地说:"个人?哦,我不大喜欢回答啦。问题? No Problem 啦(没有问题)。"但记者拐弯抹角地紧追不放,非要搞清楚他这个"药材大王"的"个人问题"。阿富汗终于给出了一个答复:

我,我和前妻離婚啦。但我不是鑽石王老五啦。我有個女朋友,在大陸啦。她很有知識的,英語也很好。Knowledge is power(知識就是力量),所以我很愛她,她也很愛我啦。她很純潔。處女座的女孩嘛。我們有共同的理想。我們的理想,就是讓中藥材走向世界,真正地走向世界。有朋友告訴我,大陸女孩很在乎男人的 income(收入),她不是的啦。我們的關係像是,像是張曼玉小姐在某部影片裏說的一句話啦,叫"一片冰心在玉壺啦"。No, No, No,我們沒有同居。我們要把最美好的事情放到洞房之夜來做。不好意思的啦。

"看见了吧?"皮皮说。孙良明知故问:"看见什么了?"

皮皮又用鼠标点出最后一句话："看见了吧？"孙良说："你不是说过了吗？我刚才就已经相信了。我还能不相信你。"皮皮说："我看出来了，你就是不相信。"如果周围没人，孙良肯定会下跪求饶。当然，即便他下了跪，他也不敢相信那是真的。事情就怪在这里，如果他没有和皮皮做爱，他说不定还会认为那是真的。但既然他都可以做，那阿富汗就更有理由做了，为什么不做呢？但皮皮接下来的一段话，让他有点相信了。皮皮把剩下的两只包子喂了狗，然后把狗抱起来，说："我没和他做，原因很简单，就是想让他感到我是一个圣洁的女人，高贵的女人，最可靠的女人。他最担心的就是后院起火。他的前妻就是跟别人跑了。他娶了我，就不用担心后院起火。这一下你满意了吧？"孙良说："我，我，我——"皮皮说："'我'个屁。"孙良又说："我，我，我——"皮皮说"我告诉你，我准备嫁给阿富汗了。"孙良说："我，我，我——好，好，好——嫁，嫁，嫁！"孙良都不敢抬眼看皮皮了。皮皮抓住他的手，说："看着我，听我说。我先嫁给他，然后再嫁给你。谁都不想让后院起火，他是，我也是。天底下哪里去找你这样的老实人呢？你等我两年。"孙良又低下了头，但皮皮用手背把他的下巴又抬了起来："看着我。只要两年，两年之后我就和他离婚。到那时候，我们就可以有自己的公司了。"皮皮把他的脸一推，又说："你笑什么，我说的是真的。再笑！再笑我就不理你了。"孙良说："我懂了，你搞的是曲线救国。"皮皮说：

"你不傻嘛。你是不是也是这么想的？你太坏了，太卑鄙了，竟敢打这种歪主意，你真是太卑鄙了。"

皮皮说着就上车了。孙良赶紧追过来，皮皮说："我是要上车睡觉。肉饼来了叫醒我。"孙良只好重新回到店里。他的脑子有点乱，搞不清皮皮说的是真的还是假的。真的也好，假的也罢，他现在最关心的不是这个，而是《东方晨报》上的那张照片是否发到了网上。还是那句话，越是怕鬼，鬼越来敲门。他刚进入 Yalong，就看见了相关的一条新闻："宋墙之下治安人员扫黄遭袭，音像市场全面整肃迫在眉睫"。丢人丢大了，Yalong 网的网民都知道他挨揍了。或许网上点击的人太多，网速很慢，照片长时间没能显现。当它终于显示出来的时候，孙良吃惊地发现，挨揍的人变成了小王：照片拍的是小王屈膝倒下的那个瞬间。还不如原来那张呢！他挨揍是他个人的事，小王挨揍可就是国家的事了。上帝啊！他呻吟道。更要命的是"讨论区"中已经聚集了众多帖子。网友分为两派正在捉对厮杀：以网民"幸福老妖"为代表，要求还宋墙一片净土，对于那些敢于以身试法者，政府有关部门一定要重拳出击，将他们打翻在地，再踏上几脚；另一派以网民"幸福鬼魂"为代表，说还是拳王泰森说得好，哪里有压迫，哪里就有抗暴。这位网民当然是站在孙良的立场上说话的，并且将孙良的行为提升到了"抗暴"的高度。但孙良怕的就是这个，此人是哪壶不开提哪壶啊！这位网友还把"幸福老妖"臭骂了一通：

"不准你跟偶（我）的姓。幸福者，性福也。不懂性福，何来幸福！！！"又一个新帖子跳了出来。就是这个新帖子，将讨论的方向改变了：

偶认出了这名歹徒。此人乘坐北京现代汽车沿北环向西南方向逃窜。车上装有美国苹果牌电脑若干台。另有一女子，穿着打扮疑是妓女。苹果牌电脑属最新高科技产品，设置齐全，性能稳定，价格不菲，CBA。此人既然一次购买若干苹果电脑，并有足够的资本召妓，可见出售黄色光碟获利巨大。3KU！

此人网名"东方辣妹"！她显然也是个网虫。能把"酷毙了"写成"CBA"，不是网虫是什么？它是英语 Cool 加汉语拼音 bi 和 la 形成的网络短语。如果不出意外，这个帖子应该是维多利亚公司的那个女孩发上去的。她一定和栾明文取得了联系，证实栾明文并不认得皮皮。她要趁机拿他和皮皮出气了。这个女孩很聪明，很有商业头脑。瞧，她顺便还给公司做了个广告。广告效应很快显现了，下面的一个帖子就是询问哪里可以买到原装苹果牌电脑的。"东方辣妹"很快给了答复："听说科技市场有售！但是否有货，不得而知。偶（我）想应该有的。3KU！"一看到"3KU"，孙良就可以断定了,她肯定是维多利亚的那个女孩。"3KU"是英语"thank you（谢谢你）"的意思,是阿拉伯数字"3"

加英语缩写组成的短语。平白无故的,她谢人家干什么?露马脚了。

4

全是因为"东方Pizza",不然他们在六点之前定能赶到汉州,汉州是个县级市,本草镇就归汉州管辖。其实所谓的东方Pizza,不过是普通的肉夹馍!当然,皮皮另有说法:"我吃过肉夹馍,味道不一样的。"为了说明自己吃的是东方Pizza,她还特意把那个师傅夸了一通,说他用青辣椒代替洋葱,真是棒极了。她还朝人家竖起了拇指:"Congratulations(祝贺你)!"皮皮还向人家询问附近有什么旅馆,说明天早上再吃一次。她竟然想留下了,这不是有病吗?孙良执意要走,几乎是将她推到车上的。他没有说出他的真正想法:无稽是个地级市,网吧很多,这里的人很可能将他们认出。他也没有告诉她,维多利亚公司的那个女孩,已经把她说成了妓女。他懒得多加解释,因为他现在已是心乱如麻:回本草镇本来是为了报恩,现在却变成了逃亡。这到底是怎么搞的?

中央电视台新闻联播结束的时候,他们距汉州还有十五公里。放在平时,转眼之间就可到达,可正逢修路,国道禁止机动车辆通行,他们只能绕着走。途经一个村子的时候,他们发现黑压压的人群全集中到了路上。原来村子里的人正借着路灯召开村民选举动员大会。他们可真会挑地方。一个村干部模样的人正手握麦克风,逐条念着《中华人民共和国村民委员会组织法》,每念一条,就联系国际国内讲上半天,国际部分主要是骂美国,说美国选举花钱不说,最后选出来的还是"孬种",今天打阿富汗,明天打伊拉克。台湾之所以"老是弄不回来","日他妈也是因为美国"。国内部分重点讲述的是计划生育和养猪问题。养猪问题也分几个部分,猪配种是个问题,猪到处乱拉是个问题,猪打架更是个问题。其间,那人还要抽烟喝水吐痰,忙活半天。那人也提到了电脑问题,说年底之前,要给学校配一台电脑。他说他儿子在大学里学的就是电脑,电脑的形状就像电视,比电视小,却比电视值钱:"二十头猪就想换个电脑?美死你了。五十头猪你也换不来。起码得一百头猪。"孙良看见那人越说越激动,都开始用领带擦汗了。那人又讲到了美国,说美国几乎一人一台电脑。全世界的电为什么紧张,农忙时候还要限电?都是因为美国啊。日他妈,一人一台电脑,要用多少电啊!孙良急了,这样等下去,猴年马月也别想通过。多亏了车上的那条京巴!村子里的土狗大概闻到车上有狗,突然围着车子狂吠起来,像是欢迎"客人"驾到,也像是抵御"外敌"入侵。讲话者感到奇怪,通过麦克风询问到底怎么回事。有人喊了一声:"狗走窝!"干部模样的人说:"日怪了,日怪了,狗走窝从来不叫的,这会儿怎么了?"接下来,那人就提到了养狗的问题,说县上说了,狗一定要打上狂犬疫苗,谁家的狗不打,出了问题不光要把狗杀掉,还要把主人弄去"喝几天稀饭",也就是坐牢。狗又叫了起来,而且向北京现代扑来,其势凶猛,皮皮无论怎么鸣笛,它们都不后退。村人此时已经发现了其中的奥妙,但他们似乎更愿意听狗狂吠,不然他们不会鼓动着土狗向车进攻。干部模样的人最后也知道了原因,像领袖那样一挥手,说:"鸡巴毛,闪开,放他们走。"

到了汉州已是晚上九点,此时街道上已经很少能看到人影。要在省会,他们的夜生活才刚刚开始,所以他们此刻并无多少倦意。孙良先带着皮皮找旅馆住下,他找到的旅馆就在电影院旁边,是一幢贴满白瓷片的小楼,后面有个院子,可以停车。孙良高考期间曾在那院子里住了三天两夜,当时这里是教师进修学校所在地,孙良与同学们就打地铺睡在教室里,他们的任课老师就住在临街的这幢小楼里,当时它叫进修学校招待所。现在,因为贴了白瓷片,室内墙壁又刚刚粉刷,所以它起了个很大的名字:白宫宾馆。住宿登记的时候,孙良才想起来他的身份证还压在老吴和马丽手上。皮皮亮出了她的身份证,"你们是——"皮皮立即明白了服务的意思,说:"我们各住各的,要两个房间。"孙良有点失望,他原想着皮皮会和他住在一起的。服务员莞尔一笑,说:"白宫的经营理念是,顾客就是上帝。白宫从不干涉上帝的私生活。我只是想问,你们住几天。"皮皮说:"一天,先住一天。"服务员又要孙良的证件,只要能证明自己的身份就行。孙良还是拿不出来。皮皮说:"他是我的司机,平时外出不带证件的。"那服务员说:"OK,驾驶证也可以。"孙良当然拿不出驾驶证。服务员又让了一步,说:"好吧,你一定有自己的电子邮箱。按照白宫的最新规定,电子邮箱也可证明自己的身份。请你告诉我,我现在就发一个邮件给你,请你当场打开邮箱。"孙良说:"你怎么不早说。"他来到总台后面的电脑跟前,用白宫的电脑打开了自己的信箱。他让服务员看了她自己发来的邮件。它只有八个字:"欢迎上帝驾临白宫!"

他们的房间原是个套间,只是用三合板堵上了套间的门,隔成了单独的两间。三合板隔音效果很差,放屁打嗝都清晰可闻。皮皮洗澡的时候,孙良又打开了电脑。他着急查看事件的进展。进到Yalong网站,他看到原来的那条消息后面,新添了"后续"二字。点开以后,他吃惊地看到了一幅新的照片:小王躺在摆满鲜花的病房里,并且头缠绷带。孙良也是第一次知道,小王名叫王向军,他并非转业军人,而是治安联防队临时聘请的工作人员。照片下的一段文字,介绍了小王光荣转正的消息:

王向军同志因为表现突出,有关部门已经决定,将王向军同志列入正式编制。上图即为有关领导到医院亲切探望王向军同志，并向他表示崇高的敬意。另据最新消息，犯罪嫌疑人孙×，汉州本草人，懂电脑，懂外语。现警方已经在全市布控，可望在近日将其抓捕归案。

他们是从哪里知道我是本草人呢？孙良进入了讨论区。他又看到"东方辣妹"新发的帖子。"东方辣妹"的兴趣还在皮皮和苹果牌电脑上面。她提到，车上的那个女人，看似PLMM（漂亮美眉），实为一妓，"此妓也懂电脑，最感兴趣的即为苹果牌电脑"。这时候，皮皮来敲门了。孙良赶紧从网上下来。皮皮进来，说她要用电脑。"你去给我买点吃的。"皮皮说，"我可以不吃，但狗不能不吃。不然它会叫唤一夜。"这时候，他们突然想起，狗还在车上呢。那车子停在院子里，孙良到院子里抱狗的时候，虽然院子空旷，四周没有一个人，但他还有些蹑手蹑脚。他还真把自己当成犯罪嫌疑人了。有一只猫从他面前走过，也把他吓了一跳。上楼的时候，他尽量轻轻地走，但仍然觉得脚步声很重。门"吱"的一声开了，也吓了他一跳。他几乎是扑到皮皮怀里的。接下来的事情，再次如梦幻一般。当他进入她的身体的时候，他感到自己就像嫖妓，就像"东方辣妹"所说的公开召妓。这次，他从头到尾都睁着眼睛，可他的感觉仍然像是做梦。

起身之后，他们才下楼找馆子。电影院门口有一排小吃摊，卖的是馄饨、包子和炸糕。那只狗也被他们抱了下来。吃饱喝足之后，它在地上跑来跑去，圆滚滚的就像个线球。皮皮又提到了阿富汗，说阿富汗刚见到这只瘸腿狗的时候，感动坏了。他没想到皮皮这么有爱心，这样的好姑娘打着灯笼也找不着啊。皮皮这么讲的时候，孙良突然想到了皮皮刚才跷在他的屁股上的脚后跟。除了最后一泻如注的快感，他对她唯一的印象，就是那双凉凉的脚后跟。

孙良的眼睛还盯着狗。腿瘸倒是看不出来了，但还是有什么地方不对劲。慢慢地，他就看出了猫腻：它走路的时候，几乎是在地上打滚。他把狗抱了起来，果然发现它的另外三条腿全都折断了。皮皮对此也做出了解释。既然断了一条腿，都能够让阿富汗那么感动，她何不打断它的另外三条腿呢？真是无心插柳柳成荫，四条腿都断了以后，它反而比以前更好玩了。皮皮说："难道不是吗？它现在就像个新品种，都可以成为电视明星了。"孙良说："阿富汗要是问起来它的另外三条腿，你该怎么说呢？"皮皮说："我就说是被你打断的。你是他的情敌，所以你就拿我的狗出气。"皮皮说着笑了起来。她笑得真欢啊，把卖馄饨的妇女吓了一跳。这时候，晚场电影散场了，四周光影散乱。那观众多是年轻人，嬉笑和打情骂俏扰乱了寂静的街道。

孙良站了起来，想，"东方辣妹"真是没有说错，皮皮就是个妓女。这话他当然不能说出来。他还指望着皮皮把他送到本草,并把他带回省城呢。他又坐了下来。他想,他当然要回去。他不愿意背那个黑锅,成为"抗法"的典型。人也好,事也好,一旦成了典型,你就要么好得出奇,要么坏得出圈。他可不愿成为典型。他得想办法说出真相。他还得把电脑还给老吴。老吴现在还没有出卖我,但是再拖下去,那可就难说了。但他现在身无分文,靠什么去还老吴?说来说去,还得靠皮皮。所以,他必须装作像以前一样爱她,并且不时地吃醋,吃阿富汗的醋。他甚至想,待会儿再干她一次。这会儿,他就咬着她的耳朵,把这想法告诉了她。皮皮捶了他一下,说:"我回去就得上网。我还有正事呢。"他想起来了,她曾对他说过,她每天晚上都要和阿富汗在网上见面,互诉衷肠。他立即显示出了不高兴。皮皮感受到了他的醋意,说:"今天不是。今天要谈的是业务。我得告诉他我到了本草,我还得问他,到底要采购什么药材,采购多少。买不买倒在其次,反正得把事情弄得跟真的一样。"他们并排往回走。皮皮再次向他保证,她和阿富汗结婚之后会很快离婚的。这时候,他的肩膀上突然落了一只手。手很重,孙良本能地举起了双手,并且仰起了脖子。那人将他的肩膀扳了过来。接着,他又当胸挨了一拳。他下意识地将手捂到了大腿之间。那人哈哈大笑起来:"日他妈,真的是你。"那是一个壮汉,光头,如铁塔一般。

那人又说："咋了，不认哥儿们了。俺是赵中祥啊，小名叫铁蛋。"

"铁蛋？"孙良想起来了。他耸耸肩，终于想起来这个铁蛋了。"你怎么在这儿？"孙良连忙掏烟。"抽这个。"铁蛋递过来一根烟，"俺只抽555，没有555，就抽中南海。"皮皮看看铁蛋，又看看孙良。孙良正想着如何向皮皮介绍，铁蛋先开口了："这是你媳妇吧？"孙良说："就算是吧。"孙良对皮皮说："这是我在本草上学时的同学赵中祥。"铁蛋说："铁蛋铁蛋，就叫我铁蛋。"铁蛋指着电影院小吃摊旁边的一个熟肉店，说："那就是咱的店。看你好半天了，就是不敢认。你一走路，俺就认出来了。这不是良子吗？果然是你。"他要拉着孙良再喝一杯。他招呼着熟肉店里的女人："回家切斤牛肉，拍根黄瓜。"熟肉店的名字很怪，叫"博士肉店"。他说那是章永年老师给题的字。他的儿子三岁了，很聪明，章老师带学生来看电影的时候，他请章老师吃过饭。他说章老师也夸他的儿子聪明，说长大以后可以像栾明文那样读个洋博士，他就请章老师题了这个店名，好让儿子有个奋斗目标。

铁蛋一定要拉他和皮皮到他家坐一会儿，不去就是看不起人。铁蛋的房子就在电影院后面，是一个小四合院。院子里没有树，只有两个大木桩，是用来拴牲口的。现在那里就拴着一头骡子，准备杀了当牛肉卖的。"良子你放心，咱自己人，牛肉就是牛肉，不会让你吃骡肉的。"铁蛋将胸脯拍得啪啪直响。他问孙良："栾明文是不是比咱们高几届的狗蛋？听说很牛×？"说完，他拍了拍光头，又拍了拍嘴，对皮皮说："弟妹，俺是个粗人。"皮皮说："牛×就说牛×，什么粗不粗的？"铁蛋说："好，入乡随俗好。良子，你这媳妇不赖啊，一点架子没有。好，喝。"一杯干掉，铁蛋又说，"你也牛×啊。当年你可是全县的状元。章老师一喝酒，只提两个人，一个是栾明文，一个就是你孙良。"铁蛋放下杯子，朝他媳妇喊道，"把小杂种抱出来，让他见见状元，沾点仙气。"然后铁蛋的声音突然放低了，"章老师快死了，你知道不？癌。癌这玩意儿，它只要挨住你，就等于让阎王爷拧住了耳朵。"孙良正要问个究竟，铁蛋媳妇把"未来的博士"抱出来了。铁蛋上去就拧住了"博士"的耳朵，说："睁眼，睁眼！这是状元。状元你懂不懂？状元就是，日你妈，状元就是第一名，第一名就相当于博士。"

"博士"倒是睁眼了，但看的并不是孙良，而是那只京巴。"博士"从母亲怀中出溜下来，直奔京巴而去。铁蛋也觉得那狗好玩，说它滚来滚去的，就像个刺猬。他问这是什么品种，皮皮说："是新品种，是米格鲁狗跟京巴杂交出来的。你知道史努比吗？动画片里的史努比？史努比就是一条米格鲁狗。"铁蛋当然不知道史努比，但铁蛋的儿子却是知道的，是在幼儿园看的电视。铁蛋的儿子甚至带有一点英语腔。瞧，人家不说"史努比"，人家说的是"史努屁",非常接近它的原名Snoopy,不愧是未来的博士。

5

出邪了!一夜之间皮皮就变了卦,说她不能前去本草镇了。她说出的理由是阿富汗不准她去。她说阿富汗又发信息又打电话还发来邮件,坚决不准她去本草。接到皮皮电话的时候,他正要去铁蛋家抱狗。昨天晚上,他们没能将狗带走,因为"博士"在地上打滚,不准他们带走。孙良说:"阿富汗?他有什么理由不让你去。"皮皮说:"阿富汗说了,他刚刚得到消息,全国的药材商人明后两天在河南的百泉市开会。他要我马上赶到百泉,给他订一个房间。明天一早他就飞过来了。"孙良说:"我去抱狗,待会儿见面再说。"皮皮说:"你在睡觉,我没叫醒你,我已经在去百泉的路上了。"孙良心里骂道,她真是个婊子。皮皮又说:"别忘了把狗给我带回来。"孙良说:"电脑呢?电脑也拉走了吗?"皮皮说:"瞧你说的。白宫服务员会告诉你放在哪里。"孙良想,她是不是从网上看到了什么消息,担心被他牵连,才溜之大吉?他甚至怀疑自己已经受到了监视,而且警察昨晚就住在白宫。莫非那批电脑已经被警察扣押?

他的担心有点多余了,电脑就堆放在总台旁边的空地上。有什么办法呢?他只能让铁蛋送他回本草。铁蛋赶的是马车，准确地说是骡车，因为驾辕的就是那头还来不及宰杀的骡子。铁蛋乐意为孙良服务。当他知道要运送的东西就是栾明文赠送的电脑的时候，他二话没说，就让媳妇把被子抱了出来，垫到了车上，以免将电脑颠坏。他也没让"博士"去幼儿园，因为他要让"博士"见见电脑。当然，"博士"对见不见电脑并不感兴趣。他感兴趣的还是那条狗。他已经给狗起了个名字，就叫"史努屁"。他竟然给狗带了二斤牛肉！此刻，他自己叼着一块牛肉，站起来，让狗从他的嘴上夺过去。那狗四条腿断掉了两双，所以无法跳起。他就给狗打气："史努屁，加油！"他一说话，肉就掉了下去，就从他的嘴来到了狗嘴。

　　孙良想打听的是章老师的病情，但铁蛋一句话就说完了："反正不中了，快咽气了。"铁蛋问："电脑里啥都有吧？"孙良说："有，想看什么就有什么。章老师到底是怎么病的？"铁蛋不耐烦了："癌嘛，癌都是气出来的。喂，想看别人媳妇脱裤子，能看吗？"孙良说："能看，咋不能看。你得告诉我，谁把他气成这样了？"铁蛋朝着骡屁股就是一鞭："真的？真能看别人的媳妇？"孙良说："哄你干什么？我问你呢，谁把章老师气成这样了？"铁蛋瞪了他一眼："你可真鸡巴啰唆。说点实在的，想把别人媳妇娶过来，能吗？"孙良说："能啊，只要你会上网，会聊天，能把黑的说成白的，把白的说成蓝的，就能。"铁蛋问："上！能把骡肉说成牛肉，把牛肉说成驴肉，为啥不能把黑的说成白的？上！

可啥叫上网啊？"孙良说："等你有了电脑，我回来教你。"铁蛋问："我还听说，你想在电脑上恶心谁就可以恶心谁？想知道啥东西，都能知道？"孙良说："当然。你想恶心我，你在电脑上骂我，我就查不出来你是谁。你要想知道贝克汉姆最近在干什么，上网一查也就全知道了。"铁蛋问："啥啥姆？干啥的？"孙良说："英国人，是个踢球的。"铁蛋说："踢球的？踢球干啥？没出息的东西！"孙良说："他踢球挣的钱，能把整个汉州买下来。"铁蛋"嘚"了一声，朝着骡屁股甩了一鞭："日他妈，你说他比栾明文还厉害？"孙良说："栾明文算个球，贝克汉姆却是踢球的，你说谁厉害？"

孙良给铁蛋递了根烟，铁蛋没接。铁蛋还抽他的中南海。孙良说："待会儿，我教你上网。可你得先告诉我，章老师到底是被谁气成这样的。"铁蛋终于解释了几句。铁蛋先把自己吹了一通，说他虽然没有考上大学，可在同学当中也是有名气的。谁能在电影院门口卖牛肉？全市只此一家，别无分店。章老师还说了，《庖丁解牛》这篇课文，本草二中的毕业生里面，只有赵中祥同学掌握了精髓，别的人都是纸上谈兵。为此，章老师还特意请他给学生们讲了一次《庖丁解牛》。讲完课，章老师就找他谈话，要他到学校食堂当厨师。他当然不干，厨师工资还抵不上卖熟肉赚的零头。章老师就生气了。后来他才知道，原来的厨师是副校长安排的，章老师是想把厨师都换成自己人。章老师将教务长换了，换成了他第一次当班主任时教的学生。把各个教研室的主任都换了，都换成了自己人。被换掉的人就联名告状，告他贪污、腐化，女教师要搞，女学生也要搞，只要掂起尾巴是母的，都要搞，搞，搞。他老婆死了好多年了，为什么还不结婚，不就是因为有的搞嘛。上头就查下来了。一查，日他妈，全都是八字没一撇的事儿。最后还查出章老师资助过好多学生，要是没有章老师，那些学生早他妈的搬着板凳回家了。但那些人还是要告，告，告。法不责众嘛，上头只好找个理由，要把本草二中砍掉，干脆砍掉。章老师就急了，急火攻心，病了。到医院一查，可不光是急火不急火，攻心不攻心，已经是癌了。阎王爷都拧住耳朵了，总该安生吧？不！还在到处招兵买马，招，招，招。这不，把远隔重洋的栾明文都找到了，硬是弄了他这么多电脑。"章老师还要让栾明文当名誉校长哩。"铁蛋说。孙良说："不会吧？章老师信里可没说这事。"铁蛋说："俺一个卖肉的都能干司务长，人家一个美国大老板为啥不能干校长？章老师说了，谁反对栾明文干校长，就是反对改革开放。"孙良笑了，顺口接了一句："还破坏中美关系了呢。"铁蛋愣了一下，说："还是你有学问。"他又要去拧"博士"的耳朵，让"博士"跟着"状元叔叔"多长点见识。"博士"没让他拧，"博士"举着"史努屁"，说："史努屁，咬，咬，咬，咬死他。"铁蛋只好把手缩了回来。铁蛋又问孙良："你说说，章老师到底图了啥，草驴换叫驴,图了个尿嘛。"说着,铁蛋突然凑近孙良,很神秘地说:"俺敢保证,他临时调来的那帮人,都在等着他快点死。他一死,他们就一拍屁股,该去哪还去哪。秃子头上的虱子明摆着的,他一死,要么是把二中砍掉,要么是那帮人再杀个回马枪。你信不信?你要不信,俺下辈子就托生成骡子,断子绝孙。"

说完"断子绝孙",铁蛋突然回头盯着"博士"看了一眼。"博士"已经睡着了,"史努屁"卧在"博士"怀里,哼哼唧唧的,很幸福的样子。铁蛋歪着头又看了"博士"一眼,说:"照你那么说,想知道你媳妇和谁睡过觉,也能查出来?"孙良笑了:"查不出来。因为你媳妇没有名气,有名气的人才能查到。你媳妇跟谁睡觉了,你只能去问你媳妇。"铁蛋说:"问了,她不说嘛。她说没睡过。"铁蛋说完,一捂嘴,不再吭声了。过了好半天,铁蛋才说:"不是俺媳妇。俺是怕别人把俺查出来。没办法,那娘儿们硬往俺的被窝里钻,俺是英雄难过美人关。唉,钱多了也不是啥好事呀。"铁蛋突然又问:"你刚才说啥?有名气的人都能查到?"孙良说:"当然。"

此时骡车已经走进了沙地,这是汉河的古河道。起风了,呜啾啾,呜啾啾。风吹沙子,吹得他睁不开眼睛。铁蛋突然喊了一声"吁",勒紧了缰绳,将马车停住了。"不行,那得好好查查。"他翻身下车,顶着风沙抱起了一台电脑。孙良连忙告诉他,查不到的,得接上电话线才能查出来。

305

但铁蛋就是不信，非要把电脑从箱子里取出。孙良问他要查什么，说到本草以后，就上网帮他查找。铁蛋说："不中，现在就查。这事天知地知，你知俺知，你可不能让第三个人知道。"孙良向他保证，绝不跟别人乱说。铁蛋说："俺就纳闷了。熟肉店恁好的位置，别人都租不到，俺媳妇跟电影院经理只是打了个招呼，那经理就答应了，一租就是四年，四年刚到头，又续租了五年。那经理很有名的，叫冯公，是教育局局长的儿子。俺得弄明白，日他妈，这到底是咋回事。"孙良说："别说冯公了，冯母也查不到。他在汉州有名，可在全国没名。"一口沙子吹进了孙良的嘴巴，眼睛也进了沙子。孙良又是揉眼，又是吐唾沫。他真想和他开个玩笑，要想查到他媳妇的丑事，除非他媳妇是跟相声演员冯巩睡的觉。铁蛋说："栾明文能不能查到？你呢，你也查不到吧？"孙良指着自己的鼻子："我？我肯定能查到。"他的口气很自豪。但说过这话，他的脑子就像眼前的河滩一样，沙雾弥漫。

　　走出古河道，来到汉河边的时候，风沙终于小了。汉河上新修的那座拱桥，孙良还是在章老师的信里知道的。章老师曾在信里说它"气势雄伟"，"长虹卧涧"，其实只有三拱，远看就像三个窑洞。走近再看，他看见桥头上竖着一个高高的广告牌。终于看清楚了，它就是栾明文公司的广告招贴画，光和影都清晰无比，与电子邮件中的画面完全相同，只是画面上的文字略有改动：

七世紀的中國唐朝……

十五世紀的佛羅倫薩……

十九世紀的巴黎……

二十世紀的美國硅谷

二十一世紀，文明的中心在哪裏？

美國維多利亞公司總裁

本草二中名譽校長

欒明文先生認爲

它又回歸了中國

铁蛋没有胡说，栾明文果然成了名誉校长。当骠车驶上桥头的时候，孙良又看到了真正的校长，他的恩师章永年老师。章老师就站在桥的那一头，由两个人搀扶着。印象中章老师的头发早就白了，可此刻，章老师却是一头乌发。他比以前瘦了一圈，本来是因为病重，可给人的印象却是成功地减肥了。只是他有些怕冷似的，过早地穿上了冬装，还围了围巾。孙良很远就跳下了车，很远就伸出了双手。他的手有些哆嗦，就像探雷。他可不是装的，而是确实激动。他很快又命令自己，不能太激动。他担心章老师受他感染，也过于激动，影响到身体。"您怎么知道我今天回来？"他握住章老师的手，问。章老师说："好，好。"孙良也认出了旁边站的两个人。他们也是孙良当年的同学。他们都指了指自己的耳朵。孙良立即明白了,章老师的耳朵已经聋掉了。他还不到六十岁,耳朵就已经聋掉了。孙良只好大声问他:"您怎么知道我今天回来?"章老师说:"电脑都拉回来了?"孙良指了指身后的骡车。铁蛋正朝着章老师哈腰致意。章老师指了指铁蛋,说:"博士熟肉店。"所有人都笑了起来。章老师这才拉住了孙良的手,说:"你现在也是个名人了,我听他们说,电脑上也有你的消息。你今天回来,就是他们告诉我的。他们就是我的顺风耳,千里眼。"那些人又笑了,包括那头骡子。骡子兴奋地打着喷嚏,刨着前蹄。只有两个人没笑,一个是孙良,一个是"博士"。"博士"不但没笑,而且哭了。"博士"拎着"史努屁"的前腿站在车上,"史努屁"的脑袋耷拉在圆滚滚的肚子上。它死了,它活活地撑死了。铁蛋敲着"博士"的脑壳说:"哭,哭个屁。不知道的,还以为是你爹死了。""博士"又哭,嗓子很尖,如哨子一般。铁蛋上去给他一耳光。章老师看见了,脸一拉,说:"赵中祥同学,你这样教育儿子是不对的。当年,我是怎么教育你们的?你应该好言相劝。"铁蛋连忙点头称是。然后铁蛋就对"博士"说:"晚上回家看你爹的。你爹回家就剥了它,剥了让你吃狗肉。"不哭了,"博士"终于不哭了。"博士"张着嘴,两只眼睛瞪得溜圆。"博士"说:"不吃,俺不吃。"铁蛋说:"你们看俺儿多孝顺,舍不得吃,非要让俺一个人吃。"

当天下午,孙良就把电脑装上了。当然不是他一个人的功劳，因为他的那两个同学也参与了，他们也懂电脑。因为原来的教室倒塌了，新的尚未盖好，所以他们借本草镇原来的粮库做了临时教室。地上鼠洞密布，课桌的桌腿有的刚好陷进鼠洞，但同学们仍然兴致勃勃。孙良给学生们上的第一节课，放的就是栾明文的那张碟子。他告诉同学们，栾明文头上戴的那个帽子，就是博士帽。栾明文旁边的那个黄头发女孩，是栾明文的妻子，相当于咱本草二中的儿媳妇。同学们都笑了，笑得很自豪。孙良又说，当然，因为栾明文现在是本草二中的名誉校长，咱们就不能说人家是儿媳妇了。应该怎么说呢？孙良讲到这里卡壳了。他挠着头皮想了一会儿。他的眼睛无意中看到了窗外站着两个人，一个是小王，一个是老吴。他们都示意他继续往下讲。孙良说："说儿媳妇不合适。章校长这么说可以，我们说不可以。不，也不能说婆婆。还是说中美两国人民的友好纽带吧。"这时候，碟子已经放到纽约世贸中心双子楼原址上的灯柱，又一个金发女郎被栾明文揽住了腰。孙良还没想好如何解释，下面就有一个男生说："第二个老婆！"孙良终于想好怎么解释了。孙良说："不，不是第二个老婆，是栾明文的秘书，也叫小蜜。"栾明文对着镜头开始了解说，说那灯柱是由八十八支探照灯组成的，为的是纪念"9·11"事件中的死难者。接下来他又说了一句："这两组灯柱要是放在本草镇，镇里所有的村子都将亮如白昼，相当于一百个月亮挂在天上。母亲们晚上做针线活，都不用开灯。"孙良看清了,同学们的眼睛都是闪闪发亮,好像看到了美好未来。当栾明文说他"身在美利坚,心在本草镇"的时候,教室里掌声雷动,把洞里的老鼠都吓出来了,四处飞蹿。接下来,是张明敏演唱的《我的中国心》,同学们全都站了起来,一起高唱"洋装虽然穿在身,我心依然是中国心"。

他们唱歌的时候,孙良走了出来。小王和老吴步步跟着他,好像怕他跑掉。孙良还看见了咖啡豆,咖啡豆涂了眼影,涂了嘴唇,俨然一个城市姑娘。她看到孙良,甜甜地叫了一声"恩人"。孙良没理她。孙良对老吴说:"我上个厕所。"他在粮站大院里找着厕所。小王和老吴比他还熟悉地形,把他领到了一个用茅草挡起来的地方。"你头上的绷带呢?"孙良问。小王嘿嘿笑了,笑得很窘。老吴说:"王向军同志转正了,升官那是指日可待,以后全市的音像市场都得归王向军同志管了。你看,坏事变好事了。"老吴解释,小王也是迫不得已,转业几年,都没有正式工作,这次总算解决了。地上遍布屎尿,有蛆虫正拖着长尾,朝外面爬行。孙良正找着下脚的地方,小王突然跪了下来。小王哭着求他跟他回去,把事情简单说说。小王还拿出一沓钞票,说:"一点小意思,请你收下。"老吴也表示,他的电脑不要了,而且他还要给他涨工资。孙良说:"我还你一个新的手提电脑,美国苹果牌的。"老吴似乎听岔了,说:"好,我再送你一个苹果电脑。"似乎担心他不相信,老吴立即拿出一份打印好的工作合同。孙良说："我不能走。我还没给我妈上坟呢。"老吴立即表示，三个人一起去上坟，干脆三跪九叩，来个坟前三结义。孙良笑了，想，我妈没坟了，到哪里跪去？咖啡豆在草墙之外，说："你就跟我们回去一趟嘛。你是我的革命领路人，我还能骗你不成？不就是罚个款嘛。我替你掏了。"小王依然长跪不起，任凭孙良的尿溅他一身。

二〇〇四年五月二十日　北京

悬　浮

第　一　章

一

杜衡的脑袋相当大。他就像个婴儿，脑袋肥硕而四肢纤弱。在汉州晚报社，他的绰号就叫大头。尽管上大学的时候，大头就是他的绰号了，可他总觉得，既然已经参加了工作，那就应该像金蝉脱壳那样，摆脱掉这个不够好听的绰号。所以他对这个绰号总是表示出强烈拒斥。他想，我将来进了火葬场，朋友们肯定会拿我的脑袋开玩笑，说"这一瓮骨灰，起码有五分之一是脑袋烧的"。想想自己可能终生难以摆脱掉一个绰号，他就感到悲哀。时间一长，这竟然成了他的一块心病。

后来，有一个朋友把他的心病给治好了。这个朋友叫孙良。孙良刚从一所师范大学调过来的时候,有一天把编好的稿件送到他面前,让他签发。"签吧,大头。"孙良说。

"你说说,是签'大头'呢,还是签'杜衡'?"杜衡一边抚摸自己的大脑壳,一边盯着孙良问。一个刚调过来的人,屁股还没有坐热,当着那么多编辑的面这样叫他,实在是太不像话了。

"当然要签'大头',"孙良说,"我一来,朋友们就对我说,你是编辑部主任,是我们这些人的头头,所以应该尊称你大头。"

孙良这么一说,他的火气就下去了一半。从这天开始,他就在所有送审的稿件上签上"大头"两个字。他还觉得这两个字笔画简单,写起来方便省事,无形中提高了工作效率。慢慢地,他还喜欢起了这个绰号。现在,每次谈到自己,他都喜欢自称"大头"了,采用的都是第三人称的叙述方法:"大头这几天尽管身在外地,但他一直想着朋友们";"大头虽然忙得不可开交,但你交代的事,他一点都没有忘";"家里的那两个小家伙,迟早会把大头折磨死";"你不知道,大头他真是惨透了"……有一天,领导要他去总编室汇报工作。敲过门之后,领导问"谁呀",他说"是大头啊"。汇报完工作之后,领导从桌子那边绕过来,亲切地伸出手摸了摸他的头,还在后脑勺的地方拍了两下。在那一刻,他觉得"大头"这个称谓真是妙不可言。

二

确实有点妙不可言，大头不能不这样想。和宋路遥再次接上头以后，他更加相信，在重要的场合，自称"大头"比说"我是杜衡"的效果要好上许多。其实在遇见宋路遥之前，他已经有过一次简洁明快的艳遇。大头的一个崇拜者有一天来找大头，想让大头给介绍一下当记者的经验——她刚从一个小城市调到汉州。大头对她说："你不要叫我杜主任，就叫我大头吧。你叫大头给你干什么，大头就给你干什么。"那个女人怯生生地喊了他一声大头，脸就红了。大头说："脸红什么，你不是已经叫我大头了吗？这已经说明你和大头的关系不一般了。"两天之后，大头和她的关系确实不一般了，两个人不管干什么，她都能做到脸不红心不跳。大头趴在她身上，想，这样经验老到的女人其实是不需要他来辅导的。他还想，她很可能是想到晚报社，才在他面前玉腿横陈的。一想到这一点，大头就把她支开了。整个过程被大头处理得干净利落，毫不拖泥带水。不消说，事后大头很希望这样的艳遇能够多来几次。

大头就是在这样的期待当中偶然遇上宋路遥的——真是巧啊，他真是没有料到多年之后还能遇上她。那一天是星期五。下午，他到华联商厦采访一个女经理。女经理的人生道路非常引人注目：一个站在门口做微笑服务的迎宾小姐,一年之内就成了华联商厦的一个商场经理,并且当上了全国的"三八红旗手"。读者喜欢这号人,读者就是上帝,所以大头得去采访。大头在前迎宾小姐的办公室(兼卧室、会客室)待了两个多小时,两人相谈甚欢,谈到兴头上,前迎宾小姐还准备向报社赞助一笔钱。可是,就在这个时候,汉州市的一个书记打来电话,要约她出去洗脚,她只好把大头送了出来。从小姐的房间里一出来,迎面而来的热气差点把大头给掀倒,大头立即有一种倒闭之感,只好倚着身边的收银台喘了一会儿气。他的嘴张得那么大,就像是一条濒死的鱼。

如果他一直在那里喘气的话,他或许就不会遇到宋路遥了。往前推,如果汉州市的书记没有打来电话,他还在和那个前迎宾小姐聊天的话,他也不可能遇到宋路遥。当然,如果他没有在张森那里见到前迎宾小姐的照片,还让张森来采访的话,他也不可能遇到宋路遥。虽然大头曾多次在梦中和宋路遥相逢,但是从这天下午开始,大头经常嘀咕的一句话将是"大头要是没有遇见她该有多好啊"。

大头手里捏着前迎宾小姐塞给他的一沓优惠购物券,他准备到电器商场逛逛,买一套家庭影院。电器商场设在三楼,他从四楼下来,在影院的柜台前玩弄遥控器的时候,有个女人拎着购物袋走了过来,站到了一排电视机前面。大头也往那边看了几眼,他同时看到了十几个频道的

315

电视节目：克林顿总统谈访问中国的感受；南斯拉夫的内战；湖北的水灾；全球两亿三千万的妇女渴望戴上避孕套；汉州的主要领导人在和烟厂工人座谈火灾问题……当然，大头也没有漏掉电视机前面的那个女人，但他没有继续盯着她。这是因为，她身边又来了两位穿着三点式泳衣的姑娘——她们皮肤通红，屁股撅得很高，股沟分得很开——大头当然要着重看看她们。那两个姑娘走开之后，他的目光才重新落到原来那个姑娘身上。这一看，他心里顿时就咯噔了一下，他发现她很像是宋路遥。为了不至于搞错，他又盯着她的侧影看了一会儿。

没错，就是她，就是她啊。确认了这一点之后，大头顿时有点惊讶：这么多年来，她好像没什么变化，时光好像在她身上驻足了。她仍然保持着当学生时的发型、容貌、体态——在他的梦中，她就是这副形象。

三

宋路遥当初说过的许多话，大头还记忆犹新。其中有一句话，他记得最清楚："新婚之夜，我拿出来的可不能是一笔糊涂账。"大头还记得说这话时的情形。那一天是国庆节，他把大三学生宋路遥领进了他的单身宿舍。这个时间是他精心选择的，因为国庆节学校要放两天假，她晚上不回去，同宿舍的那些爱打小报告的学生也不会起疑心——

他这都是为了她好啊！在此之前，他已经向她表白了爱情，她没有明确地拒绝他，只是说她要认真地考虑考虑。她究竟是怎么考虑的，他不知道。不过，她说过这话之后，就去买了两套新裙子，在学校门口的发廊里做了新发型，另外，她还拿着新写好的抒情诗到报社找过他两次。这些举动，他看在眼里记在心里，随后就去买了一打避孕套，藏在枕头套里。国庆节那天晚上，他把她领进单身宿舍的时候，他的那个玩意儿已经硬了好半天了。他把自费印刷的诗集《淹不死的鱼》送到她的膝头，让她慢慢研读，然后又打开电视机，让她先独自欣赏国庆晚会。忙完这个，他就溜了出来，到走廊尽头的公共厕所里，把事先准备好的避孕套戴了上去——在他的想象中，当着姑娘的面戴避孕套，好像总有点不对劲。

那天的晚会拖得很晚，大约到了十一点半才结束。这期间，他不得不耐着性子边看电视边和她谈诗论文。他还谈到了她的名字，夸她的名字起得好，有着非常好的意象。这么说的时候，他的脑子里也可以说意象纷呈："路"字让他想到了深深的隧道和煤窑的天井，而"遥"字让他想到了同音的"要"和"邀"——我邀请你来，就是想要你。单是她的那个姓氏，就让他浮想联翩，那个"宋"字让他拐弯抹角地想到了什么东西的松和紧。

"路遥，你这个名字好是好，也能给人丰富的联想，不过，这跟陕西的一个作家重名了。你应该再起个笔名。"

"我觉得这名字挺好，或许再过一百年，人们会认为是他有意要跟我重名呢。"她笑着说。

好不容易等到节目演完了，他正要下手，她又突然提出上楼顶看看焰火。等他磨磨蹭蹭带她爬到楼顶的时候，焰火已经快放完了，不过那种火药和硫黄的气息仍在空中蔓延。他说硫黄的气味对容貌有害，还是回到房间里好，可她却执意要等焰火放完。时逢仲秋，天已经有点凉了。他问她冷不冷，借此把手放到了她的肩头。

"璀璨的焰火一闪而逝，就像短促的梦，真不该让这样的夜晚溜掉。"她说。

"大头也不能放过今晚。"他嘀咕了一句。顺便说一下，"大头怎么怎么样"这个句式，最早可能就起源于此，它带给他一种局外人的感觉，仿佛他所做的一切都游离于自身以外，使他能逃脱道德的樊篱。

回到房间之后，事情变糟了。虽然她并没有立即走掉，但他的如意算盘被打乱了。他虽然可以把她剥得一丝不挂，但她却不允许他长驱直入。她像一只诱人的猞猁兽，皮毛细软，行动敏捷，性情既温顺又凶猛。拉扯了半天，他只好无功而返。他光着身子站在那里，上面还带着一只已经脱掉了半截的套子，看上去，真是一个地道的傻瓜。

宋路遥的那句话，就是在这种情形下说出的。她护着自己，说："你不要生气啊。新婚之夜，我拿出来的可不能是一笔糊涂账。"说过这话，她还用手指点了点他的前额。

点他前额的动作,使诗人杜大头为那句话找到了具体的所指——他认为那笔账最后就是要给他看的。毫无疑问,他为此而感到了一丝安慰。但与此同时,不安和悲哀也深入了他的骨髓。他缩在床角,想:时间太长了,我怕是坚持不到那个时候了,我没有那份耐心。

四

大头身上没带现钱,只有一沓购物券。而一走出商场,那些购物券就成了废纸。也就是说,他要是想借吃饭的机会摸清她现在的底细,他只能请她在商场里面吃饭。而在商场里吃饭,他又有点不乐意,因为那里太乱了,太嘈杂了,想说几句悄悄话,都不大可能。

刚才,当宋路遥也认出了他,并且用开玩笑的口吻说"哟,这不是大头吗"的时候,他立即觉得他和宋路遥之间的那种隐秘联系似乎并没有断绝,很有必要和她畅谈一番。如果交谈融洽,能够谈到妙处,或许就可以在一起住上一夜,一了夙愿。

后来,他们就在华联商厦一楼的冷饮店里坐下了。那里确实很嘈杂,他们必须高声说话,才能让对方听见。双方像吵架似的,高声谈到了自己的工作。大头说他还在晚报社上班,诗还是照写不误。"有些诗,连诗评家也看不明白,只有两个人能看懂。"说着,他就沉思了起来。沉思了片刻,

他拿起一只易拉罐,把上面的商标撕下来,在背面写道:

美丽的猞猁兽
被运到了五龙
面容依稀如梦
阳光照耀着你
温暖你的秋冬

这首歪诗(如果它也叫诗的话),是他临时诌出来的。他已经多年不写诗了,现在,他觉得自己这么胡诌一首,还是挺像那么一回事的。诗的最后两句,是他刚进商场的时候,在"换季大处理"的毛线柜台旁边看到的广告词,当然,他还是稍稍做了一点改动。而诗中的五龙,就是宋路遥现在居住的城市。那里离汉州大约有五百里。

"我写的大都是这种诗,你说说,除了在座的两个人,谁还能看出门道?"

"猞猁是什么东西?"

"什么东西?最贵重的东西,是林子里最美丽的动物。如果有人想翻译这首诗的话,我就要提醒他,一定要在辞格上突出它的性别,因为它是女性动物。"

"哦,这么说来,你在五龙住过一段时间?你是不是在五龙养了一个小情人?"宋路遥捏着那张印刷精美的纸片,问他。

"别瞎说,大头可是一个规矩人,非常看重旧情。"

大头举着喝空的易拉罐,向宋路遥发誓。易拉罐被他捏得嘎巴作响,迅速变得干瘪丑陋。因为他的嗓门突然提高了,所以有不少人都扭过脸来,欣赏到了他举罐发誓的英姿。他也注意到了这点,所以他乘机把大大的脑袋凑到了宋路遥面前,同时压低了嗓门:

"那些人都在看你,都被你给迷住了。"

"他们也在看你。"

"那还用说,那些男的都恨不得把我给杀了。"

"为什么呀?"

"还能为什么?嫉妒呗。他们都认为我们是一对情人。"

"那他们一定会失望的。大头,我得走了,因为我还要赶火车。"

五

现在是七月下旬,合中国旧历的三伏,是一年中最热的时候。在这样能把人活活蒸死的季节里,除了看看影碟打打牌,看看世界杯录像,几乎什么都干不成。由于人多了,会增加房间的热度,所以大头让老婆带着孩子回娘家去了。这天中午,大头正躺在地板上睡觉,一帮同事吵吵嚷嚷进来了。他们满身酒气,一进门就摇摇晃晃地高唱《国际歌》。他问了一下，才知道是一位搞广告的朋友发了一笔横财，请他们在外面撮了一顿。一个叫鲁启明的人说，那个朋友还要单独请大头吃饭。

后来他们就坐下来打牌。这一天，大头的手气很好，连坐了几庄，其间还自摸了两把。那三个人晕晕乎乎地就把钱送进了大头的腰包。鲁启明大概没喝多少，他的脑子比较清醒。他坐在大头右手，对大头嘀咕："让我也赢一把呗，你光赢不输，多没意思。"

要是别人这么说，大头肯定会生气——你这不是咒我输嘛。但对鲁启明，大头只能一笑了之。这是因为，在大头看来，鲁启明还是一个孩子。童言无忌，完全可以当成耳边风。鲁启明这小子似乎永远长不大。尽管他在北大读了四年书，但在许多方面仍然像个白痴。大头喜欢这个白痴，他知道，白痴往往是最可靠、最容易打交道的朋友。当然，大头有时候也觉得鲁启明并不是白痴，那种白痴状，是他故意做出来的，是他的一种处世策略。别的不说，鲁启明能把一个漂亮女孩勾到手，就说明他还是很有一套的。去年秋天，当鲁启明把他的女朋友领到报社时，大家都说，鲁启明真是傻人有傻福。那个女孩真是漂亮，往门口一站，就让人浮想联翩，腿窝子发热。大头觉得那个女孩和多年前的宋路遥存在着很多相似之处。当天晚上，大头就有了一次愉快的梦遗。想想看，他没能把宋路遥搞到手，而鲁启明却把那个女孩搞得服服帖帖，这说明什么呢？

　　这天下午三点钟左右，鲁启明也实现了他连坐三庄的伟业。别人一赢牌，就会非常谦虚，而鲁启明相反，他一赢就要饶舌，向别人介绍他赢牌的经验。他终于把孙良给惹急了。孙良打起牌来啪啪作响，烟抽得更凶，并且把烟雾吹向桌面。就在这个烟雾缭绕之中，大头突然想起了宋路遥临走时扔下的一句话。他和她走出华联商厦的冷饮店的时候，她说她经常在星期五来汉州。她不让他送她，说她要是有余暇，再来汉州时会到报社找他的。当时，他想那很可能是宋路遥摆脱他的借口——现在他这样看了：如果她真的来了，没能见到我，她很可能会骂我失约呢。

　　鲁启明又坐上了庄。听大头说要撤掉牌局，他很不高兴。他说，他正准备输呢，给女朋友买项链的钱已经补够了，多赢的那一点正准备输给朋友们呢。"你们就让我输一会儿吧。"他说。

　　"我总觉得今天单位里要出事。"大头说，"你们要是还想打，就跟我到单位里打。"

　　"很可能已经出过事了，去也来不及了。"鲁启明说着，又把牌码上了。

　　孙良站了起来，对大头说："让启明自己在这里打吧，这样可以保证他每回都他妈的自摸。"

六

那天下午，大头扑了个空。值班编辑说并没有什么女人来找过他，也没有接到什么宋什么路什么遥的电话。

大头迫使自己冷静了一下。他想，看来宋路遥只是顺口说说，并没有完全当真。他觉得自己的反应有些过于强烈了，有点大惊小怪，也有点荒唐可笑。但是只过了短短的一会儿，他的想法就变了：这怎么能说是荒唐可笑呢？怎么能说是大惊小怪呢？她迟迟不结婚是什么意思？她到底是给谁留着呢？这恐怕不能说和大头毫无关系吧？唉，我要是没有再遇见她，那该有多好啊。

鲁启明他们又打起了牌。大头打了一会儿就退出来了，由张森补了他的缺。因为是在单位，所以他们这次打的是扑克。大头离开牌局，来到了窗前。他望着骄阳下的空旷的街道，脑子里出现了短时间的空白，空白过后，又有了一阵胡思乱想，一阵快乐的愿望。接着，有一段屈辱的记忆，像胃里冒出来的酸水似的，涌了上来。

大约是在那个失败的国庆节之后第三周，他想，和宋路遥的事真的不能再往后放了，已经到了非解决不可的地步了。他觉得他对宋路遥确实是有爱情的。他之所以觉得确实有爱情，是因为他在半个多月的时间里，为了转移他对宋路遥的注意力，和一个银行的点钞员睡过几次，但是，越睡他就越觉得他忘不了宋路遥。点钞员的脸蛋、腰肢、胸脯、小腿肚，都是没得说的，吃饭的时候，也不用他付账，总之各方面都让他挑不出刺来。可是，他就是忘不了宋路遥，忘不了她的极力反抗，忘不了她要保留下去的贞洁。他想到，自己那天似乎并没有给她来硬的。要是真来硬的，她的反抗也只能是白白挣扎。也就是说，他其实也是珍惜她的贞洁的，而这就是爱情的最好表现。这么一想，他对宋路遥的爱情就更加强烈了。

十月底的一天，他就又去找了宋路遥。那天，和宋路遥同寝室的一个女生过生日，他到了以后，寝室里已经挤满了人。其中还有两名军人，大头想，他们大概是来为新生搞军训的。所有人都很热情，欢迎诗人杜衡大驾光临（他跟这个寝室的人都比较熟）。她们请他吃蛋糕，他就切一块蛋糕放到嘴里；要求他出个节目，他就站起来，把灯拉灭，借助一个台灯，用手指配合，在墙上映出猫啊、狗啊、小老鼠啊等小动物的投影；她们让他献诗，他就当众念了一首爱情诗。他念的是那首叶芝写给毛特·岗的《当你老了》。念诗的时候，他发现宋路遥面色有点忧郁，似乎被他触动了神经。这让他心中大喜。可那个过生日的女同学却突然哭了起来。他看到宋路遥搂住那个女孩的肩膀，做起了安慰工作。大头想，怎么搞的，我原来以为宋路遥会哭，可谁料到半路上杀出了这么一个程咬金。他正这么想着，突然看到宋路遥也是泪水涟涟了。后来他才知道，那个女孩刚刚失恋。

事情是怎么收场的,他已经记不清了。他现在记得他到楼下等了一会儿,宋路遥就出来了,然后他们就来到了图书馆逸夫楼前面的草坪上。往草坪上走的时候,他已经把想说的话倒出了许多。说他真的是爱她,觉得在心里和某种神圣的东西签订了契约,那契约对他说,他只有去找宋路遥,才能有爱,诸如此类。

图书馆突然变得黑灯瞎火,草坪上也暗了下来。他把手放到她的肩上。她把那只手拿开之后,他就把另一只手放了上去。这时候,他的肩头也落了一只手。他顺理成章地认为那是宋路遥的手,是对他的回应,所以他就把嘴巴贴了上去。那阵短促的笑声就是这时从黑暗中传过来的。还没等他把上面的手指吻遍,他的嘴巴就结结实实地挨了一拳。宋路遥惊叫了一下,就跳开了,躲到了一边。

那个揍他的人是谁,他到现在也没有搞清楚。他记得那个人的力气相当大,像拎婴儿似的,一下子就把他拎了起来,把他扔到了几米开外。砰的一声,他的脑袋就撞在了草坪边沿的铁栅栏上。那人紧跟着撵了过来,又朝他的肚子踢了一阵。

"别打了,求你们别打了。"他听见宋路遥说。

"是他在打我。"

他正要这么纠正她,嘴巴上又挨了一下。后来那个人就拉着哭泣的宋路遥走掉了。第二天,他发现自己丢了一颗门牙。他有好多天没有见过宋路遥。镶了牙之后,他去找了学校的保卫科。保卫科的人把他嘲笑了一通,最后送给了一个模棱两可的回答:"虽然我们也常揍人,可我们下手没这么狠。如果真是我们的人干的,那也只是耍酒疯,是一时失手。你看着办吧。"他等着宋路遥来给他做个解释,可是宋路遥迟迟不露面。他想,她很可能是出于羞愧,才不敢来见他的。既然如此,那他就再找她一次,使她有台阶可下。他果真找了她,宋路遥对他说的第一句话是:"平白无故镶牙干什么,你是不是觉得这很好看?"他从此再没有找过她。后来听说她被分配到了五龙市。有一次,他在路上碰到了那个在生日那天哭鼻子的女孩。那个女孩对他说:"杜衡啊,其实宋路遥一直没有忘记你。你怎么让她一个人走了?"这一句话,引得他好多天睡不好。有那么一段时间,他怎么看老婆都不顺眼,只好找机会把她打了一顿,心里才感到稍微舒坦了一点。

七

宋路遥啊,宋路遥,你又把我的胃口给吊起来了。

既然吊起来了,那就应该往里面填点东西。也就是说,应该在宋路遥身上有所作为。大头立即想到,自己应该往五龙市跑一趟,再见见她。如果她对他还有兴趣,他就对她说,他正在办理离婚手续。总之,他要想尽办法,先哄着她睡上一觉再说。

问题是,"想尽办法"就能睡吗?如果他在五龙待上几天,就能把她给睡了,那她还可能是贞洁的吗?事情是明摆着的:她是那样引人注目,打她主意的男人一定不在少数,如果这些人想想办法就能和她来上一次,那她的贞洁早就飞到九霄云外了。

想到这里,他不由得大吃一惊。他还想到了与皮肉有关的问题:如果她身边正好有一个身强力壮的情人,那他不就是要去送死吗?

第 二 章

一

好多时候,一件微不足道的小玩意儿,都能给人带来奇妙的感受。坐在通往洛阳的火车上的鲁启明,现在就还沉浸在一种奇妙的感受之中。这种奇妙的感受来自他脖子上的一挂项链。几个小时之后,这挂项链就将出现在王琳光洁的脖颈上,项链上的蓝宝石坠子将在王琳的乳沟里晃悠。

买项链的时候，他并没有想那么多。他只是想，既然王琳喜欢这种首饰，那就给她买一个吧。第二天晚上，他把项链从盒子里掏出来的时候，突然想起了小时候玩的樟脑丸——"樟脑丸"这个名字是他上了大学之后才知道的，以前他一直把它叫做臭弹。在四处乱爬的蚂蚁周围，用臭弹画出一个圆圈，蚂蚁就只能在圈里活动了，外面的蚂蚁也就爬不进来了。他觉得，这挂项链就是臭弹。它能不断地提醒王琳，不要做出越轨之事。同时，它也能提醒别的男人，王琳已经名花有主，你们就不要在旁边磨蹭了。一想到这里，他的感受就有点妙不可言了。说起来，正是这挂项链，促使他改变了行程，有了这趟洛阳之行。

一想到杜大头正在翘首等待他的行动的结果，鲁启明就感到好笑：大头做梦也想不到我会来洛阳。我究竟去不去五龙，还得看我是否高兴。高兴了，我就去和宋路遥周旋一番；不高兴了，我就从洛阳直接打道回府，然后想办法把他对付过去算了。进站之前，看着大头在候车室里朝他直摆手，他就差点笑出声来。

王琳在洛阳的一所中专教书。掐指算来，鲁启明已经有一个月零九天没有见到她了。这期间，她回了一趟济源老家。她在济源给他打电话说，她最多在家里待上十天，然后就回洛阳给函授学生上课。"我无法到汉州看你了，你要好自为之。"她在电话里说。

以前，他每次来洛阳，事先都要给她打招呼，可这次是个例外。这样挺好，能给她带来一个惊喜。他也没有像往常那样捎很多礼物，只带了两样东西。一样就是那挂项链，另一样是一包双蝶牌避孕药膜。

鲁启明是第一个跳出车厢的。这个时候，他还没有意识到，装在衬衣口袋里的车票其实是一张废票。是啊，那是一张往五龙去的车票，他本来是应该在五龙下车的，他要见的女人，不应该是王琳，而应该是那个在杜大头的讲述中变得神秘莫测的性感尤物宋路遥。在他沿着地道跑向出站口的时候，他忘掉了这一点。周围的嘈杂声他充耳不闻，满脑子都是记忆中王琳那柔情万种的声音。他奔跑起来，而他奔跑的姿态，不能不引起验票员的注意。

二

他把记者证、作废的车票、巴掌大的采访用的笔记本、手机一起放到了铁路警察面前。他对他们解释说，他并不是有意上错车的，而是临时得到了通知，让他改道来洛阳，来这里采访一个叫王琳的女教师的。那些人怀疑他的记者证是假的，因为这里刚刚出现过假冒的记者，市里要求他们协助把关。他们提出要跟汉州晚报社联系一下，看有没有他这个人。这使鲁启明顿时慌了手脚。他对他们说："这就没有必要了。简便的办法是让王琳来车站接我,一切就可以搞清了。还有一个办法,就是由着你们罚款,想罚多少就罚多少。"

他给王琳所在的学校打了个电话,让传达室的人去找一个王琳,他待会儿再打电话过去。关掉手机,那帮警察就笑了。他们说,他们其实也不想让记者同志为难,之所以这样做,实在身不由己。过了一会儿,他又把电话打了过去。这次是王琳接的电话。为了挽回面子,当着警察的面,他对着手机说:"是王琳同志吗?你快点来车站接我吧,我是汉州晚报社的鲁启明。"那帮警察这次相信了他,把他放了出来。

他虽然走出了那个S形的铁栅栏,可他不能走远,因为他一走开,王琳就可能扑空,事后就会朝他发脾气。因此,他只能在出站口外围一带活动。考虑到从未让王琳来接过车,他想,现在急需在王琳到来之前,买一些体重量大的东西放在身边,让她知道,他之所以让她来接车,实在是迫不得已。

午后两点多钟,王琳乘坐的夏利出租车出现在他面前时,鲁启明已经买好了一台春兰牌空调和一箱烂了大半的葡萄。尽管在骄阳下烤了那么长时间,让他心里窝火,可是,一看到王琳那双光溜溜的腿从车门里伸出来,他的火气还是消掉了。

"怎么有股烂葡萄味?"王琳上来就说。

"你的鼻子真灵啊。这是我们单位发的。在我的房间里再放两天,它们就变成葡萄酒了。"他说。

"这箱子里装的是什么?"王琳问。

"空调啊。"鲁启明扭脸对站在一边的司机说,"把它们都搬上车,我另外再给你一份钱。琳琳啊,你不知道,从汉州到洛阳,它们差点把我给累死。"

在车上,他没有搂抱王琳,因为他担心他那一身臭汗会把有洁癖的王琳呛晕。他只是把手放到了她的膝盖上面。和恋人相聚的最初时刻,往往饱含着紧张。鲁启明多次经历过这种时刻,他对此非常迷恋。他觉得,在紧张之中,还有一种微妙、动人、悸动和愉快。现在,他就通过手指和膝盖的接触,体会着这样一种状态。摸上去,王琳的膝盖有点凉,在酷暑中,那是一种让人很惬意的凉。王琳怕痒似的来回晃动着她的膝盖。而随着那晃动,她的裙角一点点地收了上去。这让鲁启明很满意,因为他的手可以随着那裙角向上移动。

他担心司机看见他的小动作,就观察了一阵司机。他发现司机手指上套着一个戒指,他很快想到了项链。这么重要的事,怎么忘了说?他赶快把项链从领口拽了出来,像捧着一块冰似的,小心翼翼地把它捧在手心。

"琳琳,快看啊。"

"这也是你们单位发的?"王琳说。

"别管那么多,先猜猜它值多少钱。"

"两千,"王琳说,"两千五。"

"好好猜。"

"一百到一万之间。"王琳说。

三

晚上,鲁启明被王琳安排在办公室睡觉。办公室就办公室,鲁启明想,这里更宽敞,活动起来更方便,而且,这里已经有了现成的空调!他对王琳说:"你的房间那么热,明天就把那台春兰空调装上去吧。装了空调,房间里要舒服得多,你在这里睡一觉就知道了。"

王琳出去买枪手(一种速效灭蚊灵)的时候,鲁启明盘腿坐在桌面上,给大头打了一个电话。事先,大头曾交代他,一到五龙,和宋路遥一接上头,就要把电话打过来。所以,这会儿大头一接到电话,就问宋路遥现在怎么样。"什么怎么样?"鲁启明说,"是她的身体,还是她的婚姻?是对我的态度,还是对你的态度?"那边的大头急了,鲁启明都听见了他跺脚的声音。大头毕竟是他的领导,所以大头一急,他就不敢再开玩笑了。他说:"大头,我比你还急,跑这么远,连她的一根毛都没有见着,我能不急吗?可是,她星期五去了汉州,到现在还没有回来。我在这边也是干着急没办法啊。"

"那你就在那里等着吧。不过,我要交代一句,你见到

333

她，可不要胡来。"大头说。

"那还用说。你不是说宋路遥和我的王琳很像吗？这样的女人我肯定是非常珍惜的。"鲁启明说。

王琳回来时，鲁启明正躺在桌案上发笑，并且像打拍子似的，有节奏地用脚掌拍打着桌案。看见王琳拎着枪手和暖水瓶站在门口，歪着头看他，他就从桌上站起来，学着她的样子，也歪着头看她。出乎他的意料，他的滑稽模仿不但没有引王琳发笑，反而让她有点不高兴。"下来，"她说，"对面的人老远都能看见你这副鬼样子，你知道吗？"

他跳下桌子，把电灯关掉了。"这不就行了吗？"他说，然后顺势抱住了她，像舔蜜似的，在她的脸上舔了起来。王琳的嘴巴暂时还没有堵死，还能说出"身体不舒服"之类的话。当他的舌头拱进那个洞穴之后，她就只能用鼻腔发音了。鲁启明就爱听她用鼻腔发音，所以他死死地堵住了那个洞穴。

"我有点不舒服。"当他咬她的耳尖的时候，王琳说。

"我确实有点不舒服。"王琳说。鲁启明这时候正噙着她的乳尖。

王琳接着就不吭声了，并且主动配合了他。她就像个吸盘似的准确地把他吸溜了进去。她的过分激动有点出乎他的意料。他感到自己的屁股都被掐出了血。激动中，她还说了几句济源土话，大致意思是"加油干"一类的。当他像一截无用的阑尾从她体内飘出来的时候，她似乎还意犹未尽，又在他的肩膀上咬了一口。

"别开灯。"王琳喊了一声。她要在黑暗中穿衣、下床。黑暗中，近视的鲁启明（还多少有点虚脱）一时都有点搞不清王琳站立的位置。过了一会儿，王琳说："开灯吧。"

开灯之后，鲁启明发现王琳已经站到了门外。

四

他送王琳走时，王琳说她的身体确实是不舒服，得赶快回去吃药。他问她是否来了月经，王琳说知道了还问什么，她说她真的有点肚子疼。

第二天王琳是否仍然肚子疼，鲁启明是不知道的。早上，鲁启明来到王琳的单身宿舍时，王琳已经起床了，并且已把他昨天换下的衣服洗了，晾在了两棵榆树之间。他看到床头的桌子上，放着车票和几张零钱。它们显然和衣服一起在水中泡过了。不过，车票上的"汉州""五龙""票价"等字样还没有完全褪掉。它们看上去很模糊，一夜没有睡好的鲁启明现在有点头晕，觉得那张硬纸片就像是来自时间之外的虚幻之物。

一堆蓝色红色黄色的药片放在车票旁边。王琳的目光就落在那些药片上。它们看上去是那么精致、灵巧、寂寞而又热烈，给人以特殊的美感。

王琳在收拾桌子上散乱的东西。但她对车票药片，只看不摸。她上身穿着真丝黑衬衫，乳罩的带子清晰地映了出来；下边穿的是红裤子。在北京上学的时候，这条红裤子就跟着她，她只在来经期间穿它，为的是防止经血外露。

"这个五龙是不是那个五龙？"王琳问。

"哪个五龙？"

"前段时间，我还在你们的报纸上看到一条新闻，说那里要建一个亚洲最高的电视塔，比上海的东方明珠电视塔还要高。据说，塔还没有建成，就有人去那里找死了。是不是这个五龙啊？"

"是啊，前段时间我还见过那个电视塔。五龙市现在的象征就是它。"

"你是什么时候去的？"

"就是你回济源的那段时间。我和我们的编辑部主任杜衡在那里待了几天，采访一个女企业家。我对那个小城市印象很好，有空我带你去玩。"

鲁启明不知道自己怎么一开口就是假话。他并不喜欢这样，可是话一出口，就覆水难收了。他从未去过五龙，除了知道那里有一座正在修建的电视塔，有一个叫宋路遥的女人之外，他对它其实一无所知。

鲁启明说，应该叫一个电工把空调装上。王琳说电工一放假就回老家了。"那我就自己动手吧。"鲁启明说。他走到墙角，把纸箱拉开，招呼王琳帮他把空调取出来。但王琳制止了他，说她有一个朋友会摆弄电器，可以打个电话把他叫过来。鲁启明说，自己能干的事，干吗要麻烦别人呢，还是自己来吧。但王琳说，还是行家安得放心，免得以后因为安装问题出什么毛病。鲁启明就没有再坚持，因为他知道，经期中的女人，脾气往往有点古怪，喜欢抬杠，凡事都应该顺着她来。

　　王琳出去没多久就拐了回来。他没有问她是否找到了人，她也没有再提此事。她一回来就向他提起了五龙，并说她喝过五龙产的茶，吃过五龙的金针花和蘑菇。当她又谈到五龙出美女的时候，鲁启明觉得有点不对头了，应该及时地反驳一下，免得她的醋意越来越浓。"别的你说得都对，就是这一条说得不对，就我所知，那里的姑娘并不出众，因为那里的水土不好，含有一种可以丑化人的矿物质。漂亮姑娘当然也是有的，但那都不是本地产的。譬如，我前面提到的那个女企业家，她长得确实不错，可以说是非常俊美，但她也不是本地人。喂，你知道吗，那个女企业家和你长得有点像。不骗你，不信你可以去问我们的主任杜衡。他都被她迷住了。"

　　"是你自己被迷住了吧？"

　　"你怎么能这样说呢？"

　　"如果我是你，我就不会放过那个女人。"

337

"你越说越离谱了。"

"什么呀，一点都不离谱。你在五龙一待就是十多天，音讯全无，我当时就猜你肯定是被哪个女人迷住了。你就大大方方说你爱上人家不就行了，干吗要给我绕圈子？什么采访呀，车票呀，五龙有多好呀，反复向我暗示。不用说，那串项链就是人家送给你的。"

"我是男的，戴项链做什么？"

"让你送给我做解约礼呀。好吧，我就收下了。"王琳说着，笑了起来。

鲁启明以为她的玩笑已经开完了，就上前抓住了她的手。他突然发现王琳的食指上戴着一个亮闪闪的戒指。他被那个钻石戒指吸引住了，搬过她的手看了又看。

钻石上的光，突然照亮了他的意识，并在那里画了一道深沟：原来是王琳在绕着圈子说话；她刚才逼我招供，莫非就是要找到摆脱我的借口？

五

王琳说的那个会摆弄电器的人，就是昨天到车站接他的司机。车开到王琳住的平房跟前的时候，鲁启明正在门外的榆树下乘凉，戒指就是他送的吗？王琳勾搭上的要是这么一个五大三粗的家伙，那可太不像话了，连我都为她感到丢人。

那家伙没有下车,只是把车窗玻璃摇了下来,伸出一颗毛发过重的脑壳,朝王琳的住室张望,同时不停地揿着喇叭。王琳从住室走出来时,已经装扮了一番。那条红裤子换成了一件半透明的黑裙,脸上薄施粉黛,看上去既优雅又放荡。王琳摸着车门和司机说笑了一阵,走过来对鲁启明说:"今天装不成空调了,咱们干脆到白马寺去玩吧。"

"谁说装不成了?我今天就要把它装上。"

王琳盯着他足足看了五分钟,没有说话。她的目光是耐人寻味的:不像生气,不像发火,也没有什么敌意,但也绝非是无动于衷。然后,她对他说:"你要不想去就算了。你来洛阳不下十次了,可从来没想过要陪我到白马寺玩玩。"说这话的时候,她竟然笑了起来。

鲁启明哑巴了。当然,和哑巴一样,他是在心里说话:她究竟是想让我去,还是不想让我去;我要是不去,那可能正中她的下怀;还是去吧,最起码,可以搞清楚她是不是背着我搞了鬼。

他朝出租车走了过去,并且坚决地把手放到了王琳的腰上。他还同时开了个玩笑:"琳琳呀,晚上咱们就在白马寺过夜,体会一下当和尚、尼姑的滋味。"他有意提高嗓门,让那个司机可以听清自己的妙语。说完,他还突然嘎嘎嘎笑了起来,就像一只鸭子。

车出了校门,往西拐上了国道。和昨天一样,鲁启明和王琳坐在夏利车的后排。鲁启明相信，司机透过方向盘上的反视镜，能够看到他和王琳的举动，于是他就故技重演，屡次把手放到王琳的膝盖上。见司机和王琳都没有反应，他就加大了力度，绕过王琳的脖子，使他的手可以垂挂到她的胸前。这样一来，当车颠簸的时候，他的手就像钟摆一样，摇来晃去，和她的乳尖来回摩擦着。

路确实越来越糟糕，越来越难走了。鲁启明望了一眼窗外，发现车早已偏离了国道，是在一条坑坑洼洼的土路中行驶。路上的浮土堆积得很厚，路边的土都是红颜色的，而路上的浮土却颜色乌黑。就在他望着外面的时候，车颠簸得更凶了，鲁启明突然感到胃里的东西在一个劲地往上翻，他得不停地咽唾液，才能防止它们涌向喉咙。而王琳对这种颠簸却习以为常，她稳稳地坐在那里，嘴里还嚼着一颗泡泡糖。

"邱大钟，你的车技真是越来越硬了。"王琳说。

鲁启明这才知道那家伙的名字。他正琢磨那个名字是哪三个字，王琳扭过脸问了一句："鲁启明，你说呢？这样开车够刺激吧？"

当然够刺激，但对鲁启明来说，这样的刺激并不意味着快感。刺激主要作用在鲁启明的下述部位：嗓子眼、胃囊、膀胱和肛门。是啊，上吐下泻的感觉一直逼迫着他，使他不敢有丝毫的放松。

六

　　白马寺正在修缮，谢绝游人的参观。名叫邱大钟的司机显然知道这一点。他把车停到路边的树荫下，就钻进了一个小酒馆。王琳一定也知道修缮一事，可是，既然知道，那他们为什么还要带我来这里呢？鲁启明想不明白。不过，也正因为想不明白，他才又觉得邱大钟和王琳别有用心。他蹲到路边的一个用树枝圈成的厕所里，上吐下泻了一阵，连忙到小酒馆里找王琳和邱大钟。

　　小酒馆里的食客，每看到外面有车开过，就破口大骂。他们不光骂组织他们来的旅行社，也骂司机。骂死他们都不亏，他们明知道这里不准参观，却把他们收拢到了这里。有两个卷毛隆鼻深目的老外，也操着夹生的汉语，加入了骂人大军。鲁启明也骂了几句，可酒店里的吵骂声太高了，他无法从中分辨出自己的声音，这既让他很放心，又让他觉得不解气。

　　菜是王琳点的。晚上和王琳折腾了一次，早上起来又没吃东西，再加上刚才在厕所里的那阵上吐下泻，鲁启明现在是真饿了。三个人当中，他吃得最快。他几乎没有配菜，就把一碗米饭拨拉进了肚子。

　　司机凑近鲁启明，说，他先出去一会儿，看能不能找到个熟人通融一下，进白马寺转一圈。

司机一走，王琳就坐到了他的位置上，挨着鲁启明坐了下来。她用筷子挑了挑桌上的一盘虾，对鲁启明说："启明，谁都知道五龙的虾比较有名。青虾，对虾，小龙虾，样样都好。这一次，你在那里没少吃虾吧？"

"是啊，吃得太多了，我现在见到虾就没有了胃口。"

"是在街上吃的，还是由那个姑娘给你做着吃的？"

"你怎么说着说着就又来了？我不是已经说过了嘛，我和人家没有关系。我倒是想问问，你和那个姓邱的到底是怎么回事。姓邱的是不是爱上你了？"

"邱先生是否爱我，那是他的事。我想，既然他现在又成了单身汉，他就有这个权利。你可能还不知道，他的妻子在今年春天死了，是让车给轧死的。"

"又不是我开车轧死的，我怎么知道？"

"你对这些当然是不感兴趣的。他非常爱他的妻子，悲恸欲绝，恨不得和她一起死掉。你当然不会理解这些。即便你爱我，当我死的时候，你会和我一起死吗？"

"可他并没有去死。至于你，你并没有去找死，怎么就咬定我不会跟你去死？"

"这话是什么意思？你这不是在咒我死吗？"

姓邱的就在这时候回来了。他拎回来了两瓶冰镇啤酒。鲁启明没有问他是否打听到了熟人，他也没说。现在，鲁启明相信他是专门躲出去，好让王琳单独和前任男友交涉的。

七

临了，白马寺也没能进去。在回去的路上，鲁启明突然觉得不能就这样便宜了他们。他坐在车上，突然有了一阵不可理喻的快乐愿望。他想对王琳和姓邱的家伙讲点事情。讲点什么呢？他在心里起草着提纲。

他想说他确实是爱王琳的，否则不会在大热天跑过来看她。但他不能娶她，因为他现在同时爱上了另一个叫做宋路遥的女人，爱得还很深、很猛烈，就像他即将进行的这种报复一样猛烈。他要对王琳说，那挂项链你想要就留给你算了。他要对他们两个人说，在来洛阳之前，他和宋路遥在办公室的桌面上定下了婚约，宋路遥真好啊，还是个处女呢。说过这话，他还要再和司机聊上几句，问司机对女友的贞洁是否关心。他想，如果他们不把他扔下车，他就要一直说下去。他要说说他和宋路遥谈情说爱的过程和细节，他相信，王琳能从他的讲述中，找到自己的身影，而那个司机，最终也不会明白，他说这番话的时候，心中有着怎样恶狠狠的快感。

本来在路上就应该一吐为快的，但他想到了来的时候所受的颠簸之苦。他担心他话一出口，胃里那些翻腾的东西就会喷出来。于是，他就暂时闭紧了嘴巴。

第 三 章

一

带着对一个女人的负罪感，去找另外一个女人，没有比这更棘手的事了。当杜梅那张像梨子一样发黄的脸又浮现在眼前的时候，孙良的意识就混乱了。

杜梅死后，孙良想方设法要把她忘掉。他知道，只有忘掉了她，他才能从梦魇般的负罪感中解脱出来。最近几个月，他成功地做到了这一点，认为自己再也不会受她的连累了。哎，他哪里能料到，在去见宋路遥的路上，他又被死去的杜梅缠住了。

值得庆幸的是，这一次，他的负罪感来得不像往常那么猛烈，那么持久。这是因为，假如说杜梅是他记忆中的一张密纹唱片，那么现在这张密纹唱片翻转了过来，他想到的不再是她的死，而是她在生前对他的伤害：他看到杜梅的身影，像一团白雾似的在一个陌生男人的身上飘拂着。关于她对他的伤害，他从未对任何人讲过，包括杜梅的哥哥杜衡，它深藏在他的内心，被自己的负罪感所掩埋。可是现在，它突然从心底冒了出来。

太好了！这是用受害之矛，攻负罪之盾。他长舒了一口气。但愿我从此不再受负罪感的拖累,他在心里默默祈祷。

二

因为在路上有过两次临时停车,车进到五龙市的时候,已经是晚上十点多了。按照事先的约定,他应该在十点钟之前给杜衡挂电话。既然时间已经过了,那就算了吧。当初,大头向他提出打电话一事时,他就有点不满:既然让我去,就不要搞什么遥控,干得好,干得不好,都由我一人负责嘛。

被人群裹挟着从地道里出来,孙良迎面看到的是用霓虹灯组成的"五龙"两个大字。和别的车站一样,车站广场上的人很多。孙良是个见过世面的人,他粗粗地看了一眼,就从人群中分辨出来了几个婊子。有几个婊子围上来搭话,但孙良没有搭理她们。他拿出大头抄给他的宋路遥的电话,决定先跟宋路遥联系一下。他把手机掉在家里了,只好去找公用电话亭。在拨号之前,他又一次思索起来该怎样向宋路遥推销自己。可还没有理出头绪,他就发现电话已经打过去了。

接电话的女人自称是保姆,然后问他是谁。听说是保姆,孙良的情绪变得平稳了。他笼统地说自己是宋路遥的朋友,路过五龙,想和老朋友见个面。保姆说,宋路遥出去了,很晚才能回来,也可能就不回来了。孙良又问,宋路遥是不是一个人住。保姆说,是两个人住,因为她也住在那里。

"路遥很忙,你要好好照顾她。作为她的朋友,我非常感谢你对她的精心照料。我明天去看她。"孙良说。

别说保姆了,连孙良也没有料到自己会说出这么一番话来。那个保姆好长时间没有吭声,后来连声表示会好好侍候宋路遥,叫他别担心。

第二天中午,他费了很大劲,才摸到宋路遥的住宅。那地方离火车站并不算远,离他下榻的饭店就更近了,步行只需要半个多小时,可是一辆夏利出租车却拉着他在市区里兜了好长时间。路过一个减价商店时,孙良下了车,给小保姆买了一套羽西牌化妆品。小保姆来自信阳鸡公山,是茶农的后代。她推辞了一番,还是收下了,然后请他品尝真正的毛尖茶。她对孙良说,宋阿姨已经知道有人要来,会尽快赶回来的。

午餐非常丰盛——小保姆做的显然是三个人的菜。可宋路遥没有赶回来,孙良只好和小保姆边吃边等边聊。孙良非常轻松,不像是有重任在肩,没有事先想象的那么紧张,这让孙良自己也有点吃惊。他终于见到了宋路遥,当然,现在他见到的还只是一张照片。它夹在书架上的两层玻璃之间,就像一个幻影。孙良一边剔牙,一边隔着玻璃抚摸那张脸。对幻影的触摸,让他的手指微微颤抖。宋路遥确实漂亮，眼睛亮晶晶的，像是露珠的闪光。这样一个漂亮的女人，栽到大头手里实在有点可惜，所以，大头没能得手，应该让人感到庆幸。孙良这么一想，立即又觉得大头其实还是很够意思的，不像那些小肚鸡肠的家伙，自己得不到又生怕别人得到。虽然大头也曾酸溜溜地提醒他"不要乱来"，可大头能做到这一步，已经相当不容易了。

天快黑的时候，孙良正和小保姆在地板上玩牌，突然听有人开门进来了。接着，孙良就看见了比照片还要漂亮的宋路遥。宋路遥穿着一身无袖的真丝套裙，上边很宽松，下边的裙摆垂及脚踝，上下两节之间，恰当地露出一线肚皮。两个人目光交接之时，谁也没有说话。过了一会儿，孙良从地板上站起，伸出手，说："我是孙良，总算是见到你了。"

他从口袋里掏出了两张记者证。一张是《汉州晚报》的，一张是《商界文化报》的，他把后者递给了宋路遥。狡兔三窟，孙良也是这家报社的兼职记者。他现在就是以这家报社记者的名义来采访宋路遥的。他当然不能告诉她，他的正式单位是汉州晚报社，也就是说，他不想让她知道，他是杜大头的手下。直到现在，他还不清楚大头和宋路遥之间到底发生过什么事，他得小心一点，以防她过早地下逐客令。

作了一番自我介绍之后，他打了个手势，请她和他一起落座。考虑到自己有点喧宾夺主，他就适时地补充了一句：

"我可以坐下吗?"

宋路遥点了点头,可是她并没有坐下。她把那张记者证看了看,还给了孙良。整个过程,她一句话都没有说。

三

宋路遥对他的冷淡和提防,他是可以理解的。一个陌生男人冒充人家的朋友,在家里又吃又喝待了一整天,哪个女人都会有看法的。宋路遥撇下他去洗漱的时候,孙良想。

他还想,宋路遥显然是见过世面的,记者这种东西她已经司空见惯了。下一步该怎么走,他实在是心里没底。需不需要把大头搬出来呢?那样至少可以引起她说话的兴趣。但这确实是一步险棋,稍有不慎,就可能全盘皆输。

出乎他的意料,是宋路遥先提到了杜衡。隔着浴室的门,她突然问道:"你从汉州来,吃的又是记者这碗饭,你一定认识杜衡吧?"

"认识,"他愣了一会儿,说,"我经常见到他。"

"他现在过得还好吗?"

"他呀,怎么说呢,算是春风得意吧,干着编辑部主任,又刚生了一对双胞胎。你这么一提,我倒是突然想起来了,最初,我大概就是从他那里知道你的。"这样胡扯,行吗?

宋路遥从浴室走了出来。她没有再提起杜衡。她问的是:"小保姆出去了?什么时候出去的?"孙良没有注意到小保姆是什么时候溜走的。宋路遥好像喜欢光着脚丫子走路。来回走动的时候,她顺便将沙发上的竹编坐垫放正,将书柜的玻璃拉严,将一只拖鞋踢到沙发旁边。她还给小保姆留了个条子:

晚上不回来了。

"晚上不回来"是什么意思?不回来吃饭,还是不回来睡觉?孙良条件反射似的想。当宋路遥带他走出院子的时候,他还在想她的话,觉得那句话就像是个夹心面包。

门口是一条商业街,出来乘凉、购物、闲逛的人,把整条街都塞满了。拐过一个街角,有一排已经关闭的银行。宋路遥将他领进了一个冷餐店,挨着镶有镜子的墙坐了下来。一位身材像马铃薯似的侍者,给他们端来了两杯加冰的橙汁。冰块刚开始融化,就有灰烬一样的黑点浮了起来。宋路遥又要了两杯罐装橙汁。她对他说,在五龙市,畅销的东西几乎都是假的,这些饮料也不例外。

"难道这也是假的?"孙良摇了摇易拉罐。

"那当然。它的成分很简单,无非是白糖、泉水,加少量的橙汁。我搞的就是饮料,这方面是行家。不过,假也有假的好处。正宗厂家生产的饮料里面,经常要加些色素啊,香精啊,防腐剂什么的,那反倒让人感到失真。"

"你说得对。人们的舌头已经忘掉了泉水的滋味,这些假冒的饮料倒能使人重新回到最基本的事物上面。"

"最基本的事物?"

"最基本的事物。"孙良说。

宋路遥对他突然冒出来的这个词显然是感兴趣的,否则她不会两眼放光。孙良想起大头曾对他说过,她曾写过诗,是个校园诗人。这样的人,如果对一个词语感兴趣,就可能爱屋及乌地对说出这个词语的人感兴趣。他的想法看来是准确的。他发现,宋路遥起身去催侍者上虾的时候,把自己的小包朝他面前推了推。这虽然是个毫不起眼的小动作,但孙良有理由认为,她对他已经放松了警惕。如果他猜得没错的话,她已经不把他看成外人了。

四

"说起来,你可能会觉得我是在讨你的欢心,"孙良喝了两杯酒,对宋路遥说,"你使我想到了我日夜怀念的妻子。你走路的姿态,说话时冷艳的表情,甚至你漂亮的头形,都像她。我一见到你,心里就咯噔了一下。她是我心中的美神。"

孙良的嗓门压得很低，低到让对方刚好能听见。孙良不觉得自己是在撒谎，既然我在车上还想到过杜梅，既然我曾经觉得杜梅是个美神，那我这样说，又有什么不可以呢？

"这么说，你妻子不在你身边？"

"她死了。"孙良说。

"真对不起。"

"她干过大学教师，后来又到电视台工作。她这个人，总是一心扑在工作上，连婚事都耽误了。我早就知道她，但我一直没有机会结识她。说来，我们也是有缘分，后来还是认识了。我知道像她这样的好女人已经所剩无几了，就小心地追求她，当然她也是小心地追求我。总之，都很谨慎，生怕让对方难堪。有情人终成眷属。等结了婚，我们谈起此事的时候，都忍不住笑了起来。我们幸福地生活了三年（那地狱般的生活啊，他想）。可是有一天中午，她坐车回家时出了车祸。当时我也在车上，但老天没长眼，偏偏让她而不是让我出了事。"

听他讲完，宋路遥唏嘘了好半天，没有说一句话。而与此同时，孙良的脑子可没有闲着。就像过电影似的，他的脑子里一直闪现着那个画面：他骑摩托带着杜梅在街上狂奔。他刚得知杜梅又和旧情人搞到了一起，他要把她带回家收拾一顿，然后让她滚蛋。结果，还没有回到家，她就被撞死了。

宋路遥的目光现在停留在面前的醉虾上面。孙良挥了挥手,说,不谈这些了,咱们好不容易聚到一起,干吗要谈那些伤心的事呢?说这话的时候,他看到宋路遥的表情变得微妙而又动人,其中必不可少地包含着对他的怜悯。

他提醒她吃虾。"我已经好长时间没有吃过虾了。"他说。

宋路遥捏着虾的胡须,把虾送进口中。但她很快又张开了嘴:"它还在跳动。"

"路遥,人们吃醉虾,吃的就是虾在舌面上跳动的感觉。"

宋路遥被他的妙语逗乐了。孙良发现,当她高兴的时候,她身上的那种忧郁的气质又反倒流露了出来。那是一种性感的忧郁,快乐的忧郁。这都让他喜欢。三十来岁的女人,就像一架高贵的钢琴,你怎么弹奏,发出的声音都是和谐的。他还觉得,她的一举一动,都给人成熟的感觉,就像是饱满的石榴籽,滑溜多汁。

他剥了一只虾,递给她,示意她赶快塞进去。

"你感觉到它在你那里面跳动了吗?"他问。

她的脸色立即变得绯红。他知道她一定联想到了性事。为了不让那话显得过于突兀,孙良又补了一句:"你要是不习惯,那就让它再泡一会儿。舌面上的这种快感确实是有点残忍了。"

"你尽管吃,本来就是给你点的。好多人都说五龙虾好。"她说。

"路遥，你怎么会认识杜衡的？"

"我上大学时就认识他了，那时候，他是我崇拜的诗人。"

"他早就不写诗了。"

"前段时间，我去汉州的时候，还遇见过他。他发胖了。他请我喝了一次冷饮。"

五

他们在那里待的时间并不长。又喝了一点啤酒，孙良就和她离开了冷餐馆。从冷餐馆到孙良下榻的惠丰宾馆，走快一点的话，只需要二十来分钟。和宋路遥在一起，孙良宁愿走得慢一点，再慢一点。当心，这里有一个小坑。当心，这里有一个砖块。他不时地提醒宋路遥，好像他比她还熟悉这段路似的。

"平时，你常一个人出来散步吗？"孙良问。

"很少。我太忙了。喂，你是不是开始采访了？"

"我都不忍心采访你了。越宣传，你就越忙。可我不忍心看到你忙。女人，还是应该多拥有些仅仅属于自己的私人空间。"

"夏天，我们的饮料卖得最好。什么时候能有空休息呢？就是每周五往汉州送货的时候。我在那里住一晚上，然后回来。可是，一到汉州，我就有点不舒服。真是没办法。"

"不会是水土不服吧？你在那里上过学的。"

到了惠丰宾馆门前，孙良又邀请她到上面坐一会儿，她答应了。来到三楼，他掏出钥匙，对她说：

"真是凑巧。当初我结婚的时候，住的就是教师公寓三二四房间。这回来五龙，又被总台安排到了三二四。拿到这房间的钥匙，我就愣了。看来，上天真是自有安排。"

"我真羡慕你妻子。你和你妻子是怎么认识的？"宋路遥问。

"真正认识是在外地开会的时候。我们在一起散步，聊天。就像我们刚才散步那样，两人说得很投机，后来，两个人突然都不说话了。一个哲人说得好，有时候，沉默就意味着爱情。不瞒你说，会议还没有结束，我们就住到了一起。半年之后，我们就结了婚。"他边构思边讲着，语速很慢，给人以深情的印象。他给宋路遥递了一杯水，发现她的睫毛在悄悄闪动着，有如扇动的蝶翼。

"路遥，你看，一直是我在讲，好像颠倒过来了，是你在采访我，而不是我采访你。这样吧，路遥，咱们今天不谈工作，只是朋友之间私下聊天，聊到哪算哪。你说呢？"

六

后来还是必不可少地谈到了杜衡。孙良之所以要把话题引到大头身上，当然主要是出于对大头的尊重——大头除了想知道宋路遥是否贞洁，还想搞清楚他在宋路遥心目中的形象。孙良既然肩负着这个使命，就要把它完成。当然，孙良自己也想知道大头和她之间到底发生了什么。他这方面的好奇心越来越重了，即便大头没有布置这项任务，他也会这样做的。

但宋路遥的讲述让他吃了一惊。

她谈到，刚入学的时候，带她们军训的一个人瞄上了她。那个人复员之后，来汉州当了一名出租车司机，又来找她了。他那样穷追不舍，时间一长，她就心软了，不想让他难堪，就把他当成了朋友。她提醒同寝室的人，他只是她的一般朋友，不要乱开玩笑。寝室里的一个女孩过生日的时候，那个人又来了，来的时候还提着一只烤鸭。他一来，一个室友就又开玩笑说，让宋路遥的情哥哥先进来，别把烤鸭放凉了。那人就挤到她的身边，乘机卖乖，说他是一切行动听指挥，宋路遥指向哪里，他就打向哪里，宋路遥让他带着烤鸭来，他就不敢带烧鸡。他把她弄得哭笑不得，但她并没有反驳他。那是个生日聚会，她不想添乱。

过了一会儿，大头也来了。他喜滋滋的，戴着一枚戒指，不时地用那根戴戒指的手指搔头皮，又是唱歌，又是切蛋糕。有人一鼓动，他就站起来念诗。闹了一通，他突然把戒指取下来，拉过她的手，要给她戴上。他说，哪怕她戴两天就还给他，总之得戴上。"你就权当这是一枚顶针。"他对她说。

就在那一天，那个复员军人和大头打了起来。不是在寝室打的，是在学校图书馆外面的草坪上。她本来是怕复员军人和大头在寝室里闹起来，才和大头一起出来的，没想到让他挨了一顿揍。她当时吓坏了，直担心大头被打死。后来，那个复员军人就把她拽走了。他的出租车停在球场边的栅栏前。把她塞进车，他就开着车离开了校园。

大头啊大头，竟然还有这种遭遇，孙良实在是没有想到。他突然有点理解杜大头派他来五龙的目的了。照他的理解，大头是让他替他报复宋路遥，出口恶气。可是大头为什么还要说，他对宋路遥有着非常美好的印象呢？

"我不能见杜衡，一见到他，我就不舒服。你一定不知道，我后来和那个出租车司机结了婚。没有办法，他夺走了我的贞洁，而且就在那天晚上。本来我可以免遭那个厄运的，可是他又发现了我手上的戒指。他本来就是个粗人，这一下就更凶了。我毕业之后，他跟我来到了五龙。他眼下在哪儿？他开车撞死了人，正在牢里关着呢。"

七

不管是在杜梅死前还是死后，这都是他和女人进行的最酣畅淋漓的做爱。她的皮肤像绸缎，乳房像天鹅的嗉子，幽谷里毛丛像井栏边的蕨类植物。这种情况他以前也并不是没有见过，可是，这一次，他却为它们洒下了热泪。眠床有如摇篮，沉醉和迷失的感觉像一道猝不及防的洪流，将他淹没了。

他醒过来的时候，发现宋路遥已经离去了。昨晚发生的一切，就像是个幻觉——在恍惚之中，他竟然想到了和另一个银行女职员的故事。

宋路遥给他留了一张条子，说她中午还会来找他。

赶在中午十二点之前，孙良离开了惠丰宾馆。他本来想直接去火车站，可一想到杜衡，他就临时改变了主意，在另一个宾馆住了下来。他已经想好了该怎么向大头汇报。他要对大头说，他没有勾搭上宋路遥。据他的观察，宋路遥是一个贞洁的女人。大头要是不信，可以亲自到五龙一趟。为了不给大头留下他工作草率的印象，他有必要在这里多住一天。

住下来之后，他想给鲁启明打个电话，把大头挨揍的事讲一讲。他想鲁启明一定会对他的讲述感兴趣，因为这样好笑的故事，并不是随便能够遇上的。

孙良笑着拿起了话筒。可是，就在这个时候，他的脑子里突然出现了一片空白。

葬　礼

现在还只是六月初，运输高峰期还没有真正到来，车厢里已经人满为患了。自从挤上了火车，华林教授的目光就没有离开过窗户上的玻璃。玻璃本身当然是没什么好看的，因为那上面除了灰尘，还是灰尘。此时此刻，他是在看窗外的那些没能挤上车的难民似的乘客，以及那些目光茫然的送行者。

经过几个弧形弯道，火车就驶出了汉州市区。天已经黑下来了，黑暗就像一张巨大的幕布，遮在窗玻璃上，只是在某个地方闪烁着的几粒如豆的灯火，显示出空间的距离。华林嚼着一只椒盐饼，盯着那灯火看着，看得双眼都发直了。唯一不妙的是，由于玻璃上的灰尘和眼镜片上的汗渍，他眼中的灯光都带有小小的毛边，就像是他当知青时看到过的在坟堆周围闪烁的磷火。为了能看得清楚一点，他摘下了那副玳瑁边眼镜，然后用餐巾纸细心地擦拭着。

那副眼镜,是他的妻子吴敏给他买的。吴敏让他带上那种已经过时的玩意儿,并非存心要出他的丑,而实在是迫不得已。他耳根的炎症经年不退,如果换成容易生锈的金属镜架的话,他的耳朵可能早就烂完了。

一只椒盐饼吃完,华林教授突然觉得身边不是那么拥挤了。他捏着眼镜腿,环顾了一下周围,发现刚才在他身边站着的两个学生模样的人不见了。如果这里再走掉几个人,硬座车厢也就不见得无法忍受。他正这样想着,突然有一个鸡头从座位下面滚了出来,落到了他的脚边。接着又从对面的座位底下跑出一只鸡爪——它准确地踩住了他的脚面,在他的白袜子上留下了一团油斑。华林立即对这硬座车厢憎恨了起来:这哪里是人待的地方?要是再冒出来什么鸡头、鸡爪,我宁愿不去阳城参加范志国的葬礼,也要就近下车。为了干净起见,他像猿猴那样把双腿蜷到了座位上,然后把下巴卡到了双膝之间。顺便说一下,对华林来说,那样坐着虽然不够雅观,可并不难受。他在家里也常那样坐,以致沙发的边沿都被他踩瘪了。有一次,他和校长夫人谈话的时候,谈到兴头上,突然像现在这样把腿蜷上了椅子,并且抠起了脚趾。校长夫人后来告诉吴敏,当华林把整个身子都蜷到椅子上的时候,他就像一只可爱的猿猴。比吴敏还年轻的校长夫人当然不知道,华林的那样一种坐法,和他的生活记忆有关,是他在阳城插队时,在田间地头练就的。

359

一切都只能是现在，一切又都意味着终结。和记忆有关的那样一个坐姿，华林其实也无法将它稳定下来。因为，就在他感到那样坐着很舒服的时候，弯曲的身体使他小腹之下的尿泡不得不承受着更多的压力。同时，又由于尿泡的作用（或者说反作用），他感到，在大面积麻木的小肚子下面，有几个地方正在不停地抽筋。

他在厕所门口排队的时候，火车刚好在一个叫焦树的小站停了下来。列车服务员将厕所里面的人赶了出来，并将厕所的门锁住了。轮到华林进去，已经过了整整半个小时（这倒是一段可以触摸到的完整的时间），就像在失眠的夜晚，华林会感到失眠症是难以饶恕的一样，现在他又感到，所有的疾病都是可以饶恕的，唯有尿频症不可饶恕。当然从厕所出来之后，他的看法又有了改变。因为撒泡尿的工夫就可以解决的问题，是算不上什么难题的，是无法和"饶恕"这样的充满道德感的词语挂上钩的。

考虑到外面还有许多人急着如厕，华林还没有把裤门拉严，就从厕所里跑了出来。他现在轻松多了，心情好像也开朗了。回到座位跟前的时候，他突然发现自己的座位上坐着一个二十来岁的小伙子。小伙子正在看一本叫做《商界名流》的杂志，看得那么认真，使他都有点不忍心去打扰他。他在座位旁边站了一会儿，慢慢发现小伙子其实是在盯着杂志上的插页看。他猜对了，那插页上果然躺着一个露脐的美人。他搞不懂女人的肚脐哪里好看，也搞不懂男人为什么喜欢女人的肚脐。在他看来，肚脐只是个小垃圾屉，真要说它有什么意义，也无非是可以提醒人们，有一根叫做脐带的东西曾经联系着自己和母体，使人能想到自己并非是从石头缝里蹦出来的。肚脐眼问题惹得他有点不痛快了，他就做出非常严肃的样子，拿着车票在小伙子面前晃了晃。鉴于他以前曾多次遇见过赖在别人的座位上不起来的乘客，他对这个没有多磨蹭就站了起来的小伙子，还是有那么一点好感的。这样一想，他就向小伙子咧了咧嘴，挤出了一个歉意式的微笑。可是还没等他调整好坐姿，那个小伙子就对准他的脸，打雷似的放了个响屁。

这是华林在一个月的时间内第三次出门旅行。五月初，他去了一次海南，接着又去了三峡。在三峡的国际学术研讨会上，他和一个日本人的争吵，引起了一个来自大连的高校教务长兼学者的共鸣。在那人的盛情相邀下，他直接从三峡去了大连。他很快就爱上那个城市。他给吴敏打电话说，大连非常适合他的生活，街边的草地，草地上的鸽群，鸽翼上缤纷的阳光以及空气中浓烈的臭氧，都使他有宾至如归的感觉，所以他想在那里多待两天。在接到电话的当天，吴敏就住进了医院，将肚子里的胎儿打掉了。这样，当华林从大连飞回来的时候，她的伤口就长得差不多了，基本上可以承受一次性生活了。华林是六月一号回到汉州的，一回来，他就对吴敏说，他哪也不去了，要在家里好好地陪陪她，同时尽快将那本《寻求意义》一书的最后两章赶出来。可是今天一大早，他就接到了知青时代的好友范志国的儿子范强打来的电话。范强说，他的父亲死了。于是，华林就又坐不住了。

范强还特意提到了他的母亲徐雁——幸亏他提到了徐雁，否则华林一时还搞不清他到底是谁呢。华林上次见到范强，还是在一九八九年，那时候，范强还是个说话奶声奶气的孩子。三年前，在得知范强考到临凡商业专科学校的时候，他曾给范志国和徐雁寄去一千块钱，恭贺他们养子成龙。范志国当时给他回了信，并邀请他在合适的时候回阳城一叙。华林怎么也难以料到，范志国现在竟然死了。

他问范强，老范是怎么死的，可范强支吾了半天，也没有讲清楚。后来，被他问急了，范强突然说："华叔叔你不要替他伤心，他死的时候，是挺快乐的，甚至说得上幸福。"范强说他是在临凡车站售票处的外面打的电话，还说自己很快就要到汉州，现在先问他和吴阿姨好，让他们保重身体。电话中的噪音越来越大，而范强的声音却越来越弱。华林正要让他代问他母亲好，电话突然断了。他等着范强再把电话打过来，可平时非常繁忙的电话，整个上午却再也没有响过。

整整一天时间，范志国的死就一直在他脑子里徘徊不去。他想起他的某个通讯录上记有范志国和徐雁家里的电话号码，就开始翻箱倒柜地寻找那个巴掌大的本子。后来，吴敏提醒他——他过了一会儿才知道，那是吴敏对他的嘲讽——会不会把电话记到哪张卡片上了，于是他又开始倒腾那些卡片。他的卡片通常都放在吴敏吃过的巧克力盒子里，所以这一天的地板上到处都是巧克力的空盒。当他心急火燎地四处翻找的时候，吴敏养的那只名叫乐乐的小狗简直要高兴死了，它把那些盒子和卡片当成了没有骨头可玩时的替代性玩具，将它们叼得满屋子都是。趁他不注意，它还把一张卡片叼进了阳台上的狗窝。那张卡片上所记录的，恰恰是他昨天一直在寻找的胡适先生的一句话：

我们若不爱惜羽毛，今天还有我们说话的余地吗？

华林跟着小狗来到阳台，终于在狗窝里找到了他的通讯录——他怀疑是吴敏把它放在那里的。他照着上面的号码往阳城打了几个电话，但每一次，他听到的都是同一个小姐的声音："你拨打的号码并不存在，请查后重新拨号。"这天是星期五，下午是例行的政治学习时间。华林也去了。在开会期间，他突然决定要往阳城跑一趟，并打电话给吴敏，让她赶快给他准备两件干净的衬衣："最好有一件黑的；如果黑的还没有洗,那我就带上白的;如果白的也没洗,那就赶快替我买一件。"

顺便说一句,就像他没有料到范志国会突然死去一样,他同样没有料到,就在他准备着去阳城的时候,给他打电话的范强正要到汉州来。范强已经买好了到汉州的车票,并且还要比他的华叔叔提前一个小时登上火车。和他的华叔叔不同的是,这是一次通向未来的旅行。到七月份,他就要大学毕业了,去汉州,就是想让华叔叔和吴阿姨给他找一份像样的工作。他的那张车票倒是提前预订的,但他是个穷光蛋,所以他订的只是一张硬座车票。

而对于经常坐飞机的华林来说,坐硬座旅行,实在是个例外。没办法,他走得实在是太急了。事实上,如果他手中没有那两个宝贝证件的话,买那样一张硬座车票,也得像范强那样提前预订。他的那两个证件,一个是记者证,是他在报社工作的朋友给他搞来的;一个是人大代表教员证,是他给人大代表们讲课的时候,求着工作人员给他补办的。它和人大代表证基本相同,只是在相片下面的一个不起眼的小空格里,多填了"教员"两个字(这让他可以在关键的时刻打个漂亮的擦边球)。在候车室里,他就是拿着这两个证件去找的售票员。售票员对他说,他要是明天走的话,她现在就可以给他一张软卧车票。可因为有那两个证件在手,他一点都不想领她的情。"明天?我是去参加葬礼的,我没有权利更改人家的葬礼日期。"他抖着手中的证件,对着售票口旁边的传声器喊着。他的理由实在是无可挑剔。售票员不得不去和他要乘坐的1164次列车联系,并亲自把他送进了车站。"愿你旅行愉快。"售票员急着往回赶的时候,突然对他说,"不要担心,列车服务员会替人想办法的。"可是,火车早已驶出了汉州车站,还没有一个服务员进到车厢里来。他想,这一次他大概真的要在硬座车厢里耗一个晚上了。

每逢遇到不痛快的事,就像昆虫会紧贴着叶脉或钻到花蕊之中躲避风雨一样,华林总是会逃到报纸当中去,借阅读报纸来打发难挨的时间。华林的那些卡片,有很大一部分就是从报纸上摘下来的。每次出门,他总要事先买上几份报纸,在途中慢慢享用。由于这次走得太急,一份也没有买,所以他只好去蹭别人的报纸。他旁边的一个工程师模样的人,正在看一份叫做《生活月刊》的杂志,他就把脑袋歪了过去。他瞥见上面有一幅卡斯特罗和教皇约翰·保罗二世握手言欢的照片:

> 一百万人挤在哈瓦那革命广场,倾听教皇保罗二世的布道,谴责"新自由主义的资本主义",著名作家加西亚·马尔克斯和卡斯特罗坐在第一排听讲。卡斯特罗的宗教开放政策,一是为了抗击美国的封锁力量,二是为了赢得投资。马拉多纳也应卡斯特罗之邀,倾

听了这次布道……

　　他还没把照片旁边的文字看完，工程师就把那一页给翻过去了。工程师感兴趣的是另一篇报道，上面用黑体字标明了香港特别行政区财政厅厅长曾荫权说的一句话：**你一旦丢了钱，就永远丢了，就像贞洁一样**。贞洁？这个问题当然是非常重要的，不过，他现在更感兴趣的是马拉多纳、卡斯特罗和保罗二世到底都嘀咕了些什么。当工程师翻完了杂志，把脸埋到杂志上休息的时候，他想和他套个近乎，借过来看一下。华林拿起自己的水杯，做出要去茶炉打水的样子，问那个工程师是否需要他为他捎上一杯。工程师愣了一会儿，没有吭声。他又问了一句，工程师这才把整张脸都抬起来。工程师好像有点伤感，可是转眼之间，那伤感就变成了戏谑和玩世不恭。"你是不是想看杂志？我卖给你算了。不贵，只收你十块钱。"

　　即便上面说的是中国人获得了诺贝尔奖金，他也不会再买了。半分钟之前，他还对香港财长的那句话（他认为工程师最初的伤感和那句话有关）有点不满，可是现在他觉得那句话说得真是地道极了。是啊，一旦我把钱丢给这样的人，那就像丢了贞洁一样，永远地丢了。可他转念一想，就又原谅了对方。既然卡斯特罗和教皇可以拿革命和宗教做交易，那工程师为什么就不能拿卡斯特罗和教皇做交易呢？于是，他又把杯子放了下来，从口袋里掏出了十块钱。

杂志拿过来之后,他发现定价是十二块钱,于是他就又给那个工程师补了两块。他以为那个工程师会有些尴尬,没料到对方收钱时不仅显得心安理得,而且还有发了一笔横财似的喜悦。

就是对方的那种喜悦的表情让他感到了难受,当他翻阅杂志的时候,他的心情变得恶劣了。这种鬼地方,他实在是待不下去了,这简直就跟当年坐牢差不多。他想,其实这还不如坐牢,因为坐牢的时候,四周都很安静,安静得能听到老鼠磨牙的声音,而现在,他满耳都是吵闹,就像待在牲口棚里。一想到这个,他的气就不打一处来了。他从座位上站了起来,想去找列车长给他补一个卧铺。可他刚站起来,他那总是发炎的耳朵就碰住了车厢的衣帽钩。

忍痛挤到两节车厢的接头处时,华林浑身都已经被汗水浸透了。汗水使他的眼镜不停地下滑,有一滴汗还流进了他的眼眶,使他的眼睛像发了炎似的难受。老范啊,你早不死晚不死,干吗在这个时候死去呢?让我也跟着你活活受罪。埋怨归埋怨,他还是想到了老范的一些好处。他现在想到了范志国和徐雁去牢里看望他的情景。范志国手中拿着一本书,站在用仓库改成的牢房门口。那是一本《钢铁是怎样炼成的》。当范志国把书递给他的时候,他递给了徐雁一封信。那是他写给自己的女友徐雁的信,信中说他已经成了无产阶级专政的对象,不想连累她,希望她能重新考虑和他的关系。徐雁在接信的瞬间，脸上还泛起了红晕——她显然把它看成了一封情书。他现在想，如果他当初没有写那封信，现在他的情况会怎么样呢？他会留在阳城，和徐雁生儿育女，最后老死在那里吗？简直难以想象，在上帝先知先觉的经书中，包含了多少偶然的唯意志啊。

"什么偶然不偶然的，你碰到我的脚了。"一个女人突然踢了他一下。那个女人躺在一张报纸上面，头枕着一个塑料编织袋。他正要向她道歉，她又闭上眼睛睡去了。由于车厢里太热，那个女人在睡觉时，大张着嘴巴，就像一条狗。这时候又从厕所里出来了一个男的，男的一来就偎着女人躺了下来，闭着眼睛，把手放到了女人的肚子上，在那里搓到了一撮灰，并把它捻成了一个小小的泥球。他的那个动作似乎是很愉快的，可与此同时，他却面无表情，就像是扑克牌中的国王。

"这些背离了理性的人啊！"华林听见自己咕哝了一句。他离开了那个地方，往他旁边的十二号车厢里走。在那节车厢里，一个服务员一边给乘客倒水，一边拿着征求意见簿，让乘客在方便的时候，在上面为她美言几句。对她们搞的这一套，华林非常熟悉。现在，华林的眼前还浮现出了飞机上遇到过的这种情形，那些空姐让乘客留言的时候，脸上总带着职业的微笑，有时她们还会主动地把腰弯到合适的程度，好让旅客们可以瞥见她们幽谷般的乳沟。

对华林来说，那些幽谷般的乳沟还仅仅是一种记忆，可对坐在另一列火车上的范强来说，它却是一种可以触摸到的现实。比华林早一个小时上车，坐在由北京始发的1175次列车的范强，虽然买的是硬座车票，可他现在却坐在软卧车厢的包间里面。眼下，他正和前来售报的小姐开着玩笑。当那位小姐把腰弯下来的时候，他和包间里的那两个皮鞋商都站了起来，以便可以更深地看见小姐的乳沟。范强就是跟着那两个人混进软卧的。

他们是在上车之前才认识的。几个小时之前，范强在实习的奥斯卡酒店里向当会计的朋友道别的时候，这两个皮鞋商被吧台小姐领了过来。吧台的小姐说他们结账时用的是伪币，要用会计的验钞机再验一下。会计把那沓钱在验钞机上过了一遍，然后就宣布其中的几张应该没收。两个皮鞋商急了，指着上面的领袖头喊道："怎么会是假的呢？这几颗头不是都在吗？"会计说让他们看验钞机的反应，说它一闪烁出红光，就说明遇到了伪币。皮鞋商就嚷道，说不定那验钞机是假的呢。皮鞋商请会计看在他们是常客的面上，把钱还给他们："我们也是受害者呀。说白了，哪里没有假的呢，这里的小姐也有假的，有几对乳房看上去非常喜人，比叶玉卿的还大，其实一摸就露馅了，原来并非是纯天然的。"他们争吵的时候,范强一直在旁边待着。他知道他的校友其实是想独吞那些伪币。考虑到他把父亲留给他的瑞士手表留在那里(当然,他又神不知鬼不觉地把它从会计的抽屉里取了出来),又说了一大筐好话才借到钱,他就帮着皮鞋商说:"哥儿们,干吗要刁难人家呢,只要人家把钱付清就行了嘛。我们的广告上是怎么说的?奥斯卡,上帝的家园呀!"后来,会计就把钱还给了他们。再后来,他就夹在他们之间,混到了软卧车厢。

姓刘的皮鞋商买了几本杂志,然后把钱递给范强,让范强把钱交给小姐。范强看到老刘在旁边做着手势,他不懂得他的意思,但他知道那手势和小姐的乳房有关。小姐走了以后,他问老刘到底要让他干什么,老刘指指自己的胸口,说:"还能干什么,我是想让你把钱塞到她的这个地方。她不会恼火的,我敢打这个赌。"

"原来是这个呀,其实我也想到了。"范强说。

"他这是吹牛!想到了为什么没干?是不是?"姓张的皮鞋商对老刘说。

范强没有继续辩解。他现在突然想到,刚才塞给小姐的钱可能都是伪币,担心小姐拐回来找他算账。于是他立即站了起来,拉开包间的门,伸着脑袋朝外面张望着。火车运行的轰鸣声骤然剧烈了,躺在那里翻杂志的老刘捂着耳朵,命令老张把他拖了进来。老刘将他批评了一通,说他心眼太小,有福不会享:"既然能买到东西,怎么能说它不是货币呢？"

经过他们的一番安慰，范强心里踏实了。他舒舒服服地坐下，拿起一份《环球银幕》看了起来。

车厢的接头处的声音更为剧烈，在浑浊、黏稠的气流中，它发闷而且尖锐。华林想，它的音量大概有几百个分贝，这是慢性自杀的最好场所。这种声音还让他的尿泡一阵阵发紧。他还感到自己的痔疮一阵阵发痒，好像也想趁机作乱。但他还是在那里等了下去。他是想等那个小姐过来，私下问问掏高价是否能买到卧铺票。他在那里等啊等啊，好不容易等到小姐倒完了水，却看见小姐提着水壶走向了旁边的十一号车厢。

沮丧（或者说绝望）的华林并不知道，此时，有一位服务员正在到处找他。只是由于那位粗心的车站售票员没有说明他的座位号，1164次列车上的这位负责应付特殊人物的小姐，找他耽误了一些时间。那位售票员倒是提到了华林先生的眼镜和头顶的斑秃，可是，戴眼镜并且斑秃的男人在这一节车厢里有十几个，她不知道从哪里下手。她第一次来，华林正在厕所里思考尿频症问题；第二次来她倒是见到了华林，可那会儿华林正掏钱买那份《生活月刊》，因为出了汗，他摘掉了眼镜，让她对不上号。她这已经是第三次来了。她这次没有白来，终于发现了站在车厢接头处的一个既戴眼镜又有些斑秃，既像中年又像老年的男子。

她走了过来，从侧面端详着他。最后，她的目光落到了他的皮带上面，在那发福的腰身上，看到了一条金利来皮带。顺便说一下，华林其实并不知道吴敏为他买的皮带是名牌，他其实一直反对在他那发福的皮肉松弛的腰上拴这种玩意儿的。他虽然做梦都想成为名牌教授中的名牌，可他讨厌名牌产品，因为他认为它们的价格和价值并不相符，是一种变相的敲诈行为。也就是说，华林绝对不会料到，把他从众多的斑秃和眼镜中分离出来的最佳凭据，就是Goldlion皮带上的标志。

小姐喊了他一声"同志"，然后轻轻地推了他一下。看到一个穿着列车员制服的小姐正盯着他看，他一下子犯迷糊了，还以为对方是来查票的。他连忙在身上摸来摸去，寻找那张给他带来了许多痛苦的硬纸片。情急之中的华林已经忘了，那张硬纸片并非装在外面的衣兜里——为了防止丢失，车刚开动，他就跑进了厕所，把它装进了缝在短裤前面的那个小布兜。不过，他很快就意识到了这一点，因为他的生殖器突然感受到了车票的存在。他捂着自己的裆部，尴尬地笑了笑。就在这个时候，他发现对方的态度一点也不严厉，在嬉笑中好像还透露着那么一点尊重。接着，他就自作多情地想到，对方很可能是他以前教过的学生。他在汉州大学任教多年，听过他的课的人应以千计；读博士的时候，他还在上海的几所高校里举办过多次学术讲座，如果把听过讲座的人也划进来，那他的门徒的数目就更加可观了。有一次,他陪着几个人大代表到汉州戒毒所视察的时候,突然发现有一个戒毒先进分子曾是他的得意门徒。既然在那种地方都能遇到自己的门徒,那眼下的这种巧遇又有什么好奇怪的呢?

"先生,你是不是姓华?"小姐问了一句。

"是啊,我是姓华啊。"华林说,"不过,这个'华'字念的是去声,而不是阳平。"

小姐抱歉地笑了笑,用正确的发音喊了他一声华先生。当着那么多乘客的面,她并没有向他多做解释,只是说,有人已经事先给他买好了卧铺票,等着他过去休息。华林这才明白了是怎么回事——看来那个售票员并没有说谎——他心里一下子舒坦了许多。唯一发愁的是怎么从拥挤的车厢里穿过去。可这个问题刚提出来,小姐就喊来了一个乘警,并让他又去喊了两个,让他们一个开道,一个拎箱,一个殿后。走在前面的那个乘警手中拿着一根又黑又粗的电警棒,那根棒指向哪里,哪里就会闪出一条道来。所以他们很快就来到了餐车所在的九号车厢。在那里,小姐为他买了几瓶冰镇过的饮料。一看到那些饮料,华林就感到自己的尿泡又有点想闹事了。不过,尽管他口渴难忍,饥肠辘辘,他还是没有在那里停留。

小姐一直将他带到了五号硬卧车厢。一道布帘将车厢隔成了两截,布帘上面印着"乘客止步"。趁乘警把他的箱子往行李架上放的时候,他问小姐是不是毕业于汉州大学。

小姐没说是也没说不是。过了片刻,小姐很机灵地说了一句,说她没能听到他的课,是她终身的遗憾。"座位实在是太紧张了。没办法,计划生育搞得太晚了。"小姐又说,"不过,我们还正在为您想办法。能为您服务,我们感到非常高兴。愿您旅行愉快。"

"但愿我能愉快。我是去参加一个人的葬礼的。"华林说。

那位小姐一定没有料到他会吐出这么一句话,所以一时间有点发愣。在请他节哀之后,又劝他要想开一点。由于她不知道他和死者的关系到底怎样,这样说是否得体,所以她说的时候,扑闪着一双眼睛,反复地打量着他。

这真是个好姑娘,我应该送给她一样东西,他想。接下来,他出人意料地来了一个急转身,抓着卧铺上的梯子就要往上爬。火车咣当咣当摇晃着,他刚爬上梯子,就差点摔下来。一个还没有走开的乘警被他的行为搞蒙了。还是小姐聪明,她使了个眼色,让乘警帮他把箱子取了下来。

华林打开那个箱子,从中取出了一本自己的论文集《现代性的使命》。这本著作在当代的学术圈里有着足够的影响,他能评上教授,和这本书有着很大关系。就像经期的女人走到哪都要带上卫生巾一样,华林走到哪,都要把它带在身边。从家里出来的时候,他想,他要在范志国的坟头烧上一本书,让老范可以在冥冥之中有书可读。可他装的时候,却不由自主地多装了几本。

"没别的东西送你,就送你一本书吧。"他对小姐说。

他本来还想送给那个乘警一本的,可不知道为什么,他对乘警过于主动帮他取箱子有点不满,就打消了那个念头。书里面还夹着一张小卡片,他顺手把它抽了出来,然后把书递给了小姐。

"书写得这么厚,你一定赚了不少钱吧?"那个乘警说。

"什么呀,并不是所有的好东西都能用钱来衡量的。"小姐白了一眼乘警,把书搂在了胸前。

如果姓张的皮鞋商不提查票的事,范强都忘记了他是混到软卧车厢里来的。老张看见他舒舒服服地躺在那里,就怪声怪气对他说,列车员待会儿肯定要来查票。他的提醒,让范强打了一个激灵。"刚才他们不是换过票了吗?"范强说。老张说查票和换票是两回事。老刘安慰他,说你放心好了,既然换票都应付过去了,还怕他们来查票?"要是查住了,你就说我是你的什么亲戚。你是从硬座车厢过来看我的。"老刘笑着说。

"譬如,你可以当着他们的面,叫老刘一声爸爸。"老张说。

只要能舒舒服服地待在这里,叫一声爸爸又有什么呢?可范强听不惯老张那种幸灾乐祸的语气。他是巴不得我出点事啊!范强想。范强没有搭理老张,而是直接对老刘说,叫爸爸对他来说并不困难,只是对老刘有点不好,因为这有点不吉利。"我爸爸他死了,正值壮年就已经呜呼哀哉了。"

老刘一听这话，就说算了算了，你就说你是过来看我这个当经理的得了。老张在旁边说，他不在乎什么吉利不吉利的，还是让他来当爸爸吧。

由于老张的话是用开玩笑的口气说出来的，所以范强不好意思朝他发火，只能在那里忍着。他掉了个头，又躺了下来，并且故意做出非常舒服的样子，夸张地打起了鼾。就在这时候，他闻到了一股腥臭的气味。接着，他就看到枕边的床单上有一块湿痕。他趴在那里闻了闻，没错，就是从那里发出的。他很快判断出那是醉酒者吐出来的东西。在临凡的奥斯卡酒店上班的时候，经常有客人因为床单上的污迹朝服务员发火，而他们除了道歉，连个屁都不敢放，因为和客人一吵，服务员的奖金就打水漂了。九年来第一次坐火车的范强，这会儿想，如果列车员来查我的票，我也如法炮制，先给他们来一个下马威。这么一想，他就生怕那团湿痕干掉，每过一会儿，就要看它一眼。为了让它保持必要的湿度，他不但往上面吐唾沫，而且还往上面吐痰。

折腾了几个小时的华林，现在终于可以躺下来喘口气了。那位小姐后来又给他拿来了几份《交通快讯报》。最近的那一份是六月四号出版的。他对这种报纸不感兴趣，因为它们没有文化气息。正要把它放到一边，他突然看到上面还有副刊版，那上面有几篇文化名人写的随笔。他们分别谈到了臭豆腐、茶鸡蛋，一种叫做埙的古老乐器和正品唐山牌抽水马桶的鉴定。在谈到臭豆腐的时候，那个文化名人引用了瞿秋白的一句话："中国的臭豆腐也是很好吃的东西，世界第一。"错了！瞿秋白说的是豆腐，而不是臭豆腐！编辑甚至把鲁迅先生也弄了进来，鲁迅的一篇文章叫《从胡须说到牙齿》，可编辑只是断章取义地从中选了一段，并且自作主张地为鲁迅起了另外一个题目——《我从小就是个牙痛党》。拿鲁迅的作品来凑数，把鲁迅拖进现代商业主义和现代享乐主义的旋涡，可真是个一箭双雕：既可以省掉一笔稿费开支，又可以让别的作者感到满意——瞧啊，我和鲁迅是一伙的！他正要把它丢开，突然又看到了一幅叫做《无题》的漫画，画的是一个人四仰八叉地躺在车厢里。在画幅的左边，写着一首歪诗：

逃票不要紧
只要不当真
逮住我一个
还有后来人

怎么这么熟悉？哦，原来步的是夏明翰的那首就义诗的韵。太好了，到处都有学问，走到哪里都可以产生灵感。这是从革命性写作到反讽式写作演变的经典范例，应该把它撕下来。于是，他又一次爬上了那个梯子。因为没有小姐在场，这次他爬得比较艰难，好像那是攻城用的云梯。然后，他把撕下来的那一版报纸塞进了旅行箱。

太热了，只要动弹一下，衣服就会和身体粘到一起。他站在那里，拈着衬衣的硬领——他同样不知道那硬领上绣着英文字母 Goldlion——让它和身体分离的时候，他还在琢磨那首就义诗。在《现代性的使命》的修订本中，一定要把这首诗放进去。他还触类旁通地由那首诗想到了范志国的死。老范的身子骨不是挺硬朗的吗？怎么转眼之间就要灰飞烟灭？

一个多么清晰的幻觉啊！华林教授现在突然看到了知青华林赤身裸体地在池塘边的泥巴里打滚的情景，范志国也是赤身裸体。他看到了那个华林的屁股和脚掌被碎瓷片划破了，范志国正要把他从泥巴里拽出来，扛到外边去。他们那时候可真是没少打架呀，那些碎瓷片是邻村的知青出于对上次挨揍的报复而撒到池塘里去的。他现在想起来，在他俯卧在床上养伤的那段时间，范志国第一次让他看了他整理出来的哲学笔记的情景：范志国竟然有三个带着红色塑料封套的笔记本，里面密密麻麻地写满了他从马恩列斯的著作和有关的注释中抄下来的许多哲学语录。那些笔记本是范志国用一包肉松从村里的会计那里换来的，在每一个笔记本的扉页上，都记着毛主席的号召："学一点哲学。"他就是从那些笔记本上知道了许多陌生的名字：斯宾诺莎、费尔巴哈、黑格尔、康德……有一天晚上，由于伤口化脓，他怎么也睡不着，捂着屁股唉声叹气。赤脚医生范志国先训斥他没有坚强的革命意志，然后坐到他的那个用门板搭成的床上，给他和其他几个受伤的同伴念了几段导师的语录。那几段话说的并不是深奥的哲学问题，其中一段因为和洗澡有关系，他们后来就经常念叨：

希望你设法夏天到这里来，当然你将住在我这里，如果天气好，我们可以去洗几天海水浴。

然后是：

马克思刚刚搬了家。他的住址是：伦敦西北区梅特兰公园月牙街41号。

"马克思怎么没有下乡？"另一个弄伤了屁股的人突然喊了起来。那人还提议往邻村的知青经常出入的池塘里也撒一点碎瓷片，如果条件允许的话，还可以考虑撒上一点玻璃碴。那人的建议得到了大家的响应，但是遭到了范志国的否定。他说，马克思说了，历史上的事件总是出现两次，第一次是悲剧，第二次是喜剧。"什么是喜剧？喜剧就是闹剧。"范志国说，"谁的屁股再扎烂了，可不要来找我。"话虽这么说，可第二天，范志国就到县城搞玻璃去了。他搞来的都是巴掌大的小块玻璃。他对大家说，那

379

些玻璃可以派两种用场,一种是撒到池塘里去,一种是安到老虎窗上,请大家选择。那个时候的范志国就显示出了当领导的才能,说话办事总能让大家心服口服。他自己动手,把那些玻璃拼到了窗格上。最后剩下的小玻璃片,他也没有舍得扔掉。他像个孤胆英雄似的,"深入敌穴"闯进了对方的村子,让那些知青们知道,他要是照葫芦画瓢把玻璃撒进池塘,不光会让他们烂脚烂屁股,还会让他们一个个都变成太监。他说,他之所以没有那样干,是因为大家都来自五湖四海,是为了共同的革命目标,而走到一起来的……

真是难以想象,这个范志国已经死了。当时他们还把他看成是哲学家,如果不是因为结婚和生孩子耽误了考学和回城,他现在说不定还真是个哲学家呢,混个学部委员当当也不是没有可能。西塞罗在《辩论篇》里说,哲学家的一生都在为死做准备。哲学家范志国,也对自己的死做过准备吗?华林现在翻了个身,让长痔疮的地方朝向上面,然后双手捂住了脑袋。他现在又想起了一九八九年夏天见到范志国的情景。又是一个清晰的幻觉啊!他看到范志国正领着一个男孩在汉州大学的家属院门口徘徊,那个小男孩在他身边正专心致志地啃着一牙西瓜——瓜皮上已经没有一点红瓤,那唯一的红瓤现在粘在他的鼻尖上。华林并没有认出他们就是范氏父子,他只是被孩子逗乐了,想知道那孩子会不会把最后的那一点瓜瓤抹到嘴里去,才在那里停了下来。就在这时候,他突然听到有人喊了一声华林。是范志国喊的,他显然也不能肯定他就是华林,为了避免认错人的尴尬,范志国喊他的时候,脸朝着门房里的那一位正在书写标语的退休教师。

那一次,范志国在汉州待了两天。华林还让范志国看了他一直珍藏着的那本《钢铁是怎样炼成的》。在书的扉页上,还留着华林教授当年写的一首诗:

学习保尔·柯察金,
一定重做革命人。
扎根阳城反右倾,
坚决解放全人类。

他第一次向范志国透露了因为看这本书而挨打的故事。牢里的领导对他说:"犯了罪还想回城当炼钢工人,不打你打谁啊?"领导让他写检查,他就写了这首诗。他向范志国讲这个故事的时候,吴敏也在旁边。这个小故事吴敏虽然已经听过多遍,可她还是像第一次听到似的,笑个不停。那时候,华林和吴敏刚刚结婚,住着一室一厅的房子,由于范志国带着孩子暂住在那里,吴敏只好去住女友的单身宿舍。不过,她每天都要回来看他。由于范志国的在场,他对吴敏的年轻貌美竟然感到有点不自在。有一次,当吴敏习惯地挽着他的胳膊的时候,他瞥见镜子中的自己竟然有点面红耳赤。在离开汉州的那天下午，范志国向他透露了他正在托关系找门路，要把到阳城卫生局当副局长的事敲定。他说既然捞到这个职位不容易，他就将尽可能多做工作，鞠躬尽瘁，死而后已。后来，范志国又开玩笑地说："当然，首先是要协调好各个部门的关系，把计划生育搞好，至少要把避孕套及时地发放下去。"这是一个意味深长的玩笑。华林眼前立即出现了一只像气球那样在空中飘飞的避孕套。没有比避孕套更轻的东西了，可华林却感到它比石头还重。在送范志国去车站的路上，他一直有点神不守舍。把他们送上1164次列车以后，范志国拉开窗户，邀请他和吴敏有空到阳城去玩。吴敏当时爽快地答应了，而他却突然不知道该说些什么。

"华先生，您是不是想吃点夜宵？"有人好像在喊他。

短暂、凌乱的幻觉消失了。华林一骨碌爬了起来，那个样子就像夜半的惊梦。他望了一下窗户，又拍了拍两排座位之间的小茶几。窗外是无边的夜色，他依稀看到了几处灯火；茶几上是一份被他撕开了的《交通快讯报》，上面的那首歪诗现在正掖在他的旅行箱里。站在他面前的也不是吴敏，而是那个把他领到这里来的服务小姐。她好像刚洗过澡，头发湿漉漉的，身上散发着一种窖藏苹果的香气。

"您还是中午吃的饭吧？"

"中午？中午我在哪里？让我想想。"

"晚饭您吃了吗？"

"晚饭？哦，想起来了。几个小时之前，我买过一只椒盐饼。别说，它还真比上帝吃过的香，因为上面有芝麻呀。"

在奥斯卡实习的时候，范强值的就是夜班。一个月下来，他已经成了一个夜猫子。镜子中的那个越来越苍白的脸蛋，显然和这种作息习惯有关。他现在站在厕所隔壁的盥洗池旁边，通过池子上方的那面镜子端详着自己，然后在嘴唇周围和下巴颏上抹上香皂。考虑到此行的重要任务是要让华林叔叔和吴敏阿姨给自己找个工作，所以他首先得把自己的脸收拾干净，以便能给他们留下一个好的印象。他现在觉得自己和电影《泰坦尼克号》里的男主角里奥勒度长得很像，身架、额头、嘴巴，都像。当然他也发现自己的脸色有点苍白，但他并不觉得这有什么不妥。他想，有一个词就是用来形容他这种脸色的，那个词叫做"理智的苍白"。是啊，只有聪明、理智、成熟、深沉的人，才会有这种苍白。这种例子太多了，他随便一举，就能举出一大堆例子来：比如葛优，比如王志文，比如罗伯特·巴乔，当然，还有里奥勒度。

他想，华叔叔最好能安排他到汉州电视台的广告部工作。他在大学里学的就是广告专业。几天前，当他又一次在电视上看到华叔叔和主持人在那里谈论"广告和文学"

的时候，他想，他无论如何都应该去一趟汉州，让华叔叔在汉州给他找个工作。那一天，他还从主持人和华林的交谈中，获得了一个重要信息。当主持人对华林在百忙中到演播室来接受访谈表示感谢的时候，他清楚地听见华叔叔说，这都是他应该做的，即便吴敏不在电视台上班，他也会接受这个邀请。太好了，吴阿姨原来就在电视台上班！放着这样的关系不用，那不是浪费又是什么？有一句话说得好，浪费就是犯罪。华叔叔如果给我找不来工作（当然这是不可能的），那还有吴阿姨呢，地道的双保险！他又想起了昨天打的那个电话。他现在认为没在电话中把找工作的事说出来是明智的。华叔叔和吴敏阿姨都很忙，如果他们嫌麻烦，在电话中顺势一推，那他可就傻眼了，连一点活动的余地都没有了。"聪明人就是聪明。"他拍拍自己的脸，将自己表扬了一通。

过道上有几个人交头接耳。由于高兴，范强从他们身边经过的时候，旁若无人地扭起了屁股，并故意地蹭了一下当中的一个小姐。回到包间，他看到老刘和老张也没有睡觉，正在玩牌，他就也想加入进去。在玩扑克方面，范强自认为是个高手，他记得，有一次他把同寝室的人的菜票都赢光了。

"你又没钱，拿什么玩呢？"老张说。

"你怎么知道我没钱？"

范强坐了下来。为了不让他们过早发现他是高手，洗牌时他故意显得很笨拙。他还决定先输两把，让两个傻帽能尝到一点甜头。

到了第三把，范强果然把老刘和老张甩到了后面。老张一边打牌一边打哈欠，为了提神，老张讲起了他在奥斯卡享受到的上帝的乐趣。他说他像犁地一样，把那里的小姐犁了个遍，然后他重点地回忆了他和其中的一位玩过的几个花样。"最带劲的是，一边看录像一边干，说不清谁在模仿谁。"接着，他问范强是不是也趁工作之便动过犁。

"她们都脏得很，搞不好会染上病的。"范强说。

"我是干什么吃的，还能让染上病？别打岔，你到底犁过没有？说句公道话，你们那里的小姐还是比较干净的，用了都说好。"

范强一时不知道说什么好。为了不在他们面前丢份儿，过了一会儿，他说："即便没有干过，我也知道怎么干。"他刚说完，老张就哈哈大笑起来。他笑得那么厉害，差点把牌都扔了。连沉稳的老刘，也捶打着膝盖笑个不停。

"笑什么笑！我只和自己的女朋友干。"范强说。不过，话一出口，他就伤感了起来。他所说的那个女朋友，比他高一届，一毕业就和他断掉了联系。他现在突然想起来，那个女孩子就是汉州人。范强想自己这次无论如何要在汉州找到个称心如意的工作，让那个女孩子瞧着眼红。但老张和老刘持续的笑声让他心里直发虚,后来他就糊里糊涂地连输了几把。老张也输了,不过他是故意输的,因为老刘是他的上司。老张把钱交了出去,然后又催他快点交钱。范强不能交钱,因为他身上的那几个钱,是准备着给华叔叔和吴阿姨买见面礼用的。他愿意拿自己的手表作抵押,再接着往下干。

在沙漠中行走的骆驼可以连续多天不吃不喝,那是因为它们不但有储满脂肪的驼峰,而且有三个胃室。由于长期伏案工作,东奔西跑,华林的背倒是有点驼了,可即便它再驼上一千倍,那也只能是驼背,而不能称为驼峰,这是因为那里面并没有多少脂肪。即便他有三个胃室也不行,要知道他身上长着一个漏斗似的尿泡呢。有了那么一个宝贝,有多少水漏不出去啊?

和常人相比,华林的饥饿感一旦凸现出来,确实要更加猛烈,可他现在却没有多少食欲。旅客们的就餐时间早就过了,现在他是和几个餐车服务员一起就餐。摆在他面前的是一份冬瓜海米、一份青菜豆腐汤和两只油炸馒头。他吃了半只馒头,喝了几口汤,就把碗推到了一边。那帮服务员一直在吵闹,并不时地爆发出一阵阵笑声。他认为就是那种吵闹影响了自己的食欲。那位小姐坐在他旁边,问他饭菜是否合胃口。"你一定要吃好,不让你吃好,我们是不会让你下车的。"小姐说。她的话说得多么得体啊,如果我是校长的话,我就拉她当我的办公室主任了。他问小姐会不会外语,小姐的话让他吃了一惊:"会一点,因为我去年才从国外回来。"

"在列车上跑来跑去,多累啊。"

"我喜欢干这一行,喜欢跑车,为你们这些人服务。你们都是革命的宝贵财富嘛。"

小嘴多甜啊,当她习惯地用手指梳理头发的时候,一道白润的耳轮在他眼前一闪。他都想破格招她当自己的研究生了。他想问她还想不想考学,可她身上的手机突然响了。他从一份报纸上看到,女性用手机对身体很不好,尤其是那些怀孕的妇女,要尽量少用。"据说,手机甚至可以对女性的某种周期构成干扰,总之,要慎之又慎啊。"他说。她感谢他的提醒,但她又说她这辈子并不想要孩子,因为《圣经》中说了,夏娃之所以生子,是由于那是上帝对她的报复。

"孩子总还是要要的。那也是革命工作,你想要男孩还是女孩?"

"这很重要吗?"小姐说。

"当然重要。《圣经》中也说了:'听哪,天上传来声音说,这是我的爱子,我为他而喜悦。'在我看来,生儿育女与其说是为了传宗接代,不如说是为了挽留住时间。我在阳城下乡时,种过韭菜。生育就跟种韭菜差不多。割掉一茬,又长出一茬。姑娘,在我看来,这很可能就是基督教有关死后复活的现实依据。"

小姐莞尔一笑,拿着手机到餐车的顶头回电话去了。当她走开了,他想,吴敏什么时候才能给我生一个孩子呢?时不我待,再过几年我想要孩子可能也要不成了。他突如其来地想到,如果当初和徐雁结了婚,如果徐雁生下的又是一个女儿的话,那女儿肯定会和眼前这个姑娘一样漂亮,有着同样干净的眼白,黝亮的瞳仁,善解人意,连偶尔的打岔也让人着迷。其实徐雁当初就是这样的形象,只是徐雁身上多了一份田野的芬芳和那个年代特有的基干女民兵的英气。

肩挎 56 式半自动步枪,在明净的月光下,在公社民兵营大院的楼梯口站岗放哨——这是他在坐牢前对徐雁的最后印象。那是一九七六年九月底的一天,他的历史就是在那一天开始拐弯的,上帝那先知先觉的经书中所包含的偶然的唯意志,就是那一天向他显现出来的。那一天,他的牙疼病又犯了,不得不到公社卫生院去看牙。看完牙,正要去看在这里受训的徐雁的时候,他突然想起赤脚医生范志国托付给他的任务——把发给村里的避孕套捎回来——他就又拐了回去。值班的是个女医生,他还没说完,眼睛哭得像兔眼一样发红的女医生就指着他的鼻子骂开了,骂他太反动了,是个现行反革命,毛主席他老人家刚刚离开我们,他就要带头娱乐了。那个女医生拎着门后的扫帚一边抡他,一边喊着抓他这个反革命。被喊声惊动的人围了过来,逮住他就是一顿猛揍。在挨打的时候,他夺过一把鸡毛掸子,胡乱挥舞了一阵,并挑掉了一个人的眼镜……那一天,等他跑回来的时候,月亮已经升起来了。他回村里转了一圈,拉着范志国诉了一下冤屈,后来就又一瘸一拐地去公社的民兵营赴徐雁之约——徐雁早就对他说,在这一天晚上,她们房间里的另外两个人要出去拉练。在那里,他看到了肩挎56式半自动步枪正在站岗的徐雁。可那天,他和她什么也没干。换岗之后,他们并没有在房间里待着,而是走了出来。当他讲述他的遭遇的时候,徐雁捂着嘴,一直笑个不停。他自己讲着讲着也乐了。他当然没能料到,第二天上边就要派人下来将他丢进大牢。他后来才知道,那一天被他的鸡毛掸子打碎的眼镜的主人,是公社卫生院的革委会主任。当然,后来又发生的许多事都超出了他最初的想象:出来之后,他竟然考上了大学,而范志国和徐雁因为结婚生子,只能留在阳城……

那个小姐又拐了回来,问他是否已经吃好了。她还说,列车长已经为他安排好了包间,现在他可以安心地睡个好觉了。

"其实我在这里就挺好。"华林说。

"你的酒量怎么样?李白斗酒诗百篇,您喝上半斤总该没问题吧?"

"我只能喝二两,还得是低度的。"

"喝酒的人都这么说，"她说，"您放心，有我在场，是不会让你喝晕的。"

请他喝酒的人到底是谁呢？可她不告诉他，只是说等到了就明白了。"你要是不说，我可就不走了。"华林说着，果真在地毯上站住不走了，低着头，看着自己的脚尖。"你怎么这么调皮啊？"服务小姐说。他笑了，摆出一副天真无邪的样子——他当然不知道，他一笑，他的脸蛋就变得皱纹纵横。

"酒是列车长请的。他想见见你。"小姐说。

听了这话，华林的肩胛骨一下子耸了起来。对他来说，那是一种潇洒的姿态。在课堂上，如果他冷不丁地冒出一句妙语，他也会随之做出这样一个动作来。现在，他的心情确实很好，对列车长的邀请感到非常满意。华林不是一个自私的人，所以他并没有把这个荣誉全揽到自己身上，而是把这看成是列车长对所有高级知识分子的尊重。当然他也有点失落，因为他最初以为是小姐要和他单独交谈呢。

"有什么办法呢？恭敬不如从命吧。"他又一次耸起了肩胛骨。

可范强后来还是输了。有老张在当中捣乱，他岂有不输之理——老张不但自己要输，而且还要拉他垫背——每当他要往上游跑的时候，老张就"舍生忘死"对他实行围追堵截。

"愣什么愣,还不快把手表交出去。"老张说。

老刘愉快地接住了那块表,眯着眼看着,但他的愉快只持续了那么一小会儿。"什么瑞士长瑞士短的,这不过是一块熊猫表,"老刘说,"而且还是一只死熊猫,瞧,这指针一动不动。干脆扔掉算了。"老刘说着,就要去打开窗户。要不是范强眼明手快,老刘就真的把它扔出去了。他夺过那只表看了一下,果然是块熊猫。他立即意识到,那块真正的瑞士表现在还躺在会计的抽屉里:"妈那个×,我以为我耍了他,哪料到我被他耍了。"

"看你还是个学生,就饶你这一次,不过,你得受一点惩罚,否则这牌打着就更没意思了。"老刘说。

老刘的惩罚,是让他把他们随身带的一些广告分发出去。那些广告印刷得非常精美,就像是《环球银幕》的彩色插页:

  总统 国家领导人
  奥斯卡金像奖导演
  王子 首相
  奥斯卡金像奖影帝
  电脑专家 著名诗人
  皇后 公主
  奥斯卡金像奖影后

诺贝尔奖医生

宗教领袖　　动作片巨星

他们的共同点，曾经是个世纪之谜。现在这一世纪之谜已经解开，请看背面——

我们都要穿曼菲斯图高级皮鞋
MEPHIST
他（她）们都喜欢
名牌中的名牌
曼菲斯图
名牌
M

在那字符下面，叠印着人物头像、大腿、裸足、电影片断。从专业角度看，这个广告创意也是非常成功的。当老刘说背面的那个倒三角的图式，是他模仿女性生殖器自行设计的时候，范强就更加喜欢了。《广告厚黑学》里说，一份成功的广告，应该包括悬念、明星、色情、宗教四大元素。现在，它将它们一网打尽了。

"老刘，下一次印的时候，你是不是可以考虑一下，把外星人也弄进来。"老张说。

"外星人有点太离谱了，"范强指着上面的一个女人像，说,"最好把这颗头换成戴安娜王妃。"

"她刚死掉,换上去有点不吉利吧?"老张说。

"老刘,你现在要的就是她的死。她要是不死,你还不用呢。死亡是一种象征性股份,可以帮助你占领大众市场。"

范强这时候第一次向他们透露了他学的专业就是广告,所以他现在是以专家的身份跟他们讲话。他建议他们还可以考虑用一些脍炙人口的古典诗词作广告词。说到这里,他就把一个同学为一个卫生巾厂家写的广告词,移花接木地说成了自己的杰作:

海内存知己,
天涯若比邻。
无为在歧路,
儿女共沾巾。

"唐朝时好像还没有卫生巾。"老张说。

"可你一听,就知道这首诗是为现在的卫生巾写的。"范强说。

"该吹的他都已经吹完了,现在该让他受罚了吧。"老张提醒老刘。老刘笑了笑,说:"你不是也输了吗?你陪他一起去吧。"老张不愿去,可老刘只用鼻孔哼了一声,老张就乖乖地跟在范强屁股后面走了出来。

来到过道上,范强把老张让到前面。看到老张有些不高兴,范强心里美滋滋的。来到硬卧车厢,看到人们都在睡觉,他就向老张建议应该往硬座车厢跑一趟。这时候,火车在一个叫做尚庄的小站停了下来。范强赶紧向车门口方向跑去,向刚上来的旅客发放广告。他一共发出去了三份。列车开动之前,又跳上来了三个人。他们和列车员似乎很熟,一上来就和列车员拥抱到了一起。有一个人抱过了列车员,把他也抱了一下。他感受到了对方的好意,所以一边和对方拥抱,一边把对方拉离车厢的接头处。在他看来,那是个危险地带,稍有不慎,脚丫子就可能挤到接头处的缝隙里。

等对方松开他的时候,他发现周围已经没有人了。他回到刚才的那节车厢,看到老张就像在考场上发放试卷似的,挨着铺位把那些广告发了出去。火车一加速,那些广告就在穿堂风的吹拂下,又纷纷地飘了下来。昏暗之中,有一张广告还掠过范强的额头,落到了他的身后。他叫了一声老张,可老张并不搭理他,仍然继续往前走着。走到车厢顶头的时候,老张打开了一扇窗户,把剩下的广告扔了出去。接着,老张朝他走了过来。老张的动作依然很潇洒。他点上烟,拍拍范强的肩膀,说:"愣什么呀?没看见我是怎么干的?哪里有压迫,哪里就有反抗,这是马克思主义的普遍原理。"说着,老张拧开了厕所的门,示意他应该把手中的东西扔进去。

范强对这个姓张的家伙一点好感也没有了，所以他拒绝照他说的去做。老张说："那你把它当做宝贝拿着吧，不过，你现在也不能回去，否则老刘会起疑心，认为我们两个捣了鬼，这对你也没有什么好处。"

老张从他手中夺过一张广告，使劲地揉了揉，然后钻进了厕所。他在那里等了一会儿，正要离开的时候，眼睛突然受到了一束强光的刺激。有两个黑影竖在他的面前，那是两名乘警。在手电的照射下，他看到他们手中捏着一沓广告。他一下子慌了神。在手电照向别处的那一刹那，他拔腿就跑。可他刚跑了两步，腰上就挨了一棒，接着他就栽倒在地了。在倒下去的时候，他感到自己的眼睛里闪烁出了一大片金色火花。

一个男人大叉着腿躺在软卧包间里，华林以为他就是本次列车的最高行政长官，想打个招呼，可对方却翻了个身又睡去了。领他来的小姐并没有把那人叫起，只是对华林说："你先进去吧，我去把你的箱子拿过来。"华林看到那人的枕边放着他的《现代性的使命》，里面好像还夹着一个书签，因为有一根线露在外面。包间的小茶几上放着两碟小菜，一碟是卤水鸡翅，一碟是芥末鸭掌。鸭掌像云母一般晶莹透亮，那是华林最喜欢吃的东西。芥末他也喜欢，一闻到它那冲鼻的味道，华林就感到自己的胃口被吊起来了。他还很快地想到了他在阳城种过的那些芥菜：一到秋天，沟渠旁边的芥菜缨子就像两条绿色的绸带，老远就可以闻到那芥子的气息。茶几上还有一瓶红酒，当小姐又来到包间的时候，他才知道那是波拿巴红葡萄酒。

"马克思曾经写过这个波拿巴。"

"是吗？"

"是的，雾月十八日的路易·波拿巴。"华林说。

小姐说她一定找来那篇文章看看。"先生，该起来了。"小姐朝躺在铺位上的那个人的肩膀拍了一下。那个人没动，小姐就又拍了一下，这次是拍在那人屁股上。华林一下子感到小姐和那人的关系有点不同寻常。那人蠕动了一会儿，坐了起来。小姐说："非常抱歉，车长这会儿正在处理一件急事，他让我先陪你们两位喝一点。"听了这话，华林的神经放松了：他原来也是个乘客。

看来这位乘客已经喝过一次了，有点醉醺醺的，眼皮都懒得睁开了。小姐为他们做了介绍，华林得知对方是从香港过来的。对方拿着那本书在他面前晃了一下："这是你的大作吧？狗（久）仰狗（久）仰。"这时候，小姐的手机又响了。小姐说，她得出去一下，请他们原谅。

香港客是个胖子，年龄在四十五岁左右。他的脸色有点苍白，苍白中还带有一点青色。华林看到香港客的脑袋也有点斑秃，和他相比，真是有过之而无不及，可谓是童山濯濯。"是回来观光的吧？"华林问。那人没有反应。为了掩饰尴尬，华林夹起一块鸭掌放到了嘴里。这时那人突然用标准的京腔说了一句："那个小姐真他妈聪明，让我想起了阿庆嫂。"

阿庆嫂？他竟然还知道阿庆嫂？华林停止了咀嚼。对方冷不防又问了一句："华先生，现在大陆上送礼都送些什么呀？我听说只送两样东西，钱和女人，是不是呀？"华林不知道对方究竟要说什么，为了礼貌起见，他还是回答了一句："听说还有送别墅的。"

他们就这样聊开了。华林没有猜错，对方果然是从大陆出去的。香港客还说自己也曾是个知青，曾在北京的一所高校任教多年，九年前才出去的。两个人以酒逢知己千杯少的架势连碰了几杯，谈话也慢慢变得无所顾忌。香港客人先把列车长骂了一通，说列车长刚才找了他两次，想让他把他弄到香港去。"他刚走，你的这本书就是他和小姐离开时丢下的。你知道他找你是为了什么吗？"他问华林。华林坦率地说不知道，因为他还没有见到列车长。"出去是那么容易的吗？我倒是出去了，可我是迫不得已。你一定不知道，我是偷渡出去的。"香港客说。他似乎真的醉了，眼睛都喝红了。

"瞧你说的，偷渡的又不是我，我怎么知道？"华林说。

"你不光不知道，连想都想不出来，因为我们生活在一个事实大于想象的时代。"那人似乎对自己的说法很满意，所以紧接着打了一个响指。列车的轰隆声使他的响指发哑，这似乎也超出了他的想象，所以他打完之后，盯着手指看了好一会儿,好像在探究它失声的原因。不过,他很快就放弃了对它的探究,他把双手交叠着放在胸前,用缅怀的口气开始了滔滔不绝的回忆。与此同时,他还示意华林也应该把手放到胸前。他说,九年前,当他还是一个热血青年的时候,他搅进了案子,后来飞到了南方。他的一个朋友在南方的一所高校任教,朋友的两个得意门生毕业之后没能找到如意的工作,后来干脆当起了偷儿。那两个偷儿门路很广,给他办来了各种假证件,然后把他塞进了一列货车。因为不知道货车什么时候出站,所以他们还给他准备了充足的干粮。他们考虑得很细,细到什么地步?连包大便用的塑料袋都给他准备好了。他说,还算比较顺利,一星期之后他就随着货车出去了。他在外面混了多年,好歹在香港立住了脚跟,后来以香港公民的身份,在去年的七一,回到了祖国的怀抱。他说他这次回来,是为了帮那两个偷儿,他们最近被抓了进去,他的那个在高校任教的朋友,希望他能找他当年的一个同事出面打个招呼,把两个徒儿放出来。那个同事被称作及时雨宋江,早年也是他的朋友,一九八九年下半年从学校调了出来,之后连连升官,眼下在一个重要的部门任职,一言九鼎,放个屁都能把下面的人吓趴下。

"来之前,我给那个同事打了个电话,说我有事求他。他问是什么事,我说电话里不好多说,只能见面再谈。我还说我手头既没有女人,也没有多少钱,让他看着办。你猜怎么着？他说他倒可以送个女人给我。他这样慷慨，让我都不知道说什么好。"

"俗话说，衣服是新的好，朋友是旧的好。"华林终于找到机会插了一句。

"说起来，我还是他儿子的干爹呢。"

"要是在西方，你就是他儿子的教父，"华林说，"我其实也是去看朋友的。和你不同的是，你的朋友是个活的，而我的朋友是个死的。我现在就是要去参加那个朋友的葬礼。"

如果不是这句随口说出的话提醒了他，华林就想不起来此时此刻自己为什么会出现在这里了。香港客还在继续讲着自己的故事：怎样把老婆弄到香港，老婆又怎样从香港去了美国，两个人后来又怎样"拜拜"。华林对他表示了一番安慰，可对方并不领情，说他其实巴不得她早点滚蛋，滚得越远越好。香港客谈兴甚浓，可华林却有点听不下去了。他现在突然想起来有一件分内的工作，正等着他去完成，那就是给范志国写一篇悼词。他想，既然他是范志国的朋友当中最有学问的人，那写悼词的任务肯定会落到自己头上。怎么搞的，这么大的事，我竟然差点给忘了？

写悼词是一件严肃得不能再严肃的事，所以他得到厕所里去蹲上一会儿。是的，华林喜欢蹲在厕所里思考问题，排忧解难——他的尿频症和痔疮可能和这种习惯有关。据说许多杰出人物都有这种华林式的习惯。在华林的一张卡片上，就记录了这样一件事：伟大的马丁·路德，苦于找不到宗教改革的理论依据，长期以来一直在摸着石头过河。有一天,他正在威登斯堡修道院的厕所里解大手，突然得到了上帝的启示——因信及义——从此他才得以启动宗教改革的方舟。华林虽然没能创造出路德教，可他正在写的《寻求意义》一书中的许多重要观念，都是在厕所里冒出来的。这会儿，他离开那个饶舌的香港客，来到了软卧车厢的厕所。为了能够理出一个基本的头绪，他虽然只是想撒泡尿，可他还是像女人那样蹲了下来。奇怪的是，他蹲的时间越长，他的脑子就越乱。这让华林很恼火。华林将此归咎于火车轰鸣声的干扰和范强打来的那个电话过于语焉不详——如果范强在电话中把他爹是怎么死的说得稍微清楚一点，他很可能在家里就把悼词写出来了，哪能让它拖到现在？

　　不过，还没等他把皮带扎起来，他就意识到他其实不必为此焦虑，因为按照中国的传统习惯，致悼词的通常都是死者的上司或者死者的继任者。对他们来说，这是一个难能可贵的表演机会——通过表扬死者，来表现自己知人善任；通过赞颂死者，来强调自己继任的合法性——这等好事，他们是不会让局外人染指的。华林想，他所能做的无非是在阳城之行结束之后，写上一篇带有悼念性质的短文。现在，问题的关键是怎样安慰徐雁和范强，尤其是徐雁!他还突然想到,范强的那个电话很可能就是在徐雁的授意下打来的。哦,不是可能,而是一定!她之所以没有亲自去打,显然是因为担心吴敏吃她的醋。当然,还可能有别的原因:比如,一想到要跟我说话,她就会像少女那样,心里怦怦直跳。

眼睛里不光冒出了金色的火花,而且眼珠子都好像要掉出来了。范强后来才知道他遭受的是一次电击。为了搞清楚自己的眼睛是否完好,在接受审讯的时候,他不时地挤眉弄眼,反复测试自己的目力。但他的挤眉弄眼惹恼了那两个乘警。其中的那个胖乘警又举起了那根电警棒,对他说:"要是再不老实,就请你再吃一棒。"

他果然又吃了一棒,当然,这样一来,他的挤眉弄眼就更加频繁了。他们要他承认他就是他们正在捉拿的一个偷儿:"你说你不是,那你的车票呢?见到我们,你跑什么跑?你这样的瘪三要能坐上软卧,我们早就当上公安部长了。"他们还认定他是借发广告之名行窃,理由是乘客都在睡觉,只有傻瓜才会选择这样的时候去从事广告宣传活动。既然他不认为自己是个傻瓜,那他就是另有所图。

他搞不清自己当初为什么要跑,就像他想不起来车票何时丢失了一样。他提到了和老刘、老张进行的牌局,可话音没落,瘦乘警就朝着他的屁股踹了一脚。当他像陀螺似的转圈的时候，两个乘警都笑了，但笑归笑，他们并没有轻饶他的意思。两个乘警耳语了一阵，接着又莫名其妙地大笑了起来。范强被他们的笑搞得毛骨悚然，耸着肩胛骨，摆出一副随时等着挨揍的样子。但他们这次没有打他，而是一前一后地夹着他，把他领进了另一节软卧车厢。他们说要带他去见列车长，走到一个包间门口，还没等他明白过来怎么回事，就被后面的乘警搡了进去。

范强首先看到的是盘腿坐在铺位上的一个年轻女人。范强以为她就是列车长，所以他上来就喊了人家阿姨。见她没有反应，他愣了一下，又改口喊了一声小姐。他注意到包厢里还有一个中年男人。他之所以没把他看成列车长，是因为那是个隆鼻、鬈毛、深目的老外。范强正有点手足无措，站在他身后的乘警突然又拎着他的衣领，把他拖了出去，并且主动把门给人家拉上了。范强穿的是父亲死后留下来的goldlion衬衣，是为了这次旅行特意穿上的，所以一听到衬衣被撕裂的声音，他首先想到的就是，自己被搞得衣衫褴褛，又该如何去见华叔叔呢？他当然还不知道，此时此刻，他的华林叔叔并不在汉州，而是和他一样，正在黑暗中穿行。

"我不是贼，也没有逃票。"范强再次申辩。可那两个乘警只顾捂着嘴笑，根本不听他的解释。"我到汉州，是为了见我的叔叔，他可是个人物。"他又说。胖乘警听不得他的啰唆，又一次举起了手中的电警棒。与此同时，瘦乘警把食指竖到了唇前,示意他不要吭声。然后,两个乘警都把耳朵贴向了包厢。"怎么还没有动静?"瘦乘警说。两个乘警同时又换了一只耳朵。"不要着急,鬼子进村历来都是悄悄地进行。"胖乘警安慰同伴,同时剥开一块泡泡糖,塞进了同伴的嘴巴。

范强这时才明白他们搞的是什么名堂。用老家阳城的说法,这就叫听房;用书上的说法,这就叫窥阴。范强现在也替两位乘警着急了,他知道,如果里面一直没有动静的话,两位乘警就会拿他出气。电击的滋味,他真的是不愿再尝了。

有一个女服务员走了过来。她腰间系着一条围裙,手中端着一个放着菜碟和葡萄酒的塑料圆盘。等她走近,那个胖乘警就伸手从小碟子里捏了一只鸡翅。他还示意同伴也来一只尝尝。可那个瘦家伙只对酒感兴趣,上去就抓住了酒瓶。在那个女的用圆盘敲门的时候,他们又带上范强,迅速躲到了一边。

"真不是我干的呀!"范强又一次叫了起来。现在,他们三个都站在车厢的接头处。范强的眼睛一直盯着胖乘警手中的电警棒——直到现在,他还感到脑仁隐隐作痛,眼珠似乎像金鱼一样一直往外鼓着。"我也没有逃票,我真的是买过票的。"他又一次去掏自己的口袋,好像他丢失的钱和车票还能从那里变出来似的。他的申辩慢慢变成了央告,求他们放他一马。他还再次告诉他们,他叫范强,是临凡商专的学生，他现在要到汉州找一个名叫华林的教授，华教授家的电话是3839452。

在他的反复央告下，那两个乘警押着他往老刘他们所在的包间走了一趟。在那里，范强意外地找到了他的那张卷在床单里的车票。至于他丢掉的那些钱，老刘和老张都发誓没有看见。他相信他们说的是真的，因为这时候他突然想起来，火车停靠在那个名叫尚庄的小站的时候，有一个人曾经紧紧地抱过他。他当时只是感到几分奇怪，他现在相信，那个人很可能来了个顺手牵羊……

"打扰了。"他们对老刘和老张说。当老刘他们又躺下的时候，两个乘警又把范强拖了出来。"这不是你待的地方。"他们对范强说。范强感到自己的后腰又被那根硬东西顶住了。虽然那玩意儿此时并没有通电，可范强还是筛糠似的战栗个不停。

弥漫在包间里的酸臭气，发自床单上的那些秽物。秽物的颜色层次分明，华林以此断定，在他上厕所期间，香港客不止呕吐一次。服务员可以清除掉秽物，但无法清除它的气息。服务员走了以后，华林才发现，香港客枕边的那本《现代性的使命》上面，也星星点点地沾了一些秽物。华林赶紧把那本书拿了过来。秽物中有些透明的小颗粒，华林知道那就是原来的鸭掌。当他细心地用自己铺位上的床单擦拭着那些小颗粒的时候，他又闻到了已经发生了变异的芥末的味道。

他就在那本书的封三上开始了他对徐雁的安慰,他写道:

> 你别哭了。当我们的亲属好友死的时候,我们其实应该感到快慰,因为我们有了令人安慰的保证——他们再也不会受今生今世之苦了;好吧,让我陪你一起哭吧,一想到人家把他放在冷冰冰的地下,我还是想陪你痛哭一场。

写得多好啊!他想,徐雁应该对我的安慰感到满意。这种话可不是一般人能写出来的。徐雁一定不知道,分号之前的话来自奥古斯丁的《上帝之城》,分号之后的话来自莎士比亚的《哈姆雷特》。有奥古斯丁和莎士比亚来对她表示安慰,她确实应该知足了。她应该擦干眼泪,张开双臂,迎接我的大驾光临。

徐雁的面容在那段文字中浮动,也浮动在黑暗映衬的窗玻璃之上——它多么像一面可以透穿时光的镜子!徐雁,她依然像一个清纯的少女,仿佛时间在那张面容上永远地驻足了,他甚至看清了她那干净的眼白,鼻翼皱起来时形成的细小的纹理。当她习惯地捋着自己的秀发的时候,润白的耳轮就闪烁出一道令人心醉的光亮。

他第一次意识到,他之所以要像急猴一样,匆匆忙忙地赶赴阳城,与其说是要参加老范的葬礼,不如说是为了再次见到自己的初恋情人。一种久违的冲动击中了他,让他的身体都绷紧了。

那一声"咔嚓"短促而有力,在火车的轰鸣中,它又是那么细微,几乎难以听见。范强就是伴随着那一声"咔嚓",被锁到两节车厢之间的。隔着门上布满灰尘的玻璃,他看到两个乘警大摇大摆地走进了硬座车厢,而把他一个留到了这个比厕所大不了多少的"囚室"。操他妈的那个×,他压低嗓门咬牙切齿地骂了一句。

但只过了短短的几分钟,他就适应了这种囚禁生活。囚室就囚室吧,回到硬座车厢不见得就比这里好。瞧,这里只有我一个人,一点也不挤,别人想进还进不来呢。他这样想的时候,外面确实有两个人拍打着门想进来。那两个人刚才就躺在这里,是乘警把他们清除出去的。他们的鼻尖在玻璃上压成了两个小平面,显得怪里怪气的,让范强联想到了进城的农民把鼻尖压在商场橱窗上的情景。

"这里当然凉快,还能做广播体操,但把你们撵出去的是老警,而不是我。"范强潇洒地耸耸肩,双手一摊,对他们说。他捡起地上的一份报纸,坐了下来,然后熟练地用双膝支住了下巴。那样一个坐姿是他从小练就的,他记得父亲也喜欢这样坐。前年的暑假,他到阳城的卫生局看望父亲的时候，一推开门，就看到父亲像猿猴那样圈腿坐在沙发上，在和一个女人嘻嘻哈哈地聊天——他后来才知道那个女的就是父亲的相好——时间过得真快啊，转眼之间，父亲就已经死去一年多了。他记得父亲当时让他叫她阿姨，可他懒得那样叫。他心里想，你这个当爹的随便睡个女人，我都得叫阿姨吗？我没有叫她姐姐，就已经给足你面子了。

这会儿他又想起了给华叔叔打的那个电话。父亲死得太不光彩了，使他都不知道该怎样回答华叔叔的提问，所以他潦草地说了两句，就赶紧把电话放下了。父亲是在去年五月底死掉的。他后来才知道，那天晚上，当那个女人的丈夫回来时，既色胆包天又胆小如鼠的父亲，正试图抓着二楼阳台上的攀援植物溜之大吉。那个男的虽然当了乌龟，可是跑起来还是要比乌龟快上许多。父亲刚落到地面，那个男的就从楼道上跑下来截住了他。乌龟问父亲是不是愿意"私了"，"私了"条件只有两条，一条是请允许他给他放点血，使他心里能稍微舒坦一点；另一条是把他从行将关闭的造纸厂调到卫生局。这两条父亲都答应了，可当天晚上，父亲就因心脏病发作，去阎王爷手下上班了。父亲的死把那只乌龟气坏了，他认为父亲耍了他一把，就把这事捅了出来……范强现在想，华叔叔要是问起父亲的死，我该如何回答呢？他想起了预尔康（YEK）速效救心丸的广告词："是活着还是死去？

这是个问题。"他觉得自己也遇到了类似的问题：是实话实说还是干脆不说？范强是个聪明人，他很快就把这个问题想通了：为了不让华林叔叔和吴敏阿姨产生上梁不正下梁歪的联想，我就对他们说，父亲是因为劳累过度导致了心脏病发作而突然死去的。他还想，为了引起他们的怜悯，使他们能够感觉到他丧父的"悲伤"，他很有必要当着他们的面流上那么几滴眼泪……

又有人在那里拍门了，并且隔着玻璃对他吹胡子瞪眼。对方在说什么，他一句也没有听清楚。他能看出对方很着急，就像是热锅上的蚂蚁。"急什么急，没看见我正忙着吗？"他梗着脖子喊道。

拍门的有三个人。其中有一个中年人，手中拿着一把纸扇，隔着玻璃对他指指戳戳。范强以为那人是想要他屁股下面的报纸，他就故意不看他，而是把报纸抽出来，认真地看了起来。那是一份《文化都市报》。尽管上面的漫画专版上的作品没有一幅能让人发笑，可他还是夸张地大笑起来，嘎嘎嘎的，就像是一只鸭子。他把报纸抖得哗哗作响，然后把它折叠起来，去看另外一版。这一版上都是和足球有关的报道，巴西球星罗纳尔多的照片占据了四分之一的版面。他盯着照片看了一会儿，突然觉得罗纳尔多的虎牙和自己的大门牙非常相似。他的心情很快就开朗了起来，好像自己也会有罗纳尔多那样的美好前程。这样一想，他就咬着下嘴唇，露出那两颗大门牙，站了起来，将玻璃之外的那些人瞧了一遍。当他的目光重新回到报纸上的时候，一篇有趣的报道吸引住了他：

　　本报巴黎六月四日电：为了备战世界杯，世界各地紧急抽调的十万吨避孕套最近空降巴黎，然后它们将被分别运到图卢兹、南特、马赛、朗斯等比赛城市。如果算上球员、球迷和球员家属私自携带的避孕套，那避孕套的总数将是一个非常庞大的数目。整个人类世界，宇宙中的这个小小寰球，将随着世界杯的开哨，进入本世纪最后一次狂欢……

狂欢，狂欢，我也要来一次狂欢，他想，只要华叔叔和吴阿姨能在电视台给我找个工作，我首先要做的，就是去找那个忘恩负义、见异思迁的女孩，和她来一次彻夜狂欢，让她尝尝我范强的厉害。

范强正这样想着，突然在报纸上面看到了华林叔叔的名字。最初的几秒钟，他还以为自己看花了眼，出现了幻视。那是一个名人侃球的栏目，华叔叔说他最喜欢的球星就是罗纳尔多，他预言巴西队将第五次捧杯，在决赛中，罗纳尔多将独中三元，奠定自己新球王的地位。在那个栏目下面，华林叔叔的名字再次出现了。那是一篇简短的报道，在报道的结尾，范强看到：

……据悉，下届国际研讨会将提前到今年下半年的七月份，在祖国的宝岛台湾召开，上面侃球的那些著名的专家、学者届时将以个人身份前往。他们此行必将受到各媒体的广泛关注。会议的具体议题、具体日期、学者们对三十二强命运的预测以及大陆各与会人员的详细情况，本报将从明天起陆续报道。敬请读者留意。

范强赶快把垫在屁股下面的另一份报纸抽了出来。他想，后续报道中说不定就配有华叔叔和吴阿姨在一起的照片。他已经多年没见过吴阿姨了，得先看一下她的玉照，免得见面的时候突然认不出来。他白忙了好一会儿，后来才发现，那份报纸是六月三号出版的。

如果没有那次临时停车，徐雁的面容就会长久浮现在华林的面前。直到列车哐当一声停了下来，使他的脑袋碰到车壁的时候，他才从那幻觉之中爬出来。那位小姐把旅行箱给送了过来，顺便告诉他，下一站就是他要转车的临凡。小姐对他解释说，火车是在给一趟从北京始发的专列让道，用不了多长时间的，不用着急。

那个久未露面的列车长也来到了他的包间，说自己本该早点过来向华先生请教一些问题的，可实在是抽不开身，请华先生谅解。说完这话，他就又走了。小姐替列车长的匆忙离去作了解释：因为刹车太急，有一个孕妇从座位上掉了下来，出了一点血，正等着列车长去解决呢。小姐又说，列车长非常尊重知识分子，正读着北方铁道学院的在职研究生，外语已经考过了，只要再写一篇论文，就可以把学位拿到手了。

"您都看见了，他是多么的忙，纵然有三头六臂，也忙不过来呀。"小姐说。

小姐在他的包间里坐了下来，问他是否休息好了。华林说自己的脑袋刚才磕了一下，不过不要紧。小姐立即把手放到了他的额头上，就像给他量体温似的。"乘客中有两个医生，不过他们正在孕妇那里忙碌，要不，我去把他们叫过来？"小姐说。

"还是让他们待在最需要他们的地方吧。"华林说。

因为停车，现在车厢里显得格外寂静。在那个香港客坐起来之前，有那么几分钟，小姐一边细声软语地说着话，一边用崇敬的目光看着他。华林再次觉得眼前的这位小姐和记忆中的徐雁有几分相像。于是，他迎着她的目光，丝毫也不回避。但是，只过了很短的时间，他就把头低下来了，用餐巾纸擦拭着自己的眼角，这是因为他又突然想起了吴敏——最近一两年，每次从外地回来，只要他摆出这种深情的目光去凝望吴敏，吴敏就会对他说："请擦擦你的眼角，那里堆满了眼屎。"而当他非常扫兴地擦干净眼角，酝酿好情绪再去看她的时候，她又会说，你的鼻毛又伸出来了,该去剪剪了。

"你的眼睛怎么了?"小姐说,"我还是把医生叫过来吧。"华林又一次拒绝了她。小姐和他又谈了一会儿,再次把话题转到了列车长身上。她问华林能不能找人帮列车长写一篇论文。华林还来不及表态,小姐就说:"等您旅行回来,列车长会亲自登门拜访。如果他实在忙不过来,我会替他去的。您能给我留个电话吗?"

"您最好能替他去,"华林说着就把电话写了下来,"这是我办公室的电话。"

这时候,那个香港客突然坐了起来。香港客一开口,华林就知道他刚才并没有睡着。香港客带着浓重的粤语口音对小姐说:"小改(姐),不要麻烦啦,把这一段抄一下不就完了。"香港客说着就把华林的那本书翻开了。在翻开的那一页上,华林看到了一个小标题:

"人"字形铁路:詹天佑(一八六一——一九一九)
的梦想与实践

詹天佑是谁?华林想了一会儿,才想起他是中国的第一个铁路工程师。不过他想不起来自己的书中怎么会出现这么一节。这时候,香港客又说道:"华先生,天下文章一大抄,您就行行好啦。列车长是个君子,他要是不打招呼就抄了下来,你有什么办法呢?我就喜欢列车长这号人,明人不说暗话。"

　　小姐用目光征询着华林的意见。见华林没有吭声，小姐就说："这么说华先生已经同意了？车长是个讲义气的人，他已经打过招呼，不让华先生另外补票了。"小姐接下来又表示，他以后的旅行，只要坐的是从汉州始发的火车，都可以和列车长联系，享受高级知识分子应该享受到的待遇。她把列车长的名片递给华林的时候，又说，列车长只要拿到了文凭，很快就可以升为汉州车站的主要负责人，"不瞒您说，他就差么一张文凭。"

　　"您想带个女人上车，也不是不可以。"小姐说。小姐刚说完，多嘴多舌的香港客就站起来接了一句："如果没有女人可带，就让列车长给你发一个。"香港客说着，在小姐的屁股上拍了一下。华林真是看在眼里急在心里。一直到下车，华林都没有再搭理那个香港客。

　　那个用金属和钢化玻璃封闭起来的临时囚室的门打开了。范强这才知道那位拿着纸扇对他指指戳戳的中年乘客，是想通过这间囚室，走到卧铺车厢里去。范强讨好地把报纸给人家，人家却用扇子把它打掉了。领路的是个小姐，范强闻到她身上有一种柠檬的香气。另外的一男一女两个乘警，替那个大腹便便的中年乘客拎着箱子和旅行袋。男警的屁股后面斜挂的一根警棍来回晃动着，范强一看就心惊胆战。跟在中年人后面的那个女乘警经过他身边的时候,看了他一眼。就是那一眼,让范强的心一下子提到了嗓子眼——范强认出她就是把报纸卖给他和老刘、老张的那个姑娘,当时,他还差点把那些伪币塞进她的乳沟。当女警再次盯着他的时候,范强赶紧把脸扭到了一边。

范强没敢再在那里待下去。那一行人刚刚离开,范强就躲进了拥挤不堪的硬座车厢。污浊、热腾腾的气流包围了他。那些光着背的男人,看上去都是湿漉漉的,就像是煺过毛的畜生。这哪里是人待的地方?范强想。但为了躲避那个女乘警,他还是一步步朝车厢的纵深走着。他走得小心翼翼的,以免踩着那些蹲在过道上的人。因为热,也因为要躲避那个女乘警的追踪,他和别的男人一样,把上衣也脱掉了。可是,在他感觉到凉快和安全的同时,他第一次发现自己是那么瘦小,那么孱弱,身上的肋骨都历历可数,就像挂在肉钩上的排骨。

列车在汉州北面的那个叫做焦树的小站停下来的时候,那个女乘警果然来到了范强所在的车厢。范强虽然不能完全肯定她要找的就是自己,但他还是用手中的报纸挡住了自己的脸。当她走到车厢顶头,又往回走的时候,范强急中生智,迅速钻到座位底下。因为座位下面的地板过于湿滑,他没能控制好自己的身体,脑袋在车壁上撞了一下,使他一下子有点头晕眼花。不过,他并不感到懊恼,他觉得自己成了捉迷藏游戏中胜的那一方,所以他有理由感到高兴。

车到汉州之前,他一直待在那个安全地带。唯一的美中不足,是他感到有什么东西硌得他的屁股有点难受。他充分利用那个狭小的空间,调整着自己的体位,把那个东西从屁股下面拽了出来。他的鼻子很灵,很快就闻出那是一块鸡骨头。虽然它已经有点变味了,可饥肠辘辘的范强还是从中闻到了鸡肉的缕缕香气。为了拒绝它的诱惑,范强先是把它放到了一边,然后又把它踢了出去。咽着唾沫重新躺下来的时候,他突然听到外面有人在低声叫骂。范强知道那人是在指着鸡骨头骂他,但他一点都不生气,相反,他还有点乐不可支。他的手在身边来回搜索着,终于又找到了一块骨头,然后他使劲地把它甩了出去。

但随着那骂声的持续,肚子里咕咕乱叫的范强还是愤怒了。他想到了后天即将举行的婚宴,婚宴上的美酒佳肴和欢声笑语。一想到这里,他的肺都要气炸了。

两周前,他从母亲的信中得知她真要嫁给那个退休的中学语文教师的时候,曾利用一个星期天回了一次阳城。他说他不反对她结婚,但求她在结婚之前,带他到汉州跑一趟,见见华叔叔,把他的工作敲定下来。可母亲却对他说:"我舍不得你跑那么远,以后想见一面都不容易。"母亲的话猛一听比唱的还好听,可实际上比屁都臭。他知道,她之所以反对他去汉州,是因为她不想让他和华叔叔待在一起。他早就听邻居们议论过母亲当年和华叔叔的风流韵事,也曾从父母的争吵中听出过一点门道,可她总不能因为那些陈芝麻烂谷子的事,耽误他的美好前程吧?普天之下,哪个当妈的像她这么自私啊?善有善报,恶有恶报,他没有别的办法,只好反对她嫁给那个退休教师王国伟。他对她说,不管父亲怎么对不起你,可你总算是卫生局副局长的遗孀,是个有身份的人;而那个王国伟的前妻是个农民,王国伟像串糖葫芦似的,把你们串在一起,你不嫌丢人我还嫌丢人哩。见母亲不吭声,他以为触到母亲的痛处了,就趁热打铁对她说,谁不能嫁啊,干吗一定要嫁给王国伟呢?他家里只有一个宝贝,就是他那个漂亮女儿,可他女儿现在已经在临凡当上了婊子,当就当吧,只要往家里交钱就行,可她一分钱都不交。没有了女儿,王国伟就是地地道道的家徒四壁了。嫁给这样的人,套用足球术语,就是踢了个乌龙球;套用股票术语,就是买了个垃圾股。他对母亲说:"王国伟确实是个垃圾股啊,妈妈,一旦你老嫁过去,连我这个当儿子的也要被套进去了。所以,我有一百个理由反对你们住到一起。"

他知道母亲和那个王国伟还要来临凡找他,所以他要赶在他们到来之前逃离临凡。买车票的时候,他觉得这是自己有史以来做出的最英明的选择,不免有几分得意。可是现在,幻觉中的美酒佳肴和欢声笑语却击中了他。父亲死后,他一直觉得母亲挺可怜的,可他现在不这样看了。

他想，说不定父亲还没死的时候，母亲和那个王国伟就把生米煮成了熟饭。这种可能性不仅是有的，而且还是大大的。想当年，母亲不就是趁华叔叔坐牢的时候，和父亲好上的吗？有一个顺口溜说得好：三十不浪四十浪，五十还在浪尖上，六十还要浪打浪。母亲现在还不到五十岁，看来，她折腾的时间还长着呢。要是王国伟现在就死了，她说不定很快就要再挂上一个。

夜里十一点多钟，火车减速了，慢慢驶进了汉州车站。这时候，范强还躺在座位下面念叨着那个顺口溜。他现在已经不生气了，就像失眠者可以借数数进入梦境一样，那朗朗上口的几句话，也奇妙地起到了一点安慰的作用。他从座位下面爬了出来。他那灰头土脸的样子和胡子上黏附的纸屑，引起了周围许多人的注意。一个在微弱的灯光下翻阅杂志的人，现在像看怪物似的，对他侧目而视。在车停稳之前，范强就一直站在那个人的身边。他想出口恶气，给那个人一点颜色看看。于是，他转过身子，对准那个人的脸，毫不含糊地放了一个屁。那个屁放得真是过瘾啊，它是多么响亮啊，他觉得屎星子都飞出来了。

范强把车票和小电话本掏了出来，向车门口方向走去。排队排到盥洗池旁边的时候，他侧着身子瞥见了镜子中的一张大花脸。他差点没认出那就是自己。他本来可以顺便拐进去洗一下，可他并没有那样做。他觉得现在这样子挺好，起码可以让站在门口的那个女乘警分辨不出他究竟是谁。

范强在汉州下车之后，又过了一个多小时，华林乘坐的1164次列车也减速了。它像一条巨大的蜈蚣，慢慢驶进了范强待了三年的临凡市区。自从进了临凡，华林的目光就没有离开窗户上的玻璃。他站在铺着朱红色地毯的过道上，按着焊接在车壁上的小椅子往外看着。已经是午夜了，在散落的路灯的照射下，华林看到临凡的街道呈现出灰白的颜色，它们慢慢地晃晃悠悠地向后移动，就像处在梦境之中似的。偶然闪现的行人和车辆，更加深了他的这种印象。车窗之外，渐渐出现了等待上车的难民似的乘客，他们越来越多，一个个目光惘然。

这是他二十多年前第一次离家远行时所到达的那个城市。那时候和他同行的就有徐雁和范志国……他们到达临凡的当天，就迫不及待地坐着马车赶赴了阳城。他现在走进临凡，就像重新触摸到了过去。华林忍不住地激动了起来。当他拎着旅行箱走出车门的时候，他甚至感到比身体先探出来的额头都有点发热了。可是激动归激动，他还是临时决定先在临凡休息一个晚上。他想，等天亮之后，我要好好地理理发，修修面，然后再精神饱满地赶赴阳城。

从站口出来，他很远就看见了一溜酒店的招牌。他的目光最后落到了奥斯卡酒店的广告牌上面。在那里，霓虹灯不停地闪烁出"上帝的家园奥斯卡"的字样。呼吸着故地的空气，他的脑子顿时活跃了起来。他想，西方的上帝每天忙着在教堂和旷野之间奔波，而东方的上帝却忙着在酒吧和商场里穿梭。他觉得这句话虽然有点不得要领，但还是非常精彩的，值得在卡片上记下来。

路过广场上的一个公用电话亭的时候，依照以前外出时的习惯，华林还是往家里打了个电话。不出他所料，吴敏果然又不在家。她去哪了？莫非她真的要和我离婚？他又一次想起了这个问题。和往常不同的是，这一次，华林一点都没有感到痛苦。